LE CHEF-D'ŒUVRE INCONNU

LE CHEF-D'ŒUVRE INCONNU

GAMBARA

MASSIMILLA DONI

BALZAC

LE CHEF-D'ŒUVRE INCONNU GAMBARA MASSIMILLA DONI

Introductions, notes et documents
par
Marc EIGELDINGER
professeur à l'Université de Neuchâtel
et Max MILNER
professeur à l'Université de Dijon

GF
FLAMMARION

© 1981, GARNIER-FLAMMARION

ISBN : 2-08-070365-X

CHRONOLOGIE

1746 (22 juillet): Naissance de Bernard-François Balssa dans le Rouergue.

1778 (22 octobre): Naissance à Paris d'Anne-Charlotte-Laure Sallambier, la mère du romancier.

1797 (30 janvier): Mariage à Paris des futurs parents du romancier, séparés par un écart de trente-deux ans. Le ménage s'installe à Tours.

1799 (20 mai): Naissance à Tours d'Honoré Balzac. L'enfant est mis en nourrice à Saint-Cyr-sur-Loire.

1800 (29 septembre): Naissance de Laure, sœur du romancier. Elle épousera Eugène Surville en 1820.

1802 (18 avril): Naissance de Laurence, seconde sœur du romancier, qui mourra en 1825.

1804: Balzac entre à la pension Le Guay à Tours, où il demeure jusqu'en 1807.

1807: Balzac entre au collège des Oratoriens de Vendôme, qu'il quittera en 1813. Il évoquera ses années de collège dans *Louis Lambert*.
(21 décembre): Naissance d'Henri Balzac, frère d'Honoré et probablement enfant adultérin.

1814: Balzac entre comme externe au collège de Tours. Sa famille s'établit à Paris, où il achève ses études secondaires à l'Institution Lepître, puis à l'Institution Ganser.

1816: Balzac s'inscrit à la Faculté de droit et suit des cours à la Sorbonne.

1817-1819: Il travaille comme clerc de notaire dans deux études et acquiert des connaissances juridiques.

1819: Il obtient son baccalauréat en droit, renonce à devenir notaire et s'installe à la rue Lesdiguières pour obéir à sa vocation et faire son apprentissage dans le métier des lettres. Les souvenirs de ces années d'études sont évoqués dans *La Peau de chagrin* et *Facino Cane*.

1820: Il achève *Cromwell*, tragédie en cinq actes et en vers, qui est jugée médiocre, et entreprend ses premiers essais romanesques.

1822: Début de sa liaison avec Mme Laure de Berny (née en 1777), qui jouera le rôle d'initiatrice auprès du romancier.
P. (*) sous divers pseudonymes: *L'Héritaire de Birague, Jean-Louis, Clotilde de Lusignan, Le Centenaire, Le Vicaire des Ardennes*.

1823: Séjour en Touraine durant l'été.
P.: *La Dernière Fée*.

1825: Balzac choisit le métier d'éditeur. Liaison avec la duchesse d'Abrantès. Nouveau séjour en Touraine en automne.
P.: *Wann-Chlore*.

1826: Balzac ouvre une imprimerie dans l'actuelle rue Visconti et se trouve d'emblée confronté à des difficultés financières.

1827: Il participe à une société de fonderie de caractères d'imprimerie.

1828: L'imprimerie est liquidée et l'expérience se solde par de lourdes dettes. En automne, Balzac séjourne à Fougères, où il travaille à la rédaction du *Dernier Chouan*.

1829 (avril): Début de la correspondance avec Mme Zulma Carraud.
(19 juin): mort de son père.
P.: *Le Dernier Chouan ou la Bretagne en 1800*, le

(*) P. = publications en volumes.

premier roman que Balzac signe de son nom, *Physiologie du mariage*.

1830 : Séjour en été à la Grenadière, près de Tours. Intense activité journalistique.
P. : *Scènes de la vie privée* (1re édition).

1831 : Relations avec la marquise de Castries et avec George Sand. Séjour à Saché en automne.
P. : *La Peau de chagrin, Romans et contes philosophiques* (introduction de Philarète Chasles).

1832 : Balzac donne son adhésion au néo-légitimisme.
(Février) : Début des relations épistolaires avec Mme Hanska, née Eveline Rzewuska en Ukraine en 1801, dite « l'Étrangère », qui deviendra la maîtresse du romancier en janvier 1834.
(Juin-juillet) : Nouveau séjour à Saché, où le romancier travaille à la rédaction de *Louis Lambert*.
(Août-octobre) : Séjour en Savoie, puis à Genève auprès de la marquise de Castries.
P. : *Scènes de la vie privée* (2e édition), comprenant cinq des six récits qui composent *La Femme de trente ans, Le Curé de Tours, Nouveaux Contes philosophiques*.

1833 (25 septembre) : Rencontre de Mme Hanska à Neuchâtel et séjour auprès d'elle à Genève de la fin décembre au début de février 1834.
P. : *Histoire intellectuelle de Louis Lambert, Étuaes de mœurs au XIXe siècle*, contenant *Eugénie Grandet, Théorie de la démarche* dans l'*Europe littéraire*.

1834 : Balzac divise son œuvre en *Études de mœurs au XIXe siècle* et en *Études philosophiques*. Il conçoit et applique le procédé technique du retour des mêmes personnages.
(Octobre) : Début de la liaison avec la comtesse Guibodoni-Visconti.
P. : *Études de mœurs au XIXe siècle* (2e et 3e livraison), comprenant *Ferragus, Ne touchez pas à la hache (La Duchesse de Langeais)* et *La Recherche de l'absolu, Études philosophiques* (1re livraison).

1835 : Balzac se réfugie dès le printemps à Chaillot, rue des Batailles.

(Mai-juin) : Séjour à Vienne où il rejoint Mme Hanska et son mari.

P. : *Le Père Goriot*, suite des *Études de mœurs au XIX*e *siècle*, contenant *La Fille aux yeux d'or*, *Séraphîta* est insérée dans *Le Livre mystique* avec *Louis Lambert* et *Les Proscrits*.

1836 (juillet-août) : Voyage dans le Piémont.

(27 juillet) : Mort de Mme de Berny.

P. : *Le Lys dans la vallée*, *Études philosophiques* (2e livraison).

1837 (février-mai) : Voyage en Italie et en Suisse.

(Septembre) : Balzac s'installe à Sèvres.

P. : *Études de mœurs au XIX*e *siècle* (dernière livraison), contenant *La Vieille Fille* et le début des *Illusions perdues*, *Études philosophiques* (3e livraison) parmi lesquelles *L'Enfant maudit*, *César Birotteau*.

1838 (fin février-début mars) : Séjour à Nohant chez George Sand, qui l'incite à composer *Béatrix*.

(Mars-juin) : Voyage en Corse, en Sardaigne et en Italie.

(7 juin) : Mort de la duchesse d'Abrantès.

(Juillet) : Balzac s'installe aux Jardies à Sèvres.

P. : *La Maison Nucingen*, *La Torpille* (début de *Splendeurs et misères des courtisanes*).

1839 (16 août) : Élection à la présidence de la Société des Gens de Lettres.

P. : *Le Cabinet des antiques* et *Gambara*, *Illusions perdues* (IIe partie), *Une fille d'Ève* et *Massimilla Doni*, *Béatrix*.

1840 (9 janvier) : Hugo succède à Balzac à la présidence de la Société des Gens de Lettres.

(14 mars) : Représentation de *Vautrin* à la Porte Saint-Martin. La pièce est aussitôt interdite.

(Octobre) : Balzac quitte Sèvres pour s'établir à Passy dans l'actuelle rue Raynouard.

P. : *Pierrette*, *Études sur M. Beyle* dans la *Revue parisienne*.

1841 (2 octobre) : Signature du contrat avec Furne et d'autres éditeurs pour la publication de *La Comédie humaine* (17 volumes de 1842 à 1848, auxquels s'ajoutera un volume posthume en 1855).

(10 novembre) : Mort de M. Hanski, que Balzac n'apprendra qu'au début de l'année suivante.

P. : *Le Curé de village*.

1842 : Publication des premiers volumes de *La Comédie humaine*. L'avant-propos figure dans le tome II.

P. : *Mémoires de deux jeunes mariées, Ursule Mirouët, La Fausse Maîtresse, Albert Savarus, Les Deux Frères (La Rabouilleuse), Une ténébreuse affaire*.

1843 (juillet-octobre) : Voyage à Saint-Pétersbourg pour y rejoindre Mme Hanska et retour par l'Allemagne.

P. : *La Muse du département, Illusions perdues* (I, II et III).

1844 : P. : *Honorine, Modeste Mignon, Splendeurs et misères des courtisanes* (I et II).

1845 (avril-août) : Balzac rejoint Mme Hanska et sa fille Anna à Dresde et voyage en leur compagnie en Allemagne, en Alsace et en Touraine.

(Octobre-novembre) : Bref voyage avec Mme Hanska et sa fille à Naples.

1846 (mars-mai) : Séjour à Rome avec Mme Hanska, retour par la Suisse et l'Allemagne.

(Novembre) : Mme Hanska accouche d'un enfant mort-né.

Achèvement provisoire de la publication de *La Comédie humaine*. Publication de *La Cousine Bette* en feuilleton.

1847 (février-mai) : Séjour de Mme Hanska à Paris et installation du romancier rue Fortunée, qui porte aujourd'hui son nom.

(28 juin) : Balzac rédige son testament par lequel il fait de Mme Hanska sa légataire universelle.

(5 septembre) : Il part pour l'Ukraine afin de rejoindre Mme Hanska dans son château de Wierzchownia, où il séjourne jusqu'à la fin de janvier 1848.

P. : *Splendeurs et misères des courtisanes* (partie IV et dernière). *Le Cousin Pons* paraît en feuilleton.

1848 (février) : Retour à Paris. La Révolution contrarie ses projets de théâtre.

(Septembre) : Nouveau départ pour l'Ukraine.

P. : Le tome XVII de *La Comédie humaine* contient *La Cousine Bette* et *Le Cousin Pons,* réunis sous le titre de *Les Parents pauvres.*

1849 : Balzac passe toute l'année en Ukraine, où sa santé subit de graves altérations.

1850 (14 mars) : Mariage avec Mme Hanska à Berditcheff en Ukraine.

(20 mai) : Retour à Paris et déclin de sa santé.

(18 août) : Hugo rend visite à Balzac le jour même de sa mort.

(21 août) : Inhumation au cimetière du Père-Lachaise. Éloge funèbre prononcé par V. Hugo.

1854 : Mort de la mère de Balzac.

1855 : Publication des *Paysans.*

1871 : Mort de Laure Surville.

1882 : Mort de Mme Honoré de Balzac.

INTRODUCTION
au *Chef-d'œuvre inconnu* et à *Gambara*

Divergences et convergences dans la genèse des récits.

Vers la fin de 1841, Balzac avait imaginé de réunir sous le titre de *Contes artistes* Le Chef-d'œuvre inconnu, *Gambara* et *Massimilla Doni*, en les associant au *Secret des Ruggieri*. Bien que le projet n'ait pas abouti, il révèle le dessein du romancier de grouper les trois récits consacrés aux problèmes de la création artistique et chargés d'illustrer dans les *Études philosophiques* l'idée de « l'œuvre et [de] l'exécution tuées par la trop grande abondance du principe créateur », selon les termes de la lettre à Mme Hanska du 24 mai 1837. Mais il convient d'introduire une distinction à l'intérieur de cette trilogie narrative : si *Gambara* se rapproche de *Massimilla Doni* par le temps de la composition et la réflexion sur l'art musical, il entretient des affinités avec *Le Chef-d'œuvre inconnu* par l'ambition métaphysique liée au drame de la pensée et par l'aspect prométhéen du génie, de même que par la primauté accordée à la thématique de la création sur la thématique amoureuse. Ces récits forment dans leur triangle une espèce de synthèse, un ensemble au niveau de l'objet et du sens, un ensemble ouvert à la diversité. Ils s'apparentent sans exclure la pluralité, la variété dans la vision du narrateur, attachée tantôt à l'acte mystérieux de la création, tantôt à l'intelligence de l'œuvre, tantôt aux obstacles éprouvés par l'absolu de la passion dans sa confrontation avec l'absolu de l'art [1].

Le Chef-d'œuvre inconnu est, des trois récits, celui sur la genèse duquel nous sommes le plus mal informés. Il a paru pour la première fois dans *L'Artiste* les 21 juillet et 7 août 1831 avec le sous-titre, abandonné par la suite, de « conte fantastique », témoignant de l'ascendant d'Hoffmann et de la mode vivace alors de son œuvre en France. L'édition originale du *Chef-d'œuvre* a été publiée en septembre de la même année chez Gosselin dans les *Romans et contes philosophiques* (2e édition), après que le texte a subi certaines corrections et additions. Ce fut dans les derniers mois de 1836 et les premiers mois de 1837 que Balzac se détermina à opérer une refonte de son œuvre, ainsi qu'il le confirme à Mme Hanska le 24 mai 1837 : « […] ce qui m'a dicté le *Chef-d'œuvre inconnu* pour la peinture, étude que j'ai refaite l'hiver dernier ». Le récit prend des proportions qui font plus que doubler par le développement des discours sur les doctrines esthétiques et la technique picturale. Cette version définitive est publiée dans la 3e livraison des *Études philosophiques* chez Delloye et Lecou en 1837. Elle entrera en 1845 dans *La Comédie humaine,* où elle figure dans le tome XIV, le premier des *Études philosophiques,* en compagnie de *La Peau de chagrin* et de *La Recherche de l'absolu* [2].

Bien que *Gambara* et *Massimilla Doni* portent l'un sur la *composition* musicale et l'autre sur l'*exécution,* ils sont étroitement associés dans leur genèse. C'est le 13 octobre 1836 que Maurice Schlesinger confirme à Balzac la commande d'« une nouvelle intitulée *Gambara* », destinée à paraître dans sa *Revue et gazette musicale ;* le 1er janvier 1837, il en annonce la publication prochaine sous le titre de *Gambara ou la voix humaine,* alors que le romancier est encore incertain sur la nature de son projet. Toutefois, Balzac se met en janvier à la rédaction de son manuscrit et en adresse des feuillets à Schlesinger. Une partie de ceux-ci est détruite dans la nuit du 6 au 7 février, lors de l'incendie qui ravage l'imprimerie Everat. Mais, avant de partir pour l'Italie, Balzac décide « cependant de sauver *Gambara* » et confie à son secrétaire de Belloy le soin de recomposer la partie perdue et d'achever le récit pendant son absence. Du 17 février au 3 mai 1837, il séjourne dans plusieurs villes d'Italie —

Milan, Venise, Gênes, Livourne, Florence et Bologne —
et à son retour il prend connaissance du travail de son
secrétaire, dont il n'est pas satisfait. Mais, au lieu de
reprendre son manuscrit, il écrit « un autre *Gambara* »,
qui correspond à la première version de *Massimilla Doni*
et, le 24 mai, il déclare à Mme Hanska :

> Je viens d'achever une œuvre qui s'appelle *Massimilla Doni* et dont la
> scène est à Venise. Si je puis réaliser toutes mes idées comme elles se
> sont présentées dans ma tête, ce sera certes, un livre aussi étourdissant
> que *La Peau de chagrin*, mieux écrit, plus poétique peut-être. [...]
> *Massimilla Doni* et *Gambara* sont, dans les *Études philosophiques*,
> l'apparition de la musique, sous la double forme d'*exécution* et de
> *composition*, soumise à la même épreuve que la *pensée* dans *Louis
> Lambert* [...].

Afin d'apaiser l'impatience de Schlesinger, Balzac lui
adresse le 29 mai 1837 une lettre justificatrice qui est
publiée le 11 juin dans la *Revue et gazette musicale* (cf.
documents), lettre dans laquelle il avoue qu'il a dû perfectionner ses connaissances de « technologie musicale »
et demande un délai de deux mois pour terminer *Gambara*. Il reprend son récit, lui apporte des additions importantes, telles que l'étude de l'opéra *Mahomet* et
l'analyse de *Robert-le-Diable* de Meyerbeer. Le 19 juillet, il précise à Mme Hanska : « Voici *Gambara* fini »,
qui paraît dans la *Revue et gazette musicale* du 23 juillet
au 20 août 1837. Le récit est repris en volume chez
Souverain en mars 1839 à la suite du *Cabinet des antiques*, puis l'année suivante dans *Le Livre des douleurs*
avec *Les Proscrits*, *Massimilla Doni* et *Séraphîta*.

Quant à *Massimilla Doni*, de longs mois seront nécessaires à son achèvement, alors que la première version a
été écrite sous le coup d'une inspiration subite. Balzac
reprend son texte en juillet, puis en octobre et novembre 1837 dans l'intention de l'accroître par de nouveaux
développements, en particulier l'analyse du *Mosè* de
Rossini, « qui exige de longues études sur la partition » (à
Mme Hanska, 12 octobre 1837). Après une interruption
de plusieurs semaines, Balzac décide de se remettre à
Massimilla Doni avant la fin de janvier 1838. C'est à
Mme Hanska qu'il communique son dessein : « Demain,

mardi 23, je vais me mettre à achever *Massimilla Doni*,
qui m'oblige à de grandes études sur la musique, et à aller
me faire jouer et rejouer le *Mosè* de Rossini par un bon
vieux musicien allemand» (22 janvier 1838). Ce musicien n'est autre que Jacques Strunz, le dédicataire de
l'œuvre, qui initia Balzac à la technique musicale et
peut-être plus généralement à la musique. Mais la rédaction de l'étude du *Mosè* ne correspond pas à la fin du
manuscrit — il n'est pas achevé en 1838 — et Balzac dut
y travailler épisodiquement jusque dans l'été de 1839.
Massimilla Doni parut avec *Une fille d'Ève* chez Souverain en août 1839. Puis les deux nouvelles musicales,
Gambara et *Massimilla Doni*, furent réunies dans *Le
Livre des douleurs* en 1840 avant de l'être définitivement
dans *La Comédie humaine* au tome XV de l'édition Furne
en 1846 parmi les *Études philosophiques* [3].

La substructure mythique.

Dans *La Vieille Fille*, le narrateur énonce cet axiome
sur la fonction des mythes : « Les mythes modernes sont
encore moins compris que les mythes anciens, quoique
nous soyons dévorés par les mythes. Les mythes nous
pressent de toutes parts, ils servent à tout, ils expliquent
tout [4]. » Et Balzac écrit à Mme Hanska (20 octobre 1837)
à propos de *Massimilla Doni* : « Le mythe est bien profondément enfoui dans la réalité. » Il n'est pas seulement
sous-jacent dans l'épaisseur du réel, mais dans le texte
balzacien, où il projette un éclairage spécifique et la
dimension de l'herméneutique. Il est une substructure
affleurant au niveau de l'écriture et un métalangage dans
lequel s'inscrit le sens ; il sous-tend la trame textuelle et
devient une composante du signifié, soumis à l'acte du
déchiffrement ou de la lecture. Tel est bien son usage
dans *Le Chef-d'œuvre inconnu* et *Gambara*, où il est
associé à la démarche créatrice de la peinture et de la
musique. *Le Chef-d'œuvre* est sous le signe du feu de
Prométhée et de l'ambition prométhéenne de l'art, qui
entre en concurrence avec la nature pour la transfigurer,
puis qui rivalise avec la puissance de Dieu et prétend
l'égaler par l'acte de la création. L'artiste s'identifie avec

Dieu ou se mesure avec lui dans son effort pour recomposer le monde, pour le corriger et le perfectionner. Les métamorphoses de Protée signifient le combat avec les obstacles de la forme et de la matière, tandis que Pygmalion représente la volonté de communiquer à l'œuvre le principe de la vie, de l'animer d'un souffle spirituel et de la douer de l'aptitude au mouvement. Selon le narrateur de *La Cousine Bette*, le fait d'« imprimer une âme » à une sculpture, c'est commettre « le péché de Prométhée », dérober le secret de l'existence pour l'enfermer dans la création artistique. Le mythe figure la lutte de l'artiste aux prises avec les difficultés du métier, mais aussi la quête de la Beauté, qui se dissimule dans un passé perdu — c'est l'« introuvable Vénus des anciens » — et dans l'espace inaccessible du ciel ou de l'enfer — comparable à la descente d'Orphée aux enfers pour arracher Eurydice à la mort. Le mythe d'Orphée instaure une relation entre *Le Chef-d'œuvre inconnu* et *Gambara,* où, détaché de son contexte légendaire, il incarne « la musique moderne » et l'incompréhension à laquelle se heurte le héros, épris d'innovations qui dépassent les virtualités de la musique.

Ce lien mythique entre les deux récits s'établit aussi par la projection dans les espaces du ciel et de l'enfer : Frenhofer aspire à conquérir la « beauté céleste » en tant qu'archétype de la perfection, tandis que Gambara, « assis à la porte du Paradis », imagine des créatures androgynes et des harmonies édéniques. Son prométhéisme n'est pas dans le dessein de refaire la création, mais dans la certitude de détenir « la clef du *Verbe céleste* », qui lui permet de communiquer avec les forces de l'infini et du surnaturel. Si le mythe du démoniaque est épisodique dans *Le Chef-d'œuvre,* à travers l'aspect physique de Frenhofer et la nature de son projet, il devient central dans *Gambara* par les références au *Don Juan* de Mozart, au finale de l'opéra en particulier, et par l'analyse de *Robert-le-Diable* de Meyerbeer, qui s'inscrit dans la perspective du mythe satanique et du surgissement du fantastique. Bertram est assimilé à la puissance du diable, intervenant dans la trame de l'existence, il incarne « le

génie du mal, ce grand singe qui détruit à tout moment l'œuvre de Dieu » et qui emprunte le masque de la destinée. Tandis que *Le Chef-d'œuvre* use de référents extraits de la mythologie antique pour représenter le drame de la création artistique, *Gambara* s'ordonne en fonction de la dichotomie chrétienne entre l'espace céleste et l'espace infernal, le héros étant écartelé entre les vertiges de la hauteur et de la profondeur. Le tableau suivant détermine la place des composantes mythiques dans chacun des deux récits, ainsi que leurs relations :
(les signes + et — n'ont pas de valeur connotative, ils servent uniquement à traduire la fréquence)

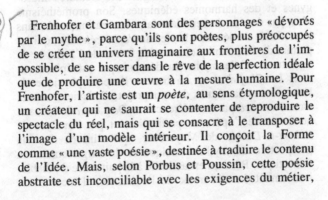

MYTHE	CHEF-D'ŒUVRE	GAMBARA
Prométhée	×	—
Protée	×	—
Pygmalion	×	—
Orphée	×	×
espace infernal	⊖ ×	× ⊕
Don Juan	×	
espace céleste	⊖ ×	× ⊕

Frenhofer et Gambara sont des personnages « dévorés par le mythe », parce qu'ils sont poètes, plus préoccupés de se créer un univers imaginaire aux frontières de l'impossible, de se hisser dans le rêve de la perfection idéale que de produire une œuvre à la mesure humaine. Pour Frenhofer, l'artiste est un *poète*, au sens étymologique, un créateur qui ne saurait se contenter de reproduire le spectacle du réel, mais qui se consacre à le transposer à l'image d'un modèle intérieur. Il conçoit la Forme comme « une vaste poésie », destinée à traduire le contenu de l'Idée. Mais, selon Porbus et Poussin, cette poésie abstraite est inconciliable avec les exigences du métier, avec le travail persévérant de l'exécution. Frenhofer « est encore plus poète que peintre » et son art « va se perdre dans les cieux », se dissoudre dans l'immatériel pour avoir méconnu les lois de la pesanteur plastique et de l'incarnation. Gambara rêve de composer des poèmes par le truchement de la musique, il crée à l'aide des sons une poésie qui viole les règles fondamentales de l'harmonie et qui se soustrait à la compréhension humaine. Il est « un grand poète » à la recherche de mélodies célestes, il est « plus poète que musicien » par l'ambition métaphysique de son projet. Frenhofer et Gambara sont possédés par le mythe extra-humain et extra-terrestre de cet Absolu, sur lequel se fonde la cohérence thématique des *Études philosophiques*.

④ *L'absolu dans la peinture.*

Le Chef-d'œuvre inconnu n'est essentiellement ni un conte historique — malgré son insertion dans les débuts du XVIIe siècle — ni un récit d'amour, parce que le personnage imaginaire de Frenhofer dépasse les frontières d'un temps déterminé et que le discours esthétique prévaut sur les éléments narratifs et descriptifs. En outre la passion amoureuse, bien qu'elle entre en conflit avec la passion de l'art, est subordonnée au drame de la création de telle sorte que le récit, comme l'a noté Albert Béguin, « appartient à cette série des mythes de l'artiste, qui sont autant de mythes des limites de l'Art, ou des fragiles frontières entre l'Art et la Folie [5] ». Le rôle focalisateur de Frenhofer et la primauté du discours font que *Le Chef-d'œuvre* apparaît comme un récit faustien, associant l'interrogation sur les pouvoirs de la connaissance aux problèmes de la création artistique, tendue vers la conquête de l'absolu, sollicitée par la transgression des obstacles et des interdits. Frenhofer, peintre visionnaire, se fait le porte-parole d'une esthétique antiréaliste et *surnaturaliste*, se refusant à considérer l'œuvre d'art comme la reproduction de la nature. L'artiste n'imite pas le modèle extérieur qu'il observe, il le recrée et le transforme en se référant au modèle qu'il porte en lui ; l'objet est reconstruit selon la vision imaginative, car les apparences du monde ne signifient pas d'elles-mêmes, mais revêtent la valeur de signes renvoyant à une forme spirituelle. L'affirmation de Frenhofer : «La mission de l'art n'est pas de copier la nature, mais de l'exprimer», gouverne l'évolution de l'art moderne, soumis au travail de l'idéalisation. La vérité de l'art contredit la vérité de la nature, puisqu'elle consiste à métamorphoser le spectacle du réel afin de lui imposer une cohérence supérieure qui est de l'ordre de la fiction. La création artistique engendre un univers imaginaire, transcendant les contingences de la réalité. Frenhofer assigne à l'artiste une tâche comparable à celle de l'alchimiste : celle de «forcer l'arcane de la nature», de remonter de l'effet à la cause et de saisir l'essence des choses, qui se dissimule derrière l'écorce des apparences. Il s'agit, non de peindre les *effets*, mais d'atteindre au principe, d'exprimer l'*âme* mystérieuse des êtres et des objets. Le rêve esthétique de Frenhofer confine à la métaphysique ; il répond à une conception totalisante de l'art, définie par son mouvement de démesure et son penchant à l'«angélisme fatal[6]», qui s'apparentent à un projet prométhéen, tendant à faire éclater les limites du possible, à franchir les frontières de l'humain, en empiétant sur le divin. Le peintre ambitionne d'être tout à la fois «père, amant et Dieu», le *père* tout-puissant de son œuvre, l'*amant* d'une figure imaginaire plus parfaite que toute femme réelle et rival de Dieu par son dessein de réformer la création.

Cette ambition métaphysique s'accompagne d'une quête de la Beauté qui n'est pas sans analogie avec le contenu esthétique de certains poèmes des *Fleurs du Mal*. L'idéal du Beau absolu habite un espace limbique, ouvert sur le ciel et les enfers, il est divin par l'appétit de la transcendance, infernal par l'effort permanent qu'il exige de l'artiste. La beauté est l'objet d'une recherche inlassable, d'une lutte dans laquelle elle se dérobe et doit en quelque sorte être contrainte.

La beauté est une chose sévère et difficile qui ne se laisse pas atteindre ainsi, il faut attendre ses heures, l'épier, la presser et l'enlacer étroitement pour la forcer à se rendre.

Elle habite les zones secrètes du cosmos, auxquelles l'artiste cherche à la ravir par un combat dont il n'est jamais certain de sortir vainqueur. L'expression du Beau est liée à la maîtrise de la forme, qui, de nature mobile, oblige l'artiste à la dompter à travers ses multiples métamorphoses pour qu'elle devienne un moule apte à contenir la charge de la pensée et de l'affectivité. Frenhofer incarne le mythe de la création artistique, conçue comme un mode de connaissance, analogue à la recherche de la pierre philosophale ; de même que l'alchimiste, il rêve de saisir l'essence des choses, d'arracher à la vie et à la nature leur secret afin de s'octroyer des pouvoirs démiurgiques. Il ne représente pas la condition de l'artiste, mais plutôt « la nature artiste », « l'Art lui-même », la poésie et la passion de la peinture, qui reposent sur une méditation coupée des racines du réel. Il poursuit un songe intérieur, plus cérébral que sensible, il se meut familièrement dans la sphère de l'idéal, en proie à « la surabondance d'un génie dévorant » qui engendre le doute et l'impuissance. Comme tous les chercheurs d'absolu dans *La Comédie humaine,* Frenhofer vit au-delà de l'humain, sur ces frontières où le génie voisine avec la folie et la spéculation abstraite, où les ravages de la pensée font que l'être a déserté la terre pour s'aventurer dans les espaces périlleux de la désincarnation.

Quelles sont, en fonction du texte et de la poétique de Balzac, les causes de l'échec de Frenhofer ? La puissance de la conception et l'expansion excessive de la pensée ont tué en lui les facultés de l'exécution. Frenhofer s'est accoutumé à réfléchir sur les conditions de l'acte créateur au lieu de se livrer à la pratique de son art. Il s'est absorbé dans une vision intellectuelle qui l'a écarté des exigences concrètes du métier ; emporté par sa passion de l'art, il s'éprend d'une image inaccessible et s'égare dans le ciel de l'abstraction. Il méconnaît que l'art est inséparable du geste de l'incarnation, qu'il implique la participation de la matière. Qu'elle soit picturale ou romanesque, la création comporte un travail ardu par lequel la pensée et l'émotion viennent s'empreindre dans les limites d'une forme maîtrisée. « L'art du romancier consiste à bien matérialiser ses idées», écrit Balzac dans la préface du *Lys dans la vallée*. L'échec de Frenhofer est signifié par le désaccord de l'idée et de l'acte, par la distance entre l'œuvre imaginée et l'œuvre réalisée. Frenhofer vit le conflit insoluble du *raisonnement* et de la *poésie* avec le métier, la *pratique* et l'*observation*. L'artiste se doit d'acquérir l'habitude du travail, l'expérience qui seule permet de synthétiser la conception et l'exécution; la création artistique est soumise à la volonté d'incarner la pensée par un long combat pour adapter la matière à l'expression des idées et des sentiments. « Travaillez !, dit Porbus, les peintres ne doivent méditer que les brosses à la main ». Si Frenhofer représente la recherche métaphysique, la dilatation de l'imagination, dirigée vers la conquête de l'absolu, Porbus figure les exigences du métier, la tension de la volonté vers l'accomplissement de l'œuvre — fût-elle imparfaite dans sa réalisation. *Le Chef-d'œuvre inconnu* signifie l'antinomie de l'imaginaire et du réel, en tant que source de l'impuissance créatrice. Balzac montre implicitement que la vision imaginative ne doit pas s'opposer au faire, mais entretenir avec lui des relations de complémentarité, comme en témoignera le vaste discours du narrateur au centre de *La Cousine Bette*[7]. La poésie des idées n'est convertie en œuvre que par le truchement d'une forme appropriée.

On a trop insisté sur les prétendues sources du *Chef-d'œuvre* et sa conformité à l'idéologie de l'époque au détriment de sa modernité, de son contenu prophétique. Non seulement le récit illustre à sa manière la poétique romanesque de Balzac et s'accorde souvent avec la pensée de Delacroix, mais il annonce la réflexion esthétique de Baudelaire — on pourrait à loisir multiplier les rapprochements — et préfigure le destin de Cézanne, qui s'est identifié avec Frenhofer. Si Delacroix paraît avoir prêté peu d'attention au récit de Balzac, le peintre d'Aix en a saisi le sens dramatique, en se l'appliquant à lui-même, comme le rapporte Émile Bernard :

Un soir que je lui parlais du *Chef-d'œuvre inconnu* et de Frenhofer, le héros du drame de Balzac, il se leva de table, se dressa devant moi, et, frappant sa poitrine avec son index, il s'accusa, sans un mot, mais par ce geste multiplié, le personnage même du roman. Il était si ému que des larmes emplissaient ses yeux. Quelqu'un par qui il était devancé dans la vie, mais dont l'âme était prophétique, l'avait deviné [8].

Balzac pouvait-il rêver une consécration plus glorieuse de ses intuitions que cette approbation du maître de la peinture moderne ?

L'absolu dans la musique.

⑦   Tandis que Le Chef-d'œuvre transpose le drame moderne de l'artiste dans le contexte du début du XVIIᵉ siècle, Gambara situe le drame du compositeur dans l'univers contemporain, de même que parallèlement la richesse de Frenhofer s'oppose à la pauvreté de Gambara. En revanche les deux récits s'apparentent par la présence du narrateur anonyme, par la réduction de l'intrigue et de la narration, qui passent au second plan afin de privilégier le discours. Les personnages se racontent, énoncent leurs jugements et leurs commentaires par l'intermédiaire du discours, qui sert d'articulation à l'œuvre. Gambara s'ordonne autour des trois grands discours du héros, plus développés que ceux de Frenhofer :

le discours I, explicatif et autobiographique, opérant des retours dans le passé,

le discours II, commentant l'opéra imaginaire, Mahomet, qui est une mise en abyme du récit, dans la mesure où le destin de Khadige et de Mahomet recoupe celui de Marianna et de Gambara,

le discours III, consacré à l'analyse du contenu thématique et musical de l'opéra de Meyerbeer, Robert-le-Diable.

    Cette prédominance du discours n'empêche pas que la passion amoureuse soit plus étroitement liée à la création dans Gambara que dans Le Chef-d'œuvre, en raison du rôle de Marianna, qui se sacrifie à la musique, en refoulant son désir, puis cède à la passion du comte Andrea Marcosini, en s'enfuyant avec lui en Italie, et qui, abandonnée par son amant, revient auprès de Gambara pour partager sa misère. Le récit se referme ainsi sur le sacrifice à la permanence de l'Idéal. La fonction des personnages peut se ramener schématiquement au tableau suivant :

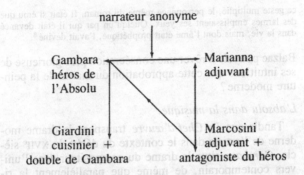

Quant à Massimilla di Varese et à Emilio, les héros de *Massimilla Doni,* ils n'interviennent qu'à la fin du récit pour remplir le rôle d'arbitres et proclamer la grandeur de Gambara, qui, malgré son échec, « est resté fidèle à l'Idéal ».

Le propos de Giardini : « Tout grand talent est absolutiste » ! ne s'applique pas seulement à l'art culinaire, mais aussi à Frenhofer et à Gambara, qui sont chacun à la recherche d'un art capable d'englober l'interaction des causes et des effets. Au regard de Gambara, la musique tient autant de la *science* que de l'*art,* elle procède de la conjonction du savoir et de l'inspiration, des connaissances techniques et des impulsions de l'enthousiasme.

> La musique est tout à la fois une science et un art. Les racines qu'elle a dans la physique et les mathématiques en font une science ; elle devient un art par l'inspiration qui emploie à son insu les théorèmes de la science.

Gambara se persuade que « ce qui étend la science étend l'art », que la musique est déterminée par les lois mathématiques et physiques, qu'elle implique l'étude des substances à partir desquelles elle exerce son activité créatrice. Non seulement elle suppose la connaissance de l'harmonie, mais de l'optique et de l'acoustique, en ce sens que la lumière et le son procèdent d'une même origine, en tant que produits engendrés par une « substance éthérée ». Quant à l'art, il est de l'ordre de l'invention imaginative, il détient les pouvoirs d'exprimer l'intériorité et de ressusciter les souvenirs ; il remplit une fonction sensible et mémoriale, complémentaire du savoir. Cette ambition pré-wagnérienne d'un art total, capable d'exploiter les ressources de l'harmonie et de la mélodie, se traduit dans l'opéra de *Mahomet* et dans la création du *Panharmonicon,* instrument qui prétend concentrer les propriétés d' « un orchestre entier ». Mais de même que la toile de Frenhofer représente « une muraille de peinture », un *chaos* de lignes et de couleurs enveloppées dans une « espèce de brouillard sans forme », l'opéra de Gambara apparaît à l'auditeur comme une « étourdissante cacophonie », une « informe création », violant les règles de l'harmonie et rassemblant des « sons discordants jetés au hasard ». L'art volontaire finit par donner le sentiment de l'involontaire et par rompre avec toute espèce de communication. La science et l'art, au lieu de s'harmoniser, se concurrencent l'un l'autre et produisent la destruction de l'œuvre ; le rêve de l'absolu se heurte à l'impossible et le rêve de la totalité se brise en morceaux dispersés, en fragments désaccordés.

Ainsi que *Le Chef-d'œuvre inconnu, Gambara* illustre la disjonction entre l'excès du savoir et l'inspiration, entre la théorie et la pratique ; la connaissance nuit à la composition musicale en privilégiant les rêveries de la conception au détriment de l'accomplissement de l'œuvre. Gambara est victime de « l'empire tyrannique et jaloux que la Pensée exerce sur les cerveaux qui s'éprennent d'amour pour elle », de la dilatation de l'intelligence, projetée dans la sphère de l'abstraction. Il se produit en lui un déséquilibre des facultés, un divorce entre le jugement et l'imagination, qui ne se résout temporairement qu'à la faveur de l'ivresse, parce que celle-ci aiguise la lucidité de Gambara et l'affranchit de ses visions chimériques. L'achèvement de l'œuvre est entravé par la recherche de l' « essence musicale » ou du « principe musical », qui se situe au-delà de toute réalisation ; la préoccupation théorique étouffe l'acte de l'engendrement. « [...] Les musiciens qui écrivent des grammaires peuvent comme les critiques littéraires être de détestables compositeurs », dit Andrea Marcosini, en se faisant le porte-parole du narrateur. Fasciné par la poésie des idées et des harmonies célestes, Gambara s'est séparé de l'univers du désir et de l'affectivité — il en donne la preuve en concevant une musique ouverte sur les espaces impalpables du ciel, en s'imposant à lui-même et en imposant à Marianna une chasteté quasi angélique. Sa musique est, à l'image de son aspiration, détournée de la terre et s'achemine par un mouvement ascendant vers la désincarnation ; elle se dépouille de la sensation afin de mieux appréhender le contenu de l'idée. Plus encore que la peinture de Frenhofer, elle cède à l'angélisme par son refus des attaches terrestres et charnelles, par sa projection vers un imaginaire identifié avec les hautes sphères de l'idéalité. A la fin du récit, Gambara prend conscience de son échec, tout en l'imputant à l'imperfection humaine plutôt qu'à l'abstraction de sa démarche. Le propre du génie, selon lui, consiste à pressentir dès l'ici-bas une condition céleste qui serait débarrassée des obstacles du corps et de la matière.

> Ma musique est belle, mais quand la musique passe de la sensation à l'idée, elle ne peut avoir que des gens de génie pour auditeurs, car eux seuls ont la puissance de la développer. Mon malheur vient d'avoir écouté les concerts des anges et d'avoir cru que les hommes pouvaient les comprendre.

Gambara est autant un visuel qu'un auditif, il *voit* autant les mélodies qu'il les entend et cette vision ne fait qu'entraver la composition musicale. Il est un visionnaire chez qui la musique suscite des images et il en propose une représentation métaphorique établie sur la langue des synesthésies. L'alliance du son et de la lumière, de la musique et du spectacle porte Gambara à se passionner pour l'opéra dramatique, propice au rêve de la totalité.

Contrairement à *Massimilla Doni*, écrit à la gloire de Venise et de l'opéra italien, *Gambara* célèbre le *Don Juan* de Mozart, la *Ve Symphonie* de Beethoven et, en dépit de certaines réserves, l'opéra de Meyerbeer en tant que représentation du génie musical de l'Allemagne, caractérisé par l'expression de l'énergie, par la volonté de saisir des parcelles de l'absolu. Et l'opéra, plus que tout autre genre musical, atteste le phénomène de la correspondance des arts, parce qu'il synthétise la relation qui existe entre la musique, la poésie et la peinture. Il s'agit d'une véritable analogie, puisque le son, le verbe, la lumière et la couleur sont issus d'une substance unique, participent d'une même harmonie, diffusée par les « vibrations » de l'air et empreinte dans le langage spécifique de chacun des arts.

> Toutes les harmonies partent d'un centre commun et conservent entre elles d'intimes relations ; ou plutôt, l'harmonie, une comme la lumière, est décomposée par nos arts comme le rayon par le prisme.

Pourtant, le langage musical dispose d'un privilège particulier, il a seul « la puissance de nous faire rentrer en nous-mêmes », de sonder les profondeurs mystérieuses de l'être, de pénétrer dans l'infini que nous percevons au dehors de nous et que nous portons en nous. Ce sont là, même si elles sont héritées des *Kreisleriana* d'Hoffmann, des intuitions fécondes qui ne cesseront de hanter l'esprit des poètes et qui trouveront leur aboutissement dans *A la recherche du Temps perdu*. Balzac savait que la musique s'ouvre sur les portes du rêve et les retraites du spirituel ; il pressentait, selon la saisissante *fusée* de Baudelaire, que « la Musique creuse le ciel ».

Marc EIGELDINGER.

NOTES

1. Dans l'édition de la Pléiade, *La Comédie humaine*, t. X, René Guise insiste sur l'idée que *Le Chef-d'œuvre inconnu*, *Gambara* et *Massimilla Doni* constituent une *trilogie* « dont chaque élément ne prend sa pleine signification que par référence aux autres » (p. 393), par la thématique et la peinture de la condition de l'artiste. On pourrait ajouter que ces trois récits contribuent à éclairer certains aspects de la poétique romanesque de Balzac.

2. Au sujet du détail de la genèse, consulter P. Laubriet, *Le Chef-d'œuvre inconnu de Balzac*, p. 11-51, P.-G. Castex, *Nouvelles et contes de Balzac*. II. *Études philosophiques*, p. 36-45 et R. Guise, *La Comédie humaine*, Pléiade, t. X, p. 1401-1409. P. Laubriet a en outre procédé à une confrontation exhaustive des trois versions du récit afin de marquer les étapes de son évolution. Cf. *op. cit.*, p. 53-128.

3. Au sujet de la genèse de *Gambara* et de *Massimilla Doni*, consulter les éditions critiques de M. Regard et de M. Milner, P.-G. Castex, *Nouvelles et contes de Balzac*. II. *Études philosophiques*, p. 64-66 et 75-76 et surtout R. Guise, *La Comédie humaine*, Pléiade, t. X, p. 1428-1446 et 1504-1524.

4. *La Comédie humaine*, Pléiade, t. IV, p. 935.

5. *Balzac lu et relu*, p. 229.

6. La formule est empruntée à Albert Béguin, *op. cit.*, p. 233.

7. *La Comédie humaine*, Pléiade, t. VII, en particulier p. 241-242.

8. *Souvenirs sur Paul Cézanne*, H. Laurens, s. d., p. 44. J. Gasquet confirme que le volume des *Études philosophiques*, comprenant *Le Chef-d'œuvre inconnu*, était pour Cézanne « un de ses livres de chevet » et qu'il l'avait annoté dans les marges, *Cézanne*, Éditions Bernheim-Jeune, 1926, p. 71 et 205. Dans une lettre à sa femme Clara du 9 octobre 1907, Rilke parle également de cette identification de Cézanne avec Frenhofer. Cit. par Léo Larguier, *Cézanne ou la lutte avec l'ange de la peinture*, Julliard, 1947, p. 135.

BIBLIOGRAPHIE

(concerne les études relatives aux
récits philosophiques publiés dans cette édition)

I. *Textes* :

La Comédie humaine, t. XIV et XV, édition Furne, 1845 et 1846. C'est le texte qui est reproduit dans cette édition, indépendamment des corrections apportées par Balzac.

La Comédie humaine, t. X, Gallimard, « Bibliothèque de la Pléiade », 1979, texte présenté, établi et annoté par René Guise.

Œuvres complètes, t. XXV, XXVI, XXVII et XXVIII, Club de l'Honnête Homme, 1962 et 1963.

Le Chef-d'œuvre inconnu dans Pierre Laubriet, *Un catéchisme esthétique, Le Chef-d'œuvre inconnu de Balzac*, Didier, 1961, p. 201-239.

Gambara, édition présentée par Maurice Regard, José Corti, 1964.

Massimilla Doni, édition présentée par Max Milner, José Corti, 1964.

Le Chef-d'œuvre inconnu, [...] *Gambara, Massimilla Doni*, préface de Robert André, notice et notes de Samuel de Sacy, Le Livre de poche, 1970.

Correspondance, 5 vol., édition établie par Roger Pierrot, Garnier, 1960-1969.

Lettres à Madame Hanska, 4 vol., édition établie par Roger Pierrot, Les Éditions du Delta, 1967-1971.

II. *Études* :

ALLEMAND (André), *Unité et structure de l'univers balzacien*, Plon, 1965.

BARDÈCHE (Maurice) , *Une lecture de Balzac*, Les Sept
    Couleurs, 1964.
BÉGUIN (Albert), *Balzac lu et relu*, Le Seuil et La Bacon-
    nière, 1965.
BONNARD (Olivier), *La Peinture dans la création balza-
    cienne*, Droz, 1969.
CASTEX (Pierre-Georges), *Nouvelles et contes de Balzac*,
    II. *Études philosophiques*, C.D.U., 1961.
CURTIUS (Ernst Robert), *Balzac*, trad. de H. Jourdan,
    Grasset, 1933.
EIGELDINGER (Marc), *La Philosophie de l'art chez
    Balzac*, P. Cailler, puis La Baconnière, 1957.
FERNANDEZ (Ramon), *Balzac*, Stock, 1943.
FOSCA (François), « Balzac » dans *De Diderot à Valéry,
    Les écrivains et les arts visuels*, Albin Michel, 1960.
HIRSCHFELL (Georges), *Balzac und Delacroix*, Imprime-
    rie Alsatia, Saint-Louis, 1946.
LAUBRIET (Pierre), *L'Intelligence de l'art chez Balzac,
    D'une esthétique balzacienne*, Didier, 1961.
LAUBRIET (Pierre), *Un catéchisme esthétique, Le
    Chef-d'œuvre inconnu de Balzac*, Didier, 1961.
SPOELBERCH DE LOVENJOUL (Charles de), *Autour de Ho-
    noré de Balzac*, Slatkine Reprints, 1973.

III. *Articles :*

BARRICELLI (Jean-Pierre), « Balzac et Meyerbeer », *An-
    née balzacienne*, 1967.
CITRON (Pierre), « Gambara, Strunz et Beethoven », *An-
    née balzacienne*, 1967.
CLAUDON (F.), « Balzac et Beethoven », *Année balza-
    cienne* 1971.
FIZAINE (J.-C.), « Génie et folie dans *Louis Lambert,
    Gambara et Massimilla Doni* », *R.S.H.*, n° 175,
    1979-3.
GILMAN (Margaret), « Balzac and Diderot. *Le
    Chef-d'œuvre inconnu* », *P.M.L.A.*, 1950, vol. LXV.
MAURICE-AMOUR (L.), « La Musique » dans *Balzac, Le
    Livre du centenaire*, Flammarion, 1952.
MEININGER (Anne-Marie), « Compte rendu de l'édition

de *Massimilla Doni* de Max Milner», *Année balza-cienne*, 1965.

MILNER (Max), «Le sens psychique de *Massimilla Doni* et la conception balzacienne de l'âme», *Année balza-cienne*, 1966.

REGARD (Maurice), «Balzac est-il l'auteur de *Gambara*»?, *R.H.L.F.*, octobre-décembre 1953.

REY (Robert), «Les Artistes» dans *Balzac, Le Livre du centenaire*, Flammarion, 1952.

LE CHEF-D'ŒUVRE INCONNU

A un Lord [1]

....
....
....
....
                                        1845.

I

GILLETTE [2].

Vers la fin de l'année 1612 [3], par une froide matinée de décembre, un jeune homme dont le vêtement était de très mince apparence, se promenait devant la porte d'une maison située rue des Grands-Augustins, à Paris. Après avoir assez longtemps marché dans cette rue avec l'irrésolution d'un amant qui n'ose se présenter chez sa première maîtresse, quelque facile qu'elle soit, il finit par franchir le seuil de cette porte, et demanda si maître François PORBUS [4] était en son logis. Sur la réponse affirmative que lui fit une vieille femme occupée à balayer une salle basse, le jeune homme monta lentement les degrés, et s'arrêta de marche en marche, comme quelque courtisan de fraîche date, inquiet de l'accueil que le roi va lui faire. Quand il parvint en haut de la vis, il demeura pendant un moment sur le palier, incertain s'il prendrait le heurtoir grotesque [5] qui ornait la porte de l'atelier où travaillait sans doute le peintre de Henri IV [6] délaissé pour Rubens par Marie de Médicis. Le jeune homme éprouvait cette sensation profonde qui a dû faire vibrer le cœur des grands artistes quand, au fort de la jeunesse et de leur amour pour l'art, ils ont abordé un homme de génie ou quelque chef-d'œuvre. Il existe dans tous les sentiments humains une fleur primitive, engen-

drée par un noble enthousiasme qui va toujours faiblissant
jusqu'à ce que le bonheur ne soit plus qu'un souvenir et la
gloire un mensonge. Parmi ces émotions fragiles, rien ne
ressemble à l'amour comme la jeune passion d'un artiste
commençant le délicieux supplice de sa destinée de gloire
et de malheur, passion pleine d'audace et de timidité, de
croyances vagues et de découragements certains. A celui
qui léger d'argent, qui adolescent de génie, n'a pas vivement palpité en se présentant devant un maître, il man-
quera toujours une corde dans le cœur, je ne sais quelle
touche de pinceau, un sentiment dans l'œuvre, une certaine expression de poésie. Si quelques fanfarons bouffis
d'eux-mêmes croient trop tôt à l'avenir, ils ne sont gens
d'esprit que pour les sots. A ce compte, le jeune inconnu
paraissait avoir un vrai mérite, si le talent doit se mesurer
sur cette timidité première, sur cette pudeur indéfinissable que les gens promis à la gloire savent perdre dans
l'exercice de leur art, comme les jolies femmes perdent la
leur dans le manège de la coquetterie. L'habitude du
triomphe amoindrit le doute, et la pudeur est un doute
peut-être.

Accablé de misère et surpris en ce moment de son
outrecuidance, le pauvre néophyte ne serait pas entré
chez le peintre auquel nous devons l'admirable portrait de
Henri IV, sans un secours extraordinaire que lui envoya
le hasard. Un vieillard vint à monter l'escalier. A la
bizarrerie de son costume, à la magnificence de son rabat
de dentelle, à la prépondérante sécurité de sa démarche,
le jeune homme devina dans ce personnage ou le protecteur ou l'ami du peintre; il se recula sur le palier pour lui
faire place, et l'examina curieusement, espérant trouver
en lui la bonne nature d'un artiste ou le caractère servia-
ble des gens qui aiment les arts; mais il aperçut quelque
chose de diabolique [7] dans cette figure, et surtout ce *je ne
sais quoi* qui affriande les artistes. Imaginez un front
chauve, bombé, proéminent, retombant en saillie sur un
petit nez écrasé, retroussé du bout comme celui de Rabelais ou de Socrate; une bouche rieuse et ridée, un menton
court, fièrement relevé, garni d'une barbe grise taillée en
pointe, des yeux vert de mer ternis en apparence par

l'âge, mais qui par le contraste du blanc nacré dans lequel
flottait la prunelle devaient parfois jeter des regards ma-
gnétiques au fort de la colère ou de l'enthousiasme. Le
visage était d'ailleurs singulièrement flétri par les fatigues
de l'âge, et plus encore par ces pensées qui creusent
également l'âme et le corps. Les yeux n'avaient plus de
cils, et à peine voyait-on quelques traces de sourcils
au-dessus de leurs arcades saillantes. Mettez cette tête sur
un corps fluet et débile, entourez-la d'une dentelle étincelante de blancheur et travaillée comme une truelle à
poisson, jetez sur le pourpoint noir du vieillard une lourde
chaîne d'or, et vous aurez une image imparfaite de ce
personnage auquel le jour faible de l'escalier prêtait encore une couleur fantastique. Vous eussiez dit une toile
de Rembrandt marchant silencieusement et sans cadre [8]
dans la noire atmosphère que s'est appropriée ce grand
peintre. Le vieillard jeta sur le jeune homme un regard
empreint de sagacité, frappa trois coups à la porte, et dit à
un homme valétudinaire, âgé de quarante ans environ,
qui vint ouvrir : — Bonjour, maître.

Porbus s'inclina [9] respectueusement, il laissa entrer le
jeune homme en le croyant amené par le vieillard et
s'inquiéta d'autant moins de lui que le néophyte demeura
sous le charme que doivent éprouver les peintres-nés à
l'aspect du premier atelier qu'ils voient et où se révèlent
quelques-uns des procédés matériels de l'art. Un vitrage
ouvert dans la voûte éclairait l'atelier de maître Porbus.
Concentré sur une toile accrochée au chevalet, et qui
n'était encore touchée que de trois ou quatre traits blancs,
le jour n'atteignait pas jusqu'aux noires profondeurs des
angles de cette vaste pièce ; mais quelques reflets égarés
allumaient dans cette ombre rousse une paillette argentée
au ventre d'une cuirasse de reître suspendue à la muraille,
rayaient d'un brusque sillon de lumière la corniche
sculptée et cirée d'un antique dressoir chargé de vaissel-
les curieuses, ou piquaient de points éclatants la trame
grenue de quelques vieux rideaux de brocart d'or aux
grands plis cassés, jetés là comme modèles. Des écorchés
de plâtre, des fragments et des torses de déesses antiques,
amoureusement polis par les baisers des siècles, jon-

chaient les tablettes et les consoles. D'innombrables
ébauches, des études aux trois crayons [10], à la sanguine
ou à la plume, couvraient les murs jusqu'au plafond. Des
boîtes à couleurs, des bouteilles d'huile et d'essence, des
escabeaux renversés ne laissaient qu'un étroit chemin
pour arriver sous l'auréole que projetait la haute verrière
dont les rayons tombaient à plein sur la pâle figure de
Porbus et sur le crâne d'ivoire de l'homme singulier.
L'attention du jeune homme fut bientôt exclusivement
acquise à un tableau qui, par ce temps de trouble et de
révolutions, était déjà devenu célèbre, et que visitaient
quelques-uns de ces entêtés auxquels on doit la conserva-
tion du feu sacré pendant les jours mauvais. Cette belle
page représentait une *Marie égyptienne* [11] se disposant à
payer le passage du bateau. Ce chef-d'œuvre, destiné à
Marie de Médicis, fut vendu par elle aux jours de sa
misère.

— Ta sainte me plaît, dit le vieillard à Porbus, et je te
la paierais dix écus d'or au-delà du prix que donne la
reine ; mais aller sur ses brisées ?... du diable !

— Vous la trouvez bien ?

— Heu ! heu ! fit le vieillard, bien ?... oui et non. Ta
bonne femme [12] n'est pas mal troussée, mais elle ne vit
pas. Vous autres, vous croyez avoir tout fait lorsque vous
avez dessiné correctement une figure et mis chaque chose
à sa place d'après les lois de l'anatomie ! Vous colorez ce
linéament avec un ton de chair fait d'avance sur votre
palette en ayant soin de tenir un côté plus sombre que
l'autre, et parce que vous regardez de temps en temps une
femme nue qui se tient debout sur une table, vous croyez
avoir copié la nature, vous vous imaginez être des peintres et avoir dérobé le secret de Dieu [13] !... Prrr ! Il ne
suffit pas pour être un grand poète de savoir à fond la
syntaxe et de ne pas faire de fautes de langue ! Regarde ta
sainte, Porbus ? Au premier aspect, elle semble admirable ; mais au second coup d'œil on s'aperçoit qu'elle est
collée au fond de la toile et qu'on ne pourrait pas faire le
tour de son corps. C'est une silhouette qui n'a qu'une
seule face, c'est une apparence découpée, une image qui
ne saurait se retourner, ni changer de position. Je ne sens

pas d'air entre ce bras et le champ du tableau ; l'espace et
la profondeur manquent [14] ; cependant tout est bien en
perspective, et la dégradation aérienne [15] est exactement
observée ; mais, malgré de si louables efforts, je ne saurais croire que ce beau corps soit animé par le tiède
souffle de la vie. Il me semble que si je portais la main sur
cette gorge d'une si ferme rondeur, je la trouverais froide
comme du marbre ! Non, mon ami, le sang ne court pas
sous cette peau d'ivoire, l'existence ne gonfle pas de sa
rosée de pourpre les veines et les fibrilles [16] qui s'entrelacent en réseaux sous la transparence ambrée des tempes et
de la poitrine. Cette place palpite, mais cette autre est
immobile ; la vie et la mort luttent dans chaque détail : ici
c'est une femme, là une statue, plus loin un cadavre. Ta
création est incomplète. Tu n'as pu souffler qu'une portion de ton âme à ton œuvre chérie. Le flambeau de
Prométhée [17] s'est éteint plus d'une fois dans tes mains,
et beaucoup d'endroits de ton tableau n'ont pas été touchés par la flamme céleste.

— Mais pourquoi, mon cher maître ? dit respectueusement Porbus au vieillard tandis que le jeune homme
avait peine à réprimer une forte envie de le battre.

— Ah ! voilà, dit le petit vieillard. Tu as flotté indécis
entre les deux systèmes, entre le dessin et la couleur,
entre le flegme minutieux, la raideur précise des vieux
maîtres allemands et l'ardeur éblouissante, l'heureuse
abondance des peintres italiens. Tu as voulu imiter à la
fois Hans Holbein et Titien, Albrecht Dürer et Paul Véronèse [18]. Certes c'était là une magnifique ambition ! Mais
qu'est-il arrivé ? Tu n'as eu ni le charme sévère de la
sécheresse, ni les décevantes magies du clair-obscur [19].
Dans cet endroit, comme un bronze en fusion qui crève
son trop faible moule, la riche et blonde couleur du Titien
a fait éclater le maigre contour d'Albrecht Dürer où tu
l'avais coulée. Ailleurs, le linéament a résisté et contenu
les magnifiques débordements de la palette vénitienne.
Ta figure n'est ni parfaitement dessinée, ni parfaitement
peinte, et porte partout les traces de cette malheureuse
indécision. Si tu ne te sentais pas assez fort pour fondre
ensemble au feu de ton génie les deux manières rivales, il

fallait opter franchement entre l'une ou l'autre, afin
d'obtenir l'unité qui simule une des conditions de la vie.
Tu n'es vrai que dans les milieux, tes contours sont faux,
ne s'enveloppent pas et ne promettent rien par-derrière. Il
y a de la vérité ici, dit le vieillard en montrant la poitrine
de la sainte. — Puis, ici, reprit-il en indiquant le point où
sur le tableau finissait l'épaule. — Mais là, fit-il en
revenant au milieu de la gorge, tout est faux. N'analysons
rien, ce serait faire ton désespoir.

Le vieillard s'assit sur une escabelle, se tint la tête dans
les mains et resta muet.

— Maître, lui dit Porbus, j'ai cependant bien étudié
sur le nu cette gorge [20]; mais, pour notre malheur, il est
des effets vrais dans la nature qui ne sont plus probables
sur la toile...

— La mission de l'art n'est pas de copier la nature,
mais de l'exprimer [21]! Tu n'es pas un vil copiste, mais un
poète [22]! s'écria vivement le vieillard en interrompant
Porbus par un geste despotique. Autrement un sculpteur
serait quitte de tous ses travaux en moulant une femme!
Hé! bien, essaie de mouler la main de ta maîtresse et de la
poser devant toi, tu trouveras un horrible cadavre sans
aucune ressemblance, et tu seras forcé d'aller trouver le
ciseau de l'homme qui, sans te la copier exactement, t'en
figurera le mouvement et la vie. Nous avons à saisir
l'esprit, l'âme [23], la physionomie des choses et des êtres.
Les effets! les effets! mais ils sont les accidents de la vie,
et non la vie [24]. Une main, puisque j'ai pris cet exemple,
une main ne tient pas seulement au corps, elle exprime et
continue une pensée qu'il faut saisir et rendre. Ni le
peintre, ni le poète, ni le sculpteur ne doivent séparer
l'effet de la cause [25] qui sont invinciblement l'un dans
l'autre! La véritable lutte est là! Beaucoup de peintres
triomphent instinctivement sans connaître ce thème de
l'art. Vous dessinez une femme, mais vous ne la voyez
pas! Ce n'est pas ainsi que l'on parvient à forcer l'arcane [26] de la nature. Votre main reproduit, sans que vous
y pensiez, le modèle que vous avez copié chez votre
maître. Vous ne descendez pas assez dans l'intimité de la
forme, vous ne la poursuivez pas avec assez d'amour et

de persévérance dans ses détours et dans ses fuites. La beauté est une chose sévère et difficile qui ne se laisse point atteindre ainsi, il faut attendre ses heures, l'épier, la presser et l'enlacer étroitement pour la forcer à se rendre [27]. La Forme est un Protée [28] bien plus insaisissable et plus fertile en replis que le Protée de la fable, ce n'est qu'après de longs combats qu'on peut la contraindre à se montrer sous son véritable aspect ; vous autres, vous vous contentez de la première apparence qu'elle vous livre, ou tout au plus de la seconde, ou de la troisième ; ce n'est pas ainsi qu'agissent les victorieux lutteurs ! Ces peintres invaincus ne se laissent pas tromper à tous ces faux-fuyants, ils persévèrent jusqu'à ce que la nature en soit réduite à se montrer toute nue et dans son véritable esprit. Ainsi a procédé Raphaël [29], dit le vieillard en ôtant son bonnet de velours noir pour exprimer le respect que lui inspirait le roi de l'art, sa grande supériorité vient du sens intime qui, chez lui, semble vouloir briser la Forme [30]. La Forme est, dans ses figures, ce qu'elle est chez nous, un truchement pour se communiquer des idées, des sensations, une vaste poésie. Toute figure est un monde, un portrait dont le modèle est apparu dans une vision sublime, teint de lumière, désigné par une voix intérieure, dépouillé par un doigt céleste qui a montré, dans le passé de toute une vie, les sources de l'expression. Vous faites à vos femmes de belles robes de chair, de belles draperies de cheveux, mais où est le sang qui engendre le calme ou la passion et qui cause des effets particuliers ? Ta sainte est une femme brune, mais ceci, mon pauvre Porbus, est d'une blonde ! Vos figures sont alors de pâles fantômes colorés que vous nous promenez devant les yeux, et vous appelez cela de la peinture et de l'art. Parce que vous avez fait quelque chose qui ressemble plus à une femme qu'à une maison, vous pensez avoir touché le but, et, tout fiers de n'être plus obligés d'écrire à côté de vos figures, *currus venustus* ou *pulcher homo* [31], comme les premiers peintres, vous vous imaginez être des artistes merveilleux ! Ha ! ha ! vous n'y êtes pas encore, mes braves compagnons, il vous faudra user bien des crayons, couvrir bien des toiles avant d'arriver. Assurément, une femme porte sa tête de cette manière, elle tient sa jupe ainsi, ses yeux s'alanguissent et se fondent avec cet air de douceur résignée, l'ombre palpitante des cils flotte ainsi sur les joues ! C'est cela, et ce n'est pas cela. Qu'y manque-t-il ? Un rien, mais ce rien est tout. Vous avez l'apparence de la vie, mais vous n'exprimez pas son trop-plein qui déborde, ce je ne sais quoi qui est l'âme peut-être et qui flotte nuageusement sur l'enveloppe ; enfin cette fleur de vie que Titien et Raphaël ont surprise. En partant du point extrême où vous arrivez, on ferait peut-être d'excellente peinture ; mais vous vous lassez trop vite. Le vulgaire admire, et le vrai connaisseur sourit. O Mabuse [32], ô mon maître, ajouta ce singulier personnage, tu es un voleur, tu as emporté la vie avec toi ! — A cela près, reprit-il, cette toile vaut mieux que les peintures de ce faquin de Rubens avec ses montagnes de viandes flamandes [33], saupoudrées de vermillon, ses ondées de chevelures rousses, et son tapage de couleurs. Au moins avez-vous là couleur, sentiment et dessin [34], les trois parties essentielles de l'Art.

— Mais cette sainte est sublime, bon homme ! s'écria d'une voix forte le jeune homme en sortant d'une rêverie profonde. Ces deux figures, celle de la sainte et celle du batelier, ont une finesse d'intention ignorée des peintres italiens, je n'en sais pas un seul qui eût inventé l'indécision du batelier.

— Ce petit drôle est-il à vous ? demanda Porbus au vieillard.

— Hélas ! maître, pardonnez à ma hardiesse, répondit le néophyte en rougissant. Je suis inconnu, barbouilleur d'instinct, et arrivé depuis peu dans cette ville, source de toute science.

— A l'œuvre ! lui dit Porbus en lui présentant un crayon rouge et une feuille de papier.

L'inconnu copia lestement la Marie au trait.

— Oh ! oh ! s'écria le vieillard. Votre nom ?

Le jeune homme écrivit au bas Nicolas Poussin [35].

— Voilà qui [36] n'est pas mal pour un commençant, dit le singulier personnage qui discourait si follement. Je vois que l'on peut parler peinture devant toi. Je ne te

blâme pas d'avoir admiré la sainte de Porbus. C'est un
chef-d'œuvre pour tout le monde, et les initiés aux plus
profonds arcanes de l'art peuvent seuls découvrir en quoi
elle pèche. Mais puisque tu es digne de la leçon, et
capable de comprendre, je vais te faire voir combien peu
de chose il faudrait pour compléter cette œuvre. Sois tout
œil et tout attention, une pareille occasion de t'instruire
ne se représentera peut-être jamais. Ta palette, Porbus?

Porbus alla chercher palette et pinceaux. Le petit
vieillard retroussa ses manches avec un mouvement de
brusquerie convulsive, passa son pouce dans la palette
diaprée et chargée de tons que Porbus lui tendait; il lui
arracha des mains plutôt qu'il ne les prit une poignée de
brosses de toutes dimensions, et sa barbe taillée en pointe
se remua soudain par des efforts menaçants qui exprimaient le prurit d'une amoureuse fantaisie. Tout en char-
geant son pinceau de couleur, il grommelait entre ses
dents : — Voici des tons bons à jeter par la fenêtre avec
celui qui les a composés, ils sont d'une crudité et d'une
fausseté révoltantes, comment peindre avec cela? Puis il
trempait avec une vivacité fébrile la pointe de la brosse
dans les différents tas de couleurs dont il parcourait quel-
quefois la gamme entière plus rapidement qu'un organiste
de cathédrale ne parcourt l'étendue de son clavier à l'*O
Filii* de Pâques [37].

Porbus et Poussin se tenaient immobiles chacun d'un
côté de la toile, plongés dans la plus véhémente contemplation.

— Vois-tu, jeune homme, disait le vieillard sans se
détourner, vois-tu comme au moyen de trois ou quatre
touches et d'un petit glacis [38] bleuâtre, on pouvait faire
circuler l'air autour de la tête de cette pauvre sainte qui
devait étouffer et se sentir prise dans cette atmosphère
épaisse! Regarde comme cette draperie voltige à présent
et comme on comprend que la brise la soulève! Auparavant elle avait l'air d'une toile empesée et soutenue par
des épingles. Remarques-tu comme le luisant satiné que
je viens de poser sur la poitrine rend bien la grasse
souplesse d'une peau de jeune fille, et comme le ton
mélangé de brun-rouge et d'ocre calciné réchauffe la

grise froideur [39] de cette grande ombre où le sang se figeait au lieu de courir. Jeune homme, jeune homme, ce que je te montre là, aucun maître ne pourrait te l'enseigner. Mabuse seul possédait le secret de donner de la vie aux figures. Mabuse n'a eu qu'un élève, qui est moi. Je n'en ai pas eu, et je suis vieux ! Tu as assez d'intelligence pour deviner le reste, par ce que je te laisse entrevoir.

Tout en parlant, l'étrange vieillard touchait à toutes les parties du tableau : ici deux coups de pinceau, là un seul, mais toujours si à propos qu'on aurait dit une nouvelle peinture, mais une peinture trempée de lumière. Il travaillait avec une ardeur si passionnée que la sueur se perla [40] sur son front dépouillé ; il allait si rapidement par de petits mouvements si impatients, si saccadés, que pour le jeune Poussin il semblait qu'il y eût dans le corps de ce bizarre personnage un démon qui agissait par ses mains en les prenant fantastiquement contre le gré de l'homme. L'éclat surnaturel des yeux, les convulsions qui semblaient l'effet d'une résistance donnaient à cette idée un semblant de vérité qui devait agir sur une jeune imagination. Le vieillard allait disant : — Paf, paf, paf ! Voilà comment cela se beurre, jeune homme ! Venez, mes petites touches, faites-moi roussir ce ton glacial ! Allons donc ! Pon ! pon ! pon ! disait-il en réchauffant les parties où il avait signalé un défaut de vie, en faisant disparaître par quelques plaques de couleur les différences de tempérament, et rétablissant l'unité de ton que voulait une ardente Égyptienne.

— Vois-tu, petit, il n'y a que le dernier coup de pinceau qui compte. Porbus en a donné cent, moi, je n'en donne qu'un. Personne ne nous sait gré de ce qui est dessous. Sache bien cela !

Enfin ce démon s'arrêta, et se tournant vers Porbus et Poussin muets d'admiration, il leur dit : — Cela ne vaut pas encore ma *Belle Noiseuse* [41], cependant on pourrait mettre son nom au bas d'une pareille œuvre. Oui, je la signerais, ajouta-t-il en se levant pour prendre un miroir dans lequel il la regarda. — Maintenant, allons déjeuner, dit-il. Venez tous deux à mon logis. J'ai du jambon fumé, du bon vin ! Hé ! hé ! malgré le malheur des temps, nous causerons peinture! Nous sommes de force. Voici un petit bonhomme, ajouta-t-il en frappant sur l'épaule de Nicolas Poussin, qui a de la facilité.

Apercevant alors la piètre casaque du Normand [42], il tira de sa ceinture une bourse de peau, y fouilla, prit deux pièces d'or, et les lui montrant : — J'achète ton dessin, dit-il. — Prends, dit Porbus à Poussin en le voyant tressaillir et rougir de honte, car ce jeune adepte avait la fierté du pauvre. Prends donc, il a dans son escarcelle la rançon de deux rois !

Tous trois, ils descendirent de l'atelier et cheminèrent en devisant sur les arts, jusqu'à une belle maison de bois, située près du pont Saint-Michel, et dont les ornements, le heurtoir, les encadrements de croisées, les arabesques émerveillèrent Poussin. Le peintre en espérance se trouva tout à coup dans une salle basse, devant un bon feu, près d'une table chargée de mets appétissants, et, par un bonheur inouï, dans la compagnie de deux grands artistes pleins de bonhomie.

— Jeune homme, lui dit Porbus en le voyant ébahi devant un tableau, ne regardez pas trop cette toile, vous tomberiez dans le désespoir.

C'était l'*Adam* [43] que fit Mabuse pour sortir de prison où ses créanciers le retinrent si longtemps. Cette figure offrait, en effet, une telle puissance de réalité, que Nicolas Poussin commença dès ce moment à comprendre le véritable sens des confuses paroles dites par le vieillard. Celui-ci regardait le tableau d'un air satisfait, mais sans enthousiasme, et semblait dire : « J'ai fait mieux ! »

— Il y a de la vie, dit-il, mon pauvre maître s'y est surpassé ; mais il manquait encore un peu de vérité dans le fond de la toile. L'homme est bien vivant, il se lève et va venir à nous. Mais l'air, le ciel, le vent que nous respirons, voyons et sentons, n'y sont pas. Puis il n'y a encore là qu'un homme ! Or le seul homme qui soit immédiatement sorti des mains de Dieu, devait avoir quelque chose de divin qui manque. Mabuse le disait lui-même avec dépit quand il n'était pas ivre [44].

Poussin regardait alternativement le vieillard et Porbus avec une inquiète curiosité. Il s'approcha de celui-ci

comme pour lui demander le nom de leur hôte ; mais le
peintre se mit un doigt sur les lèvres d'un air de mystère,
et le jeune homme, vivement intéressé, garda le silence,
espérant que tôt ou tard quelque mot lui permettrait de
deviner le nom de son hôte, dont la richesse et les talents
étaient suffisamment attestés par le respect que Porbus lui
témoignait, et par les merveilles entassées dans cette
salle.

Poussin, voyant sur la sombre boiserie de chêne un
magnifique portrait de femme, s'écria : — Quel beau
Giorgion [45] !

— Non ! répondit le vieillard, vous voyez un de mes
premiers barbouillages !

— Tudieu ! je suis donc chez le dieu de la peinture, dit
naïvement le Poussin.

Le vieillard sourit comme un homme familiarisé depuis
longtemps avec cet éloge.

— Maître Frenhofer [46] ! dit Porbus, ne sauriez-vous
faire venir un peu de votre bon vin du Rhin pour moi ?

— Deux pipes [47], répondit le vieillard. Une pour
m'acquitter du plaisir que j'ai eu ce matin en voyant ta
jolie pécheresse, et l'autre comme un présent d'amitié.

— Ah ! si je n'étais pas toujours souffrant, reprit Porbus, et si vous vouliez me laisser voir votre *Belle Noiseuse*, je pourrais faire quelque peinture haute, large et
profonde, où les figures seraient de grandeur naturelle.

— Montrer mon œuvre, s'écria le vieillard tout ému.
Non, non, je dois la perfectionner encore. Hier, vers le
soir, dit-il, j'ai cru avoir fini. Ses yeux me semblaient
humides, sa chair était agitée. Les tresses de ses cheveux
remuaient. Elle respirait ! Quoique j'aie trouvé le moyen
de réaliser sur une toile plate le relief et la rondeur de la
nature, ce matin, au jour, j'ai reconnu mon erreur. Ah !
pour arriver [48] à ce résultat glorieux, j'ai étudié à fond les
grands maîtres du coloris, j'ai analysé et soulevé couche
par couche les tableaux de Titien, ce roi de la lumière ;
j'ai, comme ce peintre souverain, ébauché ma figure dans
un ton clair avec une pâte souple et nourrie, car l'ombre
n'est qu'un accident [49], retiens cela, petit. Puis je suis
revenu sur mon œuvre, et au moyen de demi-teintes et de

glacis dont je diminuais de plus en plus la transparence,
j'ai rendu les ombres les plus vigoureuses et jusqu'aux
noirs les plus fouillés ; car les ombres des peintres ordinaires sont d'une autre nature que leurs tons éclairés ;
c'est du bois, de l'airain, c'est tout ce que vous voudrez,
excepté de la chair dans l'ombre. On sent que si leur
figure changeait de position, les places ombrées ne se
nettoieraient pas et ne deviendraient pas lumineuses. J'ai
évité ce défaut où beaucoup d'entre les plus illustres sont
tombés, et chez moi la blancheur se révèle sous l'opacité
de l'ombre la plus soutenue ! Comme une foule d'ignorants qui s'imaginent dessiner correctement parce qu'ils
font un trait soigneusement ébarbé [50], je n'ai pas marqué
sèchement les bords extérieurs de ma figure et fait ressortir jusqu'au moindre détail anatomique, car le corps humain ne finit pas par des lignes. En cela les sculpteurs
peuvent plus approcher de la vérité que nous autres. La
nature comporte une suite de rondeurs [51] qui s'enveloppent les unes dans les autres. Rigoureusement parlant, le
dessin n'existe pas [52] ! Ne riez pas, jeune homme ! Quelque singulier que vous paraisse ce mot, vous en comprendrez quelque jour les raisons. La ligne est le moyen
par lequel l'homme se rend compte de l'effet de la lumière sur les objets ; mais il n'y a pas de lignes dans la
nature [53] où tout est plein : c'est en modelant qu'on dessine [54], c'est-à-dire qu'on détache les choses du milieu où
elles sont, la distribution du jour donne seule l'apparence
au corps [55] ! Aussi n'ai-je pas arrêté les linéaments, j'ai
répandu sur les contours un nuage de demi-teintes blon-
des et chaudes qui fait que l'on ne saurait précisément
poser le doigt sur la place où les contours se rencontrent
avec les fonds. De près, ce travail semble cotonneux et
paraît manquer de précision, mais à deux pas, tout se
raffermit, s'arrête et se détache ; le corps tourne, les
formes deviennent saillantes, l'on sent l'air circuler [56]
tout autour. Cependant je ne suis pas encore content, j'ai
des doutes. Peut-être faudrait-il ne pas dessiner un seul
trait, et vaudrait-il mieux attaquer une figure par le milieu
en s'attachant d'abord aux saillies les plus éclairées, pour
passer ensuite aux portions les plus sombres. N'est-ce pas

ainsi que procède le soleil, ce divin peintre de l'univers;
oh! nature! nature! qui jamais t'a surprise dans tes fuites[57]? Tenez, le trop de science, de même que l'ignorance, arrive à une négation. Je doute de mon œuvre!

Le vieillard fit une pause, puis il reprit: — Voilà dix
ans, jeune homme, que je travaille; mais que sont dix
petites années quand il s'agit de lutter avec la nature[58]?
Nous ignorons le temps qu'employa le seigneur Pygmalion[59] pour faire la seule statue qui ait marché!

Le vieillard tomba dans une rêverie profonde, et resta
les yeux fixes en jouant machinalement avec son couteau.

— Le voilà en conversation avec son *esprit,* dit Porbus
à voix basse.

A ce mot, Nicolas Poussin se sentit sous la puissance
d'une inexplicable curiosité d'artiste. Ce vieillard aux
yeux blancs, attentif et stupide, devenu pour lui plus
qu'un homme, lui apparut comme un génie fantasque qui
vivait dans une sphère inconnue. Il réveillait mille idées
confuses en l'âme. Le phénomène moral de cette espèce
de fascination ne peut pas plus se définir qu'on ne peut
traduire l'émotion excitée par un chant qui rappelle la
patrie au cœur de l'exilé. Le mépris que ce vieil homme
affectait d'exprimer pour les plus belles tentatives de
l'art, sa richesse, ses manières, les déférences de Porbus
pour lui, cette œuvre tenue si longtemps secrète, œuvre
de patience, œuvre de génie sans doute, s'il fallait en
croire la tête de Vierge que le jeune Poussin avait si
franchement admirée, et qui belle encore, même près de
l'*Adam* de Mabuse, attestait le faire impérial d'un des
princes de l'art; tout en ce vieillard allait au-delà des
bornes de la nature humaine. Ce que la riche imagination
de Nicolas Poussin put saisir de clair et de perceptible en
voyant cet être surnaturel, était une complète image de la
nature artiste, de cette nature folle à laquelle tant de
pouvoirs sont confiés, et qui trop souvent en abuse,
emmenant la froide raison, les bourgeois et même quelques amateurs, à travers mille routes pierreuses, où, pour
eux, il n'y a rien; tandis que folâtre en ses fantaisies,
cette fille aux ailes blanches y découvre des épopées, des
châteaux, des œuvres d'art. Nature moqueuse et bonne,

féconde et pauvre ! Ainsi, pour l'enthousiaste Poussin, ce vieillard était devenu, par une transfiguration subite, l'Art lui-même [60], l'art avec ses secrets, ses fougues et ses rêveries.

— Oui, mon cher Porbus, reprit Frenhofer, il m'a manqué jusqu'à présent de rencontrer une femme irréprochable, un corps dont les contours soient d'une beauté parfaite, et dont la carnation... Mais où est-elle vivante, dit-il en s'interrompant, cette introuvable Vénus des anciens, si souvent cherchée, et de qui nous rencontrons à peine quelques beautés éparses ? Oh ! pour voir un moment, une seule fois, la nature divine, complète, l'idéal enfin, je donnerais toute ma fortune, mais j'irais te chercher dans tes limbes, beauté céleste ! Comme Orphée [61], je descendrais dans l'enfer de l'art pour en ramener la vie.

— Nous pouvons partir d'ici, dit Porbus à Poussin, il ne nous entend plus, ne nous voit plus !

— Allons à son atelier, répondit le jeune homme émerveillé.

— Oh ! le vieux reître a su en défendre l'entrée. Ses trésors sont trop bien gardés pour que nous puissions y arriver. Je n'ai pas attendu votre avis et votre fantaisie pour tenter l'assaut du mystère.

— Il y a donc un mystère ?

— Oui, répondit Porbus. Le vieux Frenhofer est le seul élève que Mabuse ait voulu faire. Devenu son ami, son sauveur, son père, Frenhofer a sacrifié la plus grande partie de ses trésors à satisfaire les passions de Mabuse ; en échange, Mabuse lui a légué le secret du relief, le pouvoir de donner aux figures cette vie extraordinaire, cette fleur de nature, notre désespoir éternel, mais dont il possédait si bien *le faire*, qu'un jour, ayant vendu et bu le damas à fleurs avec lequel il devait s'habiller à l'entrée de Charles Quint, il accompagna son maître avec un vêtement de papier peint en damas. L'éclat particulier de l'étoffe portée par Mabuse surprit l'empereur, qui, voulant en faire compliment au protecteur du vieil ivrogne, découvrit la supercherie. Frenhofer est un homme passionné pour notre art, qui voit plus haut [62] et plus loin que les autres peintres. Il a profondément médité sur les

couleurs, sur la vérité absolue de la ligne ; mais, à force
de recherches, il est arrivé à douter de l'objet même de
ses recherches. Dans ses moments de désespoir, il prétend que le dessin n'existe pas et qu'on ne peut rendre
avec des traits que des figures géométriques [63] ; ce qui est
au-delà du vrai, puisque avec le trait et le noir, qui n'est
pas une couleur, on peut faire une figure ; ce qui prouve
que notre art est, comme la nature, composé d'une infi-
nité d'éléments : le dessin donne un squelette, la couleur
est la vie, mais la vie sans le squelette est une chose plus
incomplète que le squelette sans la vie [64]. Enfin, il y a
quelque chose de plus vrai que tout ceci, c'est que la
pratique et l'observation [65] sont tout chez un peintre, et
que si le raisonnement et la poésie se querellent avec les
brosses, on arrive au doute comme le bonhomme, qui est
aussi fou que peintre. Peintre sublime, il a eu le malheur
de naître riche [66], ce qui lui a permis de divaguer, ne
l'imitez pas ! Travaillez ! les peintres ne doivent méditer
que les brosses à la main [67].

— Nous y pénétrerons, s'écria Poussin n'écoutant
plus Porbus et ne doutant plus de rien.

Porbus sourit à l'enthousiasme du jeune inconnu, et le
quitta en l'invitant à venir le voir.

Nicolas Poussin revint à pas lents vers la rue de la
Harpe, et dépassa sans s'en apercevoir la modeste hôtel-
lerie où il était logé. Montant avec une inquiète promptitude son misérable escalier, il parvint à une chambre
haute, située sous une toiture en colombage, naïve et
légère couverture des maisons du vieux Paris. Près de
l'unique et sombre fenêtre de cette chambre, il vit une
jeune fille qui, au bruit de la porte, se dressa soudain par
un mouvement d'amour ; elle avait reconnu le peintre à la
manière dont il avait attaqué le loquet.

— Qu'as-tu ? lui dit-elle.

— J'ai, j'ai, s'écria-t-il en étouffant de plaisir, que je
me suis senti peintre ! J'avais douté de moi jusqu'à présent, mais ce matin j'ai cru en moi-même ! Je puis être un
grand homme ! Va, Gillette, nous serons riches, heureux !
Il y a de l'or dans ces pinceaux.

Mais il se tut soudain. Sa figure grave et vigoureuse

perdit son expression de joie quand il compara l'immensité de ses espérances à la médiocrité de ses ressources. Les murs étaient couverts de simples papiers chargés d'esquisses au crayon. Il ne possédait pas quatre toiles propres. Les couleurs avaient alors un haut prix, et le pauvre gentilhomme [68] voyait sa palette à peu près nue. Au sein de cette misère, il possédait et ressentait d'incroyables richesses de cœur, et la surabondance d'un génie dévorant [69]. Amené à Paris par un gentilhomme de ses amis, ou peut-être par son propre talent, il y avait rencontré soudain une maîtresse, une de ces âmes nobles et généreuses qui viennent souffrir près d'un grand homme, en épousent les misères et s'efforcent de comprendre leurs caprices; forte pour la misère et l'amour, comme d'autres sont intrépides à porter le luxe, à faire parader leur insensibilité. Le sourire errant sur les lèvres de Gillette dorait ce grenier et rivalisait avec l'éclat du ciel. Le soleil ne brillait pas toujours, tandis qu'elle était toujours là, recueillie dans sa passion, attachée à son bonheur, à sa souffrance, consolant le génie qui débordait dans l'amour avant de s'emparer de l'art.

— Écoute, Gillette, viens.

L'obéissante et joyeuse fille sauta sur les genoux du peintre. Elle était toute grâce, toute beauté, jolie comme un printemps, parée de toutes les richesses féminines et les éclairant par le feu d'une belle âme.

— O Dieu! s'écria-t-il, je n'oserai jamais lui dire...

— Un secret? reprit-elle, je veux le savoir.

Le Poussin resta rêveur.

— Parle donc.

— Gillette! pauvre cœur aimé!

— Oh! tu veux quelque chose de moi?

— Oui.

— Si tu désires que je pose encore devant toi comme l'autre jour, reprit-elle d'un petit air boudeur, je n'y consentirai plus jamais, car, dans ces moments-là, tes yeux ne me disent plus rien. Tu ne penses plus à moi, et cependant tu me regardes.

— Aimerais-tu mieux me voir copiant une autre femme?

— Peut-être, dit-elle, si elle était bien laide.

— Eh! bien, reprit Poussin d'un ton sérieux, si pour ma gloire à venir, si pour me faire grand peintre, il fallait aller poser chez un autre?

— Tu veux m'éprouver, dit-elle. Tu sais bien que je n'irais pas.

Le Poussin pencha sa tête sur sa poitrine comme un homme qui succombe à une joie ou à une douleur trop forte pour son âme.

— Écoute, dit-elle en tirant Poussin par la manche de son pourpoint usé, je t'ai dit, Nick, que je donnerais ma vie pour toi : mais je ne t'ai jamais promis, moi vivante, de renoncer à mon amour.

— Y renoncer? s'écria Poussin.

— Si je me montrais ainsi à un autre, tu ne m'aimerais plus. Et moi-même je me trouverais indigne de toi. Obéir à tes caprices, n'est-ce pas chose naturelle et simple? Malgré moi, je suis heureuse, et même fière de faire ta chère volonté. Mais pour un autre! fi donc.

— Pardonne, ma Gillette, dit le peintre en se jetant à ses genoux. J'aime mieux être aimé que glorieux. Pour moi, tu es plus belle que la fortune et les honneurs. Va, jette mes pinceaux, brûle ces esquisses. Je me suis trompé. Ma vocation, c'est de t'aimer. Je ne suis pas peintre, je suis amoureux. Périssent et l'art et tous ses secrets!

Elle l'admirait, heureuse, charmée! Elle régnait, elle sentait instinctivement que les arts étaient oubliés pour elle, et jetés à ses pieds comme un grain d'encens.

— Ce n'est pourtant qu'un vieillard, reprit Poussin. Il ne pourra voir que la femme en toi. Tu es si parfaite!

— Il faut bien aimer, s'écria-t-elle, prête à sacrifier ses scrupules d'amour pour récompenser son amant de tous les sacrifices qu'il lui faisait. Mais, reprit-elle, ce serait me perdre. Ah! me perdre pour toi. Oui, cela est bien beau! Mais tu m'oublieras. Oh! quelle mauvaise pensée as-tu donc eue là!

— Je l'ai eue et je t'aime, dit-il avec une sorte de contrition; mais je suis donc un infâme.

— Consultons le père Hardouin? dit-elle.

— Oh, non! Que ce soit un secret entre nous deux.

— Eh! bien, j'irai; mais ne sois pas là, dit-elle. Reste à la porte, armé de ta dague; si je crie, entre et tue le peintre.

Ne voyant plus que son art, le Poussin pressa Gillette dans ses bras.

— Il ne m'aime plus! pensa Gillette quand elle se trouva seule.

Elle se repentait déjà de sa résolution. Mais elle fut bientôt en proie à une épouvante plus cruelle que son repentir, elle s'efforça de chasser une pensée affreuse qui s'élevait dans son cœur. Elle croyait aimer déjà moins le peintre en le soupçonnant moins estimable qu'auparavant.

II

CATHERINE LESCAULT[70].

Trois mois après[71] la rencontre du Poussin et de Porbus, celui-ci vint voir maître Frenhofer. Le vieillard était alors en proie à l'un de ces découragements profonds et spontanés dont la cause est, s'il faut en croire les mathématiciens de la médecine, dans une digestion mauvaise, dans le vent, la chaleur ou quelque empâtement des hypocondres[72]; et, suivant les spiritualistes, dans l'imperfection de notre nature morale. Le bonhomme s'était purement et simplement fatigué à parachever son mystérieux tableau. Il était languissamment assis dans une vaste chaire de chêne sculpté, garnie de cuir noir; et, sans quitter son attitude mélancolique, il lança sur Porbus le regard d'un homme qui s'était établi dans son ennui.

— Eh! bien, maître, lui dit Porbus, l'outremer que vous êtes allé chercher à Bruges était-il mauvais, est-ce que vous n'avez pas su broyer notre nouveau blanc, votre huile est-elle méchante, ou les pinceaux rétifs?

— Hélas! s'écria le vieillard, j'ai cru pendant un moment que mon œuvre était accomplie; mais je me suis, certes, trompé dans quelques détails, et je ne serai tranquille qu'après avoir éclairci mes doutes. Je me décide à voyager et vais aller en Turquie, en Grèce, en Asie pour y

chercher un modèle et comparer mon tableau à diverses
natures. Peut-être ai-je là-haut, reprit-il en laissant
échapper un sourire de contentement, la nature elle-
même. Parfois, j'ai quasi peur qu'un souffle ne me réveille cette femme et qu'elle ne disparaisse.

Puis il se leva tout à coup, comme pour partir.

— Oh! oh! répondit Porbus, j'arrive à temps pour
vous éviter la dépense et les fatigues du voyage.

— Comment? demanda Frenhofer étonné.

— Le jeune Poussin est aimé par une femme dont
l'incomparable beauté se trouve sans imperfection aucune. Mais, mon cher maître, s'il consent à vous la
prêter, au moins faudra-t-il nous laisser voir votre toile.

Le vieillard resta debout, immobile, dans un état de
stupidité parfaite.

— Comment! s'écria-t-il enfin douloureusement,
montrer ma créature, mon épouse? déchirer le voile sous
lequel j'ai chastement couvert mon bonheur? Mais ce
serait une horrible prostitution! Voilà dix ans que je vis
avec cette femme, elle est à moi, à moi seul, elle m'aime.
Ne m'a-t-elle pas souri à chaque coup de pinceau que je
lui ai donné? Elle a une âme, l'âme dont je l'ai douée.
Elle rougirait si d'autres yeux que les miens s'arrêtaient
sur elle. La faire voir! Mais quel est le mari, l'amant
assez vil pour conduire sa femme au déshonneur? Quand
tu fais un tableau pour la cour, tu n'y mets pas toute ton
âme, tu ne vends aux courtisans que des mannequins
coloriés! Ma peinture n'est pas une peinture, c'est un
sentiment, une passion! Née dans mon atelier, elle doit y
rester vierge, et n'en peut sortir que vêtue. La poésie et
les femmes ne se livrent nues qu'à leurs amants! Possé-
dons-nous le modèle de Raphaël, l'Angélique de
l'Arioste[73], la Béatrix du Dante? Non! Nous n'en
voyons que les Formes. Eh! bien, l'œuvre que je tiens
là-haut sous mes verrous est une exception dans notre art.
Ce n'est pas une toile, c'est une femme! une femme avec
laquelle je pleure, je ris, je cause et pense. Veux-tu que
tout à coup je quitte un bonheur de dix années comme on
jette un manteau? Que tout à coup je cesse d'être père,
amant et Dieu? Cette femme n'est pas une créature, c'est

une création. Vienne ton jeune homme, je lui donnerai mes trésors, je lui donnerai des tableaux du Corrège, de Michel-Ange, du Titien, je baiserai la marque de ses pas dans la poussière; mais en faire mon rival? Honte à moi! Ha! ha! je suis plus amant encore que je ne suis peintre [74]. Oui, j'aurai la force de brûler ma *Belle Noiseuse* à mon dernier soupir; mais lui faire supporter le regard d'un homme, d'un jeune homme, d'un peintre? Non, non! Je tuerais le lendemain celui qui l'aurait souillée d'un regard! Je te tuerais à l'instant, toi, mon ami, si tu ne la saluais pas à genoux! Veux-tu maintenant que je soumette mon idole aux froids regards et aux stupides critiques des imbéciles? Ah! l'amour est un mystère, il n'a de vie qu'au fond des cœurs, et tout est perdu quand un homme dit même à son ami: — Voilà celle que j'aime!

Le vieillard semblait être redevenu jeune; ses yeux avaient de l'éclat et de la vie; ses joues pâles étaient nuancées d'un rouge vif, et ses mains tremblaient. Porbus, étonné de la violence passionnée avec laquelle ces paroles furent dites, ne savait que répondre à un sentiment aussi neuf que profond. Frenhofer était-il raisonnable ou fou? Se trouvait-il subjugué par une fantaisie d'artiste, ou les idées qu'il avait exprimées procédaient-elles de ce fanatisme inexprimable produit en nous par le long enfantement d'une grande œuvre? Pouvait-on jamais espérer de transiger avec cette passion bizarre?

En proie à toutes ces pensées, Porbus dit au vieillard:

— Mais n'est-ce pas femme pour femme? Poussin ne livre-t-il pas sa maîtresse à vos regards?

— Quelle maîtresse? répondit Frenhofer. Elle le trahira tôt ou tard. La mienne me sera toujours fidèle!

— Eh! bien, reprit Porbus, n'en parlons plus. Mais avant que vous ne trouviez, même en Asie, une femme aussi belle, aussi parfaite que celle dont je parle, vous mourrez peut-être sans avoir achevé votre tableau.

— Oh! il est fini, dit Frenhofer. Qui le verrait, croirait apercevoir une femme couchée sur un lit de velours, sous des courtines. Près d'elle un trépied d'or exhale des parfums. Tu serais tenté de prendre le gland des cordons qui retiennent les rideaux, et il te semblerait voir le sein de *Catherine Lescault*, une belle courtisane appelée *la Belle Noiseuse*, rendre le mouvement de sa respiration. Cependant je voudrais bien être certain...

— Va donc en Asie, répondit Porbus en apercevant une sorte d'hésitation dans le regard de Frenhofer.

Et Porbus fit quelques pas vers la porte de la salle.

En ce moment, Gillette et Nicolas Poussin étaient arrivés près du logis de Frenhofer. Quand la jeune fille fut sur le point d'y entrer, elle quitta le bras du peintre, et se recula comme si elle eût été saisie par quelque soudain pressentiment.

— Mais que viens-je donc faire ici, demanda-t-elle à son amant d'un son de voix profond et en le regardant d'un œil fixe.

— Gillette, je t'ai laissée maîtresse et veux t'obéir en tout. Tu es ma conscience et ma gloire. Reviens au logis, je serai plus heureux, peut-être, que si tu...

— Suis-je à moi quand tu me parles ainsi ? Oh ! non, je ne suis plus qu'une enfant. — Allons, ajouta-t-elle en paraissant faire un violent effort, si notre amour périt, et si je mets dans mon cœur un long regret, ta célébrité ne sera-t-elle pas le prix de mon obéissance à tes désirs ? Entrons, ce sera vivre encore que d'être toujours comme un souvenir dans ta palette.

En ouvrant la porte de la maison, les deux amants se rencontrèrent avec Porbus qui, surpris par la beauté de Gillette dont les yeux étaient alors pleins de larmes, la saisit toute tremblante, et l'amenant devant le vieillard :
— Tenez, dit-il, ne vaut-elle pas tous les chefs-d'œuvre du monde ?

Frenhofer tressaillit. Gillette était là, dans l'attitude naïve et simple d'une jeune Géorgienne innocente et peureuse, ravie et présentée par des brigands à quelque marchand d'esclaves. Une pudique rougeur colorait son visage, elle baissait les yeux, ses mains étaient pendantes à ses côtés, ses forces semblaient l'abandonner, et des larmes protestaient contre la violence faite à sa pudeur. En ce moment, Poussin, au désespoir d'avoir sorti ce beau trésor de son grenier, se maudit lui-même. Il devint plus amant qu'artiste, et mille scrupules lui torturèrent le cœur quand il vit l'œil rajeuni du vieillard, qui, par une habitude de peintre, déshabilla, pour ainsi dire, cette jeune fille en en devinant les formes les plus secrètes. Il revint alors à la féroce jalousie du véritable amour.

— Gillette, partons ! s'écria-t-il.

A cet accent, à ce cri, sa maîtresse joyeuse leva les yeux sur lui, le vit, et courut dans ses bras.

— Ah ! tu m'aimes donc, répondit-elle en fondant en larmes.

Après avoir eu l'énergie de taire sa souffrance, elle manquait de force pour cacher son bonheur.

— Oh ! laissez-la-moi pendant un moment, dit le vieux peintre, et vous la comparerez à ma Catherine. Oui, j'y consens.

Il y avait encore de l'amour dans le cri de Frenhofer. Il semblait avoir de la coquetterie pour son semblant de femme, et jouir par avance du triomphe que la beauté de sa vierge [75] allait remporter sur celle d'une vraie jeune fille.

— Ne le laissez pas se dédire, s'écria Porbus en frappant sur l'épaule de Poussin. Les fruits de l'amour passent vite, ceux de l'art sont immortels.

— Pour lui, répondit Gillette en regardant attentivement le Poussin et Porbus, ne suis-je donc pas plus qu'une femme ? Elle leva la tête avec fierté ; mais quand, après avoir jeté un coup d'œil étincelant à Frenhofer, elle vit son amant occupé à contempler de nouveau le portrait qu'il avait pris naguère pour un Giorgion : — Ah ! dit-elle, montons ! Il ne m'a jamais regardée ainsi.

— Vieillard, reprit Poussin tiré de sa méditation par la voix de Gillette, vois cette épée, je la plongerai dans ton cœur au premier mot de plainte que prononcera cette jeune fille, je mettrai le feu à ta maison, et personne n'en sortira. Comprends-tu ?

Nicolas Poussin était sombre, et sa parole fut terrible. Cette attitude et surtout le geste du jeune peintre consolèrent Gillette qui lui pardonna presque de la sacrifier à la peinture et à son glorieux avenir. Porbus et Poussin restèrent à la porte de l'atelier, se regardant l'un l'autre en

silence. Si, d'abord, le peintre de la *Marie égyptienne* se
permit quelques exclamations : — Ah ! elle se déshabille,
il lui dit de se mettre au jour ! Il la compare ! Bientôt il se
tut à l'aspect du Poussin dont le visage était profondément triste ; et, quoique les vieux peintres n'aient plus de
ces scrupules si petits en présence de l'art, il les admira
tant ils étaient naïfs et jolis. Le jeune homme avait la
main sur la garde de sa dague et l'oreille presque collée à
la porte. Tous deux, dans l'ombre et debout, ressemblaient ainsi à deux conspirateurs attendant l'heure de
frapper un tyran.

— Entrez, entrez, leur dit le vieillard rayonnant de
bonheur. Mon œuvre est parfaite, et maintenant je puis la
montrer avec orgueil. Jamais peintre, pinceaux, couleurs,
toile et lumière ne feront une rivale à Catherine Lescault,
la belle courtisane.

En proie à une vive curiosité, Porbus et Poussin cou-
rurent au milieu d'un vaste atelier couvert de poussière,
où tout était en désordre, où ils virent çà et là des tableaux
accrochés aux murs. Ils s'arrêtèrent tout d'abord devant
une figure de femme de grandeur naturelle, demi-nue, et
pour laquelle ils furent saisis d'admiration.

— Oh ! ne vous occupez pas de cela, dit Frenhofer,
c'est une toile que j'ai barbouillée pour étudier une pose,
ce tableau ne vaut rien. Voilà mes erreurs, reprit-il en leur
montrant de ravissantes compositions suspendues aux
murs, autour d'eux.

A ces mots, Porbus et Poussin, stupéfaits de ce dédain
pour de telles œuvres, cherchèrent le portrait annoncé,
sans réussir à l'apercevoir.

— Eh ! bien, le voilà ! leur dit le vieillard dont les
cheveux étaient en désordre, dont le visage était en-
flammé par une exaltation surnaturelle, dont les yeux
pétillaient, et qui haletait comme un jeune homme ivre
d'amour. — Ah ! ah ! s'écria-t-il, vous ne vous attendiez
pas à tant de perfection ! Vous êtes devant une femme et
vous cherchez un tableau. Il y a tant de profondeur sur
cette toile, l'air y est si vrai, que vous ne pouvez plus le
distinguer de l'air qui nous environne. Où est l'art ?
perdu, disparu ! Voilà les formes mêmes d'une jeune

fille. N'ai-je pas bien saisi la couleur, le vif de la ligne qui paraît terminer le corps[76]? N'est-ce pas le même phénomène que nous présentent les objets qui sont dans l'atmosphère comme les poissons dans l'eau? Admirez comme les contours se détachent du fond? Ne semble-t-il pas que vous puissiez passer la main sur ce dos? Aussi, pendant sept années, ai-je étudié les effets de l'accouplement du jour et des objets. Et ces cheveux, la lumière ne les inonde-t-elle pas?... Mais elle a respiré, je crois!... Ce sein, voyez? Ah! qui ne voudrait l'adorer à genoux? Les chairs palpitent. Elle va se lever, attendez.

— Apercevez-vous quelque chose? demanda Poussin à Porbus.

— Non. Et vous?

— Rien.

Les deux peintres laissèrent le vieillard à son extase, regardèrent si la lumière, en tombant d'aplomb sur la toile qu'il leur montrait, n'en neutralisait pas tous les effets. Ils examinèrent alors la peinture en se mettant à droite, à gauche, de face, en se baissant et se levant tour à tour.

— Oui, oui, c'est bien une toile, leur disait Frenhofer en se méprenant sur le but de cet examen scrupuleux. Tenez, voilà le châssis, le chevalet, enfin voici mes couleurs, mes pinceaux.

Et il s'empara d'une brosse qu'il leur présenta par un mouvement naïf.

— Le vieux lansquenet[77] se joue de nous, dit Poussin en revenant devant le prétendu tableau. Je ne vois là que des couleurs confusément amassées et contenues par une multitude de lignes bizarres qui forment une muraille de peinture[78].

— Nous nous trompons, voyez!... reprit Porbus.

En s'approchant, ils aperçurent dans un coin de la toile le bout d'un pied nu qui sortait de ce chaos de couleurs, de tons, de nuances indécises, espèce de brouillard sans forme; mais un pied délicieux, un pied vivant! Ils restèrent pétrifiés d'admiration devant ce fragment échappé à une incroyable, à une lente et progressive destruction. Ce

pied apparaissait là comme le torse de quelque Vénus en
marbre de Paros qui surgirait parmi les décombres d'une
ville incendiée.

— Il y a une femme là-dessous! s'écria Porbus en
faisant remarquer à Poussin les couches de couleurs que
le vieux peintre avait successivement superposées en
croyant perfectionner sa peinture[79].

Les deux peintres se tournèrent spontanément vers
Frenhofer, en commençant à s'expliquer, mais vaguement, l'extase dans laquelle il vivait.

— Il est de bonne foi, dit Porbus.

— Oui, mon ami, répondit le vieillard en se réveillant,
il faut de la foi, de la foi dans l'art, et vivre pendant
longtemps avec son œuvre pour produire une semblable
création. Quelques-unes de ces ombres m'ont coûté bien
des travaux. Tenez, il y a là sur sa joue, au-dessous des
yeux, une légère pénombre qui, si vous l'observez dans la
nature, vous paraîtra presque intraduisible. Eh! bien,
croyez-vous qu'elle ne m'ait pas coûté des peines inouïes
à reproduire? Mais aussi, mon cher Porbus, regarde attentivement mon travail, et tu comprendras mieux ce que
je te disais sur la manière de traiter le modelé et les
contours. Regarde la lumière du sein, et vois comme, par
une suite de touches et de *rehauts*[80] fortement empâtés,
je suis parvenu à accrocher la véritable lumière et à la
combiner avec la blancheur luisante des tons éclairés; et
comme, par un travail contraire, en effaçant les saillies et
le grain de la pâte, j'ai pu, à force de caresser le contour
de ma figure, noyé dans la demi-teinte, ôter jusqu'à l'idée
de dessin et de moyens artificiels, et lui donner l'aspect et
la rondeur même de la nature. Approchez, vous verrez
mieux ce travail. De loin, il disparaît. Tenez? Là il est, je
crois, très remarquable.

Et du bout de sa brosse, il désignait aux deux peintres
un pâté de couleur claire.

Porbus frappa sur l'épaule du vieillard en se tournant
vers Poussin : — Savez-vous que nous voyons en lui un
bien grand peintre? dit-il.

— Il est encore plus poète que peintre, répondit gravement Poussin.

— Là, reprit Porbus en touchant la toile, finit notre art sur terre.

— Et, de là, il va se perdre dans les cieux[81], dit Poussin.

— Combien de jouissances sur ce morceau de toile! s'écria Porbus.

Le vieillard absorbé ne les écoutait pas, et souriait à cette femme imaginaire[82].

— Mais, tôt ou tard, il s'apercevra qu'il n'y a rien sur sa toile, s'écria Poussin.

— Rien sur ma toile, dit Frenhofer en regardant tour à tour les deux peintres et son prétendu tableau.

— Qu'avez-vous fait! répondit Porbus à Poussin.

Le vieillard saisit avec force le bras du jeune homme et lui dit: — Tu ne vois rien, manant! maheustre! bélître! bardache[83]! Pourquoi donc es-tu monté ici? — Mon bon Porbus, reprit-il en se tournant vers le peintre, est-ce que, vous aussi, vous vous joueriez de moi? Répondez! Je suis votre ami, dites, aurais-je donc gâté mon tableau?

Porbus, indécis, n'osa rien dire; mais l'anxiété peinte sur la physionomie blanche du vieillard était si cruelle, qu'il montra la toile en disant:

— Voyez!

Frenhofer contempla son tableau pendant un moment et chancela.

— Rien, rien! Et avoir travaillé dix ans!

Il s'assit et pleura.

— Je suis donc un imbécile, un fou! je n'ai donc ni talent, ni capacité, je ne suis plus qu'un homme riche qui, en marchant, ne fait que marcher! Je n'aurai donc rien produit.

Il contempla sa toile à travers ses larmes, il se releva tout à coup avec fierté, et jeta sur les deux peintres un regard étincelant.

— Par le sang, par le corps, par la tête du Christ, vous êtes des jaloux qui voulez me faire croire qu'elle est gâtée pour me la voler! Moi, je la vois! cria-t-il, elle est merveilleusement belle.

En ce moment, Poussin entendit les pleurs de Gillette, oubliée dans un coin.

— Qu'as-tu, mon ange? lui demanda le peintre redevenu subitement amoureux.

— Tue-moi! dit-elle. Je serais une infâme de t'aimer encore, car je te méprise. Je t'admire, et tu me fais horreur. Je t'aime et je crois que je te hais déjà.

Pendant que Poussin [84] écoutait Gillette, Frenhofer recouvrait sa Catherine d'une serge verte, avec la sérieuse tranquillité d'un joaillier qui ferme ses tiroirs en se croyant en compagnie d'adroits larrons. Il jeta sur les deux peintres un regard profondément sournois, plein de mépris et de soupçon, les mit silencieusement à la porte de son atelier, avec une promptitude convulsive. Puis, il leur dit sur le seuil de son logis: — Adieu, mes petits amis.

Cet adieu glaça les deux peintres. Le lendemain, Porbus, inquiet, revint voir Frenhofer, et apprit qu'il était mort dans la nuit, après avoir brûlé ses toiles.

Paris, février 1832 [85].

GAMBARA

A *Monsieur le Marquis de Belloy*[1].

C'est au coin du feu, dans une mystérieuse, dans une splendide retraite[2] qui n'existe plus, mais qui vivra dans notre souvenir, et d'où nos yeux découvraient Paris, depuis les collines de Bellevue jusqu'à celles de Belleville, depuis Montmartre jusqu'à l'Arc de Triomphe de l'Étoile que, par une matinée arrosée de thé, à travers les mille idées qui naissent et s'éteignent comme des fusées dans votre étincelante conversation, vous avez, prodigue d'esprit, jeté sous ma plume ce personnage digne d'Hoffmann, ce porteur de trésors inconnus, ce pèlerin assis à la porte du Paradis, ayant des oreilles pour écouter les chants des anges, et n'ayant plus de langue pour les répéter, agitant sur les touches d'ivoire des doigts brisés par les contractions de l'inspiration divine, et croyant exprimer la musique du ciel à des auditeurs stupéfaits. Vous avez créé Gambara, je ne l'ai qu'habillé. Laissez-moi rendre à César ce qui appartient à César, en regrettant que vous ne saisissiez pas la plume à une époque où les gentilshommes doivent s'en servir aussi bien que de leur épée, afin de sauver leur pays. Vous pouvez ne pas penser à vous; mais vous nous devez vos talents.

Le premier jour de l'an mil huit cent trente et un vidait ses cornets de dragées, quatre heures sonnaient, il y avait foule au Palais-Royal, et les restaurants commençaient à s'emplir. En ce moment un coupé s'arrêta devant le perron, il en sortit un jeune homme de fière mine, étranger sans doute ; autrement il n'aurait eu ni le chasseur à plumes aristocratiques, ni les armoiries que les héros de Juillet poursuivaient encore. L'étranger entra dans le Palais-Royal et suivit la foule sous les galeries, sans s'étonner de la lenteur à laquelle l'affluence des curieux condamnait sa démarche, il semblait habitué à l'allure noble qu'on appelle ironiquement un pas d'ambassadeur ; mais sa dignité sentait un peu le théâtre : quoique sa figure fût belle et grave, son chapeau, d'où s'échappait une touffe de cheveux noirs bouclés, inclinait peut-être un peu trop sur l'oreille droite, et démentait sa gravité par un air tant soit peu mauvais sujet ; ses yeux distraits et à demi fermés laissaient tomber un regard dédaigneux sur la foule.

— Voilà un jeune homme qui est fort beau, dit à voix basse une grisette en se rangeant pour le laisser passer.

— Et qui le sait trop, répondit tout haut sa compagne qui était laide.

Après un tour de galerie, le jeune homme regarda tour à tour le ciel et sa montre, fit un geste d'impatience, entra dans un bureau de tabac, y alluma un cigare, se posa devant une glace, et jeta un regard sur son costume, un peu plus riche que ne le permettent en France les lois du goût. Il rajusta son col et son gilet de velours noir sur

lequel se croisait plusieurs fois une de ces grosses chaînes
d'or fabriquées à Gênes ; puis, après avoir jeté par un seul
mouvement sur son épaule gauche son manteau doublé de
velours en le drapant avec élégance, il reprit sa promenade sans se laisser distraire par les œillades bourgeoises
qu'il recevait. Quand les boutiques commencèrent à s'il-
luminer et que la nuit lui parut assez noire, il se dirigea
vers la place du Palais-Royal en homme qui craignait
d'être reconnu, car il côtoya la place jusqu'à la fontaine,
pour gagner à l'abri des fiacres l'entrée de la rue Froidmanteau [3], rue sale, obscure et mal hantée ; une sorte
d'égout que la police tolère auprès du Palais-Royal as-
saini, de même qu'un majordome italien laisserait un
valet négligent entasser dans un coin de l'escalier les
balayures de l'appartement. Le jeune homme hésitait. On
eût dit d'une bourgeoise endimanchée allongeant le cou
devant un ruisseau grossi par une averse. Cependant
l'heure était bien choisie pour satisfaire quelque honteuse
fantaisie. Plus tôt on pouvait être surpris, plus tard on
pouvait être devancé. S'être laissé convier par un de ces
regards qui encouragent sans être provocants ; avoir suivi
pendant une heure, pendant un jour peut-être, une femme
jeune et belle, l'avoir divinisée dans sa pensée et avoir
donné à sa légèreté mille interprétations avantageuses ;
s'être repris à croire aux sympathies soudaines, irrésisti-
bles ; avoir imaginé sous le feu d'une excitation passagère
une aventure dans un siècle où les romans s'écrivent
précisément parce qu'ils n'arrivent plus ; avoir rêvé
balcons, guitares, stratagèmes, verrous, et s'être drapé
dans le manteau d'Almaviva ; après avoir écrit un poème
dans sa fantaisie, s'arrêter à la porte d'un mauvais lieu ;
puis, pour tout dénouement, voir dans la retenue de sa
Rosine [4] une précaution imposée par un règlement
de police, n'est-ce pas une déception par laquelle ont
passé bien des hommes qui n'en conviendront pas ? Les
sentiments les plus naturels sont ceux qu'on avoue
avec le plus de répugnance, et la fatuité est un de
ces sentiments-là. Quand la leçon ne va pas plus loin,
un Parisien en profite ou l'oublie, et le mal n'est pas
grand ; mais il n'en devait pas être ainsi pour l'étranger,

qui commençait à craindre de payer un peu cher son éducation parisienne.

Ce promeneur était un noble Milanais banni de sa patrie, où quelques équipées libérales l'avaient rendu suspect au gouvernement autrichien. Le comte Andrea Marcosini s'était vu accueillir à Paris avec cet empressement tout français qu'y rencontreront toujours un esprit aimable, un nom sonore, accompagnés de deux cent mille livres de rente et d'un charmant extérieur. Pour un tel homme, l'exil devait être un voyage de plaisir; ses biens furent simplement séquestrés, et ses amis l'informèrent qu'après une absence de deux ans au plus, il pourrait sans danger reparaître dans sa patrie. Après avoir fait rimer *crudeli affani* [5] avec *i miei tiranni* dans une douzaine de sonnets, après avoir soutenu de sa bourse les malheureux Italiens réfugiés, le comte Andrea, qui avait le malheur d'être poète, se crut libéré de ses idées patriotiques. Depuis son arrivée, il se livrait donc sans arrière-pensée aux plaisirs de tout genre que Paris offre gratis à quiconque est assez riche pour les acheter. Ses talents et sa beauté lui avaient valu bien des succès auprès des femmes qu'il aimait collectivement autant qu'il convenait à son âge, mais parmi lesquelles il n'en distinguait encore aucune. Ce goût était d'ailleurs subordonné en lui à ceux de la musique et de la poésie qu'il cultivait depuis l'enfance, et où il lui paraissait plus difficile et plus glorieux de réussir qu'en galanterie, puisque la nature lui épargnait les difficultés que les hommes aiment à vaincre. Homme complexe comme tant d'autres, il se laissait facilement séduire par les douceurs du luxe sans lequel il n'aurait pu vivre, de même qu'il tenait beaucoup aux distinctions sociales que ses opinions repoussaient. Aussi ses théories d'artiste, de penseur, de poète, étaient-elles souvent en contradiction avec ses goûts, avec ses sentiments, avec ses habitudes de gentilhomme millionnaire; mais il se consolait de ces non-sens en les retrouvant chez beaucoup de Parisiens, libéraux par intérêt, aristocrates par nature. Il ne s'était donc pas surpris sans une vive inquiétude, le 31 décembre 1830, à pied, par un de nos dégels, attaché aux pas d'une femme dont le costume annonçait une

misère profonde, radicale, ancienne, invétérée, qui
n'était pas plus belle que tant d'autres qu'il voyait chaque
soir aux Bouffons [6], à l'Opéra, dans le monde, et certainement moins jeune que madame de Manerville [7], de
laquelle il avait obtenu un rendez-vous pour ce jour
même, et qui l'attendait peut-être encore. Mais il y avait
dans le regard à la fois tendre et farouche, profond et
rapide, que les yeux noirs de cette femme lui dardaient à
la dérobée, tant de douleurs et tant de voluptés étouffées !
Mais elle avait rougi avec tant de feu, quand au sortir
d'un magasin où elle était demeurée un quart d'heure, ses
yeux s'étaient si bien rencontrés avec ceux du Milanais,
qui l'avait attendue à quelques pas !... Il y avait enfin tant
de mais et de si que le comte, envahi par une de ces
tentations furieuses pour lesquelles il n'est de nom dans
aucune langue, même dans celle de l'orgie, s'était mis à
la poursuite de cette femme, chassant enfin à la grisette
comme un vieux Parisien. Chemin faisant, soit qu'il se
trouvât suivre ou devancer cette femme, il l'examinait
dans tous les détails de sa personne ou de sa mise, afin de
déloger le désir absurde et fou qui s'était barricadé dans
sa cervelle ; il trouva bientôt à cette revue un plaisir plus
ardent que celui qu'il avait goûté la veille en contemplant, sous les ondes d'un bain parfumé, les formes
irréprochables d'une personne aimée ; parfois baissant la
tête, l'inconnue lui jetait le regard oblique d'une chèvre
attachée près de la terre, et se voyant toujours poursuivie,
elle hâtait le pas comme si elle eût voulu fuir. Néanmoins, quand un embarras de voitures ou tout autre accident ramenait Andrea près d'elle, le noble la voyait flé-
chir sous son regard, sans que rien dans ses traits expri-
mât le dépit. Ces signes certains d'une émotion combat-
tue donnèrent le dernier coup d'éperon aux rêves désor-
donnés qui l'emportaient, et il galopa jusqu'à la rue
Froidmanteau, où, après bien des détours, l'inconnue
entra brusquement, croyant avoir dérobé sa trace à
l'étranger, bien surpris de ce manège. Il faisait nuit. Deux
femmes tatouées de rouge, qui buvaient du cassis sur le
comptoir d'un épicier, virent la jeune femme et l'appelè-
rent. L'inconnue s'arrêta sur le seuil de la porte, répondit

par quelques mots pleins de douceur au compliment cordial qui lui fut adressé, et reprit sa course. Andrea, qui marchait derrière elle, la vit disparaître dans une des plus sombres allées de cette rue dont le nom lui était inconnu. L'aspect repoussant de la maison où venait d'entrer l'héroïne de son roman lui causa comme une nausée. En reculant d'un pas pour examiner les lieux, il trouva près de lui un homme de mauvaise mine et lui demanda des renseignements. L'homme appuya sa main droite sur un bâton noueux, posa la gauche sur sa hanche, et répondit par un seul mot : — Farceur ! Mais en toisant l'Italien, sur qui tombait la lueur du réverbère, sa figure prit une expression pateline.

— Ah ! pardon, monsieur, reprit-il en changeant tout à coup de ton, il y a aussi un restaurant, une sorte de table d'hôte où la cuisine est fort mauvaise, et où l'on met du fromage dans la soupe. Peut-être monsieur cherche-t-il cette gargote, car il est facile de voir au costume que monsieur est Italien ; les Italiens aiment beaucoup le velours et le fromage. Si monsieur veut que je lui indique un meilleur restaurant, j'ai à deux pas d'ici une tante qui aime beaucoup les étrangers.

Andrea releva son manteau jusqu'à ses moustaches et s'élança hors de la rue, poussé par le dégoût que lui causa cet immonde personnage, dont l'habillement et les gestes étaient en harmonie avec la maison ignoble où venait d'entrer l'inconnue. Il retrouva avec délices les mille recherches de son appartement, et alla passer la soirée chez la marquise d'Espard [8] pour tâcher de laver la souillure de cette fantaisie qui l'avait si tyranniquement dominé pendant une partie de la journée. Cependant, lorsqu'il fut couché, par le recueillement de la nuit, il retrouva sa vision du jour, mais plus lucide et plus animée que dans la réalité. L'inconnue marchait encore devant lui. Parfois, en traversant les ruisseaux, elle découvrait encore sa jambe ronde. Ses hanches nerveuses tressaillaient à chacun de ses pas. Andrea voulait de nouveau lui parler, et n'osait, lui, Marcosini, noble Milanais ! Puis il la voyait entrant dans cette allée obscure qui la lui avait dérobée, et il se reprochait alors de ne l'y avoir point suivie. — Car enfin, se disait-il, si elle m'évitait et voulait me faire perdre ses traces, elle m'aime. Chez les femmes de cette sorte, la résistance est une preuve d'amour. Si j'avais poussé plus loin cette aventure, j'aurais fini peut-être par y rencontrer le dégoût, et je dormirais tranquille. Le comte avait l'habitude d'analyser ses sensations les plus vives, comme font involontairement les hommes qui ont autant d'esprit que de cœur, et il s'étonnait de revoir l'inconnue de la rue Froidmanteau, non dans la pompe idéale des visions, mais dans la nudité de ses réalités affligeantes. Et néanmoins, si sa fantaisie avait dépouillé cette femme de la livrée de la misère, elle la lui aurait gâtée ; car il la voulait, il la désirait, il l'aimait avec ses bas crottés, et avec ses souliers éculés, avec son chapeau de paille de riz ! Il la voulait dans cette maison même où il l'avait vue entrer ! Suis-je donc épris du vice ? se disait-il tout effrayé. Je n'en suis pas encore là, j'ai vingt-trois ans et n'ai rien d'un vieillard blasé. L'énergie même du caprice dont il se voyait le jouet le rassurait un peu. Cette singulière lutte, cette réflexion et cet amour à la course pourront à juste titre surprendre quelques personnes habituées au train de Paris ; mais elles devront remarquer que le comte Andrea Marcosini n'était pas Français.

Élevé entre deux abbés qui, d'après la consigne donnée par un père dévot, le lâchèrent rarement, Andrea n'avait pas aimé une cousine à onze ans, ni séduit à douze la femme de chambre de sa mère ; il n'avait pas hanté ces collèges où l'enseignement le plus perfectionné n'est pas celui que vend l'État ; enfin il n'habitait Paris que depuis quelques années : il était donc encore accessible à ces impressions soudaines et profondes contre lesquelles l'éducation et les mœurs françaises forment une égide si puissante. Dans les pays méridionaux, de grandes passions [9] naissent souvent d'un coup d'œil. Un gentilhomme gascon, qui tempérait beaucoup de sensibilité par beaucoup de réflexion, s'était approprié mille petites recettes contre les soudaines apoplexies de son esprit et de son cœur, avait conseillé au comte de se livrer au moins une fois par mois à quelque orgie magistrale pour conjurer ces orages de l'âme qui, sans de telles précautions, éclatent souvent mal à propos. Andrea se rappela le conseil. — Eh ! bien, pensa-t-il, je commencerai demain, premier janvier.

Ceci explique pourquoi le comte Andrea Marcosini louvoyait si timidement pour entrer dans la rue Froid-manteau. L'homme élégant embarrassait l'amoureux, il hésita longtemps ; mais après avoir fait un dernier appel à son courage, l'amoureux marcha d'un pas assez ferme jusqu'à la maison qu'il reconnut sans peine. Là, il s'arrêta encore. Cette femme était-elle bien ce qu'il imaginait ? N'allait-il pas faire quelque fausse démarche ? Il se souvint alors de la table d'hôte italienne, et s'empressa de saisir un moyen terme qui servait à la fois son désir et sa répugnance. Il entra pour dîner, et se glissa dans l'allée au fond de laquelle il trouva, non sans tâtonner long-temps, les marches humides et grasses d'un escalier qu'un grand seigneur italien devait prendre pour une échelle. Atttiré vers le premier étage par une petite lampe posée à terre et par une forte odeur de cuisine, il poussa la porte entrouverte et vit une salle brune de crasse et de fumée où trottait une Léonarde [10] occupée à parer une table d'environ vingt couverts. Aucun des convives ne s'y trouvait encore. Après un coup d'œil jeté sur cette chambre mal éclairée, et dont le papier tombait en lambeaux, le noble alla s'asseoir près d'un poêle qui fumait et ronflait dans un coin. Amené par le bruit que fit le comte en entrant et déposant son manteau, le maître d'hôtel se montra brusquement. Figurez-vous un cuisinier maigre, sec, d'une grande taille, doué d'un nez grassement démesuré, et jetant autour de lui, par moment et avec une vivacité fébrile, un regard qui voulait paraître prudent. A l'aspect d'Andrea, dont toute la tenue annonçait une grande aisance, *il signor* Giardini [11] s'inclina respectueusement. Le comte manifesta le désir de prendre habituellement ses repas en compagnie de quelques compatriotes, de payer d'avance un certain nombre de cachets, et sut donner à la conversation une tournure familière afin d'arriver promptement à son but. A peine eut-il parlé de son inconnue, que *il signor* Giardini fit un

geste grotesque, et regarda son convive d'un air malicieux, en laissant errer un sourire sur ses lèvres.

— *Basta!* s'écria-t-il, *capisco!* Votre seigneurie est
conduite ici par deux appétits. La *signora* Gambara
n'aura point perdu son temps, si elle est parvenue à
intéresser un seigneur aussi généreux que vous paraissez
l'être. En peu de mots, je vous apprendrai tout ce que
nous savons ici sur cette pauvre femme, vraiment bien
digne de pitié. Le mari est né, je crois, à Crémone, et
arrive d'Allemagne; il voulait faire prendre une nouvelle
musique et de nouveaux instruments chez les *Tedeschi!*
N'est-ce pas à faire pitié? dit Giardini en haussant les
épaules. *Il signor* Gambara [12], qui se croit un grand
compositeur, ne me paraît pas fort sur tout le reste.
Galant homme d'ailleurs, plein de sens et d'esprit, quel-
quefois fort aimable, surtout quand il a bu quelques
verres de vin, cas rare, vu sa profonde misère, il s'occupe
nuit et jour à composer des opéras et des symphonies
imaginaires, au lieu de chercher à gagner honnêtement sa
vie. Sa pauvre femme est réduite à travailler pour toute
sorte de monde, le monde de la borne! Que voulez-vous?
Elle aime son mari comme un père et le soigne comme un
enfant. Beaucoup de jeunes gens ont dîné chez moi pour
faire leur cour à madame, mais pas un n'a réussi, dit-il en
appuyant sur le dernier mot. *La signora* Marianna est
sage, mon cher monsieur, trop sage pour son malheur!
Les hommes ne donnent rien pour rien aujourd'hui. La
pauvre femme mourra donc à la peine. Vous croyez que
son mari la récompense de ce dévouement?... Bah! monsieur ne lui accorde pas un sourire; et leur cuisine se fait
chez le boulanger, car, non seulement ce diable d'homme
ne gagne pas un sou, mais encore il dépense tout le fruit
du travail de sa femme en instruments qu'il taille, qu'il
allonge, qu'il raccourcit, qu'il démonte et remonte
jusqu'à ce qu'ils ne puissent plus rendre que des sons à
faire fuir les chats; alors il est content. Et pourtant vous
verrez en lui le plus doux, le meilleur de tous les hommes, et nullement paresseux, il travaille toujours. Que
vous dirai-je? Il est fou et ne connaît pas son état. Je l'ai
vu, limant et forgeant ses instruments, manger du pain noir

avec un appétit qui me faisait envie à moi-même, à moi, monsieur, qui ai la meilleure table de Paris. Oui, Excellence, avant un quart d'heure vous saurez quel homme je suis. J'ai introduit dans la cuisine italienne des raffinements qui vous surprendront. Excellence, je suis Napolitain, c'est-à-dire né cuisinier. Mais à quoi sert l'instinct sans la science ? La science ! J'ai passé trente ans à l'acquérir, et voyez où elle m'a conduit. Mon histoire est celle de tous les hommes de talent ! Mes essais, mes expériences ont ruiné trois restaurants successivement fondés à Naples, à Parme et à Rome. Aujourd'hui, que je suis encore réduit à faire métier de mon art, je me laisse aller le plus souvent à ma passion dominante. Je sers à ces pauvres réfugiés quelques-uns de mes ragoûts de prédilection. Je me ruine ainsi ! Sottise, direz-vous ? Je le sais ; mais que voulez-vous ? le talent m'emporte, et je ne puis résister à confectionner un mets qui me sourit. Ils s'en aperçoivent toujours, les gaillards. Ils savent bien, je vous le jure, qui de ma femme ou de moi a servi la batterie. Qu'arrive-t-il ? De soixante et quelques convives que je voyais chaque jour à ma table, à l'époque où j'ai fondé ce misérable restaurant, je n'en reçois plus aujourd'hui qu'une vingtaine environ à qui je fais crédit pour la plupart du temps. Les Piémontais, les Savoyards sont partis ; mais les connaisseurs, les gens de goût, les vrais Italiens me sont restés. Aussi, pour eux, n'est-il sacrifice que je ne fasse ! Je leur donne bien souvent pour vingt-cinq sous par tête un dîner qui me revient au double.

La parole du signor Giardini sentait tant la naïve rouerie napolitaine, que le comte charmé se crut encore à Gerolamo [13].

— Puisqu'il en est ainsi, mon cher hôte, dit-il familièrement au cuisinier, puisque le hasard et votre confiance m'ont mis dans le secret de vos sacrifices journaliers, permettez-moi de doubler la somme.

En achevant ces mots, Andrea faisait tourner sur le poêle une pièce de quarante francs, sur laquelle le signor Giardini lui rendit religieusement deux francs cinquante centimes, non sans quelques façons discrètes qui le réjouirent fort.

— Dans quelques minutes, reprit Giardini, vous allez voir votre *donnina*. Je vous placerai près du mari, et si vous voulez être dans ses bonnes grâces, parlez musique, je les ai invités tous deux, pauvres gens ! A cause du nouvel an, je régale mes hôtes d'un mets dans la confection duquel je crois m'être surpassé...

La voix du signor Giardini fut couverte par les bruyantes félicitations des convives qui vinrent deux à deux, un à un, assez capricieusement, suivant la coutume des tables d'hôte. Giardini affectait de se tenir près du comte, et faisait le cicerone en lui indiquant quels étaient ses habitués. Il tâchait d'amener par ses lazzi un sourire sur les lèvres d'un homme en qui son instinct de Napolitain lui indiquait un riche protecteur à exploiter.

— Celui-ci, dit-il, est un pauvre compositeur, qui voudrait passer de la romance à l'opéra et ne peut. Il se plaint des directeurs, des marchands de musique, de tout le monde, excepté de lui-même, et, certes, il n'a pas de plus cruel ennemi. Vous voyez quel teint fleuri, quel contentement de lui, combien peu d'efforts dans ses traits, si bien disposés pour la romance ; celui qui l'accompagne, et qui a l'air d'un marchand d'allumettes, est une des plus grandes célébrités musicales, Gigelmi [14] ! le plus grand chef d'orchestre italien connu ; mais il est sourd, et finit malheureusement sa vie, privé de ce qui la lui embellissait. Oh ! voici notre grand Ottoboni [15], le plus naïf vieillard que la terre ait porté, mais il est soupçonné d'être le plus enragé de ceux qui veulent la régénération de l'Italie. Je me demande comment l'on peut bannir un si aimable vieillard ?

Ici Giardini regarda le comte, qui, se sentant sondé du côté politique, se retrancha dans une immobilité tout italienne.

— Un homme obligé de faire la cuisine à tout le monde doit s'interdire d'avoir une opinion politique, Excellence, dit le cuisinier en continuant. Mais tout le monde, à l'aspect de ce brave homme, qui a plus l'air d'un mouton que d'un lion, eût dit ce que je pense devant l'ambassadeur d'Autriche lui-même. D'ailleurs nous sommes dans un moment où la liberté n'est plus proscrite

et va recommencer sa tournée ! Ces braves gens le croient
du moins, dit-il en s'approchant de l'oreille du comte, et
pourquoi contrarierai-je leurs espérances ! car moi, je ne
hais pas l'absolutisme, Excellence ! Tout grand talent est
absolutiste [16] ! Hé ! bien, quoique plein de génie, Ottoboni se donne des peines inouïes pour l'instruction de
l'Italie, il compose des petits livres pour éclairer l'intelligence des enfants et des gens du peuple, il les fait passer
très habilement en Italie, il prend tous les moyens de
refaire un moral à notre pauvre patrie, qui préfère la
jouissance à la liberté, peut-être avec raison !

Le comte gardait une attitude si impassible que le
cuisinier ne put rien découvrir de ses véritables opinions
politiques.

— Ottoboni, reprit-il, est un saint homme, il est très
secourable, tous les réfugiés l'aiment, car, Excellence,
un libéral peut avoir des vertus ! Oh ! oh ! fit Giardini,
voilà un journaliste, dit-il en désignant un homme qui
avait le costume ridicule que l'on donnait autrefois aux
poètes logés dans les greniers, car son habit était râpé, ses
bottes crevassées, son chapeau gras, et sa redingote dans
un état de vétusté déplorable. Excellence, ce pauvre
homme est plein de talent et... incorruptible ! il s'est
trompé sur son époque, il dit la vérité à tout le monde,
personne ne peut le souffrir. Il rend compte des théâtres
dans deux journaux obscurs, quoiqu'il soit assez instruit
pour écrire dans les grands journaux. Pauvre homme ! les
autres ne valent pas la peine de vous être indiqués, et
Votre Excellence les devinera, dit-il en s'apercevant qu'à
l'aspect de la femme du compositeur le comte ne l'écoutait plus.

En voyant Andrea, la signora Marianna tressaillit et ses
joues se couvrirent d'une vive rougeur.

— Le voici, dit Giardini à voix basse en serrant le bras
du comte et lui montrant un homme d'une grande taille.
Voyez comme il est pâle et grave, le pauvre homme !
aujourd'hui le dada n'a sans doute pas trotté à son idée.

La préoccupation amoureuse d'Andrea fut troublée par
un charme saisissant qui signalait Gambara à l'attention
de tout véritable artiste. Le compositeur avait atteint sa

quarantième année; mais quoique son front large et
chauve fût sillonné de quelques plis parallèles et peu
profonds, malgré ses tempes creuses où quelques veines
nuançaient de bleu le tissu transparent d'une peau lisse,
malgré la profondeur des orbites où s'encadraient ses
yeux noirs pourvus de larges paupières aux cils clairs, la
partie inférieure de son visage lui donnait tous les sem-
blants de la jeunesse par la tranquillité des lignes et par la
mollesse des contours. Le premier coup d'œil disait à
l'observateur [17] que chez cet homme la passion avait été
étouffée au profit de l'intelligence qui seule s'était vieillie
dans quelque grande lutte. Andrea jeta rapidement un
regard à Marianna qui l'épiait. A l'aspect de cette belle
tête italienne dont les proportions exactes et la splendide
coloration révélaient une de ces organisations où toutes
les forces humaines sont harmoniquement balancées, il
mesura l'abîme qui séparait ces deux êtres unis par le
hasard. Heureux du présage qu'il voyait dans cette dis-
semblance entre les deux époux, il ne songeait point à se
défendre d'un sentiment qui devait élever une barrière
entre la belle Marianna et lui. Il ressentait déjà pour cet
homme de qui elle était l'unique bien, une sorte de pitié
respectueuse en devinant la digne et sereine infortune
qu'accusait le regard doux et mélancolique de Gambara.
Après s'être attendu à rencontrer dans cet homme un de
ces personnages grotesques si souvent mis en scène par
les conteurs allemands et par les poètes de *libretti,* il
trouvait un homme simple et réservé dont les manières et
la tenue, exemptes de toute étrangeté, ne manquaient pas
de noblesse. Sans offrir la moindre apparence de luxe,
son costume était plus convenable que ne le comportait sa
profonde misère, et son linge attestait la tendresse qui
veillait sur les moindres détails de sa vie. Andrea leva des
yeux humides sur Marianna, qui ne rougit point et laissa
échapper un demi-sourire où perçait peut-être l'orgueil
que lui inspira ce muet hommage. Trop sérieusement
épris pour ne pas épier le moindre indice de complaisance, le comte se crut aimé en se voyant si bien compris.
Dès lors il s'occupa de la conquête du mari plutôt que de
celle de la femme, en dirigeant toutes ses batteries contre

le pauvre Gambara, qui, ne se doutant de rien, avalait sans les goûter les *bocconi* [18] du signor Giardini. Le comte entama la conversation sur un sujet banal ; mais, dès les premiers mots, il tint cette intelligence, prétendue aveugle peut-être sur un point, pour fort clairvoyante sur tous les autres, et vit qu'il s'agissait moins de caresser la fantaisie de ce malicieux bonhomme que de tâcher d'en comprendre les idées. Les convives, gens affamés dont l'esprit se réveillait à l'aspect d'un repas bon ou mauvais, laissaient percer les dispositions les plus hostiles au pauvre Gambara, et n'attendaient que la fin du premier service pour donner l'essor à leurs plaisanteries. Un réfugié, dont les œillades fréquentes trahissaient de prétentieux projets sur Marianna et qui croyait se placer bien avant dans le cœur de l'Italienne en cherchant à répandre le ridicule sur son mari, commença le feu pour mettre le nouveau venu au fait des mœurs de la table d'hôte.

— Voici bien du temps que nous n'entendons plus parler de l'opéra de *Mahomet*, s'écria-t-il en souriant à Marianna, serait-ce que tout entier aux soins domestiques, absorbé par les douceurs du pot-au-feu, Paolo Gambara négligerait un talent surhumain, laisserait refroidir son génie et attiédir son imagination ?

Gambara connaissait tous les convives, il se sentait placé dans une sphère si supérieure qu'il ne prenait plus la peine de repousser leurs attaques, il ne répondit point.

— Il n'est pas donné à tout le monde, reprit le journaliste, d'avoir assez d'intelligence pour comprendre les élucubrations musicales de monsieur, et là sans doute est la raison qui empêche notre divin *maestro* de se produire aux bons Parisiens.

— Cependant, dit le compositeur de romances, qui n'avait ouvert la bouche que pour y engloutir tout ce qui se présentait, je connais des gens à talent qui font un certain cas du jugement des Parisiens. J'ai quelque réputation en musique, ajouta-t-il d'un air modeste, je ne la dois qu'à mes petits airs de vaudeville et au succès qu'obtiennent mes contredanses dans les salons ; mais je compte faire bientôt exécuter une messe composée pour l'anniversaire de la mort de Beethoven [19], et je crois que je serai mieux compris à Paris que partout ailleurs. Monsieur me fera-t-il l'honneur d'y assister ? dit-il en s'adressant à Andrea.

— Merci, répondit le comte, je ne me sens pas doué des organes nécessaires à l'appréciation des chants français. Mais si vous étiez mort, monsieur, et que Beethoven eût fait la messe, je ne manquerais pas d'aller l'entendre.

Cette plaisanterie fit cesser l'escarmouche de ceux qui voulaient mettre Gambara sur la voie de ses lubies, afin de divertir le nouveau venu. Andrea sentait déjà quelque répugnance à donner une folie si noble et si touchante en spectacle à tant de vulgaires sagesses. Il poursuivit sans arrière-pensée un entretien à bâtons rompus, pendant lequel le nez du signor Giardini s'interposa souvent à deux répliques. A chaque fois qu'il échappait à Gambara quelque plaisanterie de bon ton ou quelque aperçu paradoxal, le cuisinier avançait la tête, jetait au musicien un regard de pitié, un regard d'intelligence au comte, et lui disait à l'oreille : — *È matto* [20] ! Un moment vint où le cuisinier interrompit le cours de ses observations judicieuses, pour s'occuper du second service auquel il attachait la plus grande importance. Pendant son absence, qui dura peu, Gambara se pencha vers l'oreille d'Andrea.

— Ce bon Giardini, lui dit-il à demi-voix, nous a menacés aujourd'hui d'un plat de son métier que je vous engage à respecter, quoique sa femme en ait surveillé la préparation. Le brave homme a la manie des innovations en cuisine. Il s'est ruiné en essais dont le dernier l'a forcé à partir de Rome sans passeport, circonstance sur laquelle il se tait. Après avoir acheté un restaurant en réputation, il fut chargé d'un gala que donnait un cardinal nouvellement promu et dont la maison n'était pas encore montée. Giardini crut avoir trouvé une occasion de se distinguer, il y parvint : le soir même, accusé d'avoir voulu empoisonner tout le conclave, il fut contraint de quitter Rome et l'Italie sans faire ses malles. Ce malheur lui a porté le dernier coup, et maintenant...

Gambara se posa un doigt au milieu de son front, et secoua la tête.

— D'ailleurs, ajouta-t-il, il est bon homme. Ma

femme assure que nous lui avons beaucoup d'obligations.

Giardini parut portant avec précaution un plat qu'il posa au milieu de la table, et après il revint modestement se placer auprès d'Andrea, qui fut servi le premier. Dès qu'il eut goûté ce mets, le comte trouva un intervalle infranchissable entre la première et la seconde bouchée. Son embarras fut grand, il tenait fort à ne point mécontenter le cuisinier qui l'observait attentivement. Si le restaurateur français se soucie peu de voir dédaigner un mets dont le paiement est assuré, il ne faut pas croire qu'il en soit de même d'un restaurateur italien à qui souvent l'éloge ne suffit pas. Pour gagner du temps, Andrea complimenta chaleureusement Giardini, mais il se pencha vers l'oreille du cuisinier, lui glissa sous la table une pièce d'or, et le pria d'aller acheter quelques bouteilles de vin de Champagne en le laissant libre de s'attribuer tout l'honneur de cette libéralité.

Quand le cuisinier reparut, toutes les assiettes étaient vides, et la salle retentissait des louanges du maître d'hôtel. Le vin de Champagne échauffa bientôt les têtes italiennes, et la conversation, jusqu'alors contenue par la présence d'un étranger, sauta par-dessus les bornes d'une réserve soupçonneuse pour se répandre çà et là dans les champs immenses des théories politiques et artistiques. Andrea, qui ne connaissait d'autres ivresses que celles de l'amour et de la poésie, se rendit bientôt maître de l'attention générale, et conduisit habilement la discussion sur le terrain des questions musicales.

— Veuillez m'apprendre, monsieur, dit-il au faiseur de contredanses, comment le Napoléon des petits airs s'abaisse à détrôner Palestrina, Pergolèse, Mozart, pauvres gens qui vont plier bagage aux approches de cette foudroyante messe de mort?

— Monsieur, dit le compositeur, un musicien est toujours embarrassé de répondre quand sa réponse exige le concours de cent exécutants habiles. Mozart, Haydn et Beethoven, sans orchestre, sont peu de chose.

— Peu de chose? reprit le comte, mais tout le monde sait que l'auteur immortel de *Don Juan* et du *Requiem* s'appelle Mozart, et j'ai le malheur d'ignorer celui du

fécond inventeur des contredanses qui ont tant de vogue
dans les salons.

— La musique existe indépendamment de l'exécu-
tion [21], dit le chef d'orchestre qui malgré sa surdité avait
saisi quelques mots de la discussion. En ouvrant la *Symphonie en ut mineur* de Beethoven [22], un homme de
musique est bientôt transporté dans le monde de la Fantaisie sur les ailes d'or du thème en sol naturel, répété en
mi par les cors. Il voit toute une nature tour à tour éclairée
par d'éblouissantes gerbes de lumières, assombrie par des
nuages de mélancolie, égayée par des chants divins.

— Beethoven est dépassé par la nouvelle école, dit
dédaigneusement le compositeur de romances.

— Il n'est pas encore compris, dit le comte, comment
serait-il dépassé ?

Ici Gambara but un grand verre de vin de Champagne,
et accompagna sa libation d'un demi-sourire approbateur.

— Beethoven, reprit le comte, a reculé les bornes de
la musique instrumentale, et personne ne l'a suivi.

Gambara réclama par un mouvement de tête.

— Ses ouvrages sont surtout remarquables par la simplicité du plan, et par la manière dont est suivi ce plan,
reprit le comte. Chez la plupart des compositeurs, les
parties d'orchestre folles et désordonnées ne s'entrelacent
que pour produire l'effet du moment, elles ne concourent
pas toujours à l'ensemble du morceau par la régularité de
leur marche. Chez Beethoven, les effets sont pour ainsi
dire distribués d'avance. Semblables aux différents régi-
ments qui contribuent par des mouvements réguliers au
gain de la bataille, les parties d'orchestre des symphonies
de Beethoven suivent les ordres donnés dans l'intérêt
général, et sont subordonnées à des plans admirablement
bien conçus. Il y a parité sous ce rapport chez un génie
d'un autre genre. Dans les magnifiques compositions
historiques de Walter Scott, le personnage le plus en
dehors de l'action vient, à un moment donné, par des fils
tissus dans la trame de l'intrigue, se rattacher au dénouement.

— *È vero!* dit Gambara à qui le bon sens semblait
revenir en sens inverse de sa sobriété.

Voulant pousser l'épreuve plus loin, Andrea oublia
pour un moment toutes ses sympathies, il se prit à battre
en brèche la réputation européenne de Rossini, et fit à
l'école italienne ce procès qu'elle gagne chaque soir depuis trente ans sur plus de cent théâtres en Europe. Il avait
fort à faire assurément. Les premiers mots qu'il prononça
élevèrent autour de lui une sourde rumeur d'improbation ;
mais ni les interruptions fréquentes, ni les exclamations,
ni les froncements de sourcils, ni les regards de pitié
n'arrêtèrent l'admirateur forcené de Beethoven [23].

— Comparez, dit-il, les productions sublimes de
l'auteur dont je viens de parler, avec ce qu'on est
convenu d'appeler musique italienne : quelle inertie de
pensées ! quelle lâcheté de style ! Ces tournures uniformes, cette banalité de cadences, ces éternelles fioritures
jetées au hasard, n'importe la situation, ce monotone
crescendo que Rossini a mis en vogue et qui est aujourd'hui partie intégrante de toute composition ; enfin
ces rossignolades forment une sorte de musique bavarde,
caillette, parfumée, qui n'a de mérite que par le plus ou
moins de facilité du chanteur et la légèreté de la vocalisa-
tion. L'école italienne a perdu de vue la haute mission de
l'art. Au lieu d'élever la foule jusqu'à elle, elle est des-
cendue jusqu'à la foule ; elle n'a conquis sa vogue qu'en
acceptant des suffrages de toutes mains, en s'adressant
aux intelligences vulgaires qui sont en majorité. Cette
vogue est un escamotage de carrefour. Enfin, les compositions de Rossini en qui cette musique est personnifiée,
ainsi que celles des maîtres qui procèdent plus ou moins
de lui, me semblent dignes tout au plus d'amasser dans
les rues le peuple autour d'un orgue de Barbarie, et
d'accompagner les entrechats de Polichinelle. J'aime
encore mieux la musique française, et c'est tout dire.
Vive la musique allemande !... quand elle sait chanter,
ajouta-t-il à voix basse.

Cette sortie résuma une longue thèse dans laquelle
Andrea s'était soutenu pendant plus d'un quart d'heure
dans les plus hautes régions de la métaphysique, avec
l'aisance d'un somnambule qui marche sur les toits. Vivement intéressé par ces subtilités, Gambara n'avait pas

perdu un mot de toute la discussion ; il prit la parole aussitôt qu'Andrea parut l'avoir abandonnée, et il se fit alors un mouvement d'attention parmi tous les convives, dont plusieurs se disposaient à quitter la place.

— Vous attaquez bien vivement l'école italienne, reprit Gambara fort animé par le vin de Champagne, ce qui d'ailleurs m'est assez indifférent. Grâce à Dieu, je suis en dehors de ces pauvretés plus ou moins mélodiques ! Mais un homme du monde montre peu de reconnaissance pour cette terre classique d'où l'Allemagne et la France tirèrent leurs premières leçons. Pendant que les compositions de Carissimi, Cavalli, Scarlatti, Rossi[24] s'exécutaient dans toute l'Italie, les violonistes de l'Opéra de Paris avaient le singulier privilège de jouer du violon avec des gants. Lulli, qui étendit l'empire de l'harmonie et le premier classa les dissonances, ne trouva, à son arrivée en France, qu'un cuisinier et un maçon qui eussent des voix et l'intelligence suffisante pour exécuter sa musique ; il fit un ténor du premier, et métamorphosa le second en basse-taille[25]. Dans ce temps-là, l'Allemagne, à l'exception de Sébastien Bach[26], ignorait la musique. Mais, monsieur, dit Gambara du ton humble d'un homme qui craint de voir ses paroles accueillies par le dédain ou par la malveillance, quoique jeune, vous avez longtemps étudié ces hautes questions de l'art, sans quoi vous ne les exposeriez pas avec tant de clarté.

Ce mot fit sourire une partie de l'auditoire, qui n'avait rien compris aux distinctions établies par Andrea ; Giardini, persuadé que le comte n'avait débité que des phrases sans suite, le poussa légèrement en riant sous cape d'une mystification de laquelle il aimait à se croire complice.

— Il y a dans tout ce que vous venez de nous dire beaucoup de choses qui me paraissent fort sensées, dit Gambara en poursuivant, mais prenez garde ! Votre plaidoyer, en flétrissant le sensualisme italien, me paraît incliner vers l'idéalisme allemand[27], qui n'est pas une moins funeste hérésie. Si les hommes d'imagination et de sens, tels que vous, ne désertent un camp que pour passer à l'autre, s'ils ne savent pas rester neutres entre les deux excès, nous subirons éternellement l'ironie de ces sophistes qui nient le progrès, et qui comparent le génie de l'homme à cette nappe, laquelle, trop courte pour couvrir entièrement la table du signor Giardini, n'en pare une des extrémités qu'aux dépens de l'autre.

Giardini bondit sur sa chaise comme si un taon l'eût piqué, mais une réflexion soudaine le rendit à sa dignité d'amphitryon, il leva les yeux au ciel, et poussa de nouveau le comte, qui commençait à croire son hôte plus fou que Gambara. Cette façon grave et religieuse de parler de l'art intéressait le Milanais au plus haut point. Placé entre ces deux folies, dont l'une était si noble et l'autre si vulgaire, et qui se bafouaient mutuellement au grand divertissement de la foule, il y eut un moment où le comte se vit ballotté entre le sublime et la parodie, ces deux faces de toute création humaine. Rompant alors la chaîne des transitions incroyables qui l'avaient amené dans ce bouge enfumé, il se crut le jouet de quelque hallucination étrange, et ne regarda plus Gambara et Giardini que comme deux abstractions.

Cependant, à un dernier lazzi du chef d'orchestre qui répondit à Gambara, les convives s'étaient retirés en riant aux éclats. Giardini s'en alla préparer le café qu'il voulait offrir à l'élite de ses hôtes. Sa femme enlevait le couvert. Le comte placé près du poêle, entre Marianna et Gambara, était précisément dans la situation que le fou trouvait si désirable : il avait à gauche le sensualisme, et l'idéalisme à droite. Gambara, rencontrant pour la première fois un homme qui ne lui riait point au nez, ne tarda pas à sortir des généralités pour parler de lui-même, de sa vie, de ses travaux et de la régénération musicale de laquelle il se croyait le Messie.

— Écoutez, vous qui ne m'avez point insulté jusqu'ici ! je veux vous raconter ma vie, non pour faire parade d'une constance qui ne vient point de moi, mais pour la plus grande gloire de celui qui a mis en moi sa force. Vous semblez bon et pieux ; si vous ne croyez point en moi, du moins vous me plaindrez : la pitié est de l'homme, la foi vient de Dieu.

Andrea, rougissant, ramena sous sa chaise un pied qui

effleurait celui de la belle Marianna, et concentra son
attention sur elle, tout en écoutant Gambara.

— Je suis né à Crémone d'un facteur d'instruments [28],
assez bon exécutant, mais plus fort compositeur, reprit le
musicien. J'ai donc pu connaître de bonne heure les lois
de la construction musicale, dans sa double expression
matérielle et spirituelle, et faire en enfant curieux des
remarques qui plus tard se sont représentées dans l'esprit
de l'homme fait. Les Français nous chassèrent, mon père
et moi, de notre maison. Nous fûmes ruinés par la
guerre [29]. Dès l'âge de dix ans, j'ai donc commencé la vie
errante à laquelle ont été condamnés presque tous les
hommes qui roulèrent dans leur tête des innovations
d'art, de science ou de politique. Le sort ou les dispositions de leur esprit, qui ne cadrent point avec les compar-
timents où se tiennent les bourgeois, les entraînent provi-
dentiellement sur les points où ils doivent recevoir leurs
enseignements. Sollicité par ma passion pour la musique,
j'allais de théâtre en théâtre par toute l'Italie, en vivant de
peu, comme on vit là. Tantôt je faisais la basse dans un
orchestre, tantôt je me trouvais sur le théâtre dans les
chœurs, ou sous le théâtre avec les machinistes. J'étudiais
ainsi la musique dans tous ses effets, interrogeant l'instrument et la voix humaine, me demandant en quoi ils
diffèrent, en quoi ils s'accordent, écoutant les partitions
et appliquant les lois que mon père m'avait apprises.
Souvent je voyageais en raccommodant des instruments.
C'était une vie sans pain, dans un pays où brille toujours
le soleil, où l'art est partout, mais où il n'y a d'argent
nulle part pour l'artiste, depuis que Rome n'est plus que
de nom seulement la reine du monde chrétien. Tantôt
bien accueilli, tantôt chassé pour ma misère, je ne perdais
point courage ; j'écoutais les voix intérieures qui m'an-
nonçaient la gloire ! La musique me paraissait être dans
l'enfance. Cette opinion, je l'ai conservée. Tout ce qui
nous reste du monde musical antérieur au XVIIe siècle,
m'a prouvé que les anciens auteurs n'ont connu que la
mélodie ; ils ignoraient l'harmonie et ses immenses ressources [30]. La musique est tout à la fois une science et un
art. Les racines qu'elle a dans la physique et les mathé-

matiques en font une science; elle devient un art par
l'inspiration qui emploie à son insu les théorèmes de la
science. Elle tient à la physique par l'essence même de la
substance qu'elle emploie : le son est de l'air modifié [31];
l'air est composé de principes, lesquels trouvent sans
doute en nous des principes analogues qui leur répondent,
sympathisent et s'agrandissent par le pouvoir de la pensée. Ainsi l'air doit contenir autant de particules d'élasti-
cités différentes, et capables d'autant de vibrations de
durées diverses qu'il y a de tons dans les corps sonores, et
ces particules perçues par notre oreille, mises en œuvre
par le musicien, répondent à des idées suivant nos organisations. Selon moi, la nature du son est identique à celle
de la lumière [32]. Le son est la lumière, sous une autre
forme : l'une et l'autre procèdent par des vibrations qui
aboutissent à l'homme et qu'il transforme en pensées
dans ses centres nerveux. La musique, de même que la
peinture, emploie des corps qui ont la faculté de dégager
telle ou telle propriété de la substance-mère [33], pour en
composer des tableaux. En musique, les instruments font
l'office des couleurs qu'emploie le peintre [34]. Du moment
où tout son produit par un corps sonore est toujours
accompagné de sa tierce majeure et de sa quinte, qu'il
affecte des grains de poussière placés sur un parchemin
tendu, de manière à y tracer des figures d'une construction géométrique toujours les mêmes, suivant les différents volumes du son, régulières quand on fait un accord,
et sans formes exactes quand on produit des dissonances,
je dis que la musique est un art tissu dans les entrailles
mêmes de la Nature [35]. La musique obéit à des lois
physiques et mathématiques. Les lois physiques sont peu
connues, les lois mathématiques le sont davantage; et,
depuis qu'on a commencé à étudier leurs relations, on a
créé l'harmonie, à laquelle nous avons dû Haydn, Mozart, Beethoven et Rossini, beaux génies qui certes ont
produit une musique plus perfectionnée que celle de leurs
devanciers, gens dont le génie d'ailleurs est incontesta-
ble. Les vieux maîtres chantaient au lieu de disposer de
l'art et de la science, noble alliance qui permet de fondre
en un tout les belles mélodies et la puissante harmonie.

Or, si la découverte des lois mathématiques a donné ces quatre grands musiciens, où n'irions-nous pas si nous trouvions les lois physiques en vertu desquelles (saisissez bien ceci) nous rassemblons, en plus ou moins grande quantité, suivant les proportions à rechercher, une certaine substance éthérée [36], répandue dans l'air, et qui nous donne la musique aussi bien que la lumière, les phénomènes de la végétation aussi bien que ceux de la zoologie! Comprenez-vous? Ces lois nouvelles armeraient le compositeur de pouvoirs nouveaux en lui offrant des instruments supérieurs aux instruments actuels, et peut-être une harmonie grandiose comparée à celle qui régit aujourd'hui la musique. Si chaque son modifié répond à une puissance, il faut la connaître pour marier toutes ces forces d'après leurs véritables lois. Les compositeurs travaillent sur des substances qui leur sont inconnues. Pourquoi l'instrument de métal et l'instrument de bois, le basson et le cor, se ressemblent-ils si peu tout en employant les mêmes substances, c'est-à-dire les gaz constituants de l'air? Leurs dissemblances procèdent d'une décomposition quelconque de ces gaz, ou d'une appréhension des principes qui leur sont propres et qu'ils renvoient modifiés, en vertu de facultés inconnues. Si nous connaissions ces facultés, la science et l'art y gagneraient. Ce qui étend la science étend l'art. Eh! bien, ces découvertes, je les ai flairées et je les ai faites. Oui, dit Gambara en s'animant, jusqu'ici l'homme a plutôt noté les effets que les causes! S'il pénétrait les causes, la musique deviendrait le plus grand de tous les arts. N'est-il pas celui qui pénètre le plus avant dans l'âme? Vous ne voyez que ce que la peinture vous montre, vous n'entendez que ce que le poète vous dit, la musique va bien au-delà: ne forme-t-elle pas votre pensée, ne réveille-t-elle pas les souvenirs engourdis [37]? Voici mille âmes dans une salle, un motif s'élance du gosier de la Pasta [38], dont l'exécution répond bien aux pensées qui brillaient dans l'âme de Rossini quand il écrivit son air, la phrase de Rossini transmise dans ces âmes y développe autant de poèmes différents: à celui-ci se montre une femme longtemps rêvée, à celui-là je ne sais quelle rive le long de laquelle il a cheminé, et dont les saules traînants, l'onde claire et les espérances qui dansaient sous les berceaux feuillus lui apparaissent ; cette femme se rappelle les mille sentiments qui la torturèrent pendant une heure de jalousie ; l'une pense aux vœux non satisfaits de son cœur et se peint avec les riches couleurs du rêve un être idéal à qui elle se livre en éprouvant les délices de la femme caressant sa chimère dans la mosaïque romaine ; l'autre songe que le soir même elle réalisera quelque désir, et se plonge par avance dans le torrent des voluptés, en en recevant les ondes bondissant sur sa poitrine en feu. La musique seule a la puissance de nous faire rentrer en nous-mêmes ; tandis que les autres arts nous donnent des plaisirs définis. Mais je m'égare. Telles furent mes premières idées, bien vagues, car un inventeur ne fait d'abord qu'entrevoir une sorte d'aurore. Je portais donc ces glorieuses idées au fond de mon bissac, elles me faisaient manger gaiement la croûte séchée que je trempais souvent dans l'eau des fontaines. Je travaillais, je composais des airs, et après les avoir exécutés sur un instrument quelconque, je reprenais mes courses à travers l'Italie. Enfin, à l'âge de vingt-deux ans, je vins habiter Venise, où je goûtai pour la première fois le calme, et me trouvai dans une situation supportable. J'y fis la connaissance d'un vieux noble vénitien à qui mes idées plurent[39], qui m'encouragea dans mes recherches, et me fit employer au théâtre de la Fenice. La vie était à bon marché, le logement coûtait peu. J'occupais un appartement dans ce palais Capello, d'où sortit un soir la fameuse Bianca[40], et qui devint grande-duchesse de Toscane. Je me figurais que ma gloire inconnue partirait de là pour se faire aussi couronner quelque jour. Je passais les soirées au théâtre, et les journées au travail. J'eus un désastre. La représentation d'un opéra dans la partition duquel j'avais essayé ma musique fit *fiasco*. On ne comprit rien à ma musique des *Martyrs*. Donnez du Beethoven aux Italiens, ils n'y sont plus. Personne n'avait la patience d'attendre un effet préparé par des motifs différents que donnait chaque instrument, et qui devaient se rallier dans un grand ensemble. J'avais fondé quelques espérances sur l'opéra des *Martyrs*, car nous nous escomptons toujours le succès, nous autres amants de la bleue déesse, l'Espérance! Quand on se croit destiné à produire de grandes choses, il est difficile de ne pas les laisser pressentir; le boisseau a toujours des fentes par où passe la lumière, Dans cette maison se trouvait la famille de ma femme, et l'espoir d'avoir la main de Marianna, qui me souriait souvent de sa fenêtre, avait beaucoup contribué à mes efforts. Je tombai dans une noire mélancolie en mesurant la profondeur de l'abîme où j'étais tombé, car j'entrevoyais clairement une vie de misère, une lutte constante où devait périr l'amour. Marianna fit comme le génie: elle sauta pieds joints par-dessus toutes les difficultés. Je ne vous dirai pas le peu de bonheur qui dora le commencement de mes infortunes. Épouvanté de ma chute, je jugeai que l'Italie, peu compréhensive et endormie dans les flonflons de la routine, n'était point disposée à recevoir les innovations que je méditais; je songeai donc à l'Allemagne. En voyageant dans ce pays, où j'allai par la Hongrie, j'écoutais les mille voix de la nature, et je m'efforçais de reproduire ces sublimes harmonies à l'aide d'instruments que je composais ou modifiais dans ce but. Ces essais comportaient des frais énormes qui eurent bientôt absorbé notre épargne. Ce fut cependant notre plus beau temps; je fus apprécié en Allemagne. Je ne connais rien de plus grand dans ma vie que cette époque. Je ne saurais rien comparer aux sensations tumultueuses qui m'assaillaient près de Marianna, dont la beauté revêtit alors un éclat et une puissance célestes. Faut-il le dire? je fus heureux. Pendant ces heures de faiblesse, plus d'une fois je fis parler à ma passion le langage des harmonies terrestres. Il m'arriva de composer quelques-unes de ces mélodies qui ressemblent à des figures géométriques, et que l'on prise beaucoup dans le monde où vous vivez. Aussitôt que j'eus du succès, je rencontrai d'invincibles obstacles multipliés par mes confrères, tous pleins de mauvaise foi ou d'ineptie. J'avais entendu parler de la France comme d'un pays où les innovations étaient favorablement accueillies, je voulus y aller; ma femme trouva quelques ressources, et

nous arrivâmes à Paris. Jusqu'alors on ne m'avait point ri
au nez ; mais dans cette affreuse ville, il me fallut supporter ce nouveau genre de supplice, auquel la misère
vint bientôt ajouter ses poignantes angoisses. Réduits à
nous loger dans ce quartier infect, nous vivons depuis
plusieurs mois du seul travail de Marianna, qui a mis son
aiguille au service des malheureuses prostituées qui font
de cette rue leur galerie. Marianna assure qu'elle a rencontré chez ces pauvres femmes des égards et de la
générosité, ce que j'attribue à l'ascendant d'une vertu si
pure, que le vice lui-même est contraint de la respecter.

— Espérez, lui dit Andrea. Peut-être êtes-vous arrivé
au terme de vos épreuves. En attendant que mes efforts,
unis aux vôtres, aient mis vos travaux en lumière, per-
mettez à un compatriote, à un artiste comme vous, de
vous offrir quelques avances sur l'infaillible succès de
votre partition.

— Tout ce qui rentre dans les conditions de la vie
matérielle est du ressort de ma femme, lui répondit Gambara ; elle décidera de ce que nous pouvons accepter sans
rougir d'un galant homme tel que vous paraissez l'être.
Pour moi, qui depuis longtemps ne me suis laissé aller à
de si longues confidences, je vous demande la permission
de vous quitter. Je vois une mélodie qui m'invite, elle
passe et danse devant moi, nue et frissonnant comme une
belle fille qui demande à son amant les vêtements qu'il
tient cachés. Adieu, il faut que j'aille habiller une maîtresse, je vous laisse ma femme.

Il s'échappa comme un homme qui se reprochait
d'avoir perdu un temps précieux, et Marianna embarras-
sée voulut le suivre ; Andrea n'osait la retenir, Giardini
vint à leur secours à tous deux.

— Vous avez entendu, *Signorina,* dit-il. Votre mari vous
a laissé plus d'une affaire à régler avec le seigneur comte.

Marianna se rassit, mais sans lever les yeux sur Andrea, qui hésitait à lui parler.

— La confiance du signor Gambara, dit Andrea d'une
voix émue, ne me vaudra-t-elle pas celle de sa femme ?
La belle Marianna refusera-t-elle de me faire connaître
l'histoire de sa vie ?

— Ma vie, répondit Marianna, ma vie est celle des
lierres. Si vous voulez connaître l'histoire de mon cœur,
il faut me croire aussi exempte d'orgueil que dépourvue
de modestie pour m'en demander le récit après ce que
vous venez d'entendre.

— Et à qui le demanderai-je ? s'écria le comte chez qui
la passion éteignait déjà tout esprit.

— A vous-même, répliqua Marianna. Ou vous m'avez
déjà comprise, ou vous ne me comprendrez jamais. Es-
sayez de vous interroger.

— J'y consens, mais vous m'écouterez. Cette main
que je vous ai prise, vous la laisserez dans la mienne aussi
longtemps que mon récit sera fidèle.

— J'écoute, dit Marianna.

— La vie d'une femme commence à sa première passion, dit Andrea, ma chère Marianna a commencé à vivre
seulement du jour où elle a vu pour la première fois Paolo
Gambara, il lui fallait une passion profonde à savourer, il
lui fallait surtout quelque intéressante faiblesse à protéger, à soutenir. La belle organisation de femme dont elle
est douée appelle peut-être moins encore l'amour que la
maternité. Vous soupirez, Marianna ? J'ai touché à l'une
des plaies vives de votre cœur. C'était un beau rôle à
prendre pour vous, si jeune, que celui de protectrice
d'une belle intelligence égarée. Vous vous disiez : Paolo
sera mon génie, moi je serai sa raison, à nous deux nous
ferons cet être presque divin qu'on appelle un ange [41],
cette sublime créature qui jouit et comprend, sans que la
sagesse étouffe l'amour. Puis, dans le premier élan de la
jeunesse, vous avez entendu ces mille voix de la nature
que le poète voulait reproduire. L'enthousiasme vous
saisissait quand Paolo étalait devant vous ces trésors de
poésie en en cherchant la formule dans le langage sublime
mais borné de la musique, et vous l'admiriez pendant
qu'une exaltation délirante l'emportait loin de vous, car
vous aimiez à croire que toute cette énergie déviée serait
enfin ramenée à l'amour. Vous ignoriez l'empire tyrannique et jaloux que la Pensée [42] exerce sur les cerveaux qui
s'éprennent d'amour pour elle. Gambara s'était donné,
avant de vous connaître, à l'orgueilleuse et vindicative

maîtresse à qui vous l'avez disputé en vain jusqu'à ce jour. Un seul instant vous avez entrevu le bonheur. Retombé des hauteurs où son esprit planait sans cesse, Paolo s'étonna de trouver la réalité si douce, vous avez pu croire que sa folie s'endormirait dans les bras de l'amour. Mais bientôt la musique reprit sa proie. Le mirage éblouissant qui vous avait tout à coup transportée au milieu des délices d'une passion partagée rendit plus morne et plus aride la voie solitaire où vous vous étiez engagée. Dans le récit que votre mari vient de nous faire, comme dans le contraste frappant de vos traits et des siens, j'ai entrevu les secrètes angoisses de votre vie, les douloureux mystères de cette union mal assortie dans laquelle vous avez pris le lot des souffrances. Si votre conduite fut toujours héroïque, si votre énergie ne se démentit pas une fois dans l'exercice de vos devoirs pénibles, peut-être, dans le silence de vos nuits solitaires, ce cœur dont les battements soulèvent en ce moment votre poitrine murmura-t-il plus d'une fois ! Votre plus cruel supplice fut la grandeur même de votre mari : moins noble, moins pur, vous eussiez pu l'abandonner ; mais ses vertus soutenaient les vôtres. Entre votre héroïsme et le sien vous vous demandiez qui céderait le dernier. Vous poursuiviez la réelle grandeur de votre tâche, comme Paolo poursuivait sa chimère. Si le seul amour du devoir vous eût soutenue et guidée, peut-être le triomphe vous eût-il semblé plus facile ; il vous eût suffi de tuer votre cœur et de transporter votre vie dans le monde des abstractions, la religion eût absorbé le reste, et vous eussiez vécu dans une idée, comme les saintes femmes qui éteignent au pied de l'autel les instincts de la nature. Mais le charme répandu sur toute la personne de votre Paul, l'élévation de son esprit, les rares et touchants témoignages de sa tendresse, vous rejetaient sans cesse hors de ce monde idéal, où la vertu voulait vous retenir, ils exaltaient en vous des forces sans cesse épuisées à lutter contre le fantôme de l'amour. Vous ne doutiez point encore ! les moindres lueurs de l'espérance vous entraînaient à la poursuite de votre douce chimère. Enfin les déceptions de tant d'années vous on fait perdre patience, elle eût depuis longtemps échappé à un ange. Aujourd'hui cette apparence si longtemps poursuivie est une ombre et non un corps. Une folie qui touche au génie de si près doit être incurable en ce monde. Frappée de cette pensée, vous avez songé à toute votre jeunesse, sinon perdue, au moins sacrifiée ; vous avez alors amèrement reconnu l'erreur de la nature qui vous avait donné un père quand vous appeliez un époux. Vous vous êtes demandé si vous n'aviez pas outrepassé les devoirs de l'épouse en vous gardant tout entière à cet homme qui se réservait à la science. Marianna, laissez-moi votre main, tout ce que j'ai dit est vrai. Et vous avez jeté les yeux autour de vous ; mais vous étiez alors à Paris, et non en Italie, où l'on sait si bien aimer.

— Oh ! laissez-moi achever ce récit, s'écria Marianna, j'aime mieux dire moi-même ces choses. Je serai franche, je sens maintenant que je parle à mon meilleur ami. Oui, j'étais à Paris, quand se passait en moi tout ce que vous venez de m'expliquer si clairement ; mais quand je vous vis, j'étais sauvée, car je n'avais rencontré nulle part l'amour rêvé depuis mon enfance. Mon costume et ma demeure me soustrayaient aux regards des hommes comme vous. Quelques jeunes gens à qui leur situation ne permettait pas de m'insulter me devinrent plus odieux encore par la légèreté avec laquelle ils me traitaient : les uns bafouaient mon mari comme un vieillard ridicule, d'autres cherchaient bassement à gagner ses bonnes grâces pour le trahir ; tous parlaient de m'en séparer, aucun ne comprenait le culte que j'ai voué à cette âme, qui n'est si loin de nous que parce qu'elle est près du ciel, à cet ami, à ce frère que je veux toujours servir. Vous seul avez compris le lien qui m'attache à lui, n'est-ce pas ? Dites-moi que vous vous êtes pris pour mon Paul d'un intérêt sincère et sans arrière-pensée...

— J'accepte ces éloges, interrompit Andrea ; mais n'allez pas plus loin, ne me forcez pas de vous démentir. Je vous aime, Marianna, comme on aime dans ce beau pays où nous sommes nés l'un et l'autre ; je vous aime de toute mon âme et de toutes mes forces, mais avant de vous offrir cet amour, je veux me rendre digne du vôtre. Je tenterai un dernier effort pour vous rendre l'homme que vous aimez depuis l'enfance, l'homme que vous aimerez toujours. En attendant le succès ou la défaite, acceptez sans rougir l'aisance que je veux vous donner à tous deux ; demain nous irons ensemble choisir un logement pour lui. M'estimez-vous assez pour m'associer aux fonctions de votre tutelle ?

Marianna, étonnée de cette générosité, tendit la main au comte, qui sortit en s'efforçant d'échapper aux civilités du *Signor Giardini* et de sa femme.

Le lendemain, le comte fut introduit par Giardini dans l'appartement des deux époux. Quoique l'esprit élevé de son amant lui fût déjà connu, car il est certaines âmes qui se pénètrent promptement, Marianna était trop bonne femme de ménage pour ne pas laisser percer l'embarras qu'elle éprouvait à recevoir un si grand seigneur dans une si pauvre chambre. Tout y était fort propre. Elle avait passé la matinée entière à épousseter son étrange mobilier, œuvre du signor Giardini, qui l'avait construit à ses moments de loisir avec les débris des instruments rebutés par Gambara. Andrea n'avait jamais rien vu de si extravagant. Pour se maintenir dans une gravité convenable, il cessa de regarder un lit grotesque [43] pratiqué par le malicieux cuisinier dans la caisse d'un vieux clavecin, et reporta ses yeux sur le lit de Marianna, étroite couchette dont l'unique matelas était couvert d'une mousseline blanche, aspect qui lui inspira des pensées tout à la fois tristes et douces. Il voulut parler de ses projets et de l'emploi de la matinée, mais l'enthousiaste Gambara, croyant avoir enfin rencontré un bénévole auditeur, s'empara du comte et le contraignit d'écouter l'opéra qu'il avait écrit pour Paris.

— Et d'abord, monsieur, dit Gambara, permettez-moi de vous apprendre en deux mots le sujet. Ici les gens qui reçoivent les impressions musicales ne les développent pas en eux-mêmes, comme la religion nous enseigne à développer par la prière les textes saints ; il est donc bien difficile de leur faire comprendre qu'il existe dans la nature une musique éternelle, une mélodie suave, une harmonie parfaite, troublée seulement par les révolutions indépendantes de la volonté divine, comme les passions le sont de la volonté des hommes. Je devais donc trouver un cadre immense où pussent tenir les effets et les causes, car ma musique a pour but d'offrir une peinture de la vie des nations prise à son point de vue le plus élevé. Mon opéra, dont le *libretto* a été composé par moi, car un poète n'en eût jamais développé le sujet, embrasse la vie de Mahomet, personnage en qui les magies de l'antique sabéisme [44] et la poésie orientale de la religion juive se sont résumées, pour produire un des plus grands poèmes humains, la domination des Arabes. Certes, Mahomet a emprunté aux Juifs l'idée du gouvernement absolu, et aux religions pastorales ou sabéiques le mouvement progressif qui a créé le brillant empire des califes. Sa destinée était écrite dans sa naissance même, il eut pour père un païen et pour mère une Juive. Ah! pour être grand musicien, mon cher comte, il faut être aussi très savant. Sans instruction, point de couleur locale, point d'idées dans la musique. Le compositeur qui chante pour chanter est un artisan et non un artiste. Ce magnifique opéra continue la grande œuvre que j'avais entreprise. Mon premier opéra s'appelait *Les Martyrs*, et j'en dois faire un troisième de *La Jérusalem délivrée*. Vous saisissez la beauté de cette triple composition et ses ressources si diverses: *Les Martyrs, Mahomet, La Jérusalem!* Le Dieu de l'Occident, celui de l'Orient, et la lutte de leurs religions autour d'un tombeau. Mais ne parlons pas de mes grandeurs à jamais perdues! Voici le sommaire de mon opéra.

— Le premier acte, dit-il après une pause, offre Mahomet facteur chez Cadhige [45], riche veuve chez laquelle l'a placé son oncle; il est amoureux et ambitieux; chassé de la Mekke, il s'enfuit à Médine et date son ère de sa fuite *(l'hégire)*. Le second montre Mahomet prophète et fondant une religion guerrière. Le troisième présente Mahomet dégoûté de tout, ayant épuisé la vie, et dérobant le secret de sa mort pour devenir un Dieu, dernier effort de l'orgueil humain. Vous allez juger de ma manière d'exprimer par des sons un grand fait que la poésie ne saurait rendre qu'imparfaitement par des mots.

Gambara se mit à son piano d'un air recueilli, et sa femme lui apporta les volumineux papiers de sa partition qu'il n'ouvrit point.

— Tout l'opéra, dit-il, repose sur une basse comme
sur un riche terrain. Mahomet devait avoir une majestueuse voix de basse, et sa première femme avait nécessairement une voix de contralto. Cadhige était vieille, elle
avait vingt ans. Attention, voici l'ouverture ! Elle commence *(ut mineur)* par un *andante (trois temps)*. Entendez-vous la mélancolie de l'ambitieux que ne satisfait pas
l'amour ? A travers ses plaintes, par une transition au
temps relatif *(mi bémol, allegro quatre temps)* percent les
cris de l'amoureux épileptique, ses fureurs et quelques
motifs guerriers, car le sabre tout-puissant des califes
commence à luire à ses yeux. Les beautés de la femme
unique lui donnent le sentiment de cette pluralité d'amour
qui nous frappe tant dans *Don Juan*. En entendant ces
motifs, n'entrevoyez-vous pas le paradis de Mahomet ?
Mais voici *(la bémol majeur, six huit)* un *cantabile* [46]
capable d'épanouir l'âme la plus rebelle à la musique :
Cadhige a compris Mahomet ! Cadhige annonce au peuple les entrevues du prophète avec l'ange Gabriel *(maës-
toso sostenuto en fa mineur)*. Les magistrats, les prêtres,
le pouvoir et la religion, qui se sentent attaqués par le
novateur comme Socrate et Jésus-Christ attaquaient des
pouvoirs et des religions expirantes ou usées, poursuivent
Mahomet et le chassent de la Mekke *(strette* [47] *en ut
majeur)*. Arrive ma belle dominante *(sol quatre temps)* :
l'Arabie écoute son prophète, les cavaliers arrivent *(sol
majeur, mi bémol, si bémol, sol mineur ! toujours quatre
temps)*. L'avalanche d'hommes grossit ! Le faux prophète
a commencé sur une peuplade ce qu'il va faire sur le
monde *(sol, sol)*. Il promet une domination universelle
aux Arabes, on le croit parce qu'il est inspiré. Le crescendo commence *(par cette même dominante)*. Voici
quelques fanfares *(en ut majeur)*, des cuivres plaqués sur
l'harmonie qui se détachent et se font jour pour exprimer
les premiers triomphes. Médine est conquise au prophète
et l'on marche sur la Mekke *(explosion en ut majeur)*. Les
puissances de l'orchestre se développent comme un incendie, tout instrument parle, voici des torrents d'harmonie. Tout à coup le *tutti* est interrompu par un gracieux
motif *(une tierce mineure)*. Écoutez le dernier cantilène [48]

de l'amour dévoué. La femme qui a soutenu le grand
homme meurt en lui cachant son désespoir, elle meurt
dans le triomphe de celui chez qui l'amour est devenu
trop immense pour s'arrêter à une femme, elle l'adore
assez pour se sacrifier à la grandeur qui la tue ! Quel
amour de feu ! Voici le désert qui envahit le monde *(l'ut
majeur reprend)*. Les forces de l'orchestre reviennent et
se résument dans une terrible quinte partie [49] de la basse
fondamentale [50] qui expire, Mahomet s'ennuie, il a tout
épuisé ! Le voilà qui veut mourir Dieu ! L'Arabie l'adore
et prie, et nous retombons dans mon premier thème de
mélancolie *(par l'ut mineur)* au lever du rideau. — Ne
trouvez-vous pas, dit Gambara en cessant de jouer et se
retournant vers le comte, dans cette musique vive, heur-
tée, bizarre, mélancolique et toujours grande, l'expression de la vie d'un épileptique enragé de plaisir, ne
sachant ni lire ni écrire, faisant de chacun de ses défauts
un degré pour le marchepied de ses grandeurs, tournant
ses fautes et ses malheurs en triomphes ? N'avez-vous pas
eu l'idée de sa séduction exercée sur un peuple avide et
amoureux, dans cette ouverture, échantillon de l'opéra ?

    D'abord calme et sévère, le visage du maestro, sur
lequel Andrea avait cherché à deviner les idées qu'il
exprimait d'une voix inspirée, et qu'un amalgame indi-
geste de notes ne permettait pas d'entrevoir, s'était animé
par degrés et avait fini par prendre une expression passionnée qui réagit sur Marianna et sur le cuisinier. Marianna, trop vivement affectée par les passages où elle
reconnaissait sa propre situation, n'avait pu cacher l'expression de son regard à Andrea. Gambara s'essuya le
front, lança son regard avec tant de force vers le plafond,
qu'il sembla le percer et s'élever jusqu'aux cieux.

    — Vous avez vu le péristyle, dit-il, nous entrons
maintenant dans le palais. L'opéra commence. PREMIER
ACTE. Mahomet, seul sur le devant de la scène, commence par un air *(fa naturel, quatre temps)* interrompu
par un chœur de chameliers qui sont auprès d'un puits
dans le fond du théâtre *(ils font une opposition dans le
rythme. Douze huit)*. Quelle majestueuse douleur ! elle
attendrira les femmes les plus évaporées, en pénétrant

leurs entrailles si elles n'ont pas de cœur. N'est-ce pas la mélodie du génie contraint ?

Au grand étonnement d'Andrea, car Marianna y était habituée, Gambara contractait si violemment son gosier, qu'il n'en sortait que des sons étouffés assez semblables à ceux que lance un chien de garde enroué. La légère écume[51] qui vint blanchir les lèvres du compositeur fit frémir Andrea.

— Sa femme arrive *(la mineur)*. Quel duo magnifique ! Dans ce morceau j'exprime comment Mahomet a la volonté, comment sa femme a l'intelligence. Cadhige y annonce qu'elle va se dévouer à une œuvre qui lui ravira l'amour de son jeune mari. Mahomet veut conquérir le monde, sa femme l'a deviné, elle l'a secondé en persuadant au peuple de la Mekke que les attaques d'épilepsie de son mari sont les effets de son commerce avec les anges. Chœur des premiers disciples de Mahomet qui viennent lui promettre leurs secours *(ut dièse mineur, sotto voce)*. Mahomet sort pour aller trouver l'ange Gabriel *(récitatif[52] en fa majeur)*. Sa femme encourage le chœur. *(Air coupé par les accompagnements du chœur. Des bouffées de voix soutiennent le chant large et majestueux de Cadhige. La majeur)*. ABDOLLAH, le père d'Aiesha, seule fille que Mahomet ait trouvée vierge, et de qui par cette raison le prophète changea le nom en celui d'ABOUBECKER *(père de la pucelle)*, s'avance avec Aiesha, et se détache du chœur *(par des phrases qui dominent le reste des voix et qui soutiennent l'air de Cadhige en s'y joignant, en contrepoint.)* Omar, père d'Hafsa, autre fille que doit posséder Mahomet, imite l'exemple d'Aboubecker[53], et vient avec sa fille former un quintetto. La vierge Aiesha est un primo soprano, Hafsa fait le second soprano ; Aboubecker est une basse-taille, Omar est un baryton. Mahomet reparaît inspiré. Il chante son premier air de bravoure, qui commence le finale *(mi majeur)* ; il promet l'empire du monde à ses premiers Croyants. Le prophète aperçoit les deux filles, et, par une transition douce *(de si majeur en sol majeur)*, il leur adresse des phrases amoureuses. Ali, cousin de Mahomet, et Khaled, son plus grand général, deux ténors, arrivent et annoncent la persécution : les magistrats, les soldats, les seigneurs, ont proscrit le prophète *(récitatif)*. Mahomet s'écrie dans une invocation *(en ut)* que l'ange Gabriel est avec lui, et montre un pigeon qui s'envole. Le chœur des Croyants répond par des accents de dévouement sur une modulation [54] *(en si majeur)*. Les soldats, les magistrats, les grands arrivent *(tempo di marcia. Quatre temps en si majeur)*. Lutte entre les deux chœurs *(strette en mi majeur)*. Mahomet *(par une succession de septièmes diminuées descendante)* cède à l'orage et s'enfuit. La couleur sombre et farouche de ce finale est nuancée par les motifs des trois femmes qui présagent à Mahomet son triomphe, et dont les phrases se trouveront développées au troisième acte, dans la scène où Mahomet savoure les délices de sa grandeur.

En ce moment des pleurs vinrent aux yeux de Gambara, qui, après un moment d'émotion, s'écria : — DEUXIÈME ACTE ! Voici la religion instituée. Les Arabes gardent la tente de leur prophète qui consulte Dieu *(chœur en la mineur)*. Mahomet paraît *(prière en fa)*. Quelle brillante et majestueuse harmonie plaquée sous ce chant où j'ai peut-être reculé les bornes de la mélodie. Ne fallait-il pas exprimer les merveilles de ce grand mouvement d'hommes qui a créé une musique, une architecture, une poésie, un costume et des mœurs ? En l'entendant, vous vous promenez sous les arcades du Généralife, sous les voûtes sculptées de l'Alhambra ! Les fioritures de l'air peignent la délicieuse architecture moresque et les poésies de cette religion galante et guerrière qui devait s'opposer à la guerrière et galante chevalerie des chrétiens ! Quelques cuivres se réveillent à l'orchestre et annoncent les premiers triomphes *(par une cadence rompue)*. Les Arabes adorent le prophète *(mi bémol majeur)*. Arrivée de Khaled, d'Amrou et d'Ali par un *tempo di marcia*. Les armées des Croyants ont pris des villes et soumis les trois Arabies ! Quel pompeux récitatif ! Mahomet récompense ses généraux en leur donnant ses filles. (Ici, dit-il d'un air piteux, il y a un de ces ignobles ballets [55] qui coupent le fil des plus belles tragédies musicales !) Mais Mahomet *(si mineur)* relève l'opéra par sa grande prophétie, qui commence chez ce pauvre monsieur de Voltaire par ce vers :

Le temps de l'Arabie est à la fin venu [56].

Elle est interrompue par le chœur des Arabes triomphants *(douze-huit accéléré)*. Les clairons, les cuivres reparaissent avec les tribus qui arrivent en foule. Fête générale où toutes les voix concourent l'une après l'autre, et où Mahomet proclame sa polygamie. Au milieu de cette gloire, la femme qui a tant servi Mahomet se détache par un air magnifique *(si majeur)*. « Et moi, dit-elle, moi, ne serais-je donc plus aimée ? — Il faut nous séparer ; tu es une femme, et je suis un prophète ; je puis avoir des esclaves, mais plus d'égal ! » Écoutez ce duo *(sol dièse mineur)*. Quels déchirements ! La femme comprend la grandeur qu'elle a élevée de ses mains, elle aime assez Mahomet pour se sacrifier à sa gloire, elle l'adore comme un Dieu sans le juger, et sans un murmure. Pauvre femme, la première dupe et la première victime ! Quel thème pour le finale *(si majeur)* que cette douleur, brodée en couleurs si brunes sur le fond des acclamations du chœur, et mariée aux accents de Mahomet abandonnant sa femme comme un instrument inutile, mais faisant voir qu'il ne l'oubliera jamais ! Quelles triomphantes girandoles, quelles fusées de chants joyeux et perlés élancent les deux jeunes voix *(primo et secondo soprano)* d'Aiesha et d'Hafsa, soutenus par Ali et sa femme, par Omar et Aboubecker ! Pleurez, réjouissez-vous ! Triomphes et larmes ! Voilà la vie.

Marianna ne put retenir ses pleurs. Andrea fut tellement ému, que ses yeux s'humectèrent légèrement. Le cuisinier napolitain qu'ébranla la communication magnétique des idées exprimées par les spasmes de la voix de Gambara, s'unit à cette émotion. Le musicien se retourna, vit ce groupe et sourit.

— Vous me comprenez enfin ! s'écria-t-il.

Jamais triomphateur mené pompeusement au Capitole, dans les rayons pourpres de la gloire, aux acclamations de tout un peuple, n'eut pareille expression en sentant poser la couronne sur sa tête. Le visage du musicien étincelait

comme celui d'un saint martyr. Personne ne dissipa cette
erreur. Un horrible sourire effleura les lèvres de Marianna. Le comte fut épouvanté par la naïveté de cette
folie.

— TROISIÈME ACTE! dit l'heureux compositeur en se
rasseyant au piano. *(Andantino solo.)* Mahomet malheureux dans son sérail, entouré de femmes. Quatuor de
houris *(en la majeur)*. Quelles pompes! quels chants de
rossignols heureux! Modulations *(fa dièse mineur)*. Le
thème se représente *(sur la dominante mi pour reprendre
en la majeur)*. Les voluptés se groupent et se dessinent
afin de produire leur opposition au sombre finale du
premier acte. Après les danses, Mahomet se lève et
chante un grand air de bravoure *(fa mineur)* pour regretter
l'amour unique et dévoué de sa première femme en
s'avouant vaincu par la polygamie. Jamais musicien n'a
eu pareil thème. L'orchestre et le chœur des femmes
expriment les joies des houris, tandis que Mahomet revient à la mélancolie qui a ouvert l'opéra. — Où est
Beethoven, s'écria Gambara, pour que je sois bien
compris dans ce retour prodigieux de tout l'opéra sur
lui-même. Comme tout s'est appuyé sur la basse!
Beethoven n'a pas construit autrement sa symphonie en
ut. Mais son mouvement héroïque est purement instrumental, au lieu qu'ici mon mouvement héroïque est appuyé par un sextuor des plus belles voix humaines, et par
un chœur de Croyants qui veillent à la PORTE de la maison
sainte. J'ai toutes les richesses de la mélodie et de l'harmonie, un orchestre et des voix! Entendez l'expression
de toutes les existences humaines, riches ou pauvres! *la
lutte, le triomphe et l'ennui!* Ali arrive, l'Alcoran triomphe sur tous les points *(duo en ré mineur)*. Mahomet se
confie à ses deux beaux-pères, il est las de tout, il veut
abdiquer le pouvoir et mourir inconnu pour consolider
son œuvre. Magnifique sextuor *(si bémol majeur)*. Il fait
ses adieux *(solo en fa naturel)*. Ses deux beaux-pères
institués ses vicaires *(kalifes)* appellent le peuple. Grande
marche triomphale. Prière générale des Arabes agenouillés devant la maison sainte *(kasba)* d'où s'envole le
pigeon *(même tonalité)*. La prière faite par soixante voix,

et commandée par les femmes *(en si bémol)*, couronne cette œuvre gigantesque où la vie des nations et de l'homme est exprimée. Vous avez eu toutes les émotions humaines et divines [57].

Andrea contemplait Gambara dans un étonnement stupide. Si d'abord il avait été saisi par l'horrible ironie que présentait cet homme en exprimant les sentiments de la femme de Mahomet sans les reconnaître chez Marianna, la folie du mari fut éclipsée par celle du compositeur. Il n'y avait pas l'apparence d'une idée poétique ou musicale dans l'étourdissante cacophonie qui frappait les oreilles : les principes de l'harmonie, les premières règles de la composition étaient totalement étrangères à cette informe création [58]. Au lieu de la musique savamment enchaînée que désignait Gambara, ses doigts produisaient une succession de quintes, de septièmes et d'octaves, de tierces majeures, et des marches de quarte sans sixte à la basse, réunion de sons discordants jetés au hasard qui semblait combinée pour déchirer les oreilles les moins délicates. Il est difficile d'exprimer cette bizarre exécution, car il faudrait des mots nouveaux pour cette musique impossible. Péniblement affecté de la folie de ce brave homme, Andrea rougissait et regardait à la dérobée Marianna qui, pâle et les yeux baissés, ne pouvait retenir ses larmes. Au milieu de son brouhaha de notes, Gambara avait lancé de temps en temps des exclamations qui décelaient le ravissement de son âme : il s'était pâmé d'aise, il avait souri à son piano, l'avait regardé avec colère, lui avait tiré la langue, expression à l'usage des inspirés ; enfin il paraissait enivré de la poésie qui lui remplissait la tête et qu'il s'était vainement efforcé de traduire. Les étranges discordances qui hurlaient sous ses doigts avaient évidemment résonné dans son oreille comme de célestes harmonies. Certes, au regard inspiré de ses yeux bleus ouverts sur un autre monde, à la rose lueur qui colorait ses joues, et surtout à cette sérénité divine que l'extase répandait sur ses traits si nobles et si fiers, un sourd aurait cru assister à une improvisation due à quelque grand artiste. Cette illusion eût été d'autant plus naturelle que l'exécution de cette musique insensée exigeait une habileté merveilleuse pour se rompre à un pareil doigté. Gambara avait dû travailler pendant plusieurs années. Ses mains n'étaient pas d'ailleurs seules occupées, la complication des pédales imposait à tout son corps une perpétuelle agitation ; aussi la sueur ruisselait-elle sur son visage pendant qu'il travaillait à enfler un crescendo de tous les faibles moyens que l'ingrat instrument mettait à son service : il avait trépigné, soufflé, hurlé ; ses doigts avaient égalé en prestesse la double langue d'un serpent ; enfin, au dernier hurlement du piano, il s'était jeté en arrière et avait laissé tomber sa tête sur le dos de son fauteuil.

— Par Bacchus ! je suis tout étourdi, s'écria le comte en sortant, un enfant dansant sur un clavier ferait de meilleure musique.

— Assurément, le hasard n'éviterait pas l'accord de deux notes avec autant d'adresse que ce diable d'homme l'a fait pendant une heure, dit Giardini.

— Comment l'admirable régularité des traits de Marianna ne s'altère-t-elle point à l'audition continuelle de ces effroyables discordances ? se demanda le comte. Marianna est menacée d'enlaidir.

— Seigneur, il faut l'arracher à ce danger, s'écria Giardini.

— Oui, dit Andrea, j'y ai songé. Mais, pour reconnaître si mes projets ne reposent point sur une fausse base, j'ai besoin d'appuyer mes soupçons sur une expérience. Je reviendrai pour examiner les instruments qu'il a inventés. Ainsi demain, après le dîner, nous ferons une médianoche [59], et j'enverrai moi-même le vin et les friandises nécessaires.

Le cuisinier s'inclina. La journée suivante fut employée par le comte à faire arranger l'appartement qu'il destinait au pauvre ménage de l'artiste. Le soir, Andrea vint et trouva, selon ses instructions, ses vins et ses gâteaux servis avec une espèce d'apprêt par Marianna et par le cuisinier ; Gambara lui montra triomphalement les petits tambours sur lesquels étaient des grains de poudre à l'aide desquels il faisait ses observations sur les différentes natures des sons émis par les instruments.

— Voyez-vous, lui dit-il, par quels moyens simples

j'arrive à prouver une grande proposition. L'acoustique me révèle ainsi des actions analogues de son sur tous les objets qu'il affecte. Toutes les harmonies partent d'un centre commun et conservent entre elles d'intimes relations ; ou plutôt, l'harmonie, une comme la lumière, est décomposée par nos arts comme le rayon par le prisme [60].

Puis il présenta des instruments construits d'après ses lois, en expliquant les changements qu'il introduisait dans leur contexture. Enfin il annonça, non sans emphase, qu'il couronnerait cette séance préliminaire, bonne tout au plus à satisfaire la curiosité de l'œil, en faisant entendre un instrument qui pouvait remplacer un orchestre entier, et qu'il nommait *Panharmonicon* [61].

— Si c'est celui qui est dans cette cage et qui nous attire les plaintes du voisinage quand vous y travaillez, dit Giardini, vous n'en jouerez pas longtemps, le commissaire de police viendra bientôt. Y pensez-vous ?

— Si ce pauvre fou reste, dit Gambara à l'oreille du comte, il me sera impossible de jouer.

Le comte éloigna le cuisinier en lui promettant une récompense, s'il voulait guetter au-dehors afin d'empêcher les patrouilles ou les voisins d'intervenir. Le cuisinier, qui ne s'était pas épargné en versant à boire à Gambara, consentit. Sans être ivre, le compositeur était dans cette situation où toutes les forces intellectuelles sont surexcitées, où les parois d'une chambre deviennent lumineuses, où les mansardes n'ont plus de toits, où l'âme voltige dans le monde des esprits. Marianna dégagea, non sans peine, de ses couvertures un instrument aussi grand qu'un piano à queue, mais ayant un buffet supérieur de plus. Cet instrument bizarre offrait, outre ce buffet et sa table, les pavillons de quelques instruments à vent et les becs aigus de quelques tuyaux.

— Jouez-moi, je vous prie, cette prière que vous dites être si belle et qui termine votre opéra, dit le comte.

Au grand étonnement de Marianna et d'Andrea, Gambara commença par plusieurs accords qui décelèrent un grand maître ; à leur étonnement succéda d'abord une admiration mêlée de surprise, puis une complète extase au milieu de laquelle ils oublièrent et le lieu et l'homme.

Les effets d'orchestre n'eussent pas été si grandioses que
le furent les sons des instruments à vent qui rappelaient
l'orgue et qui s'unirent merveilleusement aux richesses
harmoniques des instruments à corde; mais l'état impar-
fait dans lequel se trouvait cette singulière machine arrêtait les développements du compositeur, dont la pensée
parut alors plus grande. Souvent la perfection dans les
œuvres d'art empêche l'âme de les agrandir. N'est-ce pas
le procès gagné par l'esquisse contre le tableau fini [62], au
tribunal de ceux qui achèvent l'œuvre par la pensée, au
lieu de l'accepter toute faite? La musique la plus pure et
la plus suave que le comte eût jamais entendue s'éleva
sous les doigts de Gambara comme un nuage d'encens
au-dessus d'un autel. La voix du compositeur redevint
jeune; et, loin de nuire à cette riche mélodie, son organe
l'expliqua, la fortifia, la dirigea, comme la voix atone et
chevrotante d'un habile lecteur, comme l'était Andrieux [63], étendait le sens d'une sublime scène de Corneille ou de Racine en y ajoutant une poésie intime. Cette
musique digne des anges accusait les trésors cachés dans
cet immense opéra, qui ne pouvait jamais être compris,
tant que cet homme persisterait à s'expliquer dans son
état de raison. Également partagés entre la musique et la
surprise que leur causait cet instrument aux cent voix,
dans lequel un étranger aurait pu croire que le facteur
avait caché des jeunes filles invisibles, tant les sons
avaient par moments d'analogie avec la voix humaine, le
comte et Marianna n'osaient se communiquer leurs idées
ni par le regard ni par la parole. Le visage de Marianna
était éclairé par une magnifique lueur d'espérance qui lui
rendit les splendeurs de la jeunesse. Cette renaissance de
sa beauté, qui s'unissait à la lumineuse apparition du
génie de son mari, nuança d'un nuage de chagrin les
délices que cette heure mystérieuse donnait au comte.

— Vous êtes notre bon génie, lui dit Marianna. Je suis
tentée de croire que vous l'inspirez, car moi, qui ne le
quitte point, je n'ai jamais entendu pareille chose.

— Et les adieux de Cadhige! s'écria Gambara qui
chanta la cavatine [64] à laquelle il avait donné la veille
l'épithète de sublime et qui fit pleurer les deux amants,

tant elle exprimait bien le dévouement le plus élevé de l'amour.

— Qui a pu vous dicter de pareils chants ? demanda le comte.

— L'esprit, répondit Gambara ; quand il apparaît, tout me semble en feu[65]. Je vois les mélodies face à face, belles et fraîches, colorées comme des fleurs ; elles rayonnent, elles retentissent, et j'écoute, mais il faut un temps infini pour les reproduire.

— Encore ! dit Marianna.

Gambara, qui n'éprouvait aucune fatigue, joua sans efforts ni grimaces. Il exécuta son ouverture avec un si grand talent et découvrit des richesses musicales si nouvelles, que le comte ébloui finit par croire à une magie semblable à celle que déploient Paganini et Liszt, exécution qui, certes, change toutes les conditions de la musique en en faisant une poésie[66] au-dessus des créations musicales.

— Eh ! bien, Votre Excellence le guérira-t-elle ? demanda le cuisinier quand Andrea descendit.

— Je le saurai bientôt, répondit le comte. L'intelligence de cet homme a deux fenêtres, l'une fermée sur le monde, l'autre ouverte sur le ciel : la première est la musique, la seconde est la poésie ; jusqu'à ce jour il s'est obstiné à rester devant la fenêtre bouchée, il faut le conduire à l'autre. Vous le premier m'avez mis sur la voie, Giardini, en me disant que votre hôte raisonne plus juste dès qu'il a bu quelques verres de vin.

— Oui, s'écria le cuisinier, et je devine le plan de Votre Excellence.

— S'il est encore temps de faire tonner la poésie à ses oreilles, au milieu des accords d'une belle musique, il faut le mettre en état d'entendre et de juger. Or, l'ivresse peut seule venir à mon secours. M'aiderez-vous à griser Gambara, mon cher ? Cela ne vous fera-t-il pas de mal à vous-même ?

— Comment l'entend Votre Excellence ?

Andrea s'en alla sans répondre, mais en riant de la perspicacité qui restait à ce fou. Le lendemain, il vint chercher Marianna, qui avait passé la matinée à se composer une toilette simple mais convenable, et qui avait dévoré toutes ses économies. Ce changement eût dissipé l'illusion d'un homme blasé, mais chez le comte, le caprice était devenu passion. Dépouillée de sa poétique misère et transformée en simple bourgeoise, Marianna le fit rêver au mariage, il lui donna la main pour monter dans un fiacre et lui fit part de son projet. Elle approuva tout, heureuse de trouver son amant encore plus grand, plus généreux, plus désintéressé qu'elle ne l'espérait. Elle arriva dans un appartement où Andrea s'était plu à rappeler son souvenir à son amie par quelques-unes de ces recherches qui séduisent les femmes les plus vertueuses.

— Je ne vous parlerai de mon amour qu'au moment où vous désespérerez de votre Paul, dit le comte à Marianna en revenant rue Froidmanteau. Vous serez témoin de la sincérité de mes efforts ; s'ils sont efficaces, peut-être ne saurais-je pas me résigner à mon rôle d'ami, mais alors je vous fuirai, Marianna. Si je me sens assez de courage pour travailler à votre bonheur, je n'aurai pas assez de force pour le contempler.

— Ne parlez pas ainsi, les générosités ont leur péril aussi, répondit-elle en retenant mal ses larmes. Mais quoi, vous me quittez déjà !

— Oui, dit Andrea, soyez heureuse sans distraction.

S'il fallait croire le cuisinier, le changement d'hygiène fut favorable aux deux époux. Tous les soirs après boire, Gambara paraissait moins absorbé, causait davantage et plus posément ; il parlait enfin de lire les journaux. Andrea ne put s'empêcher de frémir en voyant la rapidité inespérée de son succès ; mais quoique ses angoisses lui révélassent la force de son amour, elles ne le firent point chanceler dans sa vertueuse résolution. Il vint un jour reconnaître les progrès de cette singulière guérison. Si l'état de son malade lui causa d'abord quelque joie, elle fut troublée par la beauté de Marianna, à qui l'aisance avait rendu tout son éclat. Il revint dès lors chaque soir engager des conversations douces et sérieuses où il apportait les clartés d'une opposition mesurée aux singulières théories de Gambara. Il profitait de la merveilleuse

lucidité dont jouissait l'esprit de ce dernier sur tous les
points qui n'avoisinaient pas de trop près sa folie, pour lui
faire admettre sur les diverses branches de l'art des principes également applicables plus tard à la musique. Tout
allait bien tant que les fumées du vin échauffaient le
cerveau du malade ; mais dès qu'il avait complètement
recouvré ou plutôt reperdu sa raison, il retombait dans sa
manie. Néanmoins, Paolo se laissait déjà plus facilement
distraire par l'impression des objets extérieurs, et déjà
son intelligence se dispersait sur un plus grand nombre de
points à la fois. Andrea, qui prenait un intérêt d'artiste à
cette œuvre semi-médicale, crut enfin pouvoir frapper un
grand coup. Il résolut de donner à son hôtel un repas
auquel Giardini fut admis par la fantaisie qu'il eut de ne
point séparer le drame et la parodie, le jour de la première
représentation de l'opéra de *Robert-le-Diable* [67], à la répétition duquel il avait assisté, et qui lui parut propre à
dessiller les yeux de son malade. Dès le second service,
Gabara déjà ivre se plaisanta lui-même avec beaucoup de
grâce, et Giardini avoua que ses innovations culinaires ne
valaient pas le diable. Andrea n'avait rien négligé pour
opérer ce double miracle. L'orvieto, le montefiascone,
amenés avec les précautions infinies qu'exige leur trans-
port, le lacryma-christi, le giro [68], tous les vins chauds de
la *cara patria* faisaient monter aux cerveaux des convives
la double ivresse de la vigne et du souvenir. Au dessert,
le musicien et le cuisinier abjurèrent gaiement leurs erreurs : l'un fredonnait une cavatine de Rossini, l'autre
entassait sur son assiette des morceaux qu'il arrosait de
marasquin de Zara [69], en faveur de la cuisine française.
Le comte profita de l'heureuse disposition de Gambara,
qui se laissa conduire à l'Opéra avec la douceur d'un
agneau. Aux premières notes de l'introduction, l'ivresse
de Gambara parut se dissiper pour faire place à cette
excitation fébrile qui parfois mettait en harmonie son
jugement et son imagination, dont le désaccord habituel
causait sans doute sa folie, et la pensée dominante de ce
grand drame musical lui apparut dans son éclatante simplicité, comme un éclair qui sillonna la nuit profonde où
il vivait. A ses yeux dessillés, cette musique dessina les

horizons immenses d'un monde où il se trouvait jeté pour
la première fois, tout en y reconnaissant des accidents
déjà vus en rêve. Il se crut transporté dans les campagnes
de son pays, où commence la belle Italie et que Napoléon
nommait si judicieusement le glacis des Alpes. Reporté
par le souvenir au temps où sa raison jeune et vive n'avait
pas encore été troublée par l'extase de sa trop riche
imagination, il écouta dans une religieuse attitude et sans
vouloir dire un seul mot. Aussi le comte respecta-t-il le
travail intérieur qui se faisait dans cette âme. Jusqu'à
minuit et demi Gambara resta si profondément immobile,
que les habitués de l'Opéra durent le prendre pour ce qu'il
était, un homme ivre [70]. Au retour, Andrea se mit à
attaquer l'œuvre de Meyerbeer, afin de réveiller Gambara, qui restait plongé dans un de ces demi-sommeils
que connaissent les buveurs.

— Qu'y a-t-il donc de si magnétique dans cette inco-
hérente partition, pour qu'elle vous mette dans la position
d'un somnambule ? dit Andrea en arrivant chez lui. Le
sujet de *Robert-le-Diable* est loin sans doute d'être dénué
d'intérêt, Holtei [71] l'a développé avec un rare bonheur
dans un drame très bien écrit et rempli de situations fortes
et attachantes ; mais les auteurs français ont trouvé le
moyen d'y puiser la fable la plus ridicule du monde.
Jamais l'absurdité des libretti de Vesari, de Schikaneder [72], n'égala celle du poème de *Robert-le-Diable,* vrai
cauchemar dramatique qui oppresse les spectateurs sans
faire naître d'émotions fortes. Meyerbeer a fait au diable
une trop belle part. Bertram et Alice représentent la lutte
du bien et du mal, le bon et le mauvais principe. Cet
antagonisme offrait le contraste le plus heureux au
compositeur. Les mélodies les plus suaves placées à côté
de chants âpres et durs, étaient une conséquence naturelle
de la forme du *libretto*, mais dans la partition de l'auteur
allemand les démons chantent mieux que les saints. Les
inspirations célestes démentent souvent leur origine, et si
le compositeur quitte pendant un instant les formes infernales, il se hâte d'y revenir, bientôt fatigué de l'effort
qu'il a fait pour les abandonner. La mélodie, ce fil d'or
qui ne doit jamais se rompre dans une composition si

vaste, disparaît souvent dans l'œuvre de Meyerbeer. Le sentiment n'y est pour rien, le cœur n'y joue aucun rôle; aussi ne rencontre-t-on jamais de ces motifs heureux, de ces chants naïfs qui ébranlent toutes les sympathies et laissent au fond de l'âme une douce impression. L'harmonie règne souverainement, au lieu d'être le fond sur lequel doivent se détacher les groupes du tableau musical. Ces accords dissonants, loin d'émouvoir l'auditeur, n'excitent dans son âme qu'un sentiment analogue à celui que l'on éprouverait à la vue d'un saltimbanque suspendu sur un fil, et se balançant entre la vie et la mort. Des chants gracieux ne viennent jamais calmer ces crispations fatigantes. On dirait que le compositeur n'a eu d'autre but que de se montrer bizarre, fantastique; il saisit avec empressement l'occasion de produire un effet baroque, sans s'inquiéter de la vérité, de l'unité musicale, ni de l'incapacité des voix écrasées sous ce déchaînement instrumental.

— Taisez-vous, mon ami, dit Gambara, je suis encore sous le charme de cet admirable chant des enfers que les porte-voix rendent encore plus terrible, instrumentation neuve! Les cadences rompues qui donnent tant d'énergie au chant de Robert, la cavatine du quatrième acte, le finale du premier, me tiennent encore sous la fascination d'un pouvoir surnaturel! Non, la déclamation de Gluck lui-même ne fut jamais d'un si prodigieux effet, et je suis étonné de tant de science.

— Signor maestro, reprit Andrea en souriant, permettez-moi de vous contredire. Gluck avant d'écrire réfléchissait longtemps. Il calculait toutes les chances et arrêtait un plan qui pouvait être modifié plus tard par ses inspirations de détail, mais qui ne lui permettait jamais de se fourvoyer en chemin. De là cette accentuation énergique, cette déclamation palpitante de vérité. Je conviens avec vous que la science est grande dans l'opéra de Meyerbeer, mais cette science devient un défaut lorsqu'elle s'isole de l'inspiration, et je crois avoir aperçu dans cette œuvre le pénible travail d'un esprit fin qui a trié sa musique dans des milliers de motifs des opéras tombés ou oubliés, pour se les approprier en les étendant, les modifiant ou les concentrant. Mais il est arrivé ce qui arrive à tous les faiseurs de *centons* [73], l'abus des bonnes choses. Cet habile vendangeur de notes prodigue des dissonances qui, trop fréquentes, finissent par blesser l'oreille et l'accoutument à ces grands effets que le compositeur doit ménager beaucoup, pour en tirer un plus grand parti lorsque la situation les réclame. Ces transitions *enharmoniques* [74] se répètent à satiété, et l'abus de la *cadence plagale* [75] lui ôte une grande partie de sa solennité religieuse. Je sais bien que chaque compositeur a ses formes particulières auxquelles il revient malgré lui, mais il est essentiel de veiller sur soi et d'éviter ce défaut. Un tableau dont le coloris n'offrirait que du bleu ou du rouge serait loin de la vérité et fatiguerait la vue. Ainsi le rythme presque toujours le même dans la partition de *Robert* jette de la monotonie sur l'ensemble de l'ouvrage. Quant à l'effet des porte-voix dont vous parlez, il est depuis longtemps connu en Allemagne, et ce que Meyerbeer nous donne pour du neuf a été toujours employé par Mozart, qui faisait chanter de cette sorte le chœur des diables de *Don Juan*.

Andrea essaya, tout en l'entraînant à de nouvelles libations, de faire revenir Gambara par ses contradictions au vrai sentiment musical, en lui démontrant que sa prétendue mission en ce monde ne consistait pas à régénérer un art hors de ses facultés, mais bien à chercher sous une autre forme, qui n'était autre que la poésie, l'expression de sa pensée.

— Vous n'avez rien compris, cher comte, à cet immense drame musical, dit négligemment Gambara qui se mit devant le piano d'Andrea, fit résonner les touches, écouta le son, s'assit et parut penser pendant quelques instants, comme pour résumer ses propres idées.

— Et d'abord sachez, reprit-il, qu'une oreille intelligente comme la mienne a reconnu le travail de sertisseur dont vous parlez. Oui, cette musique est choisie avec amour, mais dans les trésors d'une imagination riche et féconde où la science a pressé les idées pour en extraire l'essence musicale. Je vais vous expliquer ce travail.

Il se leva pour mettre les bougies dans la pièce voisine,

et avant de se rasseoir, il but un plein verre de vin de Giro, vin de Sardaigne qui recèle autant de feu que les vieux vins de Tokai en allument.

— Voyez-vous, dit Gambara, cette musique n'est faite ni pour les incrédules ni pour ceux qui n'aiment point. Si vous n'avez pas éprouvé dans votre vie les vigoureuses atteintes d'un esprit mauvais qui dérange le but quand vous le visez, qui donne une fin triste aux plus belles espérances ; en un mot, si vous n'avez jamais aperçu la queue du diable frétillant en ce monde, l'opéra de *Robert* sera pour vous ce qu'est l'Apocalypse pour ceux qui croient que tout finit avec eux. Si, malheureux et persécuté, vous comprenez le génie du mal, ce grand singe qui détruit à tout moment l'œuvre de Dieu, si vous l'imaginez ayant non pas aimé, mais violé une femme presque divine, et remportant de cet amour les joies de la paternité, au point de mieux aimer son fils éternellement malheureux avec lui, que de le savoir éternellement heureux avec Dieu ; si vous imaginez enfin l'âme de la mère planant sur la tête de son fils pour l'arracher aux horribles séductions paternelles, vous n'aurez encore qu'une faible idée de cet immense poème auquel il manque peu de chose pour rivaliser avec le *Don Juan* de Mozart. *Don Juan* est au-dessus par sa perfection, je l'accorde ; *Robert-le-Diable* représente des idées, *Don Juan* excite des sensations[76]. *Don Juan* est encore la seule œuvre musicale où l'harmonie et la mélodie soient en proportions exactes ; là seulement est le secret de sa supériorité sur *Robert,* car *Robert* est plus abondant. Mais à quoi sert cette comparaison, si ces deux œuvres sont belles de leurs beautés propres ? Pour moi, qui gémis sous les coups réitérés du démon, *Robert* m'a parlé plus énergiquement qu'à vous, et je l'ai trouvé vaste et concentré tout à la fois. Vraiment, grâce à vous, je viens d'habiter le beau pays des rêves où nos sens se trouvent agrandis, où l'univers se déploie dans des proportions gigantesques par rapport à l'homme. (Il se fit un moment de silence.) Je tressaille encore, dit le malheureux artiste, aux quatre mesures de timbales qui m'ont atteint dans les entrailles et qui ouvrent cette courte, cette brusque introduction[77] où le solo de trombone, les flûtes, le hautbois et la clarinette jettent dans l'âme une couleur fantastique. Cet andante en ut mineur fait pressentir le thème de l'invocation des âmes dans l'abbaye, et vous agrandit la scène par l'annonce d'une lutte toute spirituelle. J'ai frissonné !

Gambara frappa les touches d'une main sûre, il étendit magistralement le thème de Meyerbeer par une sorte de décharge d'âme à la manière de Liszt. Ce ne fut plus un piano, ce fut l'orchestre tout entier, le génie de la musique évoqué.

— Voilà le style de Mozart, s'écria-t-il. Voyez comme cet Allemand manie les accords, et par quelles savantes modulations il fait passer l'épouvante pour arriver à la dominante d'ut. J'entends l'enfer ! La toile se lève. Que vois-je ? Le seul spectacle à qui nous donnions le nom d'infernal, une orgie de chevaliers, en Sicile. Voilà dans ce chœur en fa toutes les passions humaines déchaînées par un *allegro* bachique. Tous les fils par lesquels le diable nous mène se remuent[78] ! Voilà bien l'espèce de joie qui saisit les hommes quand ils dansent sur un abîme, ils se donnent eux-mêmes le vertige. Quel mouvement dans ce chœur ! Sur ce chœur, la réalité de la vie, la vie naïve et bourgeoise se détache en sol mineur par un chant plein de simplicité, celui de Raimbaut[79]. Il me rafraîchit un moment l'âme, ce bon homme qui exprime la verte et plantureuse Normandie, en venant la rappeler à Robert au milieu de l'ivresse. Ainsi, la douceur de la patrie aimée nuance d'un filet brillant ce sombre début. Puis vient cette merveilleuse ballade en ut majeur, accompagnée du chœur en ut mineur, et qui dit si bien le sujet. — *Je suis Robert*[80] ! éclate aussitôt. La fureur du prince offensé par son vassal n'est déjà plus une fureur naturelle ; mais elle va se calmer, car les souvenirs de l'enfance arrivent avec Alice par cet *allegro* en la majeur plein de mouvement et de grâce. Entendez-vous les cris de l'innocence qui, en entrant dans ce drame infernal, y entre persécutée ? — *Non, non*[81] ! chanta Gambara qui sut faire chanter son pulmonique piano. La patrie et ses émotions sont venues ! L'enfance et ses souvenirs ont refleuri dans le cœur de Robert ; mais voici l'ombre de la mère qui se lève accompagnée des suaves idées religieuses ! La religion anime cette belle romance en mi majeur, et dans laquelle se trouve une merveilleuse progression harmonique et mélodique sur les paroles :

> *Car dans les cieux comme sur la terre,*
> *Sa mère va prier pour lui* [82].

La lutte commence entre les puissances inconnues et le seul homme qui ait dans ses veines le feu de l'enfer pour y résister. Et pour que vous le sachiez bien, voici l'entrée de Bertram, sous laquelle le grand musicien a plaqué en ritournelle à l'orchestre un rappel de la ballade de Raimbaut. Que d'art ! quelle liaison de toutes les parties, quelle puissance de construction ! Le diable est là-dessous, il se cache, il frétille. Avec l'épouvante d'Alice, qui reconnaît le diable du Saint-Michel de son village [83], le combat des deux principes est posé. Le thème musical va se développer, et par quelles phases variées ? Voici l'antagonisme [84] nécessaire à tout opéra fortement accusé par un beau récitatif, comme Gluck en faisait, entre Bertram et Robert.

> *Tu ne sauras jamais à quel excès je t'aime* [85].

Cet ut mineur diabolique, cette terrible basse de Bertram entame son jeu de sape qui détruira tous les efforts de cet homme à tempérament violent. Là, pour moi, tout est effrayant. Le crime aura-t-il le criminel ? Le bourreau aura-t-il sa proie ? Le malheur dévorera-t-il le génie de l'artiste ? La maladie tuera-t-elle le malade ? L'ange gardien préservera-t-il le chrétien ? Voici le finale, la scène de jeu où Bertram tourmente son fils en lui causant les plus terribles émotions. Robert, dépouillé, colère, brisant tout, voulant tout tuer, tout mettre à feu et à sang, lui semble bien son fils, il est ressemblant ainsi. Quelle atroce gaieté dans le *je ris de tes coups* [86] de Bertram ! Comme la barcarolle vénitienne nuance bien ce finale ! Par quelles transitions hardies cette scélérate paternité rentre en scène pour ramener Robert au jeu ! Ce début est accablant pour ceux qui développent les thèmes au fond de leur cœur en leur donnant l'étendue que le musicien

leur a commandé de communiquer. Il n'y avait que
l'amour à opposer à cette grande symphonie chantée où
vous ne surprenez ni monotonie, ni l'emploi d'un même
moyen : elle est une et variée, caractère de tout ce qui est
grand et naturel. Je respire, j'arrive dans la sphère élevée
d'une cour galante ; j'entends les jolies phrases fraîches et
légèrement mélancoliques d'Isabelle, et le chœur de
femmes en deux parties et en imitation qui sent un peu les
teintes moresques de l'Espagne. En cet endroit, la terrible
musique s'adoucit par des teintes molles, comme une
tempête qui se calme, pour arriver à ce duo fleureté [87],
coquet, bien modulé, qui ne ressemble à rien de la musique précédente. Après les tumultes du camp des héros
chercheurs d'aventures, vient la peinture de l'amour.
Merci, poète, mon cœur n'eût pas résisté plus longtemps.
Si je ne cueillais pas là les marguerites d'un opéra-comique français, si je n'entendais pas la douce plaisanterie de
la femme qui sait aimer et consoler, je ne soutiendrais pas
la terrible note grave sur laquelle apparaît Bertram, ré-
pondant à son fils ce : *Si je le permets!* quand il promet à
sa princesse adorée de triompher sous les armes qu'elle
lui donne. A l'espoir du joueur corrigé par l'amour,
l'amour de la plus belle femme, car l'avez-vous vue cette
Sicilienne ravissante, et son œil de faucon sûr de sa
proie ? (Quels interprètes a trouvés le musicien !) à l'espoir de l'homme, l'Enfer oppose le sien par ce cri sublime : *A toi, Robert de Normandie !* N'admirez-vous pas
la sombre et profonde horreur empreinte dans ces longues
et belle notes écrites sur *dans la forêt prochaine* [88] ? Il y a
là tous les enchantements de *La Jérusalem délivrée*,
comme on en retrouve la chevalerie dans ce chœur à
mouvement espagnol et dans *le tempo di marcia*. Que
d'originalité dans cet allegro, modulations des quatre
timbales accordées (ut ré, ut sol) ! combien de grâce dans
l'appel au tournoi ! Le mouvement de la vie héroïque du
temps est là tout entier, l'âme s'y associe, je lis un roman
de chevalerie et un poème. L'exposition est finie, il
semble que les ressources de la musique soient épuisées,
vous n'avez rien entendu de semblable, et cependant tout
est homogène. Vous avez aperçu la vie humaine dans sa

seule et unique expression : Serai-je heureux ou malheureux ? disent les philosophes. Serai-je damné ou sauvé ? disent les chrétiens.

Ici, Gambara s'arrêta sur la dernière note du chœur, il la développa mélancoliquement, et se leva pour aller boire un autre grand verre de vin de Giro. Cette liqueur semi-africaine ralluma l'incandescence de sa face, que l'exécution passionnée et merveilleuse de l'opéra de Meyerbeer avait fait légèrement pâlir.

— Pour que rien ne manque à cette composition, reprit-il, le grand artiste nous a largement donné le seul duo bouffe [89] que pût se permettre un démon, la séduction d'un pauvre trouvère. Il a mis la plaisanterie à côté de l'horreur, une plaisanterie où s'abîme la seule réalité qui se montre dans la sublime fantaisie de son œuvre : les amours pures et tranquilles d'Alice et de Raimbaut, leur vie sera troublée par une vengeance anticipée ; les âmes grandes peuvent seules sentir la noblesse qui anime ces airs bouffes, vous n'y trouvez ni le papillotage trop abondant de notre musique italienne, ni le commun des ponts-neufs [90] français. C'est quelque chose de la majesté de l'Olympe. Il y a le rire amer d'une divinité opposé à la surprise d'un trouvère qui se *donjuanise*. Sans cette grandeur, nous serions revenus trop brusquement à la couleur générale de l'opéra, empreinte dans cette horrible rage en septièmes diminuées qui se résout en une valse infernale et nous met enfin face à face avec les démons. Avec quelle vigueur le couplet de Bertram se détache en si mineur sur le chœur des enfers, en nous peignant la paternité mêlée à ces chants démoniaques par un désespoir affreux ! Quelle ravissante transition que l'arrivée d'Alice sur la ritournelle en si bémol ! J'entends encore ces chants angéliques de fraîcheur, n'est-ce pas le rossignol après l'orage ? La grande pensée de l'ensemble se retrouve ainsi dans les détails, car que pourrait-on opposer à cette agitation des démons grouillants dans leur trou, si ce n'est l'air merveilleux d'Alice :

Quand j'ai quitté la Normandie [91] *!*

Le fil d'or de la mélodie court toujours le long de la

puissante harmonie comme un espoir céleste, elle la
brode, et avec quelle profonde habileté! Jamais le génie
ne lâche la science qui le guide. Ici le chant d'Alice se
trouve en si bémol et se rattache au fa dièse, la dominante
du chœur infernal. Entendez-vous le *tremolo* de l'orchestre? On demande Robert dans le cénacle des démons.
Bertram rentre sur la scène, et là se trouve le point
culminant de l'intérêt musical, un récitatif comparable à
ce que les grands maîtres ont inventé de plus grandiose, la
chaude lutte en mi bémol où éclatent les deux athlètes, le
Ciel et l'Enfer, l'un par: *Oui, tu me connais!* sur une
septième diminuée, l'autre par son fa sublime: *Le ciel est
avec moi* [92]! L'Enfer et la Croix sont en présence. Viennent les menaces de Bertram à Alice, le plus violent
pathétique du monde, le génie du mal s'étalant avec
complaisance et s'appuyant comme toujours sur l'intérêt
personnel. L'arrivée de Robert, qui nous donne le magnifique trio en la bémol sans accompagnement, établit
un premier engagement entre les deux forces rivales et
l'homme. Voyez comme il se produit nettement, dit
Gambara en resserrant cette scène par une exécution
passionnée qui saisit Andrea. Toute cette avalanche de
musique, depuis les quatre temps de timbale, a roulé vers
ce combat des trois voix. La magie du mal triomphe!
Alice s'enfuit, et vous entendez le duo en ré entre Bertram et Robert, le diable lui enfonce ses griffes au cœur,
il le lui déchire pour se le mieux approprier; il se sert de
tout: honneur, espoir, jouissances éternelles et infinies, il
fait tout briller à ses yeux; il le met, comme Jésus, sur le
pinacle du temple, et lui montre tous les joyaux de la
terre, l'écrin du mal [93]; il le pique au jeu du courage, et
les beaux sentiments de l'homme éclatent dans ce cri:

> *Des chevaliers de ma patrie*
> *L'honneur toujours fut le soutien* [94]!

Enfin, pour couronner l'œuvre, voilà le thème qui a si
fatalement ouvert l'opéra, le voilà, ce chant principal,
dans la magnifique évocation des âmes:

> *Nonnes, qui reposez sous cette froide pierre,*
> *M'entendez-vous* [95]?

Glorieusement parcourue, la carrière musicale est glorieusement terminée par l'*allegro vivace* de la bacchanale en ré mineur[96]. Voici bien le triomphe de l'Enfer ! Roule, musique, enveloppe-nous de tes plis redoublés, roule et séduis ! Les puissances infernales ont saisi leur proie, elles la tiennent, elles dansent. Ce beau génie destiné à vaincre, à régner, le voilà perdu ! Les démons sont joyeux, la misère étouffera le génie, la passion perdra le chevalier.

Ici Gambara développa la bacchanale pour son propre compte, en improvisant d'ingénieuses variations et s'accompagnant d'une voix mélancolique, comme pour exprimer les intimes souffrances qu'il avait ressenties.

— Entendez-vous les plaintes célestes de l'amour négligé ? reprit-il, Isabelle appelle Robert au milieu du grand chœur des chevaliers allant au tournoi, et où reparaissent les motifs du second acte, afin de bien faire comprendre que le troisième acte s'est accompli dans une sphère surnaturelle. La vie réelle reprend. Ce chœur s'apaise à l'approche des enchantements de l'Enfer qu'apporte Robert avec le talisman[97], les prodiges du troisième acte vont se continuer. Ici vient le duo du viol, où le rythme indique bien la brutalité des désirs d'un homme qui peut tout, et où la princesse, par des gémissements plaintifs, essaie de rappeler son amant à la raison. Là, le musicien s'était mis dans une situation difficile à vaincre, et il a vaincu par le plus délicieux morceau de l'opéra. Quelle adorable mélodie dans la cavatine de : *Grâce pour toi*[98] ! Les femmes en ont bien saisi le sens, elles se voyaient toutes étreintes et saisies sur la scène. Ce morceau seul ferait la fortune de l'opéra, car elles croyaient être toutes aux prises avec quelque violent chevalier. Jamais il n'y a eu de musique si passionnée ni si dramatique. Le monde entier se déchaîne alors contre le réprouvé. On peut reprocher à ce finale sa ressemblance avec celui de *Don Juan,* mais il y a dans la situation cette énorme différence qu'il y éclate une noble croyance en Isabelle, un amour vrai qui sauvera Robert; car il repousse dédaigneusement la puissance infernale qui lui est confiée, tandis que Don Juan persiste dans ses incrédulités. Ce reproche est d'ailleurs commun à tous les compositeurs qui depuis Mozart ont fait des finales. Le finale de *Don Juan* [99] est une de ces formes classiques trouvées pour toujours. Enfin la religion se lève toute-puissante avec sa voix qui domine les mondes, qui appelle tous les malheurs pour les consoler, tous les repentirs pour les réconcilier. La salle entière s'est émue aux accents de ce chœur :

> *Malheureux ou coupables*
> *Hâtez-vous d'accourir* [100] *!*

Dans l'horrible tumulte des passions déchaînées, la voix sainte n'eût pas été entendue ; mais en ce moment critique, elle peut tonner la divine Eglise Catholique, elle se lève brillante de clartés. Là, j'ai été étonné de trouver après tant de trésors harmoniques une veine nouvelle où le compositeur a rencontré le morceau capital de *Gloire à la Providence !* écrit dans la manière de Haendel. Arrive Robert, éperdu, déchirant l'âme avec son : *Si je pouvais prier* [101]. Poussé par l'arrêt des enfers, Bertram poursuit son fils et tente un dernier effort. Alice vient faire apparaître la mère ; vous entendez alors le grand trio vers lequel a marché l'opéra : le triomphe de l'âme sur la matière, de l'esprit du bien sur l'esprit du mal. Les chants religieux dissipent les chants infernaux, le bonheur se montre splendide ; mais ici la musique a faibli : j'ai vu une cathédrale au lieu d'entendre le concert des anges heureux, quelque divine prière des âmes délivrées applaudissant à l'union de Robert et d'Isabelle. Nous ne devions pas rester sous le poids des enchantements de l'enfer, nous devions sortir avec une espérance au cœur. A moi, musicien catholique, il me fallait une autre prière de *Mosè*. J'aurais voulu savoir comment l'Allemagne aurait lutté contre l'Italie, ce que Meyerbeer aurait fait pour rivaliser avec Rossini. Cependant, malgré ce léger défaut, l'auteur peut dire qu'après cinq heures d'une musique si substantielle, un Parisien préfère une décoration à un chef-d'œuvre musical ! Vous avez entendu les acclamations adressées à cette œuvre, elle aura cinq cents représentations ! Si les Français ont compris cette musique...

— C'est parce qu'elle offre des idées, dit le comte.

— Non, c'est parce qu'elle présente avec autorité l'image des luttes où tant de gens expirent, et parce que toutes les existences individuelles peuvent s'y rattacher par le souvenir. Aussi, moi, malheureux, aurais-je été satisfait d'entendre ce cri des voix célestes que j'ai tant de fois rêvé.

Aussitôt Gambara tomba dans une extase musicale, et improvisa la plus mélodieuse et la plus harmonieuse cavatine que jamais Andrea devait entendre, un chant divin divinement chanté dont le thème avait une grâce comparable à celle de l'*O filii et filiae* [102], mais plein d'agréments que le génie musical le plus élevé pouvait seul trouver. Le comte resta plongé dans l'admiration la plus vive : les nuages se dissipaient, le bleu du ciel s'entrouvrait, des figures d'anges apparaissaient et levaient les voiles qui cachent le sanctuaire, la lumière du ciel tombait à torrents. Bientôt le silence régna. Le comte, étonné de ne plus rien entendre, contempla Gambara qui, les yeux fixes et dans l'attitude des tériakis [103], balbutiait le mot *Dieu!* Le comte attendit que le compositeur descendît des pays enchantés où il était monté sur les ailes diaprées de l'inspiration, et résolut de l'éclairer avec la lumière qu'il en rapporterait.

— Hé! bien, lui dit-il en lui offrant un autre verre plein et trinquant avec lui, vous voyez que cet Allemand a fait selon vous un sublime opéra sans s'occuper de théorie, tandis que les musiciens qui écrivent des grammaires peuvent comme les critiques littéraires être de détestables compositeurs.

— Vous n'aimez donc pas ma musique!

— Je ne dis pas cela, mais si au lieu de viser à exprimer des idées, et si au lieu de pousser à l'extrême le principe musical [104], ce qui vous fait dépasser le but, vous vouliez simplement réveiller en nous des sensations, vous seriez mieux compris, si toutefois vous ne vous êtes pas trompé sur votre vocation. Vous êtes un grand poète.

— Quoi! dit Gambara, vingt-cinq ans d'études seraient inutiles! il me faudrait étudier la langue imparfaite

des hommes, quand je tiens la clef du *Verbe céleste* [105] !
Ah ! si vous aviez raison, je mourrais…

— Vous, non. Vous êtes grand et fort, vous recommenceriez votre vie, et moi je vous soutiendrais. Nous offririons la noble et rare alliance d'un homme riche et d'un artiste qui se comprennent l'un l'autre.

— Etes-vous sincère ? dit Gambara frappé d'une soudaine stupeur.

— Je vous l'ai déjà dit, vous êtes plus poète que musicien.

— Poète ! poète ! Cela vaut mieux que rien. Dites-moi la vérité, que prisez-vous le plus de Mozart ou d'Homère ?

— Je les admire à l'égal l'un de l'autre.

— Sur l'honneur ?

— Sur l'honneur.

— Hum ! encore un mot. Que vous semble de Meyerbeer et de Byron ?

— Vous les avez jugés en les rapprochant ainsi.

La voiture du comte était prête, le compositeur et son noble médecin franchirent rapidement les marches de l'escalier, et arrivèrent en peu d'instants chez Marianna. En entrant, Gambara se jeta dans les bras de sa femme, qui recula d'un pas en détournant la tête, le mari fit également un pas en arrière, et se pencha sur le comte.

— Ah ! monsieur, dit Gambara d'une voix sourde, au moins fallait-il me laisser ma folie. Puis il baissa la tête et tomba.

— Qu'avez-vous fait ? Il est ivre mort, s'écria Marianna en jetant sur le corps un regard où la pitié combattait le dégoût.

Le comte aidé par son valet releva Gambara, qui fut posé sur son lit. Andrea sortit, le cœur plein d'une horrible joie.

Le lendemain, le comte laissa passer l'heure ordinaire de sa visite, il commençait à craindre d'avoir été la dupe de lui-même, et d'avoir vendu un peu cher l'aisance et la sagesse à ce pauvre ménage, dont la paix était à jamais troublée.

Giardini parut enfin, porteur d'un mot de Marianna.

« Venez, écrivait-elle, le mal n'est pas aussi grand que vous l'auriez voulu, cruel ! »

— Excellence, dit le cuisinier pendant qu'Andrea faisait sa toilette, vous nous avez traités magnifiquement hier au soir, mais convenez qu'à part les vins qui étaient excellents, votre maître d'hôtel ne nous a pas servi un plat digne de figurer sur la table d'un vrai gourmet. Vous ne nierez pas non plus, je suppose, que le mets qui vous fut servi chez moi le jour où vous me fîtes l'honneur de vous asseoir à ma table ne renfermât la quintessence de tous ceux qui salissaient hier votre magnifique vaisselle. Aussi ce matin me suis-je éveillé en songeant à la promesse que vous m'avez faite d'une place de chef. Je me regarde comme attaché maintenant à votre maison.

— La même pensée m'est venue, il y a quelques jours, répondit Andrea. J'ai parlé de vous au secrétaire de l'ambassade d'Autriche, et vous pouvez désormais passer les Alpes quand bon vous semblera. J'ai un château en Croatie où je vais rarement, là vous cumulerez les fonctions de concierge, de sommelier et de maître d'hôtel, à deux cents écus d'appointements. Ce traitement sera aussi celui de votre femme, à qui le surplus du service est réservé. Vous pourrez vous livrer à des expériences *in anima vili,* c'est-à-dire sur l'estomac de mes vassaux. Voici un bon sur mon banquier pour vos frais de voyage.

Giardini baisa la main du comte, suivant la coutume napolitaine.

— Excellence, lui dit-il, j'accepte le bon sans accepter la place, ce serait me déshonorer que d'abandonner mon art, en déclinant le jugement des plus fins gourmets qui, décidément, sont à Paris.

Quand Andrea parut chez Gambara, celui-ci se leva et vint à sa rencontre.

— Mon généreux ami, dit-il de l'air le plus ouvert, ou vous avez abusé hier de la faiblesse de mes organes pour vous jouer de moi, ou votre cerveau n'est pas plus que le mien à l'épreuve des vapeurs natales de nos bons vins du Latium. Je veux m'arrêter à cette dernière supposition, j'aime mieux douter de votre estomac que de votre cœur. Quoi qu'il en soit, je renonce à jamais à l'usage du vin, dont l'abus m'a entraîné hier au soir dans de bien coupables folies. Quand je pense que j'ai failli... (il jeta un regard d'effroi sur Marianna). Quant au misérable opéra que vous m'avez fait entendre, j'y ai bien songé, c'est toujours de la musique faite par les moyens ordinaires, c'est toujours des montagnes de notes entassées, *verba et voces* [106] : c'est la lie de l'ambroisie que je bois à longs traits en rendant la musique céleste que j'entends ! C'est des phrases hachées dont j'ai reconnu l'origine. Le morceau de : *Gloire à la Providence !* ressemble un peu trop à un morceau de Haendel, le chœur des chevaliers allant au combat est parent de l'air écossais dans *La Dame blanche* [107] ; enfin si l'opéra plaît tant, c'est que la musique est de tout le monde, aussi doit-elle être populaire. Je vous quitte, mon cher ami, j'ai depuis ce matin dans ma tête quelques idées qui ne demandent qu'à remonter vers Dieu sur les ailes de la musique ; mais je voulais vous voir et vous parler. Adieu, je vais demander mon pardon à la muse. Nous dînerons ce soir ensemble, mais point de vin, pour moi du moins. Oh ! j'y suis décidé...

— J'en désespère, dit Andrea en rougissant.

— Ah ! vous me rendez ma conscience, s'écria Marianna, je n'osais plus l'interroger. Mon ami ! mon ami, ce n'est pas notre faute, il ne veut pas guérir.

Six ans après, en janvier 1837 [108], la plupart des artistes qui avaient le malheur de gâter leurs instruments à vent ou à cordes, les apportaient rue Froidmanteau dans une infâme et horrible maison où demeurait au cinquième étage un vieil Italien nommé Gambara. Depuis cinq ans, cet artiste avait été laissé à lui-même et abandonné par sa femme, il lui était survenu bien des malheurs. Un instrument sur lequel il comptait pour faire fortune, et qu'il nommait le *Panharmonicon,* avait été vendu par autorité de justice sur la place du Châtelet, ainsi qu'une charge de papier réglé, barbouillé de notes de musique. Le lendemain de la vente ces partitions avaient enveloppé à la Halle du beurre, du poisson et des fruits. Ainsi, trois grands opéras dont parlait ce pauvre homme, mais qu'un ancien cuisinier napolitain devenu simple regrattier [109], disait être un amas de sottises, avaient été disséminés

dans Paris et dévorés par les éventaires des revendeuses.
N'importe, le propriétaire de la maison avait été payé de
ses loyers, et les huissiers de leurs frais. Au dire du vieux
regrattier napolitain qui vendait aux filles de la rue
Froidmanteau les débris des repas les plus somptueux
faits en ville, la signora Gambara avait suivi en Italie un
grand seigneur milanais, et personne ne pouvait savoir ce
qu'elle était devenue. Fatiguée de quinze années de misère, elle ruinait peut-être ce comte par un luxe exorbi-
tant, car ils s'adoraient l'un l'autre si bien que dans le
cours de sa vie le Napolitain n'avait pas eu l'exemple
d'une semblable passion.

Vers la fin de ce même mois de janvier, un soir que
Giardini le regrattier causait, avec une fille qui venait
chercher à souper, de cette divine Marianna, si pure et si
belle, si noblement dévouée, *et qui cependant avait fini
comme toutes les autres,* la fille, le regrattier et sa femme
aperçurent dans la rue une femme maigre, au visage
noirci, poudreux, un squelette nerveux et ambulant qui
regardait les numéros et cherchait à reconnaître une maison.

— *Ecco la Marianna,* dit en italien le regrattier.

Marianna reconnut le restaurateur napolitain Giardini
dans le pauvre revendeur, sans s'expliquer par quels
malheurs il était arrivé à tenir une misérable boutique de
regrat. Elle entra, s'assit, car elle venait de Fontaine-
bleau; elle avait fait quatorze lieues dans la journée, et
avait mendié son pain depuis Turin jusqu'à Paris. Elle
effraya cet effroyable trio! De sa beauté merveilleuse, il
ne lui restait plus que deux beaux yeux malades et éteints.
La seule chose qu'elle trouvât fidèle était le malheur. Elle
fut bien accueillie par le vieux et habile raccommodeur
d'instruments qui la vit entrer avec un indicible plaisir.

— Te voilà donc, ma pauvre Marianna! lui dit-il avec
bonté. Pendant ton absence, *ils* m'ont vendu mon instrument et mes opéras.

Il était difficile de tuer le veau gras pour le retour de la
Samaritaine [110], mais Giardini donna un restant de sau-
mon, la fille paya le vin, Gambara offrit son pain, la
signora Giardini mit la nappe, et ces infortunes si diverses

soupèrent dans le grenier du compositeur. Interrogée sur ses aventures, Marianna refusa de répondre, et leva seulement ses beaux yeux vers le ciel en disant à voix basse à Giardini : — Marié avec une danseuse !

— Comment allez-vous faire pour vivre ? dit la fille. La route vous a tuée et...

— Et vieillie, dit Marianna. Non, ce n'est ni la fatigue, ni la misère, mais le chagrin.

— Ah çà ! pourquoi n'avez-vous rien envoyé à votre homme ? lui demanda la fille.

Marianna ne répondit que par un coup d'œil, et la fille en fut atteinte au cœur.

— Elle est fière, excusez du peu ! s'écria-t-elle. A quoi ça lui sert-il ? dit-elle à l'oreille de Giardini.

Dans cette année, les artistes furent pleins de précautions pour leurs instruments, les raccommodages ne suffirent pas à défrayer ce pauvre ménage ; la femme ne gagna pas non plus grand-chose avec son aiguille, et les deux époux durent se résigner à utiliser leurs talents dans la plus basse de toutes les sphères. Tous deux sortaient le soir à la brume et allaient aux Champs-Elysées y chanter des duos que Gambara, le pauvre homme ! accompagnait sur une méchante guitare. En chemin, sa femme, qui pour ces expéditions mettait sur sa tête un méchant voile de mousseline, conduisait son mari chez un épicier du faubourg Saint-Honoré, lui faisait boire quelques petits verres d'eau-de-vie et le grisait, autrement il eût fait de la mauvaise musique. Tous deux se plaçaient devant le beau monde assis sur des chaises, et l'un des grands génies de ce temps, l'Orphée inconnu de la musique moderne, exécutait des fragments de ses partitions, et ces morceaux étaient si remarquables qu'ils arrachaient quelques sous à l'indolence parisienne. Quand un dilettante des Bouffons, assis là par hasard, ne reconnaissait pas de quel opéra ces morceaux étaient tirés, il interrogeait la femme habillée en prêtresse grecque qui lui tendait un rond à bouteille en vieux moiré métallique où elle recueillait les aumônes.

— Ma chère, où prenez-vous cette musique ?

— Dans l'opéra de *Mahomet*, répondait Marianna.

Comme Rossini a composé un *Mahomet II* [111], le dilettante disait alors à la femme qui l'accompagnait :

— Quel dommage que l'on ne veuille pas nous donner aux Italiens les opéras de Rossini que nous ne connaissons pas ! Car voilà, certes, de la belle musique.

Gambara souriait.

Il y a quelques jours, il s'agissait de payer la misérable somme de trente-six francs pour le loyer des greniers où demeure le pauvre couple résigné. L'épicier n'avait pas voulu faire crédit de l'eau-de-vie avec laquelle la femme grisait son mari pour le faire bien jouer. Gambara fut alors si détestable, que les oreilles de la population riche furent ingrates, et le rond de moiré métallique revint vide. Il était neuf heures du soir, une belle Italienne, la *principessa* Massimilla di Varese [112], eut pitié de ces pauvres gens, elle leur donna quarante francs et les questionna, en reconnaissant au remerciement de la femme qu'elle était Vénitienne ; le prince Emilio leur demanda l'histoire de leurs malheurs, et Marianna la dit sans aucune plainte contre le ciel ni contre les hommes.

— Madame, dit en terminant Gambara qui n'était pas gris, nous sommes victimes de notre propre supériorité. Ma musique est belle, mais quand la musique passe de la sensation à l'idée, elle ne peut avoir que des gens de génie pour auditeurs, car eux seuls ont la puissance de la développer. Mon malheur vient d'avoir écouté les concerts des anges et d'avoir cru que les hommes pouvaient les comprendre. Il en arrive autant aux femmes quand chez elles l'amour prend les formes divines, les hommes ne les comprennent plus.

Cette phrase valait les quarante francs qu'avait donnés la Massimilla, aussi tira-t-elle de sa bourse une autre pièce d'or en disant à Marianna qu'elle écrirait à Andrea Marcosini.

— Ne lui écrivez pas, madame, dit Marianna, et que Dieu vous conserve toujours belle.

— Chargeons-nous d'eux ? demanda la princesse à son mari, car cet homme est resté fidèle à l'IDÉAL que nous avons tué [113].

En voyant la pièce d'or, le vieux Gambara pleura ; puis

il lui vint une réminiscence de ses anciens travaux scientifiques, et le pauvre compositeur dit, en essuyant ses larmes, une phrase que la circonstance rendit touchante :
— L'eau est un corps brûlé [114].

Paris, juin 1837 [115].

INTRODUCTION A *MASSIMILLA DONI*

Les défauts des romans de Balzac jouent parfois le rôle
de ces capsules coriaces qui protègent les fruits les plus
savoureux. Il en est ainsi de *Massimilla Doni* : les lecteurs qui chercheront à y retrouver les formules typiques
du récit balzacien risquent fort d'être déçus par ce roman,
qui procure un plaisir rare aux vrais connaisseurs.

Débarrassons-nous donc d'abord des défauts, tout en
nous demandant si certains d'entre eux ne nous mettraient
pas sur la piste des raisons profondes que cette œuvre a de
nous toucher. Et commençons par le plus voyant : la
longue, trop longue analyse du *Mosè* de Rossini, qui,
même une fois défalqués les quelques épisodes relatifs à
l'intrigue dont elle est entrecoupée, occupe encore plus
du quart du roman. L'étude de la genèse, loin de fournir
des excuses à Balzac, est ici accablante. Il en ressort en
effet que ce hors-d'œuvre n'a été ajouté que pour étoffer
un texte trop mince, à partir du moment où il s'avérait
que *Massimilla Doni*, faisant suite aux *Proscrits*, ne tien-
drait pas dans le tome XX des *Études philosophiques* et
déborderait sur le tome XXI, qui devait dès lors être
entièrement occupé par cette œuvre.

Sans doute Balzac avait-il aussi le désir d'accentuer la
parenté de ce roman avec *Gambara*, avec lequel il avait
eu l'intention de le coupler lorsqu'il avait décidé de
sauver le sujet malencontreusement gâché par de Belloy :
d'un côté l'analyse d'un opéra représentatif (c'est du
moins ce que pensaient Balzac et beaucoup de ses
contemporains) de l'école allemande ; de l'autre l'analyse
d'une œuvre italienne, à laquelle Balzac accorde, en fin

de compte, une préférence marquée. Mais l'introduction de longues dissertations musicales, si elle se justifie à la rigueur dans un roman qui raconte l'histoire d'un compositeur fou, s'explique beaucoup moins dans une œuvre racontant les amours difficiles de deux personnages qui ne sont en rien des techniciens de la musique, et l'on ne saurait manquer d'être agacé par le pédantisme dont la charmante Massimilla est amenée à faire preuve pour servir de « cicerone » à des hôtes dont nous admirons la patience. A cela s'ajoute, pour renforcer la perplexité du lecteur moderne, le choix d'un opéra qui n'est pas — c'est le moins qu'on puisse dire — du meilleur Rossini. Choix explicable, encore une fois, par les nécessités du parallèle : à l'opéra de Meyerbeer, que Balzac créditait généreusement d'une signification métaphysique annonçant l'analyse de *Tannhäuser* par Baudelaire, devait s'opposer, du côté italien, une œuvre d'inspiration religieuse, qui fut considérée en son temps, il faut le dire, comme un chef-d'œuvre. Le malheur est que la postérité n'a ratifié aucun des deux choix...

Autre motif d'embarras, mais qui va, cette fois, nous mettre sur la voie des qualités les plus secrètes de *Massimilla Doni* : quel sujet, au juste, Balzac a-t-il voulu traiter? Ici encore la genèse de l'œuvre nous aide à y voir plus clair. Lorsque Balzac, mécontent de la médiocre esquisse rédigée par de Belloy [1], propose à Schlesinger « un autre *Gambara* », il court sans aucun doute plusieurs lièvres, dont les pistes s'entrecroisent de manière à nous dérouter.

La première part de cette Italie dont Balzac débarque à peine au moment où il prend conscience qu'il va lui falloir remplacer, pour la revue de Schlesinger, ce *Gambara* que son secrétaire n'est point parvenu à mener à bien. Durant ce voyage, où il a séjourné un mois à Milan et qui lui a permis de visiter Venise, Gênes, Florence, Bologne, il a fait, avec la promptitude d'enregistrement qui lui est propre, provision d'images qui sont toutes prêtes à s'animer. Plus que de clichés touristiques (on remarquera qu'ils sont en très petit nombre dans *Massimilla Doni*), il s'agit d'une certaine tonalité de la vie italienne, dont il a eu connaissance surtout dans les salons aristocratiques de Milan où il a été reçu : sur le plan politique, un mélange de désespoir et d'exaltation patriotique, provoqué par l'occupation autrichienne, la nostalgie d'une grandeur passée et apparemment à jamais révolue, à laquelle fait contrepoids l'espoir entretenu par le « risorgimento », dont Balzac a rencontré quelques-unes des figures marquantes ; sur le plan des mœurs, une liberté, une spontanéité et une absence d'hypocrisie inconnues en France, le goût du spectacle, se traduisant, bien entendu, par la passion de l'opéra, mais aussi par la manière dont les affaires de cœur sont étalées au grand jour et commentées publiquement.

C'est, naturellement, une histoire d'amour qui permettra à Balzac d'exploiter avec le plus de facilité ces souvenirs encore tout frais, ou, plus précisément, un cas de pathologie amoureuse. Le romancier en avait noté l'idée en 1834 dans son Album : « Les deux amours (*Études philosophiques*). Un homme qui couche avec des filles et se trouve impuissant avec la femme qu'il aime :
— l'âme absorbant tout à elle et tuant le corps (triomphe de la pensée). » La dernière partie de ce canevas, sur laquelle nous reviendrons, se rattache à l'un des thèmes majeurs des *Études philosophiques*. Mais la première
— l'homme partagé entre un amour sensuel et un amour idéal — rejoint chez Balzac des préoccupations plus immédiates. Certes, la situation n'est pas nouvelle, dans son œuvre non plus que dans sa vie : il l'a évoquée dans *Le Lys dans la vallée*, dans *Louis Lambert*, dans *Séraphîta*, entre autres œuvres. Mais son voyage en Italie lui a donné de nouvelles occasions de réfléchir sur ce douloureux partage. A Milan, il a fait à Clara Maffei une cour assidue, que l'intervention prudente du mari a interrompue. Condamné ainsi à « sublimer » un amour qui aurait pris volontiers des formes plus terrestres, Balzac a fait, en partie, de Massimilla une image idéalisée de Clara. Mais cette sublimation ne saurait combler les réclamations de la chair, ni l'empêcher de rêver à une amante aussi idéale, mais moins inflexible. Toutefois, gagnerait-il vraiment à faire descendre la divinité de son piédestal ? Ce qui rend

la question difficile, ce sont les rapports de Balzac avec la lointaine Mme Hanska, et l'obligation où il est de se défendre contre les soupçons — trop fondés — d'infidélité dont elle le poursuit (or il semble que ceux-ci aient justement été réveillés par ce voyage en Italie, qu'il a d'abord maladroitement essayé de lui cacher). A travers *Massimilla Doni* il adresse à l'Étrangère un message ambigu : à la fois mise en garde contre les méfaits d'un idéalisme excessif, qui amène le corps à prendre d'excusables revanches, et affirmation qu'en fin de compte les choses sont bien comme elles sont, car « l'idée sera toujours plus violente que le fait ; autrement le désir serait moins beau que le plaisir, et il est plus puissant, il l'engendre » (p. 181).

Mais poser le problème en ces termes, c'est montrer combien celui-ci dépasse les circonstances contingentes de la vie privée de Balzac, et c'est rejoindre, avec le thème de la pensée qui tue, l'un des dilemmes les plus lancinants de *La Comédie humaine,* dont l'antiquaire de *La Peau de chagrin* donne d'emblée la parfaite formule : «*Vouloir* nous brûle et *Pouvoir* nous détruit. » Le désir est une torture, dont les affres d'Emilio face à Massimilla offrent une image saisissante, mais la réalisation du désir est, au sens énergétique du terme, une *dégradation,* dont l'acceptation soumet nos existences à une mortelle entropie. Le dénouement sarcastique de *Massimilla Doni* a quelque chose de brutal, et qui nous heurte, mais Balzac n'a peut-être jamais exprimé plus sobrement la contradiction qui le hante, lui et beaucoup de ses contemporains, entre l'aspiration narcissique à l'assouvissement d'un désir sans mesure et l'insertion dans une réalité que tout, dans le monde tel qu'il va, l'invite à voir sous un jour gris et mesquin.

Mais si l'intrigue de *Massimilla Doni,* considérée sous cet angle, nous apparaît comme remarquablement cohérente — à la fois en elle-même et avec l'ensemble de la pensée de Balzac — l'introduction des thèmes esthétiques et leur développement envahissant ne nuisent-ils pas à l'unité de l'œuvre ? Faisons, ici encore, la part des circonstances. Mais mesurons en même temps avec quel génie Balzac tire profit de ce qui fait dévier son projet initial. Destiné à remplacer *Gambara* dans la *Revue et Gazette musicale*, le nouveau récit que Balzac offre à Schlesinger ne saurait se dispenser de faire intervenir la musique. Avait-il dès ce moment l'intuition que l'impuissance d'Emilio et la folie de Gambara étaient les deux faces d'une même réalité? On ne saurait l'affirmer, et cela ne suffisait pas, en tout cas, pour donner à la nouvelle œuvre la coloration musicale demandée. Celle-ci devait résulter, à n'en pas douter, de la mésaventure du ténor Genovese, qui «brame comme un cerf» lorsqu'il est si plein du sentiment qu'il veut exprimer, si convaincu que «[son] âme et [son] gosier ne font qu'un souffle» qu'il perd le contrôle des médiations nécessaires pour incarner l'absolu dans le relatif, et qui retrouve tous ses moyens lorsqu'il est animé par le seul désir de faire admirer ses qualités vocales. Le parallèle est évident, aussi bien avec Gambara, dont l'erreur est de ne pas quitter le monde des essences où il voudrait que sa musique restât enfermée, qu'avec Frenhofer, coupable de pratiquer un art abstrait et indéchiffrable parce que dédaigneux des moyens techniques nécessaires pour passer de l'idée à l'expression. La parenté de Genovese avec le premier de ces personnages est d'ailleurs parfaitement explicitée dans la lettre que Balzac envoie à Schlesinger le 22 mai 1837: «Je ne vous offre pas le choix de ces deux œuvres, car je vous sais trop pressé, et celle que je vous enverrai mercredi est *pour l'exécution musicale* ce que l'autre sera pour la *composition*. »

Comment ne pas voir, cependant, que la mésaventure de Genovese ne peut aucunement être regardée comme *le sujet* de l'œuvre dans laquelle elle figure, au même titre que la folie de Gambara est le sujet du roman qui porte son nom? D'où un certain porte-à-faux, venant de ce que Balzac, encore tout rempli de ses émois italiens, est beaucoup plus porté à développer les relations empreintes de douleur et de mystère d'Emilio Memmi avec Massimilla que le grotesque *fiasco* d'un ténor égaré dans les régions de l'art idéal. Mais le mot *fiasco* a deux sens, dont l'un désigne l'effondrement de l'acteur ou du chanteur face à son public, et l'autre l'échec amoureux. C'est, me semble-t-il, l'existence de ce double sens qui permit à Balzac de saisir la convergence des deux pistes qui le sollicitaient, et de la fonder sur sa conception unitaire de la «pensée», qui permet à toutes les activités où celle-ci se manifeste impérieusement de symboliser toutes les autres.

Que l'attachement à une femme idéalisée, dans laquelle se retrouve toujours l'*imago* maternelle [2], interdise à un homme toute réalisation sexuelle avec l'objet de son adoration, alors que cette réalisation ne fait pas problème avec des femmes qu'il méprise, c'est là une des situations les plus banales que le psychanalyste rencontre dans sa pratique quotidienne, et Balzac pouvait déjà en trouver mentionnées d'analogues dans les traités médicaux de son époque [3]. Mais dire que dans ce cas l'amour sensuel est paralysé par l'amour idéal, comme pourraient le suggérer certains passages du texte (ainsi que la dernière phrase de *Gambara*: «cet homme est resté fidèle à l'*idéal*, que nous avons tué») ne rend pas suffisamment compte de la continuité que la philosophie balzacienne établit entre la matière et l'esprit. Emilio n'a pas à choisir entre une adoration mystique conforme à la tradition courtoise et un amour sensuel, car la prétendue union des âmes dans laquelle il vit avec Massimilla est toute pénétrée de sensualité: «Pour toute volupté, pour extrême plaisir, Massimilla tenait la tête d'Emilio sur son sein et se hasardait par moments à imprimer ses lèvres sur les siennes, mais comme un oiseau trempe son bec dans l'eau pure d'une source, en regardant avec timidité s'il est vu. Leur pensée développait ce baiser comme un musicien développe un thème par les modes infinis de la musique, et il produisait en eux des retentissements tumultueux, ondoyants, qui les enfiévraient» (p. 181). Les connotations de pureté et de retenue ne doivent pas, ici, donner le change. Il s'agit d'un état de concentration énergétique qui fait paraître bien pâle et bien conventionnelle l'évocation de la folle nuit d'amour avec la Tinti.

On voit ainsi se dessiner de mieux en mieux, y compris à travers la métaphore musicale, ce qui unit en profondeur l'impuissance d'Emilio à celle des artistes qui, comme Frenhofer et Gambara, sont incapables de donner corps aux créations hyperboliques de leur imagination. Leur impuissance, aux uns et aux autres, provient moins d'un idéalisme impénitent, qui leur interdit tout contact avec la matière (bien que cela puisse s'interpréter aussi de cette façon) que de la crainte de sacrifier, par ce contact, quelque chose de la surabondance de vie dont ils sont habités. Tel est « le mythe [...] bien profondément enfoui dans la réalité » que *Massimilla Doni* nous donne à lire, et dont Balzac parle à Mme Hanska dans sa lettre du 20 octobre 1837. Quelques mois plus tard, il précise, à l'intention de la même correspondante : « Dans cinq ans, *Massimilla Doni* sera comprise comme une belle explication des plus intimes procédés de l'art. Aux yeux des lecteurs du premier jour, ce sera ce que ça est en apparence, un amoureux qui ne peut posséder la femme qu'il adore parce qu'il la désire trop, et qui possède une misérable fille. Faites-les donc conclure de là à l'enfantement des œuvres d'art !... » (22 janvier 1838).

On ne saurait être plus affirmatif. Et pourtant quelque chose en nous résiste à la lecture « mythique » que Balzac propose — en partie après coup — à l'Étrangère. Il y a une différence essentielle entre le situation de l'amant et celle de l'artiste, qui rend le cas d'Emilio à la fois moins tragique et plus désespéré que celui de ses homologues peintre et musicien. C'est que l'artiste est un créateur, dont l'énergie n'a de justification que dans la mesure où elle ajoute à l'être du monde, ou rend visible une beauté cachée au profane, alors que, pour l'amant, le passage à l'acte est une satisfaction égoïste, et une perte que rien ne vient compenser. C'est pourquoi Frenhofer et Gambara, dans leur folie, restent fidèles à leur vocation, ou se trompent d'une façon grandiose : créateurs manqués, mais par surabondance de force créatrice ; incapables de faire partager leur vision, mais visionnaires quand même, et de quelle volée ! Alors qu'Emilio Memmi est un jouisseur qui se trompe de jouissance, un amateur qui ne sait pas aimer.

Du coup se révèle à nous ce qui fait la véritable unité

du roman et qui en rend la note si particulière dans l'univers balzacien, auquel il tient, comme on l'a vu, par tant de racines : ce mélange d'exaltation et de langueur, d'hédonisme et de désespoir, de velléités d'adoration mystique et de brutal déchaînement des sens, quelque part entre *Séraphîta* et *La Cousine Bette*. Pas un seul vrai créateur parmi ces personnages adonnés aux « extrêmes jouissances[4] », attendant de la musique, ou de l'opium, ou de l'amour l'oubli d'une réalité que les circonstances historiques rendent vide, ou révoltante pour des patriotes. Rien de plus significatif à cet égard que les deux figures de « dilettanti », dont les discussions sur l'essence de la musique précèdent l'exécution de l'opéra. On retrouve chez eux, avec certaines idées de Gambara sur la nature du son et la manière dont il agit sur les « touches intérieures » de l'âme humaine, le même rêve d'un art absolu qui comblerait l'être tout entier, et que la musique serait particulièrement apte à incarner à cause de sa plasticité et de la façon dont elle joue des correspondances entre les différents sens. Mais alors que la folie de Gambara consistait à vouloir capter les mille voix de la nature et à chercher « un cadre immense où puissent tenir les effets et les causes », nos deux amants de la « musique pure » ne peuvent satisfaire leur passion que par une jouissance subordonnée aux conditions les plus étroites, correspondant pour l'un au culte fétichiste de la roulade, et, pour l'autre, à la réalisation plus fétichiste encore, y compris du point de vue érotique, de l'accord de deux voix ou d'une voix et d'un violon : « te voilà donc suspendu dans la vie à un fil, dit Capraja à Cataneo, comme un arlequin de carton, bariolé de cicatrices, et ne jouant que si l'on tire la ficelle d'un accord » (p. 237).

Concentrée ainsi en un point unique, ne tenant qu'à un fil, la passion non seulement se coupe de toute communication humaine et de tout contact avec le réel, mais établit le règne de ces conduites répétitives, qui sont pour Freud le plus sûr indice de la pulsion de mort. Et en cela ces maniaques de l'art sont bien en accord avec les autres personnages du roman, héritiers d'une Italie jadis glorieuse et n'ayant de regards que pour le passé, dont le plus mélancolique, Vendramin, se rejoue les scènes dans ses rêves procurés par l'opium. La duchesse elle-même, toute désireuse qu'elle soit d'arracher sa patrie au joug de l'étranger, ne voit l'avenir (à l'encontre de l'idéal unificateur du « risorgimento ») que sous la forme d'un retour aux petites républiques du Moyen Age, aristocratiques et rivales.

Aucun cadre ne convenait mieux à ces épousailles entre la passion et la mort qu'une ville-tombeau et une ville-miroir, Venise, que Balzac évoque, avec une remarquable économie de moyens mais une grande puissance visionnaire, comme le lieu d'une mystérieuse hémorragie de puissance vitale, comme un îlot de vie enfiévrée et triste voué à retourner à brève échéance aux eaux primordiales, une sorte d'antipode du Paris bouillonnant, à la fois destructeur et créateur, de *La Comédie humaine*, un enfer tiède, où la pensée opère dans le silence d'une lente consumption des ravages analogues à ceux qu'elle exerce ailleurs par l'élan frénétique vers l'avenir. Privée des ressorts qui en rendent, dans d'autres romans, les soubresauts si pathétiques, la passion revêt ici une immobilité qui consone avec celle des canaux et des palais que la vie a désertés ; mais son incapacité à se traduire au dehors, à enfanter quoi que ce soit, sinon sous la forme dérisoire et prosaïque d'une grossesse, donne à son déploiement intérieur un rythme, une intensité et une tonalité désespérée qui n'ont pas leur équivalent dans le roman balzacien. Et cela, le genre musical qui est ici évoqué (sinon l'œuvre de Rossini choisie pour l'incarner) en est comme la traduction prédestinée, car, comme le dit le médecin français, « quel opéra qu'une cervelle d'homme ! »

Max MILNER.

NOTES
DE L'INTRODUCTION A *MASSIMILLA DONI*

1. Voir l'Introduction au *Chef-d'œuvre inconnu* et à *Gambara*, p. 16-17.

2. Cela ressort assez clairement, dans notre texte, de la phrase suivante : « Massimilla, quoique jeune, avait cette majesté que la tradition mythologique attribue à Junon, seule déesse à laquelle la mythologie n'ait pas donné d'amant, car Diane a été aimée, la chaste Diane a aimé ! Jupiter seul a pu ne pas perdre contenance devant sa divine moitié […] » Autrement dit, seul le Père peut posséder la Mère.

3. Voir en particulier le *Dictionnaire des sciences médicales* (que le père du romancier possédait dans sa bibliothèque), à l'article « Impuissance » : « Toute passion fortement excitante peut produire généralement l'impuissance en concentrant l'activité nerveuse sur un point particulier, tel que la tête ou le centre épigastrique, et en la détournant ainsi des organes génitaux. De ce nombre sont l'amour, l'amitié, l'espérance, la gaieté, la joie, la hardiesse, la colère, l'ambition, la satisfaction morale et l'activité de l'imagination, passions qui accompagnent le plus souvent l'amour heureux ou l'amant écouté ; leur exaltation occasionne l'impuissance. »

4. Tel était le titre que Balzac avait donné, dans un premier temps, à la seconde partie du roman, qui commençait par les mots : « L'ouverture d'une saison est un événement à Venise. »

MASSIMILLA DONI

Texte établi
par Gerald Schaeffer.

A Jacques Strunz [1].

   Mon cher Strunz, il y aurait de l'ingratitude à ne pas attacher votre nom à l'une des deux œuvres que je n'aurais pu faire sans votre patiente complaisance et vos bons soins. Trouvez donc ici un témoignage de ma reconnaissante amitié, pour le courage avec lequel vous avez essayé, peut-être sans succès, de m'initier aux profondeurs de la science musicale. Vous m'aurez toujours appris ce que le génie cache de difficultés et de travaux dans ces poèmes qui sont pour nous la source de plaisirs divins. Vous m'avez aussi procuré plus d'une fois le petit divertissement de rire aux dépens de plus d'un prétendu connaisseur. Aucuns me taxent d'ignorance, ne soupçonnant ni les conseils que je dois à l'un des meilleurs auteurs de feuilletons sur les œuvres musicales, ni votre consciencieuse assistance. Peut-être ai-je été le plus infidèle des secrétaires? S'il en était ainsi, je ferais certainement un traître traducteur sans le savoir, et je veux néanmoins pouvoir toujours me dire un de vos amis.

Comme le savent les connaisseurs, la noblesse vénitienne est la première de l'Europe. Son Livre d'or a précédé les Croisades, temps où Venise, débris de la Rome impériale et chrétienne qui se plongea dans les eaux pour échapper aux Barbares, déjà puissante, illustre déjà, dominait le monde politique et commercial. A quelques exceptions près, aujourd'hui cette noblesse est entièrement ruinée. Parmi les gondoliers qui conduisent les Anglais à qui l'Histoire montre là leur avenir, il se trouve des fils d'anciens doges dont la race est plus ancienne que celle des souverains. Sur un pont par où passera votre gondole, si vous allez à Venise, vous admirerez une sublime jeune fille mal vêtue, pauvre enfant qui appartiendra peut-être à l'une des plus illustres races patriciennes. Quand un peuple de rois en est là, nécessairement il s'y rencontre des caractères bizarres. Il n'y a rien d'extraordinaire à ce qu'il jaillisse des étincelles parmi les cendres. Destinées à justifier l'étrangeté des personnages en action dans cette histoire, ces réflexions n'iront pas plus loin, car il n'est rien de plus insupportable que les redites de ceux qui parlent de Venise après tant de grands poètes et tant de petits voyageurs. L'intérêt du récit exigeait seulement de constater l'opposition la plus vive de l'existence humaine : cette grandeur et cette misère qui se voient là chez certains hommes comme dans la plupart des habitations. Les nobles de Venise et ceux de Gênes, comme autrefois ceux de Pologne, ne prenaient point de titres. S'appeler Quirini, Doria, Brignole, Morosini, Sauli, Mocenigo, Fieschi (Fiesque), Cornaro, Spinola, suffisait à l'orgueil le plus haut. Tout se corrompt, quelques familles sont titrées aujourd'hui. Néanmoins, dans le temps où les nobles des républiques aristocratiques étaient égaux, il existait à Gênes un titre de prince pour la famille Doria qui possédait Amalfi en toute souveraineté, et un titre semblable à Venise, légitimé par une ancienne possession des Facino Cane, princes de Varèse. Les Grimaldi, qui devinrent souverains, s'emparèrent de Monaco beaucoup plus tard. Le dernier des Cane de la branche aînée disparut de Venise trente ans avant la chute de la république, condamné pour des crimes plus ou moins criminels [2]. Ceux à qui revenait cette principauté nominale, les Cane Memmi, tombèrent dans l'indigence pendant la fatale période de 1796 à 1814. Dans la vingtième année de ce siècle, ils n'étaient plus représentés que par un jeune homme ayant nom Emilio, et par un palais qui passe pour un des plus beaux ornements du Canale Grande. Cet enfant de la belle Venise avait pour toute fortune cet inutile palais et quinze cents livres de rente provenant d'une maison de campagne située sur la Brenta, le dernier bien de ceux que sa famille posséda jadis en Terre-Ferme, et vendue au gouvernement autrichien. Cette rente viagère sauvait au bel Emilio la honte de recevoir, comme beaucoup de nobles, l'indemnité de vingt sous par jour, due à tous les patriciens indigents, stipulée dans le traité de cession à l'Autriche.

Au commencement de la saison d'hiver, ce jeune seigneur était encore dans une campagne située au pied des Alpes Tyroliennes, et achetée au printemps dernier par la duchesse Cataneo. La maison bâtie par Palladio pour les Tiepolo consiste en un pavillon carré du style le plus pur. C'est un escalier grandiose, des portiques en marbre sur chaque face, des péristyles à voûtes couvertes de fresques et rendues légères par l'outremer du ciel où volent de délicieuses figures, des ornements gras d'exécution, mais si bien proportionnés que l'édifice les porte comme une femme porte sa coiffure, avec une facilité qui réjouit l'œil ; enfin cette gracieuse noblesse qui distingue à Venise les procuraties de la Piazzetta. Des stucs admirablement dessinés entretiennent dans les appartements un froid qui rend l'atmosphère aimable. Les galeries extérieures peintes à fresque forment abat-jour. Partout règne ce frais pavé vénitien où les marbres découpés se changent en d'inaltérables fleurs. L'ameublement, comme celui des palais italiens, offrait les plus belles soieries richement employées, et de précieux tableaux bien placés : quelques-uns du prêtre génois dit *il Capucino*, plusieurs de Léonard de Vinci, de Carlo Dolci, de Tintoretto et de Titien. Les jardins étagés présentent ces merveilles où l'or a été métamorphosé en grottes de rocailles, en cailloutages qui sont comme la folie du travail, en terrasses bâties par les fées, en bosquets sévères de ton, où les cyprès hauts sur patte, les pins triangulaires, le triste olivier, sont déjà habilement mélangés aux orangers, aux lauriers, aux myrtes ; en bassins clairs où nagent des poissons d'azur et de cinabre. Quoi que l'on puisse dire à l'avantage des jardins anglais, ces arbres en parasols, ces ifs taillés, ce luxe des productions de l'art marié si finement à celui d'une nature habillée ; ces cascades à gradins de marbre où l'eau se glisse timidement et semble comme une écharpe enlevée par le vent, mais toujours renouvelée ; ces personnages en plomb doré qui meublent discrètement de silencieux asiles : enfin ce palais hardi qui fait point de vue de toutes parts en élevant sa dentelle au pied des Alpes ; ces vives pensées qui animent la pierre, le bronze et les végétaux, ou se dessinent en parterre, cette poétique prodigalité seyait à l'amour d'une duchesse et d'un joli jeune homme, lequel est une œuvre de poésie fort éloignée des fins de la brutale nature. Quiconque comprend la fantaisie aurait voulu voir sur l'un de ces beaux escaliers, à côté d'un vase à bas-reliefs circulaires, quelque négrillon habillé à mi-corps d'un tonnelet en étoffe rouge, tenant d'une main un parasol au-dessus de la tête de la duchesse, et de l'autre la queue de sa longue robe pendant qu'elle écoutait une parole d'Emilio Memmi. Et que n'aurait pas gagné le Vénitien à être vêtu comme un de ces sénateurs peints par le Titien ? Hélas ! dans ce palais de fée, assez semblable à celui des *Peschiere* de Gênes, la Cataneo obéissait aux firmans de Victorine [3] et des modistes françaises. Elle portait une

robe de mousseline et un chapeau de paille de riz, de jolis
souliers gorge de pigeon, des bas de fil que le plus léger
zéphyr eût emportés ; elle avait sur les épaules un schall
de dentelle noire ! Mais ce qui ne se comprendra jamais à
Paris, où les femmes sont serrées dans leurs robes comme
des demoiselles dans leurs fourreaux annelés, c'est le
délicieux laisser-aller avec lequel cette belle fille de la
Toscane portait le vêtement français, elle l'avait italia-
nisé. La Française met un incroyable sérieux à sa jupe,
tandis qu'une Italienne s'en occupe peu, ne la défend par
aucun regard gourmé, car elle se sait sous la protection
d'un seul amour, passion sainte et sérieuse pour elle,
comme pour autrui.

Étendue sur un sopha, vers onze heures du matin, au
retour d'une promenade, et devant une table où se
voyaient les restes d'un élégant déjeuner, la duchesse
Cataneo laissait son amant maître de cette mousseline
sans lui dire : *chut!* au moindre geste. Sur une bergère à
ses côtés, Emilio tenait une des mains de la duchesse
entre ses deux mains, et la regardait avec un entier abandon. Ne demandez pas s'ils s'aimaient ; ils s'aimaient
trop. Ils n'en étaient pas à lire dans le livre comme Paul et
Françoise ; loin de là, Emilio n'osait dire : *Lisons* [4]*!* A la
lueur de ces yeux où brillaient deux prunelles vertes
tigrées par des fils d'or qui partaient du centre comme des
éclats d'une fêlure, et communiquaient au regard un doux
scintillement d'étoile, il sentait en lui-même une volupté
nerveuse qui le faisait arriver au spasme. Par moments, il
lui suffisait de voir les beaux cheveux noirs de cette tête
adorée serrés par un simple cercle d'or, s'échappant en
tresses luisantes de chaque côté d'un front volumineux,
pour écouter dans ses oreilles les battements précipités de
son sang soulevé par vagues, et menaçant de faire éclater
les vaisseaux du cœur. Par quel phénomène moral l'âme
s'emparait-elle si bien de son corps qu'il ne se sentait plus
en lui-même, mais tout en cette femme à la moindre
parole qu'elle disait d'une voix qui troublait en lui les
sources de la vie ? Si, dans la solitude, une femme de
beauté médiocre sans cesse étudiée devient sublime et
imposante, peut-être une femme aussi magnifiquement

belle que l'était la duchesse arrivait-elle à stupéfier un jeune homme chez qui l'exaltation trouvait des ressorts neufs, car elle absorbait réellement cette jeune âme.

Héritière des Doni de Florence, Massimilla avait épousé le duc sicilien Cataneo. En moyennant [5] ce mariage, sa vieille mère, morte depuis, avait voulu la rendre riche et heureuse selon les coutumes de la vie florentine. Elle avait pensé que, sortie du couvent pour entrer dans la vie, sa fille accomplirait selon les lois de l'amour ce second mariage de cœur qui est tout pour une Italienne. Mais Massimilla Doni avait pris au couvent un grand goût pour la vie religieuse, et quand elle eut donné sa foi devant les autels au duc de Cataneo, elle se contenta chrétiennement d'en être la femme. Ce fut la chose impossible. Cataneo, qui ne voulait qu'une duchesse, trouva fort sot d'être un mari ; dès que Massimilla se plaignit de ses façons, il lui dit tranquillement de se mettre en quête d'un *primo cavaliere servante*, et lui offrit ses services pour lui en amener plusieurs à choisir. La duchesse pleura, le duc la quitta. Massimilla regarda le monde qui se pressait autour d'elle, fut conduite par sa mère à la Pergola, dans quelques maisons diplomatiques, aux Cascine, partout où l'on rencontrait de jeunes et jolis cavaliers, elle ne trouva personne qui lui plût, et se mit à voyager. Elle perdit sa mère, hérita, porta le deuil, vint à Venise, et y vit Emilio, qui passa devant sa loge en échangeant avec elle un regard de curiosité. Tout fut dit. Le Vénitien se sentit comme foudroyé ; tandis qu'une voix cria : *le voilà!* dans les oreilles de la duchesse. Partout ailleurs, deux personnes prudentes et instruites se seraient examinées, flairées ; mais ces deux ignorances se confondirent comme deux substances de la même nature qui n'en font qu'une seule en se rencontrant. Massimilla devint aussitôt vénitienne et acheta le palais qu'elle avait loué sur le Canareggio. Puis, ne sachant à quoi employer ses revenus, elle avait acquis aussi Rivalta, cette campagne où elle était alors. Emilio, présenté par la Vulpato à la Cataneo, vint pendant tout l'hiver très respectueusement dans la loge de son amie. Jamais amour ne fut plus violent dans deux âmes, ni plus timide dans ses expres-

sions. Ces deux enfants tremblaient l'un devant l'autre.
Massimilla ne coquetait point, n'avait ni *secundo* ni
terzo, ni *patito* [6]. Occupée d'un sourire et d'une parole,
elle admirait son jeune Vénitien au visage pointu, au nez
long et mince, aux yeux noirs, au front noble, qui, malgré
ses naïfs encouragements, ne vint chez elle qu'après trois
mois employés à s'apprivoiser l'un l'autre. L'été montra
son ciel oriental, la duchesse se plaignit d'aller seule à
Rivalta. Heureux et inquiet tout à la fois du tête-à-tête,
Emilio avait accompagné Massimilla dans sa retraite. Ce
joli couple y était depuis six mois.

À vingt ans, Massimilla n'avait pas, sans de grands
remords, immolé ses scrupules religieux à l'amour ; mais
elle s'était lentement désarmée et souhaitait accomplir ce
mariage de cœur, tant vanté par sa mère, au moment où
Emilio tenait sa belle et noble main, longue, satinée,
blanche, terminée par des ongles bien dessinés et colorés,
comme si elle avait reçu d'Asie un peu de l'*henné* qui sert
aux femmes des sultans à se les teindre en rose vif. Un
malheur ignoré de Massimilla, mais qui faisait cruelle-
ment souffrir Emilio, s'était jeté bizarrement entre eux.
Massimilla, quoique jeune, avait cette majesté que la
tradition mythologique attribue à Junon, seule déesse à
laquelle la mythologie n'ait pas donné d'amant, car Diane
a été aimée, la chaste Diane a aimé ! Jupiter seul a pu ne
pas perdre contenance devant sa divine moitié, sur laquelle se sont modelées beaucoup de ladies en Angleterre. Emilio mettait sa maîtresse beaucoup trop haut pour
y atteindre. Peut-être un an plus tard ne serait-il plus en
proie à cette noble maladie qui n'attaque que les très
jeunes gens et les vieillards. Mais comme celui qui dépasse le but en est aussi loin que celui dont le trait n'y
arrive pas, la duchesse se trouvait entre un mari qui se
savait si loin du but qu'il ne s'en souciait plus, et un
amant qui le franchissait si rapidement avec les blanches
ailes de l'ange qu'il ne pouvait plus y revenir. Heureuse
d'être aimée, Massimilla jouissait du désir sans en imaginer la fin ; tandis que son amant, malheureux dans le
bonheur, amenait de temps en temps par une promesse sa
jeune amie au bord de ce que tant de femmes nomment

l'*abîme*, et se voyait obligé de cueillir les fleurs qui le bordent, sans pouvoir faire autre chose que les effeuiller en contenant dans son cœur une rage qu'il n'osait exprimer. Tous deux s'étaient promenés en se redisant au matin un hymne d'amour comme en chantaient les oiseaux nichés dans les arbres. Au retour, le jeune homme, dont la situation ne peut se peindre qu'en le comparant à ces anges auxquels les peintres ne donnent qu'une tête et des ailes, s'était senti si violemment amoureux qu'il avait mis en doute l'entier dévouement de la duchesse, afin de l'amener à dire : « Quelle preuve en veux-tu ? » Ce mot avait été jeté d'un air royal, et Memmi baisait avec ardeur cette belle main ignorante. Tout à coup, il se leva furieux contre lui-même, et laissa Massimilla. La duchesse resta dans sa pose nonchalante sur le sopha, mais elle y pleura, se demandant en quoi, belle et jeune, elle déplaisait à Emilio. De son côté, le pauvre Memmi donnait de la tête contre les arbres comme une corneille coiffée. Un valet cherchait à ce moment le jeune Vénitien, et courait après lui pour lui donner une lettre arrivée par un exprès.

Marco Vendramini, nom qui dans le dialecte vénitien, où se suppriment certaines finales, se prononce également Vendramin, son seul ami lui apprenait que Marco Facino Cane, prince de Varèse, était mort dans un hôpital de Paris [7]. La preuve du décès était arrivée. Ainsi les Cane Memmi devenaient princes de Varèse. Aux yeux des deux amis, un titre sans argent ne signifiant rien, Vendramin annonçait à Emilio comme une nouvelle beaucoup plus importante, l'engagement à la Fenice du fameux ténor Genovese, et de la célèbre signora Tinti. Sans achever la lettre, qu'il mit dans sa poche en la froissant, Emilio courut annoncer à la duchesse Cataneo la grande nouvelle, en oubliant son héritage héraldique. La duchesse ignorait la singulière histoire qui recommandait la Tinti à la curiosité de l'Italie, le prince la lui dit en quelques mots. Cette illustre cantatrice était une simple servante d'auberge, dont la voix merveilleuse avait surpris un grand seigneur sicilien en voyage. La beauté de cette enfant, qui avait alors douze ans, s'étant trouvée digne de la voix, le grand seigneur avait eu la constance de faire élever cette petite personne comme Louis XV fit jadis élever mademoiselle de Romans[8]. Il avait attendu patiemment que la voix de Clara fût exercée par un fameux professeur, et qu'elle eût seize ans pour jouir de tous les trésors si laborieusement cultivés. En débutant l'année dernière, la Tinti avait ravi les trois capitales de l'Italie les plus difficiles à satisfaire.

— Je suis bien sûre que le grand seigneur n'est pas mon mari, dit la duchesse.

Aussitôt les chevaux furent commandés, et la Cataneo partit à l'instant pour Venise, afin d'assister à l'ouverture de la saison d'hiver. Par une belle soirée du mois de novembre, le nouveau prince de Varèse traversait donc la lagune de Mestre à Venise, entre la ligne de poteaux aux couleurs autrichiennes qui marque la route concédée par la douane aux gondoles. Tout en regardant la gondole de la Cataneo menée par des laquais en livrée, et qui sillonnait la mer à une portée de fusil en avant de lui, le pauvre Emilio, conduit par un vieux gondolier qui avait conduit son père au temps où Venise vivait encore, ne pouvait repousser les amères reflexions que lui suggérait l'investiture de son titre.

« Quelle raillerie de la fortune ! Être prince et avoir quinze cents francs de rente. Posséder l'un des plus beaux palais du monde, et ne pouvoir disposer des marbres, des escaliers, des peintures, des sculptures, qu'un décret autrichien venait de rendre inaliénables ! Vivre sur un pilotis en bois de Campêche estimé près d'un million et ne pas avoir de mobilier ! Être le maître de galeries somptueuses, et habiter une chambre au-dessus de la dernière frise arabesque bâtie avec des marbres rapportés de la Morée, que déjà sous les Romains, un Memmius avait parcourue en conquérant ! Voir dans une des plus magnifiques églises de Venise ses ancêtres sculptés sur leurs tombeaux en marbres précieux, au milieu d'une chapelle ornée des peintures de Titien, de Tintoret, des deux Palma, de Bellini, de Paul Véronèse, et ne pouvoir vendre à l'Angleterre un Memmi de marbre pour donner du pain au prince de Varèse ! Genovese, le fameux ténor, aura, dans une saison, pour ses roulades, le capital de la rente avec laquelle vivrait heureux un fils des Memmius, sénateurs romains, aussi anciens que les César et les Sylla. Genovese peut fumer un houka [9] des Indes, et le prince de Varèse ne peut consumer des cigares à discrétion ! »

Et il jeta le bout de son cigare dans la mer. Le prince de Varèse trouve ses cigares chez la Cataneo, à laquelle il voudrait apporter les richesses du monde ; la duchesse étudiait tous ses caprices, heureuse de les satisfaire ! Il fallait y faire son seul repas, le souper, car son argent passait à son habillement et à son entrée à la Fenice. Encore était-il obligé de prélever cent francs par an pour le vieux gondolier de son père, qui, pour le mener à ce prix, ne vivait que de riz. Enfin, il fallait aussi pouvoir payer les tasses de café noir que tous les matins il prenait au café Florian pour se soutenir jusqu'au soir dans une excitation nerveuse, sur l'abus de laquelle il comptait pour mourir, comme Vendramin comptait, lui, sur l'opium.

— Et je suis prince ! En se disant ce dernier mot, Emilio Memmi jeta, sans l'achever, la lettre de Marco Vendramini dans la lagune, où elle flotta comme un esquif de papier lancé par un enfant. — Mais Emilio, reprit-il, n'a que vingt-trois ans. Il vaut mieux ainsi que lord Wellington goutteux, que le régent paralytique, que la famille impériale d'Autriche attaquée du haut mal, que le roi de France [10]... Mais en pensant au roi de France, le front d'Emilio se plissa, son teint d'ivoire jaunit, des larmes roulèrent dans ses yeux noirs, humectèrent ses longs cils ; il souleva d'une main digne d'être peinte par Titien son épaisse chevelure brune, er reporta son regard sur la gondole de la Cataneo.

— La raillerie que se permet le sort envers moi se rencontre encore dans mon amour, se dit-il. Mon cœur et mon imagination sont pleins de trésors, Massimilla les ignore ; elle est Florentine, elle m'abandonnera. Être glacé près d'elle lorsque sa voix et son regard développent en moi des sensations célestes ! En voyant sa gondole à quelque cent palmes [11] de la mienne, il me semble qu'on me place un fer chaud dans le cœur. Un fluide invisible coule dans mes nerfs et les embrase, un nuage se

répand sur mes yeux, l'air me semble avoir la couleur
qu'il avait à Rivalta, quand le jour passait à travers un
store de soie rouge, et que, sans qu'elle me vît, je l'ad-
mirais rêveuse et souriant avec finesse, comme la Monna
Lisa de Léonardo [12]. Ou mon altesse finira par un coup de
pistolet, ou le fils des Cane suivra le conseil de son vieux
Carmagnola : nous nous ferons matelots, pirates, et nous
nous amuserons à voir combien de temps nous vivrons
avant d'être pendus !

Le prince prit un nouveau cigare et contempla les
arabesques de sa fumée livrée au vent, comme pour voir
dans leurs caprices une répétition de sa dernière pensée.
De loin, il distinguait déjà les pointes mauresques des
ornements qui couronnaient son palais ; il redevint triste.
La gondole de la duchesse avait disparu dans le Canareggio. Les fantaisies d'une vie romanesque et périlleuse,
prise comme dénouement de son amour, s'éteignirent
avec son cigare, et la gondole de son amie ne lui marqua
plus son chemin. Il vit alors le présent tel qu'il était : un
palais sans âme, une âme sans action sur le corps, une
principauté sans argent, un corps vide et un cœur plein,
mille antithèses désespérantes. L'infortuné pleurait sa
vieille Venise, comme la pleurait plus amèrement encore
Vendramini, car une mutuelle et profonde douleur et un
même sort avaient engendré une mutuelle et vive amitié
entre ces deux jeunes gens, débris de deux illustres familles. Emilio ne put s'empêcher de penser aux jours où
le palais Memmi vomissait la lumière par toutes ses
croisées et retentissait de musiques portées au loin sur
l'onde adriatique ; où l'on voyait à ses poteaux des cen-
taines de gondoles attachées, où l'on entendait sur son
perron baisé par les flots les masques élégants et les
dignitaires de la République se pressant en foule ; où ses
salons et sa galerie étaient enrichis par une assemblée
intriguée et intriguant ; où la grande salle des festins
meublée de tables rieuses, et ses galeries au pourtour
aérien pleines de musique, semblaient contenir Venise
entière allant et venant sur les escaliers retentissants de
rires. Le ciseau des meilleurs artistes avait de siècle en
siècle sculpté le bronze qui supportait alors les vases au

long col ou ventrus achetés en Chine, et celui des candé-
labres aux mille bougies. Chaque pays avait fourni sa part
du luxe qui parait les murailles et les plafonds. Aujourd'hui les murs dépouillés de leurs belles étoffes, les
plafonds mornes, se taisaient et pleuraient. Plus de tapis
de Turquie, plus de lustres festonnés de fleurs, plus de
statues, plus de tableaux, plus de joie ni d'argent, ce
grand véhicule de la joie! Venise, cette Londres du
Moyen Age, tombait pierre à pierre, homme à homme.
La sinistre verdure que la mer entretient et caresse au bas
des palais était alors aux yeux du prince comme une
frange noire que la nature y attachait en signe de mort.
Enfin, un grand poète anglais était venu s'abattre sur
Venise comme un corbeau sur un cadavre, pour lui coas-
ser en poésie lyrique, dans ce premier et dernier langage
des sociétés, les stances d'un *De Profundis* [13]! De la
poésie anglaise jetée au front d'une ville qui avait enfanté
la poésie italienne!... Pauvre Venise!

Jugez quel dut être l'étonnement d'un jeune homme
absorbé par de telles pensées, au moment où Carmagnola
s'écria: — Sérénissime altesse, le palais brûle, ou les
anciens doges y sont revenus. Voici des lumières aux
croisées de la galerie haute!

Le prince Emilio crut son rêve réalisé par un coup de
baguette. A la nuit tombante, le vieux gondolier put, en
retenant sa gondole à la première marche, aborder son
jeune maître sans qu'il fût vu par aucun des gens empres-
sés dans le palais, et dont quelques-uns bourdonnaient au
perron comme des abeilles à l'entrée d'une ruche. Emilio
se glissa sous l'immense péristyle où se développait le
plus bel escalier de Venise et le franchit lestement pour
connaître la cause de cette singulière aventure. Tout un
monde d'ouvriers se hâtait d'achever l'ameublement et la
décoration du palais. Le premier étage, digne de l'ancienne splendeur de Venise, offrait à ses regards les
belles choses qu'Emilio rêvait un moment auparavant, et
la fée les avait disposées dans le meilleur goût. Une
splendeur digne des palais d'un roi parvenu éclatait jusque dans les plus minces détails. Emilio se promenait
sans que personne lui fît la moindre observation, et il

marchait de surprise en surprise. Curieux de voir ce qui se passait au second étage, il monta, et trouva l'ameublement fini. Les inconnus chargés par l'enchanteur de renouveler les prodiges des *Mille et Une Nuits* en faveur d'un pauvre prince italien, remplaçaient quelques meubles mesquins apportés dans les premiers moments. Le prince Emilio arriva dans la chambre à coucher de l'appartement, qui lui sourit comme une conque d'où Vénus serait sortie. Cette chambre était si délicieusement belle, si bien pomponnée, si coquette, pleine de recherches si gracieuses, qu'il s'alla plonger dans une bergère de bois doré devant laquelle on avait servi le souper froid le plus friand ; et, sans autre forme de procès, il se mit à manger.

— Je ne vois dans le monde entier que Massimilla qui puisse avoir eu l'idée de cette fête. Elle a su que j'étais prince, le duc de Cataneo est peut-être mort en lui laissant ses biens, la voilà deux fois plus riche, elle m'épousera, et... Et il mangeait à se faire haïr d'un millionnaire malade qui l'aurait vu dévorant ce souper, et il buvait à torrents un excellent vin de Porto. — Maintenant je m'explique le petit air entendu qu'elle a pris en me disant : *A ce soir !* Elle va venir peut-être me désensorceler. Quel beau lit, et dans ce lit, quelle jolie lanterne !... Bah ! une idée de Florentine.

Il se rencontre quelques riches organisations sur lesquelles le bonheur ou le malheur extrême produit un effet soporifique. Or, sur un jeune homme assez puissant pour idéaliser une maîtresse au point de ne plus y voir de femme, l'arrivée trop subite de la fortune devait faire l'effet d'une dose d'opium. Quand le prince eut bu la bouteille de vin de Porto, mangé la moitié d'un poisson et quelques fragments d'un pâté français, il éprouva le plus violent désir de se coucher. Peut-être était-il sous le coup d'une double ivresse. Il ôta lui-même la couverture, apprêta le lit, se déshabilla dans un très joli cabinet de toilette, et se coucha pour réfléchir à sa destinée.

— J'ai oublié ce pauvre Carmagnola, mais mon cuisinier et mon sommelier y pourvoiront.

En ce moment, une femme de chambre entra folâtre-

ment en chantonnant un air du *Barbier de Séville*. Elle
jeta sur une chaise des vêtements de femme, toute une
toilette de nuit en se disant :

— Les voici qui rentrent !

Quelques instants après vint en effet une jeune femme
habillée à la française, et qui pouvait être prise pour
l'original de quelque fantastique gravure anglaise inventée pour un *Forget me not,* une *Belle assemblée,* ou pour
un *Book of Beauty* [14]. Le prince frissonna de peur et de
plaisir, car il aimait Massimilla, comme vous savez. Or,
malgré cette foi d'amour qui l'embrasait, et qui jadis
inspira des tableaux à l'Espagne, des madones à l'Italie,
des statues à Michel-Ange, les portes du Baptistère à
Ghiberti, la Volupté l'enserrait de ses rets, et le désir
l'agitait sans répandre en son cœur cette chaude essence
éthérée que lui infusait un regard ou la moindre parole de
la Cataneo. Son âme, son cœur, sa raison, toutes ses
volontés se refusaient à l'Infidélité ; mais la brutale et
capricieuse Infidélité dominait son âme. Cette femme ne
vint pas seule.

Le prince aperçut un de ces personnages à qui personne
ne veut croire dès qu'on les fait passer de l'état réel où
nous les admirons, à l'état fantastique d'une description
plus ou moins littéraire. Comme celui des Napolitains,
l'habillement de l'inconnu comportait cinq couleurs, si
l'on veut admettre le noir du chapeau comme une couleur : le pantalon était olive, le gilet rouge étincelait de
boutons dorés, l'habit tirait au vert et le linge arrivait au
jaune. Cet homme semblait avoir pris à tâche de justifier
le Napolitain que Gerolamo [15] met toujours en scène sur
son théâtre de marionnettes. Les yeux semblaient être de
verre. Le nez en as de trèfle saillait horriblement. Le nez
couvrait d'ailleurs avec pudeur un trou qu'il serait inju-
rieux pour l'homme de nommer une bouche, et où se
montraient trois ou quatre défenses blanches douées de
mouvement, qui se plaçaient d'elles-mêmes les unes entre les autres. Les oreilles fléchissaient sous leur propre
poids, et donnaient à cet homme une bizarre ressemblance avec un chien. Le teint, soupçonné de contenir
plusieurs métaux infusés dans le sang par l'ordonnance de

quelque Hippocrate, était poussé au noir. Le front pointu, mal caché par des cheveux plats, rares, et qui tombaient comme des filaments de verre soufflé, couronnait par des rugosités rougeâtres une face grimaude. Enfin, quoique maigre et de taille ordinaire, ce monsieur avait les bras longs et les épaules larges ; malgré ces horreurs, et quoique vous lui eussiez donné soixante-dix ans, il ne manquait pas d'une certaine majesté cyclopéenne ; il possédait des manières aristocratiques et dans le regard la sécurité du riche. Pour quiconque aurait eu le cœur assez ferme pour l'observer, son histoire était écrite par les passions dans ce noble argile devenu boueux. Vous eussiez deviné le grand seigneur, qui, riche dès sa jeunesse, avait vendu son corps à la Débauche pour en obtenir des plaisirs excessifs. La Débauche avait détruit la créature humaine et s'en était fait une autre à son usage. Des milliers de bouteilles avaient passé sous les arches empourprées de ce nez grotesque, en laissant leur lie sur les lèvres. De longues et fatigantes digestions avaient emporté les dents. Les yeux avaient pâli à la lumière des tables de jeu. Le sang s'était chargé de principes impurs qui avaient altéré le système nerveux. Le jeu des forces digestives avait absorbé l'intelligence. Enfin, l'amour avait dissipé la brillante chevelure du jeune homme [16]. En héritier avide, chaque vice avait marqué sa part du cadavre encore vivant. Quand on observe la nature, on y découvre les plaisanteries d'une ironie supérieure ; elle a, par exemple, placé les crapauds près des fleurs, comme était ce duc près de cette rose d'amour.

— Jouerez-vous du violon ce soir, mon cher duc ? dit la femme en détachant l'embrasse et laissant retomber une magnifique portière sur la porte.

— Jouer du violon, reprit le prince Emilio, que veut-elle dire ? Qu'a-t-on fait de mon palais ? Suis-je éveillé ? Me voilà dans le lit de cette femme qui se croit chez elle, elle ôte sa mantille ! Ai-je donc, comme Vendramin, fumé l'opium, et suis-je au milieu d'un de ces rêves où il voit Venise comme elle était il y a trois cents ans ?

Assise devant sa toilette illuminée par des bougies,

l'inconnue défaisait ses atours de l'air le plus tranquille
du monde.

— Sonnez Julia, je suis impatiente de me déshabiller.

En ce moment, le duc aperçut le souper entamé, regarda dans la chambre, et vit le pantalon du prince étalé
sur un fauteuil près du lit.

— Je ne sonnerai pas, Clarina, s'écria d'une voix
grêle le duc furieux. Je ne jouerai du violon ni ce soir, ni
demain, ni jamais…

— *Ta, ta, ta, ta!* chanta Clarina sur une seule note en
passant chaque fois d'une octave à une autre avec l'agilité
du rossignol.

— Malgré cette voix qui rendrait sainte Claire, ta
patronne, jalouse, et le Christ amoureux, vous êtes par
trop impudente, madame la drôlesse.

— Vous ne m'avez pas élevée à entendre de semblables mots, dit-elle avec fierté.

— Vous ai-je appris à garder un homme dans votre
lit? Vous ne méritez ni mes bienfaits, ni ma haine.

— Un homme dans mon lit! s'écria Clarina en se
retournant vivement.

— Et qui a familièrement mangé notre souper, comme
s'il était chez lui, reprit le duc.

— Mais, s'écria Emilio, ne suis-je pas chez moi? Je
suis le prince de Varèse, ce palais est le mien.

En disant ces paroles, Emilio se dressa sur son séant et
montra sa belle et noble tête vénitienne au milieu des
pompeuses draperies du lit. D'abord la Clarina se mit à
rire d'un de ces rires fous qui prennent aux jeunes filles
quand elles rencontrent une aventure comique en dehors
de toute prévision. Ce rire eut une fin, quand elle remar-
qua ce jeune homme, qui, disons-le, était remarquablement beau, quoique peu vêtu ; la même rage qui mordait
Emilio la saisit, et comme elle n'aimait personne, aucune
raison ne brida sa fantaisie de Sicilienne éprise.

— Si ce palais est le palais Memmi, votre Altesse
sérénissime voudra cependant bien le quitter, dit le duc en
prenant l'air froid et ironique d'un homme poli. Je suis ici
chez moi…

— Apprenez, monsieur le duc, que vous êtes dans ma

chambre et non chez vous, dit la Clarina sortant de sa
léthargie. Si vous avez des soupçons sur ma vertu, je
vous prie de me laisser les bénéfices de mon crime...

— Des soupçons! Dites, ma mie, des certitudes...

— Je vous le jure, reprit la Clarina, je suis innocente.

— Mais que vois-je là, dans ce lit? dit le duc.

— Ah! vieux sorcier, si tu crois ce que tu vois plus
que ce que je te dis, s'écria la Clarina, tu ne m'aimes pas!
Va-t'en et ne me romps plus les oreilles! M'entendez-
vous? sortez, monsieur le duc! Ce jeune prince vous
rendra le million que je vous coûte, si vous y tenez.

— Je ne rendrai rien, dit Emilio tout bas.

— Eh! nous n'avons rien à rendre, c'est peu d'un
million pour avoir Clarina Tinti quand on est si laid.
Allons, sortez, dit-elle au duc, vous m'avez renvoyée, et
moi je vous renvoie, partant quitte.

Sur un geste du vieux duc, qui paraissait vouloir résister à cet ordre intimé dans une attitude digne du rôle de
Sémiramis [17], qui avait acquis à la Tinti son immense
réputation, la prima donna s'élança sur le vieux singe et
le mit à la porte.

— Si vous ne me laissez pas tranquille ce soir, nous ne
nous reverrons jamais. Mon jamais vaut mieux que le
vôtre, lui dit-elle.

— *Tranquille,* reprit le duc en laissant échapper un
rire amer, il me semble, ma chère idole, que c'est *agi-
tata* [18] que je vous laisse.

Le duc sortit. Cette lâcheté ne surprit point Emilio.
Tous ceux qui se sont accoutumés à quelque goût particulier, choisi dans tous les effets de l'amour, et qui
concorde à leur nature, savent qu'aucune considération
n'arrête un homme qui s'est fait une habitude de sa
passion. La Tinti bondit comme un faon de la porte au lit.

— Prince, pauvre, jeune et beau, mais c'est un conte
de fée!... dit-elle.

La Sicilienne se posa sur le lit avec une grâce qui
rappelait le naïf laisser-aller de l'animal, l'abandon de la
plante vers le soleil, ou le plaisant mouvement de valse
par lequel les rameaux se donnent au vent. En détachant
les poignets de sa robe, elle se mit à chanter, non plus

avec la voix destinée aux applaudissements de la Fenice,
mais d'une voix troublée par le désir. Son chant fut une
brise qui apportait au cœur les caresses de l'amour. Elle
regardait à la dérobée Emilio, tout aussi confus qu'elle ;
car cette femme de théâtre n'avait plus l'audace qui lui
avait animé les yeux, les gestes et la voix en renvoyant le
duc ; non, elle était humble comme la courtisane amoureuse. Pour imaginer la Tinti, il faudrait avoir vu l'une
des meilleures cantatrices françaises, à son début dans *il
Fazzoletto*, opéra de Garcia [19] que les Italiens jouaient
alors au théâtre de la rue Louvois, elle était si belle, qu'un
pauvre garde-du-corps, n'ayant pu se faire écouter, se tua
de désespoir. La prima donna de la Fenice offrait la
même finesse d'expression, la même élégance de formes,
la même jeunesse ; mais il y surabondait cette chaude
couleur de Sicile qui dorait sa beauté ; puis sa voix était
plus nourrie, elle avait enfin cet air auguste qui distingue
les contours de la femme italienne. La Tinti, de qui le
nom a tant de ressemblance avec celui que se forgea la
cantatrice française, avait dix-sept ans, et le pauvre
prince en avait vingt-trois. Quelle main rieuse s'était plu
à jeter ainsi le feu si près de la poudre ? Une chambre
embaumée, vêtue de soie incarnadine, brillant de bougies, un lit de dentelles, un palais silencieux, Venise !
deux jeunesses, deux beautés ! tous les fastes réunis.
Emilio prit son pantalon, sauta hors du lit, se sauva dans
le cabinet de toilette, se rhabilla, revint, et se dirigea
précipitamment vers la porte.

Voici ce qu'il s'était dit en reprenant ses vêtements :

— « Massimilla, chère fille des Doni chez lesquels la
beauté de l'Italie s'est héréditairement conservée, toi qui
ne démens pas le portrait de Margherita [20], l'une des rares
toiles entièrement peintes par Raphaël pour sa gloire ! ma
belle et sainte maîtresse, ne sera-ce pas te mériter que de
me sauver de ce gouffre de fleurs ? Serais-je digne de toi
si je profanais un cœur tout à toi ? Non, je ne tomberai pas
dans le piège vulgaire que me tendent mes sens révoltés.
A cette fille son duc, à moi ma duchesse ! » Au moment
où il soulevait la portière, il entendit un gémissement. Cet
héroïque amant se retourna, vit la Tinti qui, prosternée la

face sur le lit, y étouffait ses sanglots. Le croirez-vous? la
cantatrice était plus belle à genoux, la figure cachée, que
confuse et le visage étincelant. Ses cheveux dénoués sur
ses épaules, sa pose de Magdeleine, le désordre de ses
vêtements déchirés, tout avait été composé par le diable,
qui, vous le savez, est un grand coloriste. Le prince prit
par la taille cette pauvre Tinti, qui lui échappa comme
une couleuvre, et qui se roula autour d'un de ses pieds
que pressa mollement une chair adorable.

— M'expliqueras-tu, dit-il en secouant son pied pour
le retirer de cette fille, comment tu te trouves dans mon
palais? Comment le pauvre Emilio Memmi...

— Emilio Memmi! s'écria la Tinti en se relevant, tu te
disais prince.

— Prince depuis hier.

— Tu aimes la Cataneo! dit la Tinti en le toisant.

Le pauvre Emilio resta muet, en voyant la prima donna
qui souriait au milieu de ses larmes.

— Votre Altesse ignore que celui qui m'a élevée pour
le théâtre, que ce duc... est Cataneo lui-même, et votre
ami Vendramin, croyant servir vos intérêts, lui a loué ce
palais pour le temps de mon engagement à la Fenice,
moyennant mille écus. Chère idole de mon désir, lui
dit-elle en le prenant par la main et l'attirant à elle,
pourquoi fuis-tu celle pour qui bien des gens se feraient
casser les os? L'amour, vois-tu, sera toujours l'amour. Il
est partout semblable à lui-même, il est comme le soleil
de nos âmes, on se chauffe partout où il brille, et nous
sommes ici en plein midi. Si, demain, tu n'es pas
content, tue-moi! Mais je vivrai, va! car je suis furieu-
sement belle.

Emilio résolut de rester. Quand il eut consenti par un
signe de tête, le mouvement de joie qui agita la Tinti lui
parut éclairé par une lueur jaillie de l'enfer. Jamais
l'amour n'avait pris à ses yeux une expression si grandiose. En ce moment, Carmagnola siffla vigoureusement.

— Que peut-il me vouloir? se dit le prince.

Vaincu par l'amour, Emilio n'écouta point les siffle-
ments répétés de Carmagnola.

Si vous n'avez pas voyagé en Suisse, vous lirez peut-être avec plaisir cette description, et si vous avez grimpé par ces Alpes-là, vous ne vous en rappellerez pas les accidents sans émotion. Dans ce sublime pays, au sein d'une roche fendue en deux par une vallée, chemin large comme l'avenue de Neuilly à Paris, mais creux de quelques cents toises et craquelé de ravins, il se rencontre un cours d'eau tombé soit du Saint-Gothard [21], soit du Simplon, d'une cime alpestre quelconque, qui trouve un vaste puits, profond de je ne sais combien de brasses, long et large de plusieurs toises, bordé de quartiers de granit ébréchés sur lesquels on voit des prés, entre lesquels s'élancent des sapins, des aulnes gigantesques, et où viennent aussi des fraises et des violettes; parfois on trouve un chalet aux fenêtres duquel se montre le frais visage d'une blonde Suissesse; selon les aspects du ciel, l'eau de ce puits est bleue ou verte, mais comme un saphir est bleu, comme une émeraude est verte; eh! bien, rien au monde ne représente au voyageur le plus insouciant, au diplomate le plus pressé, à l'épicier le plus bonhomme, les idées de profondeur, de calme, d'immensité, de céleste affection, de bonheur éternel, comme ce diamant liquide où la neige, accourue des plus hautes Alpes, coule en eau limpide par une rigole naturelle, cachée sous les arbres, creusée dans le roc, et d'où elle s'échappe par une fente, sans murmure : la nappe, qui se superpose au gouffre, glisse si doucement, que vous ne voyez aucun trouble à la surface où la voiture se mire en passant. Voici que les chevaux reçoivent deux coups de fouet! On tourne un rocher, on enfile un pont : tout à coup rugit un horrible concert de cascades se ruant les unes sur les autres; le torrent, échappé par une bonde furieuse, se brise en vingt chutes, se casse sur mille gros cailloux; il étincelle en cent gerbes contre un rocher tombé du haut de la chaîne qui domine la vallée, et tombé précisément au milieu de cette rue que s'est impérieusement frayée l'hydrogène nitré, la plus respectable de toutes les forces vives.

Si vous avez bien saisi ce paysage, vous aurez dans cette eau endormie une image de l'amour d'Emilio pour la duchesse, et dans les cascades bondissant comme un troupeau de moutons, une image de sa nuit amoureuse avec la Tinti. Au milieu de ces torrents d'amour, il s'élevait un rocher contre lequel se brisait l'onde. Le prince était comme Sisyphe, toujours sous le rocher.

— Que fait donc le duc Cataneo avec son violon? se disait-il, est-ce à lui que je dois cette symphonie?

Il s'en ouvrit à Clara Tinti.

— Cher enfant… (elle avait reconnu que le prince était un enfant) cher enfant, lui dit-elle, cet homme qui a cent dix-huit ans à la paroisse du Vice et quarante-sept ans sur les registres de l'Eglise, n'a plus au monde qu'une seule et dernière jouissance par laquelle il sente la vie. Oui, toutes les cordes sont brisées, tout est ruine ou haillon chez lui. L'âme, l'intelligence, le cœur, les nerfs, tout ce qui produit chez l'homme un élan et le rattache au ciel par le désir ou par le feu du plaisir, tient non pas tant à la musique qu'à un effet pris dans les innombrables effets de la musique, à un accord parfait entre deux voix, ou entre une voix et la chanterelle de son violon. Le vieux singe s'assied sur moi, prend son violon, il joue assez bien, il en tire des sons, je tâche de les imiter, et quand arrive le moment longtemps cherché où il est impossible de distinguer dans la masse du chant quel est le son du violon, quelle est la note sortie de mon gosier, ce vieillard tombe alors en extase, ses yeux morts jettent leurs derniers feux, il est heureux, il se roule à terre comme un homme ivre. Voilà pourquoi il a payé Genovese si cher. Genovese est le seul ténor qui puisse parfois s'accorder avec le timbre de ma voix. Ou nous approchons réellement l'un de l'autre une ou deux fois par soirée, ou le duc se l'imagine; pour cet imaginaire plaisir, il a engagé Genovese, Genovese lui appartient. Nul directeur de théâtre ne peut faire chanter ce ténor sans moi, ni me faire chanter sans lui. Le duc m'a élevée pour satisfaire ce caprice, je lui dois mon talent, ma beauté, sans doute ma fortune. Il mourra dans quelque attaque d'accord parfait. Le sens de l'ouïe est le seul qui ait survécu dans le naufrage de ses facultés, là est le fil par lequel il tient à la vie. De cette souche pourrie il s'élance une pousse vigoureuse. Il y a, m'a-t-on dit, beaucoup d'hommes dans cette situation;

veuille la Madone les protéger ! Tu n'en es pas là, toi ! Tu peux tout ce que tu veux et tout ce que je veux, je le sais.

Vers le matin, le prince Emilio sortit doucement de la chambre et trouva Carmagnola couché en travers de la porte.

— Altesse, dit le gondolier, la duchesse m'avait ordonné de vous remettre ce billet.

Il tendit à son maître un joli petit papier triangulairement plié. Le prince se sentit défaillir, et il rentra pour tomber sur une bergère, car sa vue était troublée, ses mains tremblaient en lisant ceci :

« Cher Emile, votre gondole s'est arrêtée à votre palais,
« vous ne savez donc pas que Cataneo l'a loué pour la
« Tinti. Si vous m'aimez, allez dès ce soir chez Vendra-
« min, qui me dit vous avoir arrangé un appartement chez
« lui. Que dois-je faire ? Faut-il rester à Venise en pré-
« sence de mon mari et de sa cantatrice ? devons-nous
« repartir ensemble pour le Frioul ? Répondez-moi par un
« mot, ne serait-ce que pour me dire quelle était cette
« lettre que vous avez jetée dans la lagune.

                                              « MASSIMILLA DONI. »

L'écriture et la senteur du papier réveillèrent mille souvenirs dans l'âme du jeune Vénitien. Le soleil de l'amour unique jeta sa vive lueur sur l'onde bleue venue de loin, amassée dans l'abîme sans fond, et qui scintilla comme une étoile. Le noble enfant ne put retenir les larmes qui jaillirent de ses yeux en abondance ; car dans la langueur où l'avait mis la fatigue des sens rassasiés, il fut sans force contre le choc de cette divinité pure. Dans son sommeil, la Clarina entendit les larmes ; elle se dressa sur son séant, vit son prince dans une attitude de douleur, elle se précipita à ses genoux, les embrassa.

— On attend toujours la réponse, dit Carmagnola en soulevant la portière.

— Infâme, tu m'as perdu ! s'écria Emilio qui se leva en secouant du pied la Tinti.

Elle le serrait avec tant d'amour, en implorant une explication par un regard, un regard de Samaritaine éplorée, qu'Emilio, furieux de se voir encore entortillé dans cette passion qui l'avait fait déchoir, repoussa la cantatrice par un coup de pied brutal.

— Tu m'as dit de te tuer, meurs, bête venimeuse! s'écria-t-il.

Puis il sortit de son palais, sauta dans sa gondole:

— Rame, cria-t-il à Carmagnola.

— Où? dit le vieux.

— Où tu voudras.

Le gondolier devina son maître et le mena par mille détours dans le Canareggio devant la porte d'un merveilleux palais que vous admirerez quand vous irez à Venise; car aucun étranger n'a manqué de faire arrêter sa gondole à l'aspect de ces fenêtres toutes diverses d'ornement, luttant toutes de fantaisies, à balcons travaillés comme les plus folles dentelles, en voyant les encoignures de ce palais terminées par de longues colonnettes sveltes et tordues, en remarquant ces assises fouillées par un ciseau si capricieux, qu'on ne trouve aucune figure semblable dans les arabesques de chaque pierre. Combien est jolie la porte, et combien mystérieuse est la longue voûte en arcades qui mène à l'escalier! Et qui n'admirerait ces marches où l'art intelligent a cloué, pour le temps que vivra Venise, un tapis riche comme un tapis de Turquie, mais composé de pierres aux mille couleurs incrustées dans un marbre blanc! Vous aimerez les délicieuses fantaisies qui parent les berceaux, dorés comme ceux du palais ducal, et qui rampent au-dessus de vous, en sorte que les merveilles de l'art sont sous vos pieds et sur vos têtes. Quelles ombres douces, quel silence, quelle fraîcheur! Mais quelle gravité dans ce vieux palais, où pour plaire à Emilio comme à Vendramini, son ami, la duchesse avait rassemblé d'anciens meubles vénitiens, et où des mains habiles avaient restauré les plafonds! Venise revivait là tout entière. Non seulement le luxe était noble, mais il était instructif. L'archéologue eût retrouvé là les modèles du beau comme le produisit le Moyen Age, qui prit ses exemples à Venise. On voyait et les premiers plafonds à planches couvertes de dessins fleuretés en or sur des fonds colorés, ou en couleurs sur un fond d'or, et les plafonds en stucs dorés qui, dans chaque coin, offraient une scène à plusieurs personnages, et dans leur milieu les plus belles fresques; genre si ruineux que le Louvre n'en possède pas deux, et que le faste de Louis XIV recula devant de telles profusions pour Versailles. Partout le marbre, le bois et les étoffes avaient servi de matières à des œuvres précieuses. Emilio poussa une porte en chêne sculpté, traversa cette longue galerie qui s'étend à chaque étage d'un bout à l'autre, dans les palais de Venise, et arriva devant une autre porte bien connue qui lui fit battre le cœur. A son aspect, la dame de compagnie sortit d'un immense salon, et le laissa entrer dans un cabinet de travail où il trouva la duchesse à genoux devant une madone. Il venait s'accuser et demander pardon, Massimilla priant le transforma. Lui et Dieu, pas autre chose dans ce cœur! La duchesse se releva simplement, tendit la main à son ami, qui ne la prit pas.

— Gianbattista ne vous a donc pas rencontré hier? lui dit-elle.

— Non, répondit-il.

— Ce contretemps m'a fait passer une cruelle nuit, je craignais tant que vous ne rencontrassiez le duc, dont la perversité m'est tant connue! Quelle idée a eue Vendramini de lui louer votre palais!

— Une bonne idée, Milla, car ton prince est peu fortuné.

Massimilla était si belle de confiance, si magnifique de beauté, si calmée par la présence d'Emilio, qu'en ce moment le prince éprouva, tout éveillé, les sensations de ce cruel rêve qui tourmente les imaginations vives, et dans lequel, après être venu, dans un bal plein de femmes parées, le rêveur s'y voit tout à coup nu, sans chemise; la honte, la peur le flagellent tour à tour, et le réveil seul le délivre de ses angoisses. L'âme d'Emilio se trouvait ainsi devant sa maîtresse. Jusqu'alors cette âme avait été revêtue des plus belles fleurs du sentiment, la débauche l'avait mise dans un état ignoble, et lui seul le savait; car la belle Florentine accordait tant de vertus à son amour, que l'homme aimé par elle devait être incapable de contracter la moindre souillure. Comme Emilio n'avait pas accepté sa main, la duchesse se leva pour passer ses

doigts dans les cheveux qu'avait baisés la Tinti. Elle
sentit alors la main d'Emilio moite, et lui vit le front
humide.

— Qu'avez-vous? lui dit-elle d'une voix à laquelle la
tendresse donna la douceur d'une flûte.

— Je n'ai jamais connu qu'en ce moment la profondeur de mon amour, répondit Emilio.

— Eh! bien, chère idole, que veux-tu? reprit-elle.

A ces paroles, toute la vie d'Emilio se retira de son
cœur. — Qu'ai-je fait pour l'amener à cette parole?
pensa-t-il.

— Emilio, quelle lettre as-tu donc jetée dans la lagune?

— Celle de Vendramini que je n'ai pas achevée, sans
quoi je ne me serais pas rencontré dans mon palais avec le
duc, de qui, sans doute, il me disait l'histoire.

Massimilla pâlit, mais un geste d'Emilio la rassura.

— Reste avec moi toute la journée, nous irons au
théâtre ensemble, ne partons pas pour le Frioul, ta présence m'aidera sans doute à supporter celle de Cataneo,
reprit-elle.

Quoique ce dût être une continuelle torture d'âme pour
l'amant, il consentit avec une joie apparente. Si quelque
chose peut donner une idée de ce que ressentiront les
damnés en se voyant si indignes de Dieu, n'est-ce pas
l'état d'un jeune homme encore pur devant une révérée
maîtresse quand il se sent sur les lèvres le goût d'une
infidélité, quand il apporte dans le sanctuaire de la divinité chérie l'atmosphère empestée d'une courtisane. Baader, qui expliquait dans ses leçons les choses célestes par
des comparaisons érotiques, avait sans doute remarqué,
comme les écrivains catholiques, la grande ressemblance
qui existe entre l'amour humain et l'amour du ciel [22]. Ces
souffrances répandirent une teinte de mélancolie sur les
plaisirs que goûta le Vénitien auprès de sa maîtresse.
L'âme d'une femme a d'incroyables aptitudes pour
s'harmoniser aux sentiments; elle se colore de la couleur,
elle vibre de la note qu'apporte un amant; la duchesse
devint donc songeuse. Les saveurs irritantes qu'allume le
sel de la coquetterie sont loin d'activer l'amour autant que

cette douce conformité d'émotions. Les efforts de la coquetterie indiquent trop une séparation, et quoique momentanée, elle déplaît; tandis que ce partage sympathique annonce la constante fusion des âmes. Aussi le pauvre Emilio fut-il attendri par la silencieuse divination qui faisait pleurer la duchesse sur une faute inconnue. Se sentant plus forte en se voyant inattaquée du côté sensuel de l'amour, la duchesse pouvait être caressante; elle déployait avec hardiesse et confiance son âme angélique, elle la mettait à nu, comme pendant cette nuit diabolique la véhémente Tinti avait montré son corps aux moelleux contours, à la chair souple et drue. Aux yeux d'Emilio, il y avait comme une joute entre l'amour saint de cette âme blanche, et l'amour de la nerveuse et colère Sicilienne. Cette journée fut donc employée en longs regards échangés après de profondes réflexions. Chacun d'eux sondait sa propre tendresse et la trouvait infinie, sécurité qui leur suggérait de douces paroles. La Pudeur, cette divinité qui, dans un moment d'oubli avec l'Amour, enfanta la Coquetterie, n'aurait pas eu besoin de mettre la main sur ses yeux en voyant ces deux amants. Pour toute volupté, pour extrême plaisir, Massimilla tenait la tête d'Emilio sur son sein et se hasardait par moments à imprimer ses lèvres sur les siennes, mais comme un oiseau trempe son bec dans l'eau pure d'une source, en regardant avec timidité s'il est vu. Leur pensée développait ce baiser comme un musicien développe un thème par les modes infinis de la musique, et il produisait en eux des retentissements tumultueux, ondoyants, qui les enfiévraient. Certes, l'idée sera toujours plus violente que le fait; autrement, le désir serait moins beau que le plaisir, et il est plus puissant, il l'engendre. Aussi étaient-ils pleinement heureux, car la jouissance du bonheur amoindrira toujours le bonheur. Mariés dans le ciel seulement, ces deux amants s'admiraient sous leur forme la plus pure, celle de deux âmes enflammées et conjointes dans la lumière céleste, spectacles radieux pour les yeux qu'a touchés la Foi, fertiles surtout en délices infinies que le pinceau des Raphaël, des Titien, des Murillo a su rendre, et que retrouvent à la vue de leurs compositions ceux qui les ont éprouvées. Les grossiers plaisirs prodigués par la Sicilienne, preuve matérielle de cette angélique union, ne doivent-ils pas être dédaignés par les esprits supérieurs ? Le prince se disait ces belles pensées en se trouvant abattu dans une langueur divine sur la fraîche, blanche et souple poitrine de Massimilla, sous les tièdes rayons de ses yeux à longs cils brillants, et il se perdait dans l'infini de ce libertinage idéal. En ces moments, Massimilla devenait une de ces vierges célestes entrevues dans les rêves, que le chant du coq fait disparaître, mais que vous reconnaissez au sein de leur sphère lumineuse dans quelques œuvres des glorieux peintres du ciel.

Le soir les deux amants se rendirent au théâtre. Ainsi va la vie italienne : le matin l'amour, le soir la musique, la nuit le sommeil. Combien cette existence est préférable à celle des pays où chacun emploie ses poumons et ses forces à politiquer, sans plus pouvoir changer à soi seul la marche des choses qu'un grain de sable ne peut faire la poussière. La liberté, dans ces singuliers pays, consiste à disputailler sur la chose publique, à se garder soi-même, se dissiper en mille occupations patriotiques plus sottes les unes que les autres, en ce qu'elles dérogent au noble et saint égoïsme qui engendre toutes les grandes choses humaines. A Venise, au contraire, l'amour et ses mille liens, une douce occupation des joies réelles prend et enveloppe le temps. Dans ce pays l'amour est chose si naturelle que la duchesse était regardée comme une femme extraordinaire, car chacun avait la conviction de sa pureté, malgré la violence de la passion d'Emilio. Aussi les femmes plaignaient-elles sincèrement ce pauvre jeune homme qui passait pour victime de la sainteté de celle qu'il aimait. Personne n'osait d'ailleurs blâmer la duchesse : la religion est une puissance aussi vénérée que l'amour. Tous les soirs, au théâtre, la loge de la Cataneo était lorgnée la première, et chaque femme disait à son ami, en montrant la duchesse et son amant :

— Où en sont-ils ?

L'ami observait Emilio, cherchait en lui quelques indices du bonheur et n'y trouvait que l'expression d'un amour pur et mélancolique. Dans toute la salle, en visi-

tant chaque loge, les hommes disaient alors aux femmes : — La Cataneo n'est pas encore à Emilio.

— Elle a tort, disaient les vieilles femmes, elle le
lassera.

— *Forse,* répondaient les jeunes femmes avec cette
solennité que les Italiens mettent en disant ce grand mot
qui répond a beaucoup de choses ici-bas.

Quelques femmes s'emportaient, trouvaient la chose
de mauvais exemple et disaient que c'était mal entendre
la religion que de lui laisser étouffer l'amour.

— Aimez-le donc, ma chère, disait tout bas la Vulpato
à la duchesse en la rencontrant dans l'escalier à la sortie.

— Mais je l'aime de toutes mes forces, répondait-elle.

— Pourquoi donc n'a-t-il pas l'air heureux ?

La duchesse répondait par un petit mouvement
d'épaule. Nous ne concevrions pas, dans la France
comme nous l'a faite la manie des mœurs anglaises qui y
gagne, le sérieux que la société vénitienne mettait à cette
investigation. Vendramini connaissait seul le secret
d'Emilio, secret bien gardé entre deux hommes qui
avaient réuni chez eux leurs écussons en mettant dessus :
Non amici, fratres [23].

L'ouverture d'une saison est un événement à Venise
comme dans toutes les autres capitales de l'Italie ; aussi la
Fenice était-elle pleine ce soir-là.

Les cinq heures de nuit que l'on passe au théâtre jouent
un si grand rôle dans la vie italienne, qu'il n'est pas
inutile d'expliquer les habitudes créées par cette manière
d'employer le temps. En Italie, les loges diffèrent de
celles des autres pays, en ce sens que partout ailleurs les
femmes veulent être vues, et que les Italiennes se sou-
cient fort peu de se donner en spectacle. Leurs loges
forment un carré long [24] également coupé en biais et sur
le théâtre et sur le corridor. A droite et à gauche sont deux
canapés, à l'extrémité desquels se trouvent deux fau-
teuils, l'un pour la maîtresse de la loge, l'autre pour sa
compagne, quand elle en amène une. Ce cas est assez
rare. Chaque femme est trop occupée chez elle pour faire
des visites ou pour aimer en recevoir ; aucune d'ailleurs
ne se soucie de se procurer une rivale. Ainsi, une Ita-

lienne règne presque toujours sans partage dans sa loge :
là, les mères ne sont point esclaves de leurs filles, les
filles ne sont point embarrassées de leurs mères ; en sorte
que les femmes n'ont avec elles ni enfants ni parents qui
les censurent, les espionnent, les ennuient ou se jettent au
travers de leurs conversations. Sur le devant, toutes les
loges sont drapées en soie d'une couleur et d'une façon
uniformes. De cette draperie pendent des rideaux de
même couleur qui restent fermés quand la famille à laquelle la loge appartient est en deuil. A quelques exceptions près, et à Milan seulement, les loges ne sont point
éclairées intérieurement ; elles ne tirent leur jour que de la
scène ou d'un lustre peu lumineux, que, malgré de vives
protestations, quelques villes ont laissé mettre dans la
salle ; mais, à la faveur des rideaux, elles sont encore
assez obscures, et, par la manière dont elles sont disposées, le fond est assez ténébreux pour qu'il soit très
difficile de savoir ce qui s'y passe. Ces loges, qui peuvent
contenir environ huit à dix personnes, sont tendues en
riches étoffes de soie, les plafonds sont agréablement
peints et allégis [25] par des couleurs claires, enfin les
boiseries sont dorées. On y prend des glaces et des sor-
bets, on y croque des sucreries, car il n'y a plus que les
gens de la classe moyenne qui y mangent. Chaque loge
est une propriété immobilière d'un haut prix, il en est
d'une valeur de trente mille livres ; à Milan, la famille
Litta en possède trois qui se suivent. Ces faits indiquent la
haute importance attachée à ce détail de la vie oisive. La
causerie est souveraine absolue dans cet espace, qu'un
des écrivains les plus ingénieux de ce temps, et l'un de
ceux qui ont le mieux observé l'Italie, Stendhal, a nommé
un petit salon dont la fenêtre donne sur un parterre [26]. En
effet, la musique et les enchantements de la scène sont
purement accessoires, le grand intérêt est dans les
conversations qui s'y tiennent, dans les grandes petites
affaires de cœur qui s'y traitent, dans les rendez-vous qui
s'y donnent, dans les récits et les observations qui s'y
parfilent [27]. Le théâtre est la réunion économique de toute
une société qui s'examine et s'amuse d'elle-même.
    Les hommes admis dans la loge se mettent les uns

après les autres, dans l'ordre de leur arrivée, sur l'un ou l'autre sofa. Le premier venu se trouve naturellement auprès de la maîtresse de la loge ; mais quand les deux sofas sont occupés, s'il arrive une nouvelle visite, le plus ancien brise la conversation, se lève et s'en va. Chacun avance alors d'une place, et passe à son tour auprès de la souveraine. Ces causeries futiles, ces entretiens sérieux, cet élégant badinage de la vie italienne, ne sauraient avoir lieu sans un laisser-aller général. Aussi les femmes sont-elles libres d'être ou de n'être pas parées, elles sont si bien chez elles qu'un étranger admis dans leur loge peut les aller voir le lendemain dans leur maison. Le voyageur ne comprend pas de prime abord cette vie de spirituelle oisiveté, ce *dolce far niente* embelli par la musique. Un long séjour, une habile observation, peuvent seuls révéler à un étranger le sens de la vie italienne qui ressemble au ciel pur du pays, et où le riche ne veut pas un nuage. Le noble se soucie peu du maniement de sa fortune ; il laisse l'administration de ses biens à des intendants *(ragionati)* qui le volent et le ruinent ; il n'a pas l'élément politique qui l'ennuierait bientôt, il vit donc uniquement par la passion, et il en remplit ses heures. De là, le besoin qu'éprouvent l'ami et l'amie d'être toujours en présence pour se satisfaire ou pour se garder, car le grand secret de cette vie est l'amant tenu sous le regard pendant cinq heures par une femme qui l'a occupé durant la matinée. Les mœurs italiennes comportent donc une continuelle jouissance et entraînent une étude des moyens propres à l'entretenir, cachée d'ailleurs sous une apparente insouciance. C'est une belle vie, mais une vie coûteuse, car dans aucun pays il ne se rencontre autant d'hommes usés.

La loge de la duchesse était au rez-de-chaussée, qui s'appelle à Venise *pepiano ;* elle s'y plaçait toujours de manière à recevoir la lueur de la rampe, en sorte que sa belle tête, doucement éclairée, se détachait bien sur le clair-obscur. La Florentine attirait le regard par son front volumineux d'un blanc de neige, et couronné de ses nattes de cheveux noirs qui lui donnaient un air vraiment royal, par la finesse calme de ses traits qui rappelaient la tendre noblesse des têtes d'Andrea del Sarto, par la coupe

de son visage et l'encadrement des yeux, par ses yeux de
velours qui communiquaient le ravissement de la femme
rêvant au bonheur, pure encore dans l'amour, à la fois
majestueuse et jolie.

Au lieu de *Mosè* [28] par où devait débuter la Tinti en
compagnie de Genovese, l'on donnait *il Barbiere* où le
ténor chantait sans la célèbre *prima donna*. L'*impresario*
s'était dit contraint à changer le spectacle par une indisposition de la Tinti, et en effet le duc Cataneo ne vint pas
au théâtre. Était-ce un habile calcul de l'*impresario* pour
obtenir deux pleines recettes, en faisant débuter Genovese et la Clarina l'un après l'autre, ou l'indisposition
annoncée par la Tinti était-elle vraie ? Là où le parterre
pouvait discuter, Emilio devait avoir une certitude ; mais
quoique la nouvelle de cette indisposition lui causât quelque remords en lui rappelant la beauté de la chanteuse et
sa brutalité, cette double absence mit également à l'aise le
prince et la duchesse. Genovese chanta d'ailleurs de manière à chasser les souvenirs nocturnes de l'amour impur
et à prolonger les saintes délices de cette suave journée.
Heureux d'être seul à recueillir les applaudissements, le
ténor déploya les merveilles de ce talent devenu depuis
européen. Genovese, alors âgé de vingt-trois ans, né à
Bergame, élève de Veluti [29], passionné pour son art, bien
fait, d'une agréable figure, habile à saisir l'esprit de ses
rôles, annonçait déjà le grand artiste promis à la gloire et
à la fortune. Il eut un succès fou, mot qui n'est juste
qu'en Italie, où la reconnaissance d'un parterre a je ne
sais quoi de frénétique pour qui lui donne une jouissance.

Quelques-uns des amis du prince vinrent le féliciter sur
son héritage, et redire les nouvelles. La veille au soir, la
Tinti, amenée par le duc Cataneo, avait chanté à la soirée
de la Vulpato où elle avait paru aussi bien portante que
belle en voix, sa maladie improvisée excitait donc de
grands commentaires. Selon les bruits du café Florian,
Genovese était passionnément épris de la Tinti ; la Tinti
voulait se soustraire à ses déclarations d'amour, et l'entrepreneur n'avait pu les décider à paraître ensemble. A
entendre le général autrichien, le duc seul était malade, la
Tinti le gardait, et Genovese avait été chargé de consoler

le parterre. La duchesse devait la visite du général à l'arrivée d'un médecin français qu'il avait voulu lui présenter. Le prince, apercevant Vendramin qui rôdait autour du parterre, sortit pour causer confidentiellement avec cet ami qu'il n'avait pas vu depuis trois mois, et tout en se promenant dans l'espace qui existe entre les banquettes des parterres italiens et les loges du rez-de-chaussée, il put examiner comment la duchesse accueillait l'étranger.

— Quel est ce Français ? demanda le prince à Vendramin.

— Un médecin mandé par Cataneo qui veut savoir combien de temps il peut vivre encore. Ce Français attend Malfatti, avec lequel la consultation aura lieu.

Comme toutes les dames italiennes qui aiment, la duchesse ne cessait de regarder Emilio ; car en ce pays l'abandon d'une femme est si entier, qu'il est difficile de surprendre un regard expressif détourné de sa source.

— *Caro*, dit le prince à Vendramin, songe que j'ai couché chez toi cette nuit.

— As-tu vaincu ? répondit Vendramin en serrant le prince par la taille.

— Non, repartit Emilio, mais je crois pouvoir être quelque jour heureux avec Massimilla.

— Eh ! bien, reprit Marco, tu seras l'homme le plus envié de la terre. La duchesse est la femme la plus accomplie de l'Italie. Pour moi, qui vois les choses d'ici-bas à travers les brillantes vapeurs des griseries de l'opium, elle m'apparaît comme la plus haute expression de l'art, car vraiment la nature a fait en elle, sans s'en douter, un portrait de Raphaël. Votre passion ne déplaît pas à Cataneo, qui m'a bel et bien compté mille écus que j'ai à te remettre.

— Ainsi, reprit Emilio, quoi que l'on te dise, je couche toutes les nuits chez toi. Viens, car une minute passée loin d'elle, quand je puis être près d'elle, est un supplice.

Emilio prit sa place au fond de la loge et y resta muet dans son coin à écouter la duchesse, en jouissant de son esprit et de sa beauté. C'était pour lui et non par vanité que Massimilla déployait les grâces de cette conversation prodigieuse d'esprit italien, où le sarcasme tombait sur les choses et non sur les personnes, où la moquerie frappait sur les sentiments moquables, où le sel attique accommodait les riens. Partout ailleurs, la Cataneo eût peut-être été fatigante ; les Italiens, gens éminemment intelligents, aiment peu à tendre leur intelligence hors de propos ; chez eux, la causerie est tout unie et sans efforts ; elle ne comporte jamais, comme en France, un assaut de maîtres d'armes où chacun fait briller son fleuret, et où celui qui n'a rien pu dire est humilié. Si chez eux la conversation brille, c'est par une satire molle et voluptueuse qui se joue avec grâce de faits bien connus, et au lieu d'une épigramme qui peut compromettre, les Italiens se jettent un regard ou un sourire d'une indicible expression. Avoir à comprendre des idées là où ils viennent chercher des jouissances, est selon eux, et avec raison, un ennui. Aussi la Vulpato disait-elle à la Cataneo : — « Si tu l'aimais, tu ne causerais pas si bien. » Emilio ne se mêlait jamais à la conversation, il écoutait et regardait. Cette réserve aurait fait croire à beaucoup d'étrangers que le prince était un homme nul, comme ils l'imaginent des Italiens épris, tandis que c'était tout simplement un amant enfoncé dans sa jouissance jusqu'au cou. Vendramin s'assit à côté du prince, en face du Français, qui, en sa qualité d'étranger, garda sa place au coin opposé à celui qu'occupait la duchesse.

— Ce monsieur est ivre ? dit le médecin à voix basse à l'oreille de la Massimilla en examinant Vendramin.

— Oui, répondit simplement la Cataneo.

Dans ce pays de la passion, toute passion porte son excuse avec elle, et il existe une adorable indulgence pour tous les écarts. La duchesse soupira profondément et laissa paraître sur son visage une expression de douleur contrainte.

— Dans notre pays, il se voit d'étranges choses, monsieur ! Vendramin vit d'opium, celui-ci vit d'amour, celui-là s'enfonce dans la science, la plupart des jeunes gens riches s'amourachent d'une danseuse, les gens sages thésaurisent ; nous nous faisons tous un bonheur ou une ivresse.

— Parce que vous voulez tous vous distraire d'une idée fixe qu'une révolution guérirait radicalement, reprit le médecin. Le Génois regrette sa république, le Milanais veut son indépendance, le Piémontais souhaite le gouvernement constitutionnel, le Romagnol désire la liberté…

— Qu'il ne comprend pas, dit la duchesse. Hélas! il est des pays assez insensés pour souhaiter votre stupide charte qui tue l'influence des femmes. La plupart de mes compatriotes veulent lire vos productions françaises, inutiles billevesées.

— Inutiles! s'écria le médecin.

— Hé! monsieur, reprit la duchesse, que trouve-t-on dans un livre qui soit meilleur que ce que nous avons au cœur! L'Italie est folle!

— Je ne vois pas qu'un peuple soit fou de vouloir être son maître, dit le médecin.

— Mon Dieu, répliqua vivement la duchesse, n'est-ce pas acheter au prix de bien du sang le droit de s'y disputer comme vous le faites pour de sottes idées.

— Vous aimez le despotisme! s'écria le médecin.

— Pourquoi n'aimerais-je pas un système de gouvernement qui, en nous ôtant les livres et la nauséabonde politique, nous laisse les hommes tout entiers.

— Je croyais les Italiens plus patriotes, dit le Français.

La duchesse se mit à rire si finement, que son interlocuteur ne sut plus distinguer la raillerie de la vérité, ni l'opinion sérieuse de la critique ironique.

— Ainsi, vous n'êtes pas libérale? dit-il.

— Dieu m'en préserve! fit-elle. Je ne sais rien de plus mauvais goût pour une femme que d'avoir une semblable opinion. Aimeriez-vous une femme qui porterait l'Humanité dans son cœur?

— Les personnes qui aiment sont naturellement aristocrates, dit en souriant le général autrichien.

— En entrant au théâtre, reprit le Français, je vous vis la première, et je dis à Son Excellence que s'il était donné à une femme de représenter un pays, c'était vous; il m'a semblé apercevoir le génie de l'Italie, mais je vois à regret que si vous en offrez la sublime forme, vous n'en avez pas l'esprit… constitutionnel, ajouta-t-il.

— Ne devez-vous pas, dit la duchesse en lui faisant
signe de regarder le ballet, trouver nos danseurs détestables, et nos chanteurs exécrables ! Paris et Londres nous
volent tous nos grands talents, Paris les juge, et Londres
les paie. Genovese, la Tinti, ne nous resteront pas six
mois...

En ce moment, le général sortit. Vendramin, le prince
et deux autres Italiens échangèrent alors un regard et un
sourire en se montrant le médecin français. Chose rare
chez un Français, il douta de lui-même en croyant avoir
dit ou fait une incongruité, mais il eut bientôt le mot de
l'énigme.

— Croyez-vous, lui dit Emilio, que nous serions pru-
dents en parlant à cœur ouvert devant nos maîtres ?

— Vous êtes dans un pays esclave, dit la duchesse
d'un son de voix et avec une attitude de tête qui lui
rendirent tout à coup l'expression que lui déniait naguère
le médecin. — Vendramin, dit-elle en parlant de manière
à n'être entendue que de l'étranger, s'est mis à fumer de
l'opium[30], maudite inspiration due à un Anglais qui, par
d'autres raisons que les siennes, cherchait une mort voluptueuse ; non cette mort vulgaire à laquelle vous avez
donné la forme d'un squelette, mais la mort parée des
chiffons que vous nommez en France des drapeaux, et qui
est une jeune fille couronnée de fleurs et de lauriers ; elle
arrive au sein d'un nuage de poudre, portée sur le vent
d'un boulet, ou couchée sur un lit entre deux courtisanes ;
elle s'élève encore de la fumée d'un bol de punch, ou des
lutines vapeurs du diamant qui n'est encore qu'à l'état de
charbon. Quand Vendramin le veut, pour trois livres
autrichiennes, il se fait général vénitien, il monte les
galères de la république, et va conquérir les coupoles
dorées de Constantinople ; il se roule alors sur les divans
du sérail, au milieu des femmes du sultan devenu le
serviteur de sa Venise triomphante. Puis il revient, rap-
portant pour restaurer son palais les dépouilles de l'empire turc. Il passe des femmes de l'Orient aux intrigues
doublement masquées de ses chères Vénitiennes, en re-
doutant les effets d'une jalousie qui n'existe plus. Pour
trois *swansiks*[31], il se transporte au conseil des Dix, il en

exerce la terrible judicature, s'occupe des plus graves affaires, et sort du palais ducal pour aller dans une gondole se coucher sous deux yeux de flamme, ou pour aller escalader un balcon auquel une main blanche a suspendu l'échelle de soie ; il aime une femme à qui l'opium donne une poésie que nous autres femmes de chair et d'os ne pouvons lui offrir. Tout à coup, en se retournant, il se trouve face à face avec le terrible visage du sénateur armé d'un poignard ; il entend le poignard glissant dans le cœur de sa maîtresse qui meurt en lui souriant, car elle le sauve ! elle est bien heureuse, dit la duchesse en regardant le prince. Il s'échappe et court commander les Dalmates, conquérir la côte illyrienne à sa belle Venise, où la gloire lui obtient sa grâce, où il goûte la vie domestique : un foyer, une soirée d'hiver, une jeune femme, des enfants pleins de grâce qui prient saint Marc sous la conduite d'une vieille bonne. Oui, pour trois livres d'opium il meuble notre arsenal vide, il voit partir et arriver des convois de marchandises envoyées ou demandées par les quatre parties du monde. La moderne puissance de l'industrie n'exerce pas ses prodiges à Londres, mais dans sa Venise, où se reconstruisent les jardins suspendus de Sémiramis, le temple de Jérusalem, les merveilles de Rome. Enfin il agrandit le Moyen Age par le monde de la vapeur, par de nouveaux chefs-d'œuvre qu'enfantent les arts, protégés comme Venise les protégeait autrefois. Les monuments, les hommes, se pressent et tiennent dans son étroit cerveau, où les empires, les villes, les révolutions se déroulent et s'écroulent en peu d'heures, où Venise seule s'accroît et grandit ; car la Venise de ses rêves a l'empire de la mer, deux millions d'habitants, le sceptre de l'Italie, la possession de la Méditerranée et les Indes !

— Quel opéra qu'une cervelle d'homme, quel abîme peu compris, par ceux mêmes qui en ont fait le tour, comme Gall, s'écria le médecin.

— Chère duchesse, dit Vendramin d'une voix caverneuse, n'oubliez pas le dernier service que me rendra mon élixir. Après avoir entendu des voix ravissantes, après avoir saisi la musique par tous mes pores, avoir éprouvé de poignantes délices, et dénoué les plus chaudes amours du paradis de Mahomet, j'en suis aux images terribles. J'entrevois maintenant dans ma chère Venise des figures d'enfants contractées comme celles des mourants, des femmes couvertes d'horribles plaies, déchirées, plaintives ; des hommes disloqués, pressés par les flancs cuivreux de navires qui s'entrechoquent. Je commence à voir Venise comme elle est, couverte de crêpes, nue, dépouillée, déserte. De pâles fantômes se glissent dans ses rues !... Déjà grimacent les soldats de l'Autriche, déjà ma belle vie rêveuse se rapproche de la vie réelle ; tandis qu'il y a six mois c'était la vie réelle qui était le mauvais sommeil, et la vie de l'opium était ma vie d'amour et de voluptés, d'affaires graves et de haute politique. Hélas ! pour mon malheur, j'arrive à l'aurore de la tombe, où le faux et le vrai se réunissent en de douteuses clartés qui ne sont ni le jour ni la nuit, et qui participent de l'un et de l'autre.

— Vous voyez qu'il y a trop de patriotisme dans cette tête, dit le prince en posant sa main sur les touffes de cheveux noirs qui se pressaient au-dessus du front de Vendramin.

— Oh ! s'il nous aime, dit Massimilla, il renoncera bientôt à son triste opium.

— Je guérirai votre ami, dit le Français.

— Faites cette cure, et nous vous aimerons, dit Massimilla ; mais si vous ne nous calomniez point à votre retour en France, nous vous aimerons encore davantage. Pour être jugés, les pauvres Italiens sont trop énervés par de pesantes dominations ; car nous avons connu la vôtre, ajouta-t-elle en souriant.

— Elle était plus généreuse que celle de l'Autriche, répliqua vivement le médecin.

— L'Autriche nous pressure sans rien nous rendre, et vous nous pressuriez pour agrandir et embellir nos villes, vous nous stimuliez en nous faisant des armées. Vous comptiez garder l'Italie, et ceux-ci croient qu'ils la perdront, voilà toute la différence. Les Autrichiens nous donnent un bonheur stupéfiant et lourd comme eux, tandis que vous nous écrasiez de votre dévorante activité. Mais mourir par les toniques, ou mourir par les narcotiques, qu'importe ! n'est-ce pas toujours la mort, monsieur le docteur ?

— Pauvre Italie ! elle est à mes yeux comme une belle femme à qui la France devrait servir de défenseur, en la prenant pour maîtresse, s'écria le médecin.

— Vous ne sauriez pas nous aimer à notre fantaisie, dit la duchesse en souriant. Nous voulons être libres, mais la liberté que je veux n'est pas votre ignoble et bourgeois libéralisme qui tuerait les Arts. Je veux, dit-elle d'un son de voix qui fit tressaillir toute la loge, c'est-à-dire je voudrais que chaque république italienne renaquît avec ses nobles, avec son peuple et ses libertés spéciales pour chaque caste. Je voudrais les anciennes républiques aristocratiques avec leurs luttes intestines, avec leurs rivalités qui produisirent les plus belles œuvres de l'art, qui créèrent la politique, élevèrent les plus illustres maisons princières. Étendre l'action d'un gouvernement sur une grande surface de terre, c'est l'amoindrir. Les républiques italiennes ont été la gloire de l'Europe au Moyen Age. Pourquoi l'Italie a-t-elle succombé, là où les Suisses, ses portiers, ont vaincu ?

— Les républiques suisses, dit le médecin, étaient de bonnes femmes de ménage occupées de leurs petites affaires, et qui n'avaient rien à s'envier ; tandis que vos républiques étaient des souveraines orgueilleuses qui se sont vendues pour ne pas saluer leurs voisines ; elles sont tombées trop bas pour jamais se relever. Les Guelfes triomphent !

— Ne nous plaignez pas trop, dit la duchesse d'une voix orgueilleuse qui fit palpiter les deux amis, nous vous dominons toujours ! Du fond de sa misère, l'Italie règne par les hommes d'élite qui fourmillent dans ses cités. Malheureusement, la partie la plus considérable de nos génies arrive si rapidement à comprendre la vie, qu'ils s'ensevelissent dans une pénible jouissance ; quant à ceux qui veulent jouer au triste jeu de l'immortalité, ils savent bien saisir votre or et mériter votre admiration. Oui, dans ce pays, dont l'abaissement est déploré par de niais voyageurs et par des poètes hypocrites, dont le caractère est calomnié par les politiques, dans ce pays qui paraît énervé, sans puissance, en ruines, vieilli plutôt que vieux, il se trouve en toutes choses de puissants génies qui poussent de vigoureux rameaux, comme sur un ancien plant de vigne s'élancent des jets où viennent de délicieuses grappes. Ce peuple d'anciens souverains donne encore des rois qui s'appellent Lagrange, Volta, Rasori, Canova, Rossini, Bartolini, Galvani, Vigano, Beccaria, Cicognara, Corvetto. Ces Italiens dominent le point de la science humaine sur lequel ils se fixent, ou régentent l'art auquel ils s'adonnent. Sans parler des chanteurs, des cantatrices, et des exécutants qui imposent l'Europe par une perfection inouïe, comme Taglioni, Paganini, etc., l'Italie règne encore sur le monde, qui viendra toujours l'adorer. Allez ce soir à Florian, vous trouverez dans Capraja l'un de nos hommes d'élite, mais amoureux de l'obscurité ; nul, excepté le duc Cataneo, mon maître, ne comprend mieux que lui la musique ; aussi l'a-t-on nommé ici *il fanatico* !

Après quelques instants, pendant lesquels la conversation s'anima entre le Français et la duchesse, qui se montra finement éloquente, les Italiens se retirèrent un à un pour aller dire dans toutes les loges que la Cataneo, qui passait pour être *una donna di gran spirito*, avait battu, sur la question de l'Italie, un habile médecin français. Ce fut la nouvelle de la soirée. Quand le Français se vit seul entre le prince et la duchesse, il comprit qu'il fallait les laisser seuls, et sortit. Massimilla salua le médecin par une inclination de la tête qui le mettait si loin d'elle, que ce geste aurait pu lui attirer la haine de cet homme, s'il eût pu méconnaître le charme de sa parole et de sa beauté. Vers la fin de l'opéra, Emilio fut donc seul avec la Cataneo ; tous deux ils se prirent la main, et entendirent ainsi le duo qui termine *il Barbiere*.

— Il n'y a que la musique pour exprimer l'amour, dit la duchesse émue par ce chant de deux rossignols heureux.

Une larme mouilla les yeux d'Emilio, Massimilla, sublime de la beauté qui reluit dans la sainte Cécile de Raphaël[32] lui pressait la main, leurs genoux se touchaient, elle avait comme un baiser en fleur sur les lèvres.

Le prince voyait sur les joues éclatantes de sa maîtresse un flamboiement joyeux pareil à celui qui s'élève par un jour d'été au-dessus des moissons dorées, il avait le cœur oppressé par tout son sang qui y affluait ; il croyait entendre un concert de voix angéliques, il aurait donné sa vie pour ressentir le désir que lui avait inspiré la veille, à pareille heure, la détestée Clarina ; mais il ne se sentait même pas avoir un corps. Cette larme, la Massimilla malheureuse l'attribua, dans son innocence, à la parole que venait de lui arracher la cavatine de Genovese.

— *Carino*, dit-elle à l'oreille d'Emilio, n'es-tu pas au-dessus des expressions amoureuses autant que la cause est supérieure à l'effet ?

Après avoir mis la duchesse dans sa gondole, Emilio attendit Vendramin pour aller à Florian.

Le café Florian est à Venise une indéfinissable institution. Les négociants y font leurs affaires, et les avocats y donnent des rendez-vous pour y traiter leurs consultations les plus épineuses. Florian est tout à la fois une Bourse, un foyer de théâtre, un cabinet de lecture, un club, un confessionnal, et convient si bien à la simplicité des affaires du pays, que certaines femmes vénitiennes ignorent complètement le genre d'occupations de leurs maris, car s'ils ont une lettre à faire, ils vont l'écrire à ce café. Naturellement les espions abondent à Florian, mais leur présence aiguise le génie vénitien, qui peut dans ce lieu exercer cette prudence autrefois si célèbre. Beaucoup de personnes passent toute leur journée à Florian ; enfin Florian est un tel besoin pour certaines gens, que pendant les entractes, ils quittent la loge de leurs amies pour y faire un tour et savoir ce qui s'y dit.

Tant que les deux amis marchèrent dans les petites rues de la Merceria [33], ils gardèrent le silence, car il y avait trop de compagnie ; mais, en débouchant sur la place Saint-Marc, le prince dit : — N'entrons pas encore au café, promenons-nous. J'ai à te parler.

Il raconta son aventure avec la Tinti, et la situation dans laquelle il se trouvait. Le désespoir d'Emilio parut à Vendramin si voisin de la folie, qu'il lui promit une guérison complète, s'il voulait lui donner carte blanche

auprès de Massimilla. Cette espérance vint à propos pour
empêcher Emilio de se noyer pendant la nuit; car, au
souvenir de la cantatrice, il éprouvait une effroyable
envie de retourner chez elle. Les deux amis allèrent dans
le salon le plus reculé du café Florian y écouter cette
conversation vénitienne qu'y tiennent quelques hommes
d'élite, en résumant les événements du jour. Les sujets
dominants furent d'abord la personnalité de lord Byron,
de qui les Vénitiens se moquèrent finement; puis l'attachement de Cataneo pour la Tinti, dont les causes paru-
rent inexplicables, après avoir été expliquées de vingt
façons différentes; enfin le début de Genovese; puis la
lutte entre la duchesse et le médecin français; et le duc
Cataneo se présenta dans le salon au moment où la
conversation devenait passionnément musicale. Il fit, ce
qui ne fut pas remarqué tant la chose parut naturelle, un
salut plein de courtoisie à Emilio, qui le lui rendit gravement. Cataneo chercha s'il y avait quelque personne de
connaissance; il avisa Vendramin et le salua, puis il salua
son banquier, patricien fort riche, et enfin celui qui parlait
en ce moment, un mélomane célèbre, ami de la comtesse
Albrizzi, et dont l'existence, comme celle de quelques
habitués de Florian, était totalement inconnue, tant elle
était soigneusement cachée: on n'en connaissait que ce
qu'il en livrait à Florian.

C'était Capraja, le noble de qui la duchesse avait dit
quelques mots au médecin français. Ce Vénitien appartenait à cette classe de rêveurs qui devinent tout par la
puissance de leur pensée. Théoricien fantasque, il se
souciait autant de renommée que d'une pipe cassée. Sa
vie était en harmonie avec ses opinions. Capraja se montrait sous les procuraties vers dix heures du matin, sans
qu'on sût d'où il vînt, il flânait dans Venise et s'y promenait en fumant des cigares. Il allait régulièrement à la
Fenice, s'asseyait au parterre, et dans les entractes venait
à Florian, où il prenait trois ou quatre tasses de café par
jour; le reste de la soirée s'achevait dans ce salon, qu'il
quittait vers deux heures du matin. Douze cents francs
satisfaisaient à tous ses besoins, il ne faisait qu'un seul
repas chez un pâtissier de la Merceria qui lui tenait son

dîner prêt à une certaine heure sur une petite table au fond de sa boutique; la fille du pâtissier lui accommodait elle-même des huîtres farcies, l'approvisionnait de cigares, et avait soin de son argent. D'après son conseil, cette pâtissière, quoique très belle, n'écoutait aucun amoureux, vivait sagement, et conservait l'ancien costume des Vénitiennes. Cette Vénitienne pur sang avait douze ans quand Capraja s'y intéressa, et vingt-six quand il mourut; elle l'aimait beaucoup, quoiqu'il ne lui eût jamais baisé la main, ni le front, et qu'elle ignorât complètement les intentions de ce pauvre vieux noble. Cette fille avait fini par prendre sur le patricien l'empire absolu d'une mère sur son enfant; elle l'avertissait de changer de linge; le lendemain, Capraja venait sans chemise, elle lui en donnait une blanche qu'il emportait et mettait le jour suivant. Il ne regardait jamais une femme, soit au théâtre, soit en se promenant. Quoique issu d'une vieille famille patricienne, sa noblesse ne lui paraissait pas valoir une parole; le soir après minuit, il se réveillait de son apathie, causait et montrait qu'il avait tout observé, tout écouté. Ce Diogène passif et incapable d'expliquer sa doctrine, moitié Turc, moitié Vénitien, était gros, court et gras; il avait le nez pointu d'un doge, le regard satirique d'un inquisiteur, une bouche prudente quoique rieuse. A sa mort, on apprit qu'il demeurait, proche San-Benedetto, dans un bouge. Riche de deux millions dans les fonds publics de l'Europe, il en laissa les intérêts dus depuis le placement primitif fait en 1814, ce qui produisait une somme énorme, tant par l'augmentation du capital que par l'accumulation des intérêts. Cette fortune fut léguée à la jeune pâtissière.

— Genovese, disait-il, ira fort loin. Je ne sais s'il comprend la destination de la musique ou s'il agit par instinct, mais voici le premier chanteur qui m'ait satisfait. Je ne mourrai donc pas sans avoir entendu des roulades exécutées comme j'en ai souvent écouté dans certains songes au réveil desquels il me semblait voir voltiger les sons dans les airs. La roulade [34] est la plus haute expression de l'art, c'est l'arabesque qui orne le plus bel appartement du logis; un peu moins, il n'y a rien; un peu plus.

tout est confus. Chargée de réveiller dans votre âme mille idées endormies, elle s'élance, elle traverse l'espace en semant dans l'air ses germes qui, ramassés par les oreilles, fleurissent au fond du cœur. Croyez-moi, en faisant sa sainte Cécile, Raphaël a donné la priorité à la musique sur la poésie. Il a raison, la musique s'adresse au cœur, tandis que les écrits ne s'adressent qu'à l'intelligence ; elle communique immédiatement ses idées à la manière des parfums. La voix du chanteur vient frapper en nous non pas la pensée, non pas les souvenirs de nos félicités, mais les éléments de la pensée, et fait mouvoir les principes mêmes de nos sensations. Il est déplorable que le vulgaire ait forcé les musiciens à plaquer leurs expressions sur des paroles, sur des intérêts factices ; mais il est vrai qu'ils ne seraient plus compris par la foule. La roulade est donc l'unique point laissé aux amis de la musique pure, aux amoureux de l'art tout nu. En entendant ce soir la dernière cavatine, je me suis cru convié par une belle fille qui par un seul regard m'a rendu jeune ; l'enchanteresse m'a mis une couronne sur la tête et m'a conduit à cette porte d'ivoire par où l'on entre dans le pays mystérieux de la Rêverie. Je dois à Genovese d'avoir quitté ma vieille enveloppe pour quelques moments, courts à la mesure des montres et bien longs par les sensations. Pendant un printemps embaumé par les roses, je me suis trouvé jeune, aimé !

— Vous vous trompez, *caro* Capraja, dit le duc. Il existe en musique un pouvoir plus magique que celui de la roulade.

— Lequel ? dit Capraja.

— L'accord de deux voix ou d'une voix et du violon, l'instrument dont l'effet se rapproche le plus de la voix humaine, répondit le duc. Cet accord parfait nous mène plus avant dans le centre de la vie sur le fleuve d'éléments qui ranime les voluptés et qui porte l'homme au milieu de la sphère lumineuse où sa pensée peut convoquer le monde entier. Il te faut encore un thème, Capraja, mais à moi le principe pur suffit ; tu veux que l'eau passe par les mille canaux du machiniste pour retomber en gerbes éblouissantes ; tandis que je me contente d'une eau calme et pure, mon œil parcourt une mer sans rides, je sais embrasser l'infini !

— Tais-toi, Cataneo, dit orgueilleusement Capraja. Comment, ne vois-tu pas la fée qui, dans sa course agile à travers une lumineuse atmosphère, y rassemble, avec le fil d'or de l'harmonie, les mélodieux trésors qu'elle nous jette en souriant ? N'as-tu jamais senti le coup de baguette magique avec laquelle elle dit à la Curiosité : Lève-toi ! La déesse se dresse radieuse du fond des abîmes du cerveau, elle court à ses cases merveilleuses, les effleure comme un organiste frappe ses touches. Soudain s'élancent les Souvenirs, ils apportent les roses du passé, conservées divinement et toujours fraîches. Notre jeune maîtresse revient et caresse de ses mains blanches des cheveux de jeune homme ; le cœur trop plein déborde, on revoit les rives fleuries des torrents de l'amour. Tous les buissons ardents de la jeunesse flambent et redisent leurs mots divins jadis entendus et compris ! Et la voix roule, elle resserre dans ses évolutions rapides ces horizons fuyants, elle les amoindrit ; ils disparaissent éclipsés par de nouvelles, par de plus profondes joies, celles d'un avenir inconnu que la fée montre du doigt en s'enfuyant dans son ciel bleu [35].

— Et toi, répondit Cataneo, n'as-tu donc jamais vu la lueur directe d'une étoile t'ouvrir les abîmes supérieurs, et n'as-tu jamais monté sur ce rayon qui vous emporte dans le ciel au milieu des principes qui meuvent les mondes ?

Pour tous les auditeurs, le duc et Capraja jouaient un jeu dont les conditions n'étaient pas connues.

— La voix de Genovese s'empare des fibres, dit Capraja.

— Et celle de la Tinti s'attaque au sang, répondit le duc.

— Quelle paraphrase de l'amour heureux dans cette cavatine ! reprit Capraja. Ah ! il était jeune, Rossini, quand il écrivit ce thème pour le plaisir qui bouillonne ! Mon cœur s'est empli de sang frais, mille désirs ont pétillé dans mes veines. Jamais sons plus angéliques ne m'ont mieux dégagé de mes liens corporels, jamais la fée n'a montré de plus beaux bras, n'a souri plus amoureusement, n'a mieux relevé sa tunique jusqu'à mi-jambe, en me levant le rideau sous lequel se cache mon autre vie.

— Demain, mon vieil ami, répondit le duc, tu monteras sur le dos d'un cygne éblouissant qui te montrera la plus riche terre, tu verras le printemps comme le voient les enfants. Ton cœur recevra la lumière sidérale d'un soleil nouveau, tu te coucheras sur une soie rouge, sous les yeux d'une madone, tu seras comme un amant heureux mollement caressé par une Volupté dont les pieds nus se voient encore et qui va disparaître. Le cygne sera la voix de Genovese s'il peut s'unir à sa Léda, la voix de la Tinti. Demain l'on nous donne *Mosè,* le plus immense opéra qu'ait enfanté le plus beau génie de l'Italie.

Chacun laissa causer le duc et Capraja, ne voulant pas être la dupe d'une mystification; Vendramin seul et le médecin français les écoutèrent pendant quelques instants. Le fumeur d'opium entendait cette poésie, il avait la clef du palais où se promenaient ces deux imaginations voluptueuses. Le médecin cherchait à comprendre et comprit; car il appartenait à cette pléiade de beaux génies de l'École de Paris, d'où le vrai médecin sort aussi profond métaphysicien que puissant analyste.

— Tu les entends? dit Emilio à Vendramin en sortant du café vers deux heures du matin.

— Oui, cher Emilio, lui répondit Vendramin en l'emmenant chez lui. Ces deux hommes appartiennent à la légion des esprits purs qui peuvent se dépouiller ici-bas de leurs larves de chair, et qui savent voltiger à cheval sur le corps de la reine des sorcières, dans les cieux d'azur où se déploient les sublimes merveilles de la vie morale : ils vont dans l'Art là où te conduit ton extrême amour, là où me mène l'opium. Ils ne peuvent plus être entendus que par leurs pairs. Moi de qui l'âme est exaltée par un triste moyen, moi qui fais tenir cent ans d'existence en une seule nuit, je puis entendre ces grands esprits quand ils parlent du pays magnifique appelé le pays des chimères par ceux qui se nomment sages, appelé le pays des réalités par nous autres, qu'on nomme fous. Eh! bien, le duc et Capraja, qui se sont jadis connus à Naples, où est né Cataneo, sont fous de musique.

— Mais quel singulier système Capraja voulait-il expliquer à Cataneo? demanda le prince. Toi qui comprends tout, l'as-tu compris?

— Oui, dit Vendramin. Capraja s'est lié avec un musicien de Crémone [36], logé au palais Capello, lequel musicien croit que les sons rencontrent en nous-mêmes une substance analogue à celle qui engendre les phénomènes de la lumière, et qui chez nous produit les idées. Selon lui, l'homme a des touches intérieures que les sons affectent, et qui correspondent à nos centres nerveux d'où s'élancent nos sensations et nos idées [37]! Capraja, qui voit dans les arts la collection des moyens par lesquels l'homme peut mettre en lui-même la nature extérieure d'accord avec une merveilleuse nature, qu'il nomme la vie intérieure, a partagé les idées de ce facteur d'instruments qui fait en ce moment un opéra. Imagine une création sublime où les merveilles de la création visible sont reproduites avec un grandiose, une légèreté, une rapidité, une étendue incommensurables, où les sensations sont infinies, et où peuvent pénétrer certaines organisations privilégiées qui possèdent une divine puissance, tu auras alors une idée des jouissances extatiques dont parlaient Cataneo et Capraja, poètes pour eux seuls. Mais aussi, dès que dans les choses de la nature morale, un homme vient à dépasser la sphère où s'enfantent les œuvres plastiques par les procédés de l'imitation, pour entrer dans le royaume tout spirituel des abstractions où tout se contemple dans son principe et s'aperçoit dans l'omnipotence des résultats, cet homme n'est-il plus compris par les intelligences ordinaires.

— Tu viens d'expliquer mon amour pour la Massimilla, dit Emilio. Cher, il est en moi-même une puissance qui se réveille au feu de ses regards, à son moindre contact, et me jette en un monde de lumière où se développent des effets dont je n'osais te parler. Il m'a souvent semblé que le tissu délicat de sa peau empreignît des fleurs sur la mienne quand sa main se pose sur ma main. Ses paroles répondent en moi à ces touches intérieures dont tu parles. Le désir soulève mon crâne en y remuant ce monde invisible au lieu de soulever mon corps inerte;

et l'air devient alors rouge et pétille, des parfums inconnus et d'une force inexprimable détentent mes nerfs, des
roses me tapissent les parois de la tête, et il me semble
que mon sang s'écoule par toutes mes artères ouvertes,
tant ma langueur est complète.

— Ainsi fait mon opium fumé, répondit Vendramin.

— Tu veux donc mourir? dit avec terreur Emilio.

— Avec Venise, fit Vendramin en étendant la main
vers Saint-Marc. Vois-tu un seul de ces clochetons et de
ces aiguilles qui soit droit? Ne comprends-tu pas que la
mer va demander sa proie?

Le prince baissa la tête et n'osa parler d'amour à son
ami. Il faut voyager chez les nations conquises pour
savoir ce qu'est une patrie libre. En arrivant au palais
Vendramini, le prince et Marco virent une gondole arrêtée à la porte d'eau. Le prince prit alors Vendramin par la
taille, et le serra tendrement en lui disant : — Une bonne
nuit, cher.

— Moi, une femme, quand je couche avec Venise!
s'écria Vendramin.

En ce moment, le gondolier appuyé sur une colonne
regarda les deux amis, reconnut celui qui lui avait été
signalé, et dit à l'oreille du prince : — La duchesse,
monseigneur.

Emilio sauta dans la gondole où il fut enlacé par des
bras de fer, mais souples, et attiré sur les coussins où il
sentit le sein palpitant d'une femme amoureuse. Aussitôt
le prince ne fut plus Emilio, mais l'amant de la Tinti, car
ses sensations furent si étourdissantes, qu'il tomba
comme stupéfié par le premier baiser.

— Pardonne-moi cette tromperie, mon amour, lui dit
la Sicilienne. Je meurs si je ne t'emmène!

Et la gondole vola sur les eaux discrètes.

Le lendemain soir, à sept heures et demie, les spectateurs étaient à leurs mêmes places au théâtre, à l'exception des personnes du parterre qui s'asseyent toujours au
hasard. Le vieux Capraja se trouvait dans la loge de
Cataneo. Avant l'ouverture, le duc vint faire une visite à
la duchesse ; il affecta de se tenir près d'elle et de laisser
Emilio sur le devant de la loge, à côté de Massimilla. Il

dit quelques phrases insignifiantes, sans sarcasmes, sans amertume, et d'un air aussi poli que s'il se fût agi d'une visite à une étrangère. Malgré ses efforts pour paraître aimable et naturel, le prince ne put changer sa physionomie, qui était horriblement soucieuse. Les indifférents durent attribuer à la jalousie une si forte altération dans des traits habituellement calmes. La duchesse partageait sans doute les émotions d'Emilio, elle montrait un front morne, elle était visiblement abattue. Le duc, très embarrassé entre ces deux bouderies, profita de l'entrée du Français pour sortir.

— Monsieur, dit Cataneo à son médecin avant de laisser retomber la portière de la loge, vous allez entendre un immense poème musical assez difficile à comprendre du premier coup ; mais je vous laisse auprès de madame la duchesse, qui, mieux que personne, peut l'interpréter, car elle est mon élève.

Le médecin fut frappé comme le duc de l'expression peinte sur le visage des deux amants, et qui annonçait un désespoir maladif.

— Un opéra italien a donc besoin d'un cicerone ? dit-il à la duchesse en souriant.

Ramenée par cette demande à ses obligations de maîtresse de loge, la duchesse essaya de chasser les nuages qui pesaient sur son front, et répondit en saisissant avec empressement un sujet de conversation où elle pût déverser son irritation intérieure.

— Ce n'est pas un opéra, monsieur, répondit-elle, mais un oratorio, œuvre qui ressemble effectivement à l'un de nos plus magnifiques édifices, et où je vous guiderai volontiers. Croyez-moi, ce ne sera pas trop que d'accorder à notre grand Rossini toute votre intelligence, car il faut être à la fois poète et musicien pour comprendre la portée d'une pareille musique. Vous appartenez à une nation dont la langue et le génie sont trop positifs pour qu'elle puisse entrer de plain-pied dans la musique ; mais la France est aussi trop compréhensive pour ne pas finir par l'aimer, par la cultiver, et vous y réussirez comme en toute chose. D'ailleurs il faut reconnaître que la musique, comme l'ont créée Lulli, Rameau, Haydn, Mozart,

Beethoven, Cimarosa, Paësiello, Rossini, comme la
continueront de beaux génies à venir, est un art nouveau,
inconnu aux générations passées, lesquelles n'avaient pas
autant d'instruments que nous en possédons maintenant,
et qui ne savaient rien de l'harmonie sur laquelle aujourd'hui s'appuient les fleurs de la mélodie, comme sur
un riche terrain. Un art si neuf exige des études chez les
masses, études qui développeront le sentiment auquel
s'adresse la musique. Ce sentiment existe à peine chez
vous, peuple occupé de théories philosophiques, d'analyse, de discussions, et toujours troublé par des divisions
intestines. La musique moderne, qui veut une paix profonde, est la langue des âmes tendres, amoureuses, encli-
nes à une noble exaltation intérieure. Cette langue, mille
fois plus riche que celle des mots, est au langage ce que la
pensée est à la parole; elle réveille les sensations et les
idées sous leur forme même, là où chez nous naissent les
idées et les sensations, mais en les laissant ce qu'elles
sont chez chacun. Cette puissance sur notre intérieur est
une des grandeurs de la musique. Les autres arts imposent
à l'esprit des créations définies, la musique est infinie
dans les siennes[38]. Nous sommes obligés d'accepter
les idées du poète, le tableau du peintre, la statue du
sculpteur; mais chacun de nous interprète la musique au
gré de sa douleur ou de sa joie, de ses espérances ou de
son désespoir. Là où les autres arts cerclent nos pensées
en les fixant sur une chose déterminée, la musique les
déchaîne sur la nature entière qu'elle a le pouvoir de nous
exprimer. Vous allez voir comment je comprends le
Moïse de Rossini !

Elle se pencha vers le médecin afin de pouvoir lui
parler et de n'être entendue que de lui.

— Moïse est le libérateur d'un peuple esclave ! lui
dit-elle, souvenez-vous de cette pensée, et vous verrez
avec quel religieux espoir la Fenice tout entière écoutera
la prière des Hébreux délivrés, et par quel tonnerre d'applaudissements elle y répondra !

Emilio se jeta dans le fond de la loge au moment où le
chef d'orchestre leva son archet. La duchesse indiqua du
doigt au médecin la place abandonnée par le prince pour

qu'il la prît. Mais le Français était plus intrigué de connaître ce qui s'était passé entre les deux amants que d'entrer dans le palais musical élevé par l'homme que l'Italie entière applaudissait alors, car alors Rossini triomphait dans son propre pays. Le Français observa la duchesse, qui parla sous l'empire d'une agitation nerveuse et lui rappela la Niobé qu'il venait d'admirer à Florence [39] : même noblesse dans la douleur, même impassibilité physique ; cependant l'âme jetait un reflet dans le chaud coloris de son teint, et ses yeux, où s'éteignit la langueur sous une expression fière, séchaient leurs larmes par un feu violent. Ses douleurs contenues se calmaient quand elle regardait Emilio, qui la tenait sous un regard fixe. Certes, il était facile de voir qu'elle voulait attendrir un désespoir farouche. La situation de son cœur imprima je ne sais quoi de grandiose à son esprit. Comme la plupart des femmes quand elles sont pressées par une exaltation extraordinaire, elle sortit de ses limites habituelles et eut quelque chose de la Pythonisse, tout en demeurant noble et grande, car ce fut la forme de ses idées et non sa figure qui se tordit désespérément. Peut-être voulait-elle briller de tout son esprit pour donner de l'attrait à la vie et y retenir son amant.

Quand l'orchestre eut fait entendre les trois accords en *ut* majeur que le maître a placés en tête de son œuvre pour faire comprendre que son ouverture sera chantée, car la véritable ouverture est le vaste thème parcouru depuis cette brusque attaque jusqu'au moment où la lumière apparaît au commandement de Moïse, la duchesse ne put réprimer un mouvement convulsif qui prouvait combien cette musique était en harmonie avec sa souffrance cachée.

— Comme ces trois accords vous glacent ! dit-elle. On s'attend à de la douleur. Écoutez attentivement cette introduction, qui a pour sujet la terrible élégie d'un peuple frappé par la main de Dieu. Quels gémissements ! Le roi, la reine, leur fils aîné, les grands, tout le peuple soupire ; ils sont atteints dans leur orgueil, dans leurs conquêtes, arrêtés dans leur avidité. Cher Rossini, tu as bien fait de jeter cet os à ronger aux *tedeschi,* qui nous

refusaient le don de l'harmonie et la science! Vous allez
entendre la sinistre mélodie que le maître a fait rendre à
cette profonde composition harmonique, comparable à ce
que les Allemands ont de plus compliqué, mais d'où il ne
résulte ni fatigue ni ennui pour nos âmes. Vous autres
Français, qui avez accompli naguère la plus sanglante des
révolutions, chez qui l'aristocratie fut écrasée sous la
patte du lion populaire, le jour où cet oratorio sera exé-
cuté chez vous, vous comprendrez cette magnifique
plainte des victimes d'un Dieu qui venge son peuple. Un
Italien pouvait seul écrire ce thème fécond, inépuisable et
tout dantesque. Croyez-vous que ce ne soit rien que de
rêver la vengeance pendant un moment? Vieux maîtres
allemands, Haendel, Sébastien Bach, et toi-même
Beethoven, à genoux, voici la reine des arts, voici l'Italie
triomphante!

La duchesse avait pu dire ces paroles pendant le lever
du rideau. Le médecin entendit alors la sublime symphonie[40] par laquelle le compositeur a ouvert cette vaste
scène biblique. Il s'agit de la douleur de tout un peuple.
La douleur est une dans son expression, surtout quand il
s'agit de souffrances physiques. Aussi, après avoir instinctivement deviné, comme tous les hommes de génie,
qu'il ne devait y avoir aucune variété dans les idées, le
musicien, une fois sa phrase capitale trouvée, l'a-t-il
promenée de tonalités en tonalités, en groupant les masses et ses personnages sur ce motif par des modulations et
par des cadences d'une admirable souplesse. La puissance se reconnaît à cette simplicité. L'effet de cette
phrase, qui peint les sensations du froid et de la nuit chez
un peuple incessamment baigné par les ondes lumineuses
du soleil, et que le peuple et ses rois répètent, est saisissant. Ce lent mouvement musical a je ne sais quoi d'im-
pitoyable. Cette phrase fraîche et douloureuse est comme
une barre tenue par quelque bourreau céleste qui la fait
tomber sur les membres de tous ces patients par temps
égaux. A force de l'entendre allant d'*ut* mineur en *sol*
mineur, rentrant en *ut* pour revenir à la dominante *sol,* et
reprendre en *fortissime*[41] sur la tonique *mi* bémol, arriver
en *fa* majeur et retourner en *ut* mineur, toujours de plus en

plus chargée de terreur, de froid et de ténèbres, l'âme du
spectateur finit par s'associer aux impressions exprimées
par le musicien. Aussi le Français éprouva-t-il la plus
vive émotion quand arriva l'explosion de toutes ces douleurs réunies qui crient:

> *O nume d'Israël!*
> *Se brami in liberta*
> *Il popol tuo fedel*
> *Di lui, di noi pieta.*

(O Dieu d'Israël, si tu veux que ton peuple fidèle sorte
d'esclavage, daigne avoir pitié de lui et de nous!)

— Jamais il n'y eut une si grande synthèse des effets
naturels, une idéalisation si complète de la nature. Dans
les grandes infortunes nationales, chacun se plaint longtemps séparément; puis il se détache sur la masse, çà et
là, des cris de douleur plus ou moins violents; enfin,
quand la misère a été sentie par tous, elle éclate comme
une tempête. Une fois entendus sur leur plaie commune,
les peuples changent alors leurs cris sourds en des cris
d'impatience. Ainsi a procédé Rossini. Après l'explosion
en *ut* majeur, le Pharaon chante son sublime récitatif de:
Mano ultrice di un dio! (Dieu vengeur, je te reconnais
trop tard!) Le thème primitif prend alors un accent plus
vif: l'Égypte entière appelle Moïse à son secours.

La duchesse avait profité de la transition nécessitée par
l'arrivée de Moïse et d'Aaron pour expliquer ainsi ce
beau morceau.

— Qu'ils pleurent, ajouta-t-elle passionnément, ils ont
fait bien des maux. Expiez, Égyptiens, expiez les fautes
de votre cour insensée! Avec quel art ce grand peintre a
su employer toutes les couleurs brunes de la musique et
tout ce qu'il y a de tristesse sur la palette musicale?
Quelles froides ténèbres! Quelles brumes! N'avez-vous
pas l'âme en deuil? n'êtes-vous pas convaincu de la
réalité des nuages noirs qui couvrent la scène? Pour vous,
les ombres les plus épaisses n'enveloppent-elles pas la
nature? Il n'y a ni palais égyptiens, ni palmiers, ni paysa-
ges. Aussi quel bien ne vous feront-elle pas à l'âme, les

notes profondément religieuses du médecin céleste qui va guérir cette cruelle plaie? Comme tout est gradué pour arriver à cette magnifique invocation de Moïse à Dieu! Par un savant calcul dont les analogies vous seront expliquées par Capraja, cette invocation n'est accompagnée que par les cuivres. Ces instruments donnent à ce morceau sa grande couleur religieuse. Non seulement cet artifice est admirable ici, mais encore voyez combien le génie est fertile en ressources, Rossini a tiré des beautés neuves de l'obstacle qu'il se créait. Il a pu réserver les instruments à cordes pour exprimer le jour quand il va succéder aux ténèbres, et arriver ainsi à l'un des plus puissants effets connus en musique. Jusqu'à cet inimitable génie, avait-on jamais tiré un pareil parti du récitatif? Il n'y a pas encore un air ni un duo. Le poète s'est soutenu par la force de la pensée, par la vigueur des images, par la vérité de sa déclamation. Cette scène de douleur, cette nuit profonde, ces cris de désespoir, ce tableau musical, est beau comme le *Déluge* de votre grand Poussin.

Moïse agita sa baguette, le jour parut.

— Ici, monsieur, la musique ne lutte-t-elle pas avec le soleil dont elle a emprunté l'éclat, avec la nature entière dont elle rend les phénomènes dans les plus légers détails? reprit la duchesse à voix basse. Ici, l'art atteint à son apogée, aucun musicien n'ira plus loin. Entendez-vous l'Égypte se réveillant après ce long engourdissement? Le bonheur se glisse partout avec le jour. Dans quelle œuvre ancienne ou contemporaine rencontrerez-vous une si grande page? la plus splendide joie opposée à la plus profonde tristesse? Quels cris! quelles notes sautillantes! comme l'âme oppressée respire, quel délire, quel *tremolo* dans cet orchestre, le beau *tutti*. C'est la joie d'un peuple sauvé! Ne tressaillez-vous pas de plaisir?

Le médecin, surpris par ce contraste, un des plus magnifiques de la musique moderne, battit des mains, emporté par son admiration.

— Bravo la Doni! fit Vendramin qui avait écouté.

— L'introduction est finie, reprit la duchesse. Vous

venez d'éprouver une sensation violente, dit-elle au médecin ; le cœur vous bat, vous avez vu dans les profondeurs de votre imagination le plus beau soleil inondant de
ses torrents de lumière tout un pays, morne et froid
naguère. Sachez maintenant comment s'y est pris le musicien, afin de pouvoir l'admirer demain dans les secrets
de son génie après en avoir aujourd'hui subi l'influence.
Que croyez-vous que soit ce morceau du lever du soleil,
si varié, si brillant, si complet ? Il consiste dans un simple
accord d'*ut*, répété sans cesse, et auquel Rossini n'a mêlé
qu'un accord de quart de sixte [42]. En ceci éclate la magie
de son faire. Il a procédé, pour vous peindre l'arrivée de
la lumière, par le même moyen qu'il employait pour vous
peindre les ténèbres et la douleur. Cette aurore en images
est absolument pareille à une aurore naturelle. La lumière
est une seule et même substance, partout semblable à
elle-même, et dont les effets ne sont variés que par les
objets qu'elle rencontre, n'est-ce pas ? Eh ! bien, le musicien a choisi pour la base de sa musique un unique motif,
un simple accord d'*ut*. Le soleil apparaît d'abord et verse
ses rayons sur les cimes, puis de là dans les vallées. De
même l'accord poind sur la première corde des premiers
violons avec une douceur boréale, il se répand dans
l'orchestre, il y anime un à un tous les instruments, il s'y
déploie. Comme la lumière va colorant de proche en
proche les objets, il va réveillant chaque source d'harmonie jusqu'à ce que toutes ruissellent dans le *tutti*. Les
violons, que vous n'aviez pas encore entendus, ont donné
le signal par leur doux *tremolo*, vaguement agité comme
les premières ondes lumineuses. Ce joli, ce gai mouvement presque lumineux qui vous a caressé l'âme, l'habile
musicien l'a plaqué d'accords de basse, par une fanfare
indécise des cors contenus dans leurs notes les plus sour-
des, afin de vous bien peindre les dernières ombres fraîches qui teignent les vallées pendant que les premiers
feux se jouent dans les cimes. Puis les instruments à vent
s'y sont mêlés doucement en renforçant l'accord général.
Les voix s'y sont unies par des soupirs d'allégresse et
d'étonnement. Enfin les cuivres ont résonné bruyam-
ment, les trompettes ont éclaté ! La lumière, source

d'harmonie, a inondé la nature, toutes les richesses musicales se sont alors étalées avec une violence, avec un éclat pareils à ceux des rayons du soleil oriental. Il n'y a pas jusqu'au triangle dont l'*ut* répété ne vous ait rappelé le chant des oiseaux au matin par ses accents aigus et ses agaceries lutines. La même tonalité, retournée par cette main magistrale, exprime la joie de la nature entière en calmant la douleur qui nous navrait naguère. Là est le cachet du grand maître : l'unité ! C'est un et varié. Une seule phrase et mille sentiments de douleur, les misères d'une nation ; un seul accord et tous les accidents de la nature à son réveil, toutes les expressions de la joie d'un peuple. Ces deux immenses pages sont soudées par un appel au Dieu toujours vivant, auteur de toutes choses, de cette douleur comme de cette joie. A elle seule, cette introduction n'est-elle pas un grand poème ?

— C'est vrai, dit le Français.

— Voici maintenant un quintetto comme Rossini en sait faire ; si jamais il a pu se laisser aller à la douce et facile volupté qu'on reproche à notre musique, n'est-ce pas dans ce joli morceau où chacun doit exprimer son allégresse, où le peuple esclave est délivré, et où cependant va soupirer un amour en danger. Le fils du Pharaon aime une Juive, et cette Juive le quitte. Ce qui rend ce quintette une chose délicieuse et ravissante est un retour aux émotions ordinaires de la vie, après la peinture grandiose des deux plus immenses scènes nationales et naturelles, la misère, le bonheur, encadrées par la magie que leur prêtent la vengeance divine et le merveilleux de la Bible.

— N'avais-je pas raison ? dit en continuant la duchesse au Français quand fut finie la magnifique strette de

> *Voci di giubilo*
> *D'intorno echeggino,*
> *Di pace l'Iride*
> *Per noi spuntò.*

(Que des cris d'allégresse retentissent autour de nous, l'astre de la paix répand pour nous sa clarté.)

— Avec quel art le compositeur n'a-t-il pas construit ce morceau ?... reprit-elle après une pause pendant laquelle elle attendit une réponse, il l'a commencé par un solo de cor d'une suavité divine, soutenu par des arpèges de harpes, car les premières voix qui s'élèvent dans ce grand concert sont celles de Moïse et d'Aaron qui remercient le vrai Dieu ; leur chant doux et grave rappelle les idées sublimes de l'invocation et s'unit néanmoins à la joie du peuple profane. Cette transition a quelque chose de céleste et de terrestre à la fois que le génie seul sait trouver, et qui donne à l'andante du quintetto une couleur que je comparerais à celle que Titien met autour de ses personnages divins. Avez-vous remarqué le ravissant enchâssement des voix ? Par quelles habiles entrées le compositeur ne les a-t-il pas groupées sur les charmant motifs chantés par l'orchestre ? Avec quelle science il a préparé les fêtes de son allégro. N'avez-vous pas entrevu les chœurs dansants, les rondes folles de tout un peuple échappé au danger ? Et quand la clarinette a donné le signal de la strette *Voci di giubilo,* si brillante, si animée, votre âme n'a-t-elle pas éprouvé cette sainte pyrrhique dont parle le roi David dans ses psaumes, et qu'il prête aux collines [43] ?

— Oui, cela ferait un charmant air de contredanse ! dit le médecin.

— Français ! Français ! toujours Français ! s'écria la duchesse atteinte au milieu de son exaltation par ce trait piquant. Oui, vous êtes capables d'employer ce sublime élan, si gai, si noblement pimpant, à vos rigodons. Une sublime poésie n'obtient jamais grâce à vos yeux. Le génie le plus élevé, les saints, les rois, les infortunes, tout ce qu'il y a de sacré doit passer par les verges de votre caricature. La vulgarisation des grandes idées par vos airs de contredanse, est la caricature en musique. Chez vous, l'esprit tue l'âme, comme le raisonnement y tue la raison.

La loge entière resta muette pendant le récitatif d'Osiride et de Membré qui complotent de rendre inutile l'ordre de départ donné par le Pharaon en faveur des Hébreux.

— Vous ai-je fâchée? dit le médecin à la duchesse, j'en serais au désespoir. Votre parole est comme une baguette magique, elle ouvre des cases dans mon cerveau et en fait sortir des idées nouvelles, animées par ces chants sublimes.

— Non, dit-elle. Vous avez loué notre grand musicien à votre manière. Rossini réussira chez vous, je le vois, par ses côtés spirituels et sensuels. Espérons en quelques âmes nobles et amoureuses de l'idéal qui doivent se trouver dans votre fécond pays et qui apprécieront l'élévation, le grandiose d'une telle musique. Ah! voici le fameux duo entre Elcia et Osiride, reprit-elle en profitant du temps que lui donna la triple salve d'applaudissements par laquelle le parterre salua la Tinti qui faisait sa première entrée. Si la Tinti a bien compris le rôle d'Elcia, vous allez entendre les chants sublimes d'une femme à la fois déchirée par l'amour de la patrie et par un amour pour un de ses oppresseurs, tandis qu'Osiride, possédé d'une passion frénétique pour sa belle conquête, s'efforce de la conserver. L'opéra repose autant sur cette grande idée, que sur la résistance des Pharaons à la puissance de Dieu et de la liberté, vous devez vous y associer sous peine de ne rien comprendre à cette œuvre immense. Malgré la défaveur avec laquelle vous acceptez les inventions de nos poètes de livrets, permettez-moi de vous faire remarquer l'art avec lequel ce drame est construit. L'antagonisme nécessaire à toutes les belles œuvres, et si favorable au développement de la musique, s'y trouve. Quoi de plus riche qu'un peuple voulant sa liberté, retenu dans les fers par la mauvaise foi, soutenu par Dieu, entassant prodiges sur prodiges pour devenir libre? Quoi de plus dramatique que l'amour du prince pour une Juive, et qui justifie presque les trahisons du pouvoir oppresseur? Voilà pourtant tout ce qu'exprime ce hardi, cet immense poème musical, où Rossini a su conserver à chaque peuple sa nationalité fantastique, car nous leur avons prêté des grandeurs historiques auxquelles ont consenti toutes les imaginations. Les chants des Hébreux et leur confiance en Dieu sont constamment en opposition avec les cris de rage et les efforts du Pharaon peint dans toute sa puissance. En ce moment Osiride, tout à l'amour, espère retenir sa maîtresse par le souvenir de toutes les douceurs de la passion, il veut l'emporter sur les charmes de la patrie. Aussi reconnaîtrez-vous les langueurs divines, les ardentes douceurs, les tendresses, les souvenirs voluptueux de l'amour oriental dans le :

Ah! se puoi cosi lasciarmi.

(Si tu as le courage de me quitter, brise-moi le cœur).

d'Osiride, et dans la réponse d'Elcia :

Ma perchè cosi straziarmi,?

(Pourquoi me tourmenter ainsi, quand ma douleur est affreuse ?)

— Non, deux cœurs si mélodieusement unis ne sauraient se séparer, dit-elle en regardant le prince. Mais voilà ces amants tout à coup interrompus par la triomphante voix de la patrie qui tonne dans le lointain et qui rappelle Elcia. Quel divin et délicieux allegro que ce motif de la marche des Hébreux allant au désert! Il n'y a que Rossini pour faire dire tant de choses à des clarinettes et à des trompettes! Un art qui peut peindre en deux phrases tout ce qu'est la patrie, n'est-il donc pas plus voisin du ciel que les autres? Cet appel m'a toujours trop émue pour que je vous dise ce qu'il y a de cruel, pour ceux qui sont esclaves et enchaînés, à voir partir des gens libres!

La duchesse eut les yeux mouillés en entendant le magnifique motif qui domine en effet l'opéra.

— *Dov'è mai quel core amante* (Quel cœur aimant ne partagerait mes angoisses), reprit-elle en italien quand la Tinti entama l'admirable cantilène de la strette où elle demande pitié pour ses douleurs. Mais que se passe-t-il? le parterre murmure.

— Genovese brame comme un cerf, dit le prince.

Ce duetto, le premier que chantait la Tinti, était en effet troublé par la déroute complète de Genovese. Dès que le ténor chanta de concert avec la Tinti, sa belle voix changea. Sa méthode si sage, cette méthode qui rappelait à la fois Crescentini et Veluti [44] il semblait l'oublier à plaisir. Tantôt une tenue hors de propos, un agrément trop prolongé, gâtaient son chant. Tantôt des éclats de voix sans transition, le son lâché comme une eau à laquelle on ouvre une écluse, accusaient un oubli complet et volontaire des lois du goût. Aussi le parterre fut-il démesurément agité. Les Vénitiens crurent à quelque pari entre Genovese et ses camarades. La Tinti rappelée fut applaudie avec fureur, et Genovese reçut quelques avis qui lui apprirent les dispositions hostiles du parterre. Pendant la scène, assez comique pour un Français, des rappels continuels de la Tinti, qui revint onze fois recevoir seule les applaudissements frénétiques de l'assemblée, car Genovese, presque sifflé, n'osa lui donner la main, le médecin fit à la duchesse une observation sur la strette du duo.

— Rossini devrait exprimer là, dit-il, la plus profonde douleur, et j'y trouve une allure dégagée, une teinte de gaieté hors de propos.

— Vous avez raison, répondit la duchesse. Cette faute est l'effet d'une de ces tyrannies auxquelles doivent obéir nos compositeurs. Il a songé plus à sa prima donna qu'à Elcia quand il a écrit cette strette. Mais aujourd'hui la Tinti l'exécuterait encore plus brillamment, je suis si bien dans la situation, que ce passage trop gai est pour moi rempli de tristesse.

Le médecin regarda tour à tour et attentivement le prince et la duchesse, sans pouvoir deviner la raison qui les séparait et qui avait rendu ce duo déchirant pour eux. Massimilla baissa la voix et s'approcha de l'oreille du médecin.

— Vous allez entendre une magnifique chose, la conspiration du Pharaon contre les Hébreux. L'air majestueux de A rispettarmi apprenda (qu'il apprenne à me respecter) est le triomphe de Carthagenova [45] qui va vous rendre à merveille l'orgueil blessé, la duplicité des cours. Le trône va parler : les concessions faites, il les retire, il arme sa colère. Pharaon va se dresser sur ses pieds pour s'élancer sur une proie qui lui échappe. Jamais Rossini n'a rien écrit d'un si beau caractère, ni qui soit empreint d'une si abondante, d'une si forte verve ! C'est une œuvre complète, soutenue par un accompagnement d'un merveilleux travail, comme les moindres choses de cet opéra où la puissance de la jeunesse étincelle dans les plus petits détails.

Les applaudissements de toute la ... couronnèrent cette belle conception, qui fut admirablement rendue par le chanteur et surtout bien compris ... Vénitiens.

— Voici le finale, reprit la du... Vous entendez de nouveau cette marche inspirée par le bonheur de la délivrance, et par la foi en Die... permet à tout un peuple de s'enfoncer joyeusement dans le désert! Quels poumons ne seraient rafraîchis ... dans célestes de ce peuple au sortir de l'esclavag... chères et vivantes mélodies! Gloire au beau gé... qui su rendre tant de sentiments. Il y a je ne sais quoi de guerrier dans cette marche qui dit que ce pe... pour lui le dieu des armées! quelle profondeur dans ces chants pleins d'actions de grâce! Les images de la Bible s'émeuvent dans notre âme, et cette divine scène musicale nous fait assister réellement à l'une des plus grandes scènes d'un monde antique et solennel. La ... religieuse de certaines parties vocales, la manière dont les voix s'ajoutent les unes aux autres et se groupent expriment tout ce que nous concevons des saintes merveilles de ce premier âge de l'humanité. Ce beau concert n'est cependant qu'un développement du ... de la marche dans toutes ses conséquences m... Ce motif est le principe fécondant pour l'orchestre et les voix, pour le chant et la brillante instrumentation qui l'accompagne. Voici Elcia qui se réunit à la horde et à qui Rossini a fait exprimer des regrets pour ... la joie de ce morceau. Écoutez son duettino avec Amenofi. Jamais amour blessé a-t-il fait entendre de pareils chants? La grâce des nocturnes y respire, il y a là le deuil secret de l'amour blessé. Quelle mélancolie! Ah! le désert sera deux fois désert pour elle! Enfin voici la lutte terrible de l'Égypte et des Hébreux! cette allégresse, cette marche, tout est troublé par l'arrivée des Égyptiens. La promulgation des ordres du Pharaon s'accomplit par une idée musicale qui domine le finale, une phrase sourde et grave, il semble qu'on entend le pas des puissantes armées de l'Égypte entourant la phalange sacrée de Dieu, l'enveloppant lentement comme un long serpent d'Afrique enveloppe sa proie. Quelle grâce dans les plaintes de ce peuple abusé ! n'est-il pas un peu plus Italien qu'Hébreu ? Quel mouvement magnifique jusqu'à l'arrivée du Pharaon qui achève de mettre en présence les chefs des deux peuples et toutes les passions du drame. Quel admirable mélange de sentiments dans le sublime *ottetto,* où la colère de Moïse et celle des deux Pharaons se trouvent aux prises ! quelle lutte de voix et de colère déchaînées ! Jamais sujet plus vaste ne s'était offert à un compositeur. Le fameux finale de *Don Juan* ne présente après tout qu'un libertin aux prises avec ses victimes qui invoquent la vengeance céleste ; tandis qu'ici la terre et ses puissances essaient de combattre contre Dieu. Deux peuples, l'un faible, l'autre fort, sont en présence. Aussi, comme il avait à sa disposition tous les moyens, Rossini les a-t-il savamment employés. Il a pu sans être ridicule vous exprimer les mouvements d'une tempête furieuse sur laquelle se détachent d'horribles imprécations. Il a procédé par accords plaqués sur un rythme en trois temps avec une sombre énergie musicale, avec une persistance qui finit par vous gagner. La fureur des Égyptiens surpris par une pluie de feu, les cris de vengeance des Hébreux voulaient des masses savamment calculées ; aussi voyez comme il a fait marcher le développement de l'orchestre avec les chœurs ! L'*allegro assai* en *ut* mineur est terrible au milieu de ce déluge de feu. Avouez, dit la duchesse au moment où en levant sa baguette Moïse fait tomber la pluie de feu et où le compositeur déploie toute sa puissance à l'orchestre et sur la scène, que jamais musique n'a plus savamment rendu le trouble et la confusion !

— Elle a gagné le parterre, dit le Français.

— Mais qu'arrive-t-il encore ? Le parterre est décidément très agité, reprit la duchesse.

Au finale, Genovese avait donné dans de si absurdes gargouillades en regardant la Tinti, que le tumulte fut à son comble au parterre, dont les jouissances étaient troublées. Il n'y avait rien de plus choquant pour ces oreilles italiennes que ce contraste du bien et du mal. L'entrepreneur prit le parti de comparaître, et dit que sur l'observa-

tion par lui faite à son premier homme[46], il signor Genovese avait répondu qu'il ignorait en quoi et comment il
avait pu perdre la faveur du public, au moment même où
il essayait d'atteindre à la perfection de son art.

— Qu'il soit mauvais comme hier, nous nous en
contenterons! répondit Capraja d'une voix furieuse.

Cette apostrophe remit le parterre en belle humeur.
Contre la coutume italienne, le ballet fut peu écouté.
Dans toutes les loges, il n'était question que de la singulière conduite de Genovese, et de l'allocution du pauvre
entrepreneur. Ceux qui pouvaient entrer dans les coulis-
ses s'empressèrent d'aller y savoir le secret de la comédie, et bientôt il ne fut plus question que d'une scène
horrible faite par la Tinti à son camarade Genovese, dans
laquelle la prima donna reprochait au ténor d'être jaloux
de son succès, de l'avoir entravé par sa ridicule conduite,
et d'avoir essayé même de la priver de ses moyens en
jouant la passion. La cantatrice pleurait à chaudes larmes
de cette infortune. « — Elle avait espéré, disait-elle,
plaire à son amant qui devait être dans la salle, et qu'elle
n'avait pu découvrir. » Il faut connaître la paisible vie
actuelle des Vénitiens, si dénuée d'événements qu'on
s'entretient d'un léger accident survenu entre deux
amants, ou de l'altération passagère de la voix d'une
cantatrice, en y donnant l'importance que l'on met en
Angleterre aux affaires politiques pour savoir combien la
Fenice et le café Florian étaient agités. La Tinti amoureuse, la Tinti qui n'avait pas déployé ses moyens, la
folie de Genovese, ou le mauvais tour qu'il jouait, inspiré
par cette jalousie d'art que comprennent si bien les Italiens, quelle riche mine de discussions vives! Le parterre
entier causait comme on cause à la Bourse, il en résultait
un bruit qui devait étonner un Français habitué au calme
des théâtres de Paris. Toutes les loges étaient en mouvement comme des ruches qui essaimaient. Un seul homme
ne prenait aucune part à ce tumulte. Emilio Memmi
tournait le dos à la scène, et les yeux mélancoliquement
attachés sur Massimilla, il semblait ne vivre que de son
regard, il n'avait pas regardé la cantatrice une seule fois.

— Je n'ai pas besoin, *caro carino*, de te demander le

résultat de ma négociation, disait Vendramin à Emilio. Ta Massimilla si pure et si religieuse a été d'une complaisance sublime, enfin elle a été la Tinti !

Le prince répondit par un signe de tête plein d'une horrible mélancolie.

— Ton amour n'a pas déserté les cimes éthérées où tu planes, reprit Vendramin excité par son opium, il ne s'est pas matérialisé. Ce matin, comme depuis six mois, tu as senti des fleurs déployant leurs calices embaumés sous les voûtes de ton crâne démesurément agrandi. Ton cœur grossi a reçu tout ton sang, et s'est heurté à ta gorge. Il s'est développé là, dit-il en lui posant la main sur la poitrine, des sensations enchanteresses. La voix de Massimilla y arrivait par ondées lumineuses, sa main délivrait mille voluptés emprisonnées qui abandonnaient les replis de ta cervelle pour se grouper nuageusement autour de toi, et t'enlever, léger de ton corps, baigné de pourpre, dans un air bleu au-dessus des montagnes de neige où réside le pur amour des anges. Le sourire et les baisers de ses lèvres te revêtaient d'une robe vénéneuse qui consumait les derniers vestiges de ta nature terrestre. Ses yeux étaient deux étoiles qui te faisaient devenir lumière sans ombre. Vous étiez comme deux anges prosternés sur les palmes célestes, attendant que les portes du paradis s'ouvrissent; mais elles tournaient difficilement sur leurs gonds, et dans ton impatience tu les frappais sans pouvoir les atteindre. Ta main ne rencontrait que des nuées plus alertes que ton désir. Couronnée de roses blanches et semblable à une fiancée céleste, ta lumineuse amie pleurait de ta fureur. Peut-être disait-elle à la Vierge de mélodieuses litanies, tandis que les diaboliques voluptés de la terre te soufflaient leurs infâmes clameurs, tu dédaignais alors les fruits divins de cette extase dans laquelle je vis aux dépens de mes jours.

— Ton ivresse, cher Vendramin, dit avec calme Emilio, est au-dessous de la réalité. Qui pourrait dépeindre cette langueur purement corporelle où nous plonge l'abus des plaisirs rêvés, et qui laisse à l'âme son éternel désir, à l'esprit ses facultés pures ? Mais je suis las de ce supplice qui m'explique celui de Tantale. Cette nuit est la dernière de mes nuits. Après avoir tenté mon dernier effort, je rendrai son enfant à notre mère, l'Adriatique recevra mon dernier soupir!...

— Es-tu bête, reprit Vendramin; mais non, tu es fou, car la folie, cette crise que nous méprisons, est le souvenir d'un état antérieur qui trouble notre forme actuelle. Le génie de mes rêves m'a dit de ces choses et bien d'autres! Tu veux réunir la duchesse et la Tinti; mais, mon Emilio, prends-les séparément, ce sera plus sage. Raphaël seul a réuni la Forme et l'Idée. Tu veux être Raphaël en amour; mais on ne crée pas le hasard. Raphaël est un raccroc [47] du Père éternel qui a fait la Forme et l'Idée ennemies, autrement rien ne vivrait. Quand le principe est plus fort que le résultat, il n'y a rien de produit. Nous devons être ou sur la terre ou dans le ciel. Reste dans le ciel, tu seras toujours trop tôt sur la terre.

— Je reconduirai la duchesse, dit le prince, et je risquerai ma dernière tentative... Après?

— Après, dit vivement Vendramin, promets-moi de venir me prendre à Florian?

— Oui.

Cette conversation, tenue en grec moderne entre Vendramin et le prince, qui savaient cette langue comme la savent beaucoup de Vénitiens, n'avait pu être entendue de la duchesse et du Français. Quoique très en dehors du cercle d'intérêt qui enlaçait la duchesse, Emilio et Vendramin, car tous trois se comprenaient par des regards italiens, fins, incisifs, voilés, obliques tour à tour, le médecin finit par entrevoir une partie de la vérité. Une ardente prière de la duchesse à Vendramin avait dicté à ce jeune Vénitien sa proposition à Emilio, car la Cataneo avait flairé la souffrance qu'éprouvait son amant dans le pur ciel où il s'égarait, elle qui ne flairait pas la Tinti.

— Ces deux jeunes gens sont fous, dit le médecin.

— Quant au prince, répondit la duchesse, laissez-moi le soin de le guérir; quant à Vendramin, s'il n'a pas entendu cette sublime musique, peut-être est-il incurable.

— Si vous vouliez me dire d'où vient leur folie, je les guérirais, s'écria le médecin.

— Depuis quand un grand médecin n'est-il plus un
devin ? demanda railleusement la duchesse.

Le ballet était fini depuis longtemps, le second acte de
Mosè commençait, le parterre se montrait très attentif. Le
bruit s'était répandu que le duc Cataneo avait sermonné
Genovese en lui représentant combien il faisait de tort à
Clarina, la *diva* du jour. On s'attendait à un sublime
second acte.

— Le prince et son père ouvrent la scène, dit la duchesse, ils ont cédé de nouveau, tout en insultant aux
Hébreux ; mais ils frémissent de rage. Le père est consolé
par le prochain mariage de son fils, et le fils est désolé de
cet obstacle qui augmente encore son amour, contrarié de
tous côtés. Genovese et Carthagenova chantent admirablement. Vous le voyez, le ténor fait sa paix avec le
parterre. Comme il met bien en œuvre les richesses de
cette musique !... La phrase dite par le fils sur la tonique,
redite par le père sur la dominante, appartient au système
simple et grave sur lequel repose cette partition, où la
sobriété des moyens rend encore plus étonnante la fertilité
de la musique. L'Égypte est là tout entière. Je ne crois
pas qu'il existe un morceau moderne où respire une
pareille noblesse. La paternité grave et majestueuse d'un
roi s'exprime dans cette phrase magnifique et conforme
au grand style qui règne dans toute l'œuvre. Certes, le fils
d'un Pharaon versant sa douleur dans le sein de son père,
et la lui faisant éprouver, ne peut être mieux représenté
que par ces images grandioses. Ne trouvez-vous pas en
vous-même un sentiment de la splendeur que nous prê-
tons à cette antique monarchie ?

— C'est de la musique sublime ! dit le Français.

— L'air de la *Pace mia smarrita,* que va chanter la
reine, est un de ces airs de bravoure et de facture auxquels
tous les compositeurs sont condamnés et qui nuisent au
dessin général du poème, mais leur opéra n'existerait
souvent point s'ils ne satisfaisaient l'amour-propre de la
prima donna. Néanmoins cette tartine musicale est si
largement traitée qu'elle est textuellement exécutée sur
tous les théâtres. Elle est si brillante que les cantatrices
n'y substituent point leur air favori, comme cela se prati-

que dans la plupart des opéras. Enfin voici le point brillant de la partition, le duo d'Osiride et d'Elcia dans le souterrain où il veut la cacher pour l'enlever aux Hébreux qui partent, et s'enfuir avec elle de l'Égypte. Les deux amants sont troublés par l'arrivée d'Aaron qui est allé prévenir Amalthée, et nous allons entendre le roi des quatuors : *Mi manca la voce, mi sento morire*. Ce *Mi manca la voce* est un de ces chefs-d'œuvre qui résisteront à tout, même au temps, ce grand destructeur des modes en musique, car il est pris à ce langage d'âme qui ne varie jamais. Mozart possède en propre son fameux finale de *Don Juan*, Marcello son psaume *Cœli enarrant gloriam Dei*, Cimarosa son *Pria chè spunti* [48], Beethoven sa Symphonie en *ut* mineur [49], Pergolèse son *Stabat*, Rossini gardera son *Mi manca la voce*. C'est surtout la facilité merveilleuse avec laquelle il varie la forme qu'il faut admirer chez Rossini ; pour obtenir ce grand effet, il a eu recours au vieux mode du canon à l'unisson pour faire entrer ses voix et les faire fondre dans une même mélodie. Comme la forme de ces sublimes cantilènes était neuve, il l'a établie dans un vieux cadre ; et pour la mieux mettre en relief, il a éteint l'orchestre, en n'accompagnant la voix que par des arpèges de harpes. Il est impossible d'avoir plus d'esprit dans les détails et plus de grandeur dans l'effet général. Mon Dieu ! toujours du tumulte, dit la duchesse.

Genovese, qui avait si bien chanté son duo avec Carthagenova, faisait sa propre charge auprès de la Tinti. De grand chanteur, il devenait le plus mauvais de tous les choristes. Il s'éleva le plus effroyable tumulte qui ait oncques troublé les voûtes de la Fenice. Le tumulte ne céda qu'à la voix de la Tinti qui, enragée de l'obstacle apporté par l'entêtement de Genovese, chanta *Mi manca la voce*, comme nulle cantatrice ne le chantera. L'enthousiasme fut au comble, les spectateurs passèrent de l'indignation et de la fureur aux jouissances les plus aiguës.

— Elle me verse des flots de pourpre dans l'âme, disait Capraja en bénissant de sa main étendue *la diva* Tinti.

— Que le ciel épuise ses grâces sur ta tête ! lui cria un gondolier.

— Le Pharaon va révoquer ses ordres, reprit la duchesse pendant que l'émeute se calmait au parterre. Moïse le foudroiera sur son trône en lui annonçant la mort de tous les aînés de l'Égypte et chantant cet air de vengeance qui contient les tonnerres du ciel, et où résonnent les clairons hébreux. Mais ne vous y trompez pas, cet air est un air de Pacini[50], que Carthagenova substitue à celui de Rossini. Cet air de *Paventa* restera sans doute dans la partition ; il fournit trop bien aux basses l'occasion de déployer les richesses de leur voix, et ici l'expression doit l'emporter sur la science. D'ailleurs, l'air est magnifique de menaces, aussi ne sais-je si l'on nous le laissera longtemps chanter.

Une salve de bravos et d'applaudissements, suivi d'un profond et prudent silence, accueillit l'air ; rien ne fut plus significatif ni plus vénitien que cette hardiesse, aussitôt réprimée.

— Je ne vous dirai rien du *tempo di marcia* qui annonce le couronnement d'Osiride, par lequel le père veut braver la menace de Moïse, il suffit de l'écouter. *Leur* fameux Beethoven n'a rien écrit de plus magnifique[51]. Cette marche, pleine de pompes terrestres, contraste admirablement avec la marche des Hébreux. Comparez-les. La musique est ici d'une inouïe fécondité. Elcia déclare son amour à la face des deux chefs des Hébreux, et le sacrifie par cet admirable air de *Porge la destra amata* (Donnez à une autre votre main adorée). Ah ! quelle douleur ! voyez la salle !

— Bravo ! cria le parterre quand Genovese fut foudroyé.

— Délivrée de son déplorable compagnon, nous entendrons la Tinti chanter : *O desolata Elcia !* la terrible cavatine où crie un amour réprouvé par Dieu.

— Rossini, où es-tu pour entendre si magnifiquement rendu ce que ton génie t'a dicté ? dit Cataneo, Clarina n'est-elle pas son égale ? demanda-t-il à Capraja. Pour animer ces notes par des bouffées de feu qui, parties des poumons, se grossissent dans l'air de je ne sais quelles substances ailées que nos oreilles aspirent et qui nous élèvent au ciel par un ravissement amoureux, il faut être Dieu !

— Elle est comme cette belle plante indienne qui s'élance de terre, ramasse dans l'air une invisible nourriture et lance, de son calice arrondi en spirale blanche, des nuées de parfums qui font éclore des rêves dans notre cerveau, répondit Capraja.

La Tinti fut rappelée et reparut seule, elle fut saluée par des acclamations, elle reçut mille baisers que chacun lui envoyait du bout des doigts ; on lui jeta des roses, et une couronne pour laquelle des femmes donnèrent les fleurs de leurs bonnets, presque tous envoyés par les modistes de Paris. On redemanda la cavatine.

— Avec quelle impatience Capraja, l'amant de la roulade, n'attendait-il pas ce morceau qui ne tire sa valeur que de l'exécution, dit alors la duchesse. Là, Rossini a mis, pour ainsi dire, la bride sur le cou à la fantaisie de la cantatrice. La roulade et l'âme de la cantatrice y sont tout. Avec une voix ou une exécution médiocre, ce ne serait rien. Le gosier doit mettre en œuvre les brillants de ce passage. La cantatrice doit exprimer la plus immense douleur, celle d'une femme qui voit mourir son amant sous ses yeux ! La Tinti, vous l'entendez, fait retentir la salle des notes les plus aiguës, et pour laisser toute liberté à l'art pur, à la voix, Rossini a écrit là des phrases nettes et franches, il a, par un dernier effort, inventé ces déchirantes exclamations musicales : *Tormenti ! affanni ! smanie !* Quels cris ! que de douleur dans ces roulades ! La Tinti, vous le voyez, a enlevé la salle par ses sublimes efforts.

Le Français, stupéfait de cette furie amoureuse de toute une salle pour la cause de ses jouissances, entrevit un peu la véritable Italie [52] ; mais ni la duchesse, ni Vendramin, ni Emilio ne firent la moindre attention à l'ovation de la Tinti qui recommença. La duchesse avait peur de voir son Emilio pour la dernière fois ; quant au prince, devant la duchesse, cette imposante divinité qui l'enlevait au ciel, il ignorait où il se trouvait, il n'entendait pas la voix voluptueuse de celle qui l'avait initié aux voluptés terrestres, car une horrible mélancolie faisait entendre à ses oreilles un concert de voix plaintives accompagnées d'un bruissement semblable à celui d'une pluie abondante. Vendramin, habillé en procurateur, voyait alors la cérémonie du Bucentaure [53]. Le Français, qui avait fini par deviner un étrange et douloureux mystère entre le prince et la duchesse, entassait les plus spirituelles conjectures pour se l'expliquer. La scène avait changé. Au milieu d'une belle décoration représentant le désert et la mer Rouge, les évolutions des Égyptiens et des Hébreux se firent, sans que les pensées auxquelles les quatre personnages de cette loge étaient en proie eussent été troublées. Mais quand les premiers accords des harpes annoncèrent la prière des Hébreux délivrés, le prince et Vendramin se levèrent et s'appuyèrent chacun à l'une des cloisons de la loge, la duchesse mit son coude sur l'appui de velours, et se tint la tête dans sa main gauche.

Le Français, averti par ces mouvements de l'importance attachée par toute la salle à ce morceau si justement célèbre, l'écouta religieusement. La salle entière redemanda la prière en l'applaudissant à outrance.

— Il me semble avoir assisté à la libération de l'Italie, pensait un Milanais.

— Cette musique relève les têtes courbées, et donne de l'espérance aux cœurs les plus endormis, s'écriait un Romagnol.

— Ici, dit la duchesse au Français dont l'émotion fut visible, la science a disparu, l'inspiration seule a dicté ce chef-d'œuvre, il est sorti de l'âme comme un cri d'amour ! Quant à l'accompagnement, il consiste en arpèges de harpe, et l'orchestre ne se développe qu'à la dernière reprise de ce thème céleste. Jamais Rossini ne s'élèvera plus haut que dans cette prière, il fera tout aussi bien, jamais mieux : le sublime est toujours semblable à lui-même ; mais ce chant est encore une de ces choses qui lui appartiendront en entier. L'analogue d'une pareille conception ne pourrait se trouver que dans les psaumes divins du divin Marcello, un noble Vénitien qui est à la musique ce que le Giotto est à la peinture. La majesté de la phrase, dont la forme se déroule en nous apportant d'inépuisables mélodies, est égale à ce que les génies religieux ont inventé de plus ample. Quelle simplicité dans le moyen. Moïse attaque le thème en *sol* mineur, et termine par une cadence en *si* bémol, qui permet au chœur de le reprendre pianissimo d'abord en *si* bémol, et de le rendre par une cadence en *sol* mineur. Ce jeu si noble dans les voix recommencé trois fois s'achève à la dernière strophe par une strette en *sol* majeur dont l'effet est étourdissant pour l'âme. Il semble qu'en montant vers les cieux, le chant de ce peuple sorti d'esclavage rencontre des chants tombés des sphères célestes. Les étoiles répondent joyeusement à l'ivresse de la terre délivrée. La rondeur périodique de ces motifs, la noblesse des lentes gradations qui préparent l'explosion du chant et son retour sur lui-même, développent des images célestes dans l'âme. Ne croiriez-vous pas voir les cieux entrouverts, les anges armés de leurs sistres d'or, les séraphins prosternés agitant leurs encensoirs chargés de parfums, et les archanges appuyés sur leurs épées flamboyantes qui viennent de vaincre les impies? Le secret de cette harmonie, qui rafraîchit la pensée, est, je crois, celui de quelques œuvres humaines bien rares, elle nous jette pour un moment dans l'infini, nous en avons le sentiment, nous l'entrevoyons dans ces mélodies sans bornes comme celles qui se chantent autour du trône de Dieu. Le génie de Rossini nous conduit à une hauteur prodigieuse. De là, nous apercevons une terre promise où nos yeux caressés par des lueurs célestes se plongent sans y rencontrer d'horizon. Le dernier cri d'Elcia presque guérie rattache un amour terrestre à cette hymne de reconnaissance. Ce cantilène [54] est un trait de génie. — Chantez, dit la duchesse en entendant la dernière strophe exécutée comme elle était écoutée, avec un sombre enthousiasme; chantez, vous êtes libres.

Ce dernier mot fut dit d'un accent qui fit tressaillir le médecin; et pour arracher la duchesse à son amère pensée, il lui fit, pendant le tumulte excité par les rappels de la Tinti, une de ces querelles auxquelles les Français excellent.

— Madame, dit-il, en m'expliquant ce chef-d'œuvre

que grâce à vous je reviendrai entendre demain, en le comprenant et dans ses moyens et dans son effet, vous m'avez parlé souvent de la couleur de la musique, et de ce qu'elle peignait; mais en ma qualité d'analyste et de matérialiste, je vous avouerai que je suis toujours révolté par la prétention qu'ont certains enthousiastes de nous faire croire que la musique peint avec des sons. N'est-ce pas comme si les admirateurs de Raphaël prétendaient qu'il chante avec des couleurs?

— Dans la langue musicale, répondit la duchesse, peindre, c'est réveiller par des sons certains souvenirs dans notre cœur, ou certaines images dans notre intelligence, et ces souvenirs, ces images ont leur couleur, elles sont tristes ou gaies. Vous nous faites une querelle de mots, voilà tout. Selon Capraja, chaque instrument a sa mission, et s'adresse à certaines idées comme chaque couleur répond en nous à certains sentiments. En contemplant des arabesques d'or sur un fond bleu, avez-vous les mêmes pensées qu'excitent en vous des arabesques rouges sur un fond noir ou vert? Dans l'une comme dans l'autre peinture, il n'y a point de figures, point de sentiments exprimés, c'est l'art pur, et néanmoins nulle âme ne restera froide en les regardant. Le hautbois n'a-t-il pas sur tous les esprits le pouvoir d'éveiller des images champêtres, ainsi que presque tous les instruments à vent? Les cuivres n'ont-ils pas je ne sais quoi de guerrier, ne développent-ils pas en nous des sensations animées et quelque peu furieuses? Les cordes, dont la substance est prise aux créations organisées, ne s'attaquent-elles pas aux fibres les plus délicates de notre organisation, ne vont-elles pas au fond de notre cœur? Quand je vous ai parlé des sombres couleurs, du froid des notes employées dans l'introduction de *Mosè,* n'étais-je pas autant dans le vrai que vos critiques en nous parlant de la couleur de tel ou tel écrivain [55]? Ne reconnaissez-vous pas le style nerveux, le style pâle, le style animé, le style coloré? L'Art peint avec des mots, avec des sons, avec des couleurs, avec des lignes, avec des formes; si ses moyens sont divers, les effets sont les mêmes. Un architecte italien vous donnera la sensation qu'excite en nous l'introduc-

tion de *Mosè,* en nous promenant dans des allées sombres, hautes, touffues, humides, et nous faisant arriver
subitement en face d'une vallée pleine d'eau, de fleurs,
de fabriques, et inondée de soleil. Dans leurs efforts
grandioses, les arts ne sont que l'expression des grands
spectacles de la nature. Je ne suis pas assez savante pour
entrer dans la philosophie de la musique ; allez question-
ner Capraja, vous serez surpris de ce qu'il vous dira.
Selon lui, chaque instrument ayant pour ses expressions
la durée, le souffle ou la main de l'homme, est supérieur
comme langage à la couleur qui est fixe, et au mot qui a
des bornes. La langue musicale est infinie, elle contient
tout, elle peut tout exprimer [56]. Savez-vous maintenant en
quoi consiste la supériorité de l'œuvre que vous avez
entendue ? Je vais vous l'expliquer en peu de mots. Il y a
deux musiques : une petite, mesquine, de second ordre,
partout semblable à elle-même, qui repose sur une cen-
taine de phrases que chaque musicien s'approprie, et qui
constitue un bavardage plus ou moins agréable avec lequel vivent la plupart des compositeurs ; on écoute leurs
chants, leurs prétendues mélodies, on a plus ou moins de
plaisir, mais il n'en reste absolument rien dans la mé-
moire. Cent ans se passent, ils sont oubliés. Les peuples,
depuis l'Antiquité jusqu'à nos jours, ont gardé, comme
un précieux trésor, certains chants qui résument leurs
mœurs et leurs habitudes, je dirai presque leur histoire.
Écoutez un de ces chants nationaux (et le chant grégorien
a recueilli l'héritage des peuples antérieurs en ce genre),
vous tombez en des rêveries profondes, il se déroule dans
votre âme des choses inouïes, immenses, malgré la simplicité de ces rudiments, de ces ruines musicales. Eh !
bien, il y a par siècle un ou deux hommes de génie, pas
davantage, les Homères de la musique, à qui Dieu donne
le pouvoir de devancer les temps, et qui formulent ces
mélodies pleines de faits accomplis, grosses de poèmes
immenses. Songez-y bien, rappelez-vous cette pensée,
elle sera féconde, redite par vous : c'est la mélodie et non
l'harmonie qui a le pouvoir de traverser les âges. La
musique de cet oratorio contient un monde de ces choses
grandes et sacrées. Une œuvre qui débute par cette intro-

duction et qui finit par cette prière est immortelle, immortelle comme l'*O filii et filiae* de Pâques, comme le *Dies irae* de la Mort, comme tous les chants qui survivent en tous les pays à des splendeurs, à des joies, à des prospérités perdues.

Deux larmes que la duchesse essuya en sortant de sa loge disaient assez qu'elle songeait à la Venise qui n'était plus ; aussi Vendramin lui baisa-t-il la main.

La représentation finissait par un concert des malédictions les plus originales, par les sifflets prodigués à Genovese, et par un accès de folie en faveur de la Tinti. Depuis longtemps les Vénitiens n'avaient eu de théâtre plus animé, leur vie était enfin réchauffée par cet antagonisme qui n'a jamais failli en Italie, où la moindre ville a toujours vécu par les intérêts opposés de deux factions : les Gibelins et les Guelfes partout, les Capulets et les Montaigu à Vérone, les Geremeï et les Lomelli à Bologne, les Fieschi et les Doria à Gênes, les patriciens et le peuple, le sénat et les tribuns de la république romaine, les Pazzi et les Medici à Florence, les Sforza et les Visconti à Milan, les Orsini et les Colonna à Rome ; enfin partout et en tous lieux le même mouvement. Dans les rues, il y avait déjà des Genovesiens et des Tintistes. Le prince reconduisit la duchesse, que l'amour d'Osiride avait plus qu'attristée ; elle croyait pour elle-même à quelque catastrophe semblable, et ne pouvait que presser Emilio sur son cœur, comme pour le garder près d'elle.

— Songe à ta promesse, lui dit Vendramin, je t'attends sur la place.

Vendramin prit le bras du Français, et lui proposa de se promener sur la place Saint-Marc en attendant le prince.

— Je serai bien heureux s'il ne revient pas, dit-il.

Cette parole fut le point de départ d'une conversation entre le Français et Vendramin, qui vit en ce moment un avantage à consulter un médecin, et qui lui raconta la singulière position dans laquelle était Emilio. Le Français fit ce qu'en toute occasion font les Français, il se mit à rire. Vendramin, qui trouvait la chose énormément sérieuse, se fâcha ; mais il s'apaisa quand l'élève de Magendie, de Flourens, de Cuvier, de Dupuytren, de Broussais, lui dit qu'il croyait pouvoir guérir le prince de son bonheur excessif, et dissiper la céleste poésie dans laquelle il environnait la duchesse comme d'un nuage.

— Heureux malheur, dit-il. Les anciens, qui n'étaient pas aussi niais que le feraient supposer leur ciel de cristal et leurs idées en physique, ont voulu peindre dans leur fable d'Ixion [57] cette puissance qui annule le corps et rend l'esprit souverain de toutes choses.

Vendramin et le médecin virent venir Genovese, accompagné du fantasque Capraja. Le mélomane désirait vivement savoir la véritable cause du *fiasco*. Le ténor, mis sur cette question, bavardait comme ces hommes qui se grisent par la force des idées que leur suggère une passion.

— Oui, signor, je l'aime, je l'adore avec une fureur dont je ne me croyais plus capable après m'être lassé des femmes. Les femmes nuisent trop à l'art pour qu'on puisse mener ensemble les plaisirs et le travail. La Clara croit que je suis jaloux de ses succès et que j'ai voulu empêcher son triomphe à Venise ; mais je l'applaudissais dans la coulisse et criais : *Diva !* plus fort que toute la salle.

— Mais, dit Cataneo en survenant, ceci n'explique pas comment de chanteur divin tu es devenu le plus exécrable de tous ceux qui font passer de l'air par leur gosier, sans l'empreindre de cette suavité enchanteresse qui nous ravit.

— Moi, dit le virtuose, moi devenu mauvais chanteur, moi qui égale les plus grands maîtres !

En ce moment, le médecin français, Vendramin, Capraja, Cataneo et Genovese avaient marché jusqu'à la Piazzetta. Il était minuit. Le golfe brillant que dessinent les églises de Saint-Georges et de Saint-Paul au bout de la Giudecca, et le commencement du canal Grande, si glorieusement ouvert par la *dogana,* et par l'église dédiée à la Maria della Salute, ce magnifique golfe était paisible. La lune éclairait les vaisseaux devant la rive des Esclavons. L'eau de Venise, qui ne subit aucune des agitations de la mer, semblait vivante, tant ses millions de paillettes frissonnaient. Jamais chanteur ne se trouva sur un plus

magnifique théâtre. Genovese prit le ciel et la mer à
témoin par un mouvement d'emphase; puis, sans autre
accompagnement que le murmure de la mer, il chanta
l'air d'*ombra adorata,* le chef-d'œuvre de Crescentini [58].
Ce chant, qui s'éleva entre les fameuses statues de Saint-
Théodore et Saint-Georges, au sein de Venise déserte,
éclairée par la lune, les paroles si bien en harmonie avec
ce théâtre, et la mélancolique expression de Genovese,
tout subjugua les Italiens et le Français. Aux premiers
mots, Vendramin eut le visage couvert de grosses larmes.
Capraja fut immobile comme une des statues du palais
ducal. Cataneo parut ressentir une émotion. Le Français,
surpris, réfléchissait comme un savant saisi par un phénomène qui casse un de ses axiomes fondamentaux. Ces
quatre esprits si différents, dont les espérances étaient si
pauvres, qui ne croyaient à rien ni pour eux ni après eux,
qui se faisaient à eux-mêmes la concession d'être une
forme passagère et capricieuse, comme une herbe ou
quelque coléoptère, entrevirent le ciel. Jamais la musique
ne mérita mieux son épithète de divine. Les sons consolateurs partis de ce gosier environnaient les âmes de nuées
douces et caressantes. Ces nuées à demi visibles, comme
les cimes de marbre qu'argentait alors la lune autour des
auditeurs, semblaient servir de sièges à des anges dont les
ailes exprimaient l'adoration, l'amour, par des agitations
religieuses. Cette simple et naïve mélodie, en pénétrant
les sens intérieurs, y apportait la lumière. Comme la
passion était sainte! Mais quel affreux réveil la vanité du
ténor préparait à ces nobles émotions.

— Suis-je un mauvais chanteur? dit Genovese après
avoir terminé l'air.

Tous regrettèrent que l'instrument ne fût pas une chose
céleste. Cette musique angélique était donc due à un
sentiment d'amour-propre blessé. Le chanteur ne sentait
rien, il ne pensait pas plus aux pieux sentiments, aux
divines images qu'il soulevait dans les cœurs, que le
violon ne sait ce que Paganini lui fait dire. Tous avaient
voulu voir Venise soulevant son linceul et chantant elle-
même, et il ne s'agissait que du *fiasco* d'un ténor.

— Devinez-vous le sens d'un pareil phénomène? demanda le médecin à Capraja en désirant faire causer l'homme que la duchesse lui avait signalé comme un profond penseur.

— Lequel?... dit Capraja.

— Genovese, excellent quand la Tinti n'est pas là, devient auprès d'elle un âne qui brait, dit le Français.

— Il obéit à une loi secrète dont la démonstration mathématique sera peut-être donnée par un de vos chimistes, et que le siècle suivant trouvera dans une formule pleine d'X, d'A et de B entremêlés de petites fantaisies algébriques, de barres, de signes et de lignes qui me donnent la colique, en ce que les plus belles inventions de la Mathématique n'ajoutent pas grand-chose à la somme de nos jouissances. Quand un artiste a le malheur d'être plein de la passion qu'il veut exprimer, il ne saurait la peindre, car il est la chose même au lieu d'en être l'image. L'art procède du cerveau et non du cœur. Quand votre sujet vous domine, vous en êtes l'esclave et non le maître. Vous êtes comme un roi assiégé par son peuple. Sentir trop vivement au moment où il s'agit d'exécuter, c'est l'insurrection des sens contre la faculté!

— Ne devrions-nous pas nous convaincre de ceci par un nouvel essai? demanda le médecin.

— Cataneo, tu peux mettre encore en présence ton ténor et la prima donna, dit Capraja à son ami Cataneo.

— Messieurs, répondit le duc, venez souper chez moi. Nous devons réconcilier le ténor avec la Clarina, sans quoi la saison serait perdue pour Venise.

L'offre fut acceptée.

— Gondoliers! cria Cataneo.

— Un instant, dit Vendramin au duc, Memmi m'attend à Florian, je ne veux pas le laisser seul, grisons-le ce soir, ou il se tuera demain...

— *Corpo santo,* s'écria le duc, je veux conserver ce brave garçon pour le bonheur et l'avenir de ma famille, je vais l'inviter.

Tous revinrent au café Florian, où la foule était animée par d'orageuses discussions qui cessèrent à l'aspect du ténor. Dans un coin, près d'une des fenêtres donnant sur

la galerie, sombre, l'œil fixe, les membres immobiles, le
prince offrait une horrible image du désespoir.

— Ce fou, dit en français le médecin à Vendramin, ne
sait pas ce qu'il veut ! Il se rencontre au monde un homme
qui peut séparer une Massimilla Doni de toute la création,
en la possédant dans le ciel, au milieu des pompes idéales
qu'aucune puissance ne peut réaliser ici-bas. Il peut voir
sa maîtresse toujours sublime et pure, toujours entendre
en lui-même ce que nous venons d'écouter au bord de la
mer, toujours vivre sous le feu de deux yeux qui lui font
l'atmosphère chaude et dorée que Titien a mise autour de
sa vierge dans son *Assomption*, et que Raphaël le premier
avait inventée, après quelque révélation, pour le Christ
transfiguré, et cet homme n'aspire qu'à barbouiller cette
poésie ! Par mon ministère, il réunira son amour sensuel
et son amour céleste dans cette seule femme ! Enfin il fera
comme nous tous, il aura une maîtresse. Il possédait une
divinité, il en veut faire une femelle ! Je vous le dis,
monsieur, il abdique le ciel. Je ne réponds pas que plus
tard il ne meure de désespoir. O figures féminines, finement découpées par un ovale pur et lumineux, qui rappe-
lez les créations où l'art a lutté victorieusement avec la
nature ! Pieds divins qui ne pouvez marcher, tailles sveltes qu'un souffle terrestre briserait, formes élancées qui
ne concevront jamais, vierges entrevues par nous au sortir
de l'enfance, admirées en secret, adorées sans espoir,
enveloppées des rayons de quelque désir infatigable, vous
qu'on ne revoit plus, mais dont le sourire domine toute
notre existence, quel pourceau d'Épicure a jamais voulu
vous plonger dans la fange de la terre ! Eh ! monsieur, le
soleil ne rayonne sur la terre et ne l'échauffe que parce
qu'il est à trente-trois millions de lieues ; allez auprès, la
science vous avertit qu'il n'est ni chaud ni lumineux, car
la science sert à quelque chose, ajouta-t-il en regardant
Capraja.

— Pas mal pour un médecin français ! dit Capraja en
frappant un petit coup de main sur l'épaule de l'étranger.
Vous venez d'expliquer ce que l'Europe comprend le
moins de Dante, sa *Bice* ! ajouta-t-il. Oui, Béatrix, cette
figure idéale, la reine des fantaisies du poète, élue entre

MASSIMILLA DONI 233

toutes, consacrée par les larmes, déifiée par le souvenir, sans cesse rajeunie par les désirs inexaucés!

— Mon prince, disait le duc à l'oreille d'Emilio, venez souper avec moi. Quand on prend à un pauvre Napolitain sa femme et sa maîtresse, on ne peut lui rien refuser.

Cette bouffonnerie napolitaine, dite avec le bon ton aristocratique, arracha un sourire à Emilio, qui se laissa prendre par le bras et emmener. Le duc avait commencé par expédier chez lui l'un des garçons du café. Comme le palais Memmi était dans le canal Grande, du côté de Santa-Maria della Salute, il fallait y aller en faisant le tour à pied par le Rialto, ou s'y rendre en gondole; mais les convives ne voulurent pas se séparer, et chacun préféra marcher à travers Venise. Le duc fut obligé par ses infirmités de se jeter dans sa gondole.

Vers deux heures du matin, qui eût passé devant le palais Memmi l'aurait vu vomissant la lumière sur les eaux du grand canal par toutes ses croisées, aurait entendu la délicieuse ouverture de la *Semiramide,* exécutée au bas de ses degrés par l'orchestre de la Fenice, qui donnait une sérénade à la Tinti. Les convives étaient à table dans la galerie du second étage. Du haut du balcon, la Tinti chantait en remerciement le *buona sera* d'Almaviva, pendant que l'intendant du duc distribuait aux pauvres artistes les libéralités de son maître, en les conviant à un dîner pour le lendemain; politesses auxquelles sont obligés les grands seigneurs qui protègent des cantatrices, et les dames qui protègent des chanteurs. Dans ce cas, il faut nécessairement épouser tout le théâtre. Cataneo faisait richement les choses, il était le croupier de l'entrepreneur[59], et cette saison lui coûta deux mille écus. Il avait fait venir le mobilier du palais, un cuisinier français, des vins de tous les pays. Aussi croyez que le souper fut royalement servi. Placé à côté de la Tinti, le prince sentit vivement, pendant tout le souper, ce que les poètes appellent dans toutes les langues les flèches de l'amour. L'image de la sublime Massimilla s'obscurcissait comme l'idée de Dieu se couvre parfois des nuages du doute dans l'esprit des savants solitaires. La Tinti se trouvait la plus heureuse femme de la terre en se voyant aimée par Emilio ; sûre de le posséder, elle était animée d'une joie qui se reflétait sur son visage, sa beauté resplendissait d'un éclat si vif que chacun en vidant son verre ne pouvait s'empêcher de s'incliner vers elle par un salut d'admiration.

— La duchesse ne vaut pas la Tinti, disait le médecin en oubliant sa théorie sous le feu des yeux de la Sicilienne.

Le ténor mangeait et buvait mollement, il semblait vouloir s'identifier à la vie de la prima donna, et perdait ce gros bon sens de plaisir qui distingue les chanteurs italiens.

— Allons, *signorina,* dit le duc en adressant un regard de prière à la Tinti, et vous *caro primo uomo,* dit-il à Genovese, confondez vos voix dans un accord parfait. Répétez l'*ut* de *Qual portento,* à l'arrivée de la lumière dans l'oratorio, pour convaincre mon vieil ami Capraja de la supériorité de l'accord sur la roulade !

— Je veux l'emporter sur le prince qu'elle aime, car cela crève les yeux, elle l'adore ! se dit Genovese en lui-même.

Quelle fut la surprise des convives qui avaient écouté Genovese au bord de la mer, en l'entendant braire, roucouler, miauler, grincer, se gargariser, rugir, détonner, aboyer, crier, figurer même des sons qui se traduisaient par un râle sourd ; enfin, jouer une comédie incompréhensible en offrant aux regards étonnés une figure exaltée et sublime d'expression, comme celle des martyrs peints par Zurbarán, Murillo, Titien et Raphaël. Le rire que chacun laissa échapper se changea en un sérieux presque tragique au moment où chacun s'aperçut que Genovese était de bonne foi. La Tinti parut comprendre que son camarade l'aimait et avait dit vrai sur le théâtre, pays de mensonges.

— *Poverino !* s'écriait-elle en caressant la main du prince sous la table.

— *Per dio santo,* s'écria Capraja, m'expliqueras-tu quelle est la partition que tu lis en ce moment, assassin de Rossini ! Par grâce, dis-nous ce qui se passe en toi, quel démon se débat dans ton gosier.

— Le démon? reprit Genovese, dites le dieu de la musique. Mes yeux, comme ceux de sainte Cécile, aperçoivent des anges qui, du doigt, me font suivre une à une les notes de la partition écrite en traits de feu, et j'essaie de lutter avec eux. *Per dio*, ne me comprenez-vous pas? le sentiment qui m'anime a passé dans tout mon être, dans mon cœur et dans mes poumons. Mon gosier et ma cervelle ne font qu'un seul souffle. N'avez-vous jamais en rêve écouté de sublimes musiques, pensées par des compositeurs inconnus qui emploient le son pur que la nature a mis en toute chose et que nous réveillons plus ou moins bien par les instruments avec lesquels nous composons des masses colorées, mais qui, dans ces concerts merveilleux, se produit dégagé des imperfections qu'y mettent les exécutants, ils ne peuvent pas être tout sentiment, tout âme?... Eh! bien, ces merveilles, je vous les rends, et vous me maudissez! Vous êtes aussi fou que le parterre de la Fenice, qui m'a sifflé. Je méprisais ce vulgaire de ne pas pouvoir monter avec moi sur la cime d'où l'on domine l'art, et c'est à des hommes remarquables, un Français... Tiens, il est parti!...

— Depuis une demi-heure, dit Vendramin.

— Tant pis! Il m'aurait peut-être compris, puisque de dignes Italiens, amoureux de l'art, ne me comprennent pas...

— Va, va, va! dit Capraja en frappant de petits coups sur la tête du ténor en souriant, galope sur l'hippogriffe du divin Arioste [60] : cours après tes brillantes chimères, theriaki [61] musical.

En effet, chaque convive, convaincu que Genovese était ivre, le laissait parler sans l'écouter. Capraja seul avait compris la question posée par le Français.

Pendant que le vin de Chypre déliait toutes les langues, et que chancun caracolait sur son dada favori, le médecin attendait la duchesse dans une gondole, après lui avoir fait remettre un mot écrit par Vendramin. Massimilla vint dans ses vêtements de nuit, tant elle était alarmée des adieux que lui avait faits le prince, et surprise par les espérances que lui donnait cette lettre.

— Madame, dit le médecin à la duchesse en la faisant

asseoir et donnant l'ordre du départ aux gondoliers, il s'agit en ce moment de sauver la vie à Emilio Memmi, et vous seule avez ce pouvoir.

— Que faut-il faire ? demanda-t-elle.

— Ah ! vous résignerez-vous à jouer un rôle infâme malgré la plus noble figure qu'il soit possible d'admirer en Italie ? Tomberez-vous, du ciel bleu où vous êtes, au lit d'une courtisane ? Enfin, vous, ange sublime, vous, beauté pure et sans tache, consentirez-vous à deviner l'amour de la Tinti, chez elle, et de manière à tromper l'ardent Emilio que l'ivresse rendra d'ailleurs peu clairvoyant ?

— Ce n'est que cela, dit-elle en souriant et en montrant au Français étonné un coin inaperçu par lui du délicieux caractère de l'Italienne aimante. Je surpasserai la Tinti, s'il le faut, pour sauver la vie à mon ami.

— Et vous confondrez en un seul deux amours séparés chez lui par une montagne de poésie qui fondra comme la neige d'un glacier sous les rayons du soleil en été.

— Je vous aurai d'éternelles obligations, dit gravement la duchesse.

Quand le médecin français rentra dans la galerie, où l'orgie avait pris le caractère de la folie vénitienne, il eut un air joyeux qui échappa au prince fasciné par la Tinti, de laquelle il se promettait les enivrantes délices qu'il avait déjà goûtées. La Tinti nageait en vraie Sicilienne dans les émotions d'une fantaisie amoureuse sur le point d'être satisfaite. Le Français dit quelques mots à l'oreille de Vendramin, et la Tinti s'en inquiéta.

— Que complotez-vous ? demanda-t-elle à l'ami du prince.

— Êtes-vous bonne fille ? lui dit à l'oreille le médecin qui avait la dureté de l'opérateur.

Ce mot entra dans l'entendement de la pauvre fille comme un coup de poignard dans un cœur.

— Il s'agit de sauver la vie à Emilio ! ajouta Vendramin.

— Venez, dit le médecin à la Tinti.

La pauvre cantatrice se leva et alla au bout de la table, entre Vendramin et le médecin, où elle parut être comme une criminelle entre son confesseur et son bourreau. Elle se débattit longtemps, mais elle succomba par amour pour Emilio. Le dernier mot du médecin fut : — Et vous guérirez Genovese !

La Tinti dit un mot au ténor en faisant le tour de la table. Elle revint au prince, le prit par le cou, le baisa dans les cheveux avec une expression de désespoir qui frappa Vendramin et le Français, les seuls qui eussent leur raison, puis elle s'alla jeter dans sa chambre. Emilio, voyant Genovese quitter la table, et Cataneo enfoncé dans une longue discussion musicale avec Capraja, se coula vers la porte de la chambre de la Tinti, souleva la portière et disparut comme une anguille dans la vase.

— Hé ! bien, Cataneo, disait Capraja, tu as tout demandé aux jouissances physiques, et te voilà suspendu dans la vie à un fil, comme un arlequin de carton, bariolé de cicatrices, et ne jouant que si l'on tire la ficelle d'un accord.

— Mais toi, Capraja, qui as tout demandé aux idées, n'es-tu pas dans le même état, ne vis-tu pas à cheval sur une roulade ?

— Moi, je possède le monde entier, dit Capraja qui fit un geste royal en étendant la main.

— Et moi je l'ai déjà dévoré, répliqua le duc.

Ils s'aperçurent que le médecin et Vendramin étaient partis, et qu'ils se trouvaient seuls.

Le lendemain, après la plus heureuse des nuits heureuses, le sommeil du prince fut troublé par un rêve. Il sentait des perles sur la poitrine qui lui étaient versées par un ange, il se réveilla, il était inondé par les larmes de Massimilla Doni, dans les bras de laquelle il se trouvait, et qui le regardait dormant.

Genovese, le soir à la Fenice, quoique sa camarade Tinti ne l'eût pas laissé se lever avant deux heures après-midi, ce qui, dit-on, nuit à la voix d'un ténor, chanta divinement son rôle dans la *Semiramide,* il fut redemandé avec la Tinti, il y eut de nouvelles couronnes données, le parterre fut ivre de joie, le ténor ne s'occupait plus de séduire la prima donna par les charmes d'une méthode angélique.

Vendramin fut le seul que le médecin ne put guérir. L'amour d'une patrie qui n'existe plus est une passion sans remède. Le jeune Vénitien, à force de vivre dans sa république du XIIIᵉ siècle, et de coucher avec cette grande courtisane amenée par l'opium, et de se retrouver dans la vie réelle où le reconduisait l'abattement, succomba, plaint et chéri de ses amis.

L'auteur n'ose pas dire le dénouement de cette aventure, il est trop horriblement bourgeois. Un mot suffira pour les adorateurs de l'idéal.

La duchesse était grosse !

Les péris, les ondines, les fées, les sylphides du vieux temps, les muses de la Grèce, les vierges de marbre de la Certosa da Pavia, le Jour et la Nuit de Michel-Ange, les petits anges que Bellini le premier mit au bas des tableaux d'église, et que Raphaël a faits si divinement au bas de la vierge au donataire, et de la madone qui gèle à Dresde, les délicieuses filles d'Orcagna, dans l'église de San-Michele à Florence, les chœurs célestes du tombeau de saint Sébald à Nuremberg, quelques vierges du Duomo de Milan, les peuplades de cent cathédrales gothiques, tout le peuple des figures qui brisent leur forme pour venir à vous, artistes compréhensifs, toutes ces angéliques filles incorporelles accoururent autour du lit de Massimilla, et y pleurèrent !

Paris, 25 mai 1839 [62].

NOTES

LE CHEF-D'ŒUVRE INCONNU

Le Chef-d'œuvre inconnu est sous le signe de l'influence d'Hoffmann, comme le précisent les recherches de P. LAUBRIET (*Le Chef-d'œuvre inconnu de Balzac*, p. 31-40), de P.-G. CASTEX (*Nouvelles et contes de Balzac*. II. *Études philosophiques*, p. 45-51) et de R. GUISE (*La Comédie humaine*, Pléiade, t. X, p. 401-406). Toutefois l'information prise par Balzac pour la rédaction définitive du *Chef-d'œuvre* importe plus que l'ascendant d'Hoffmann, encore que la question ne comporte pas de solution certaine. Auprès de qui le romancier s'est-il renseigné sur les problèmes de la création artistique et de la technique picturale ? Est-ce la lecture des œuvres esthétiques de Diderot qui lui a procuré la documentation nécessaire (cf. P. LAUBRIET, *op. cit.*, p. 113-116, P.-G. CASTEX, *op. cit.*, p. 51-53 et R. GUISE, Pléiade, t. X, p. 1414-1415 et les notes consacrées aux rapprochements textuels) ? Est-ce la collaboration de Théophile Gautier ou la lecture de ses chroniques d'art qui a fourni à Balzac les assises techniques, donnant à son récit plus de solidité (cf. SPOELBERCH DE LOVENJOUL, *Autour de Honoré de Balzac*, p. 3-46, P. LAUBRIET, *op. cit.*, p. 106-112, P.-G. CASTEX, *op. cit.*, p. 54-57 et R. Guise, qui se montre réservé au sujet de l'apport de Gautier, Pléiade, t. X, p. 1405-1407) ? Ou peut-on considérer que Balzac s'est documenté auprès de Delacroix, qui aurait contribué à affirmer ses conceptions esthétiques et à enrichir son vocabulaire technique ?

Contrairement à l'opinion répandue parmi les balzaciens, nous persistons à penser que l'esthétique de Delacroix n'est pas étrangère à l'élaboration finale du *Chef-d'œuvre inconnu* et nous ne sommes pas seuls à le penser, puisque F. Fosca, A. Béguin, G. Hirschfell et R. Rey ont également défendu ce point de vue. Bien que contestée, cette opinion s'appuie sur certains arguments que l'on peut ramener aux faits suivants :

a. Balzac a rencontré Delacroix au début des années 1830 chez Charles Nodier, selon le témoignage du *Journal* de l'artiste (t. I, p. 453) et chez Mme O'Reilly. Il n'est pas exclu qu'ils aient eu des entretiens portant sur la peinture, le romancier étant toujours curieux des mystères de la création.

b. A une date incertaine, Delacroix écrit à Balzac à propos de *Louis*

Lambert : « J'ai été moi-même une espèce de Lambert, moins la profondeur » (l'année proposée pour l'envoi de la lettre est 1833). Certes le peintre éprouvait de la distance ou même de l'antipathie à l'égard de la personne de Balzac, mais il le lisait assez constamment et cite de nombreux extraits de son œuvre dans le *Journal*.

c. Delacroix est le dédicataire de *La Fille aux yeux d'or* (1834-1835), peut-être en raison de la fonction majeure que joue la couleur dans ce récit.

d. Il ne fait pas de doute que Delacroix a servi de modèle pour créer le personnage de Joseph Bridau, le héros de *La Rabouilleuse,* qui apparaît dans plusieurs romans de *La Comédie humaine*, dont les *Illusions perdues.*

e. On objecte couramment que Delacroix a interrompu la rédaction de son *Journal* durant les années de la gestation du *Chef-d'œuvre inconnu.* On rétorquera que l'esthétique du peintre est définie par une remarquable permanence et qu'elle évolue fort peu dans l'énoncé de ses principes essentiels. C'est pourquoi l'hypothèse de l'influence de Delacroix n'est pas nécessairement émise dans le mépris de la chronologie.

f. Dans son étude sur *Balzac* (1858), Gautier demeure muet sur *Le Chef-d'œuvre inconnu* — ce qui est surprenant, si l'on admet qu'il a participé à l'élaboration de l'œuvre ; la mort de Balzac permettait à Gautier de s'exprimer en toute liberté.

Nous ne saurions conclure avec certitude que Balzac s'est informé auprès de Delacroix des problèmes de la création et de la technique picturale, mais l'hypothèse conserve sa plausibilité, comme en témoignent ces arguments et mieux encore les analogies frappantes entre les paroles de Frenhofer et les propos du *Journal* de Delacroix. Ces rapprochements sont plus convaincants que ceux proposés avec les textes de Diderot et de Gautier. Ils parlent d'ailleurs en faveur de la modernité de l'esthétique balzacienne.

1. *A un Lord*, cette dédicace n'a été ajoutée que dans l'édition Furne en 1845. Le dédicataire n'a pas pu être identifié.

2. *Gillette,* dans la version parue dans *L'Artiste* en 1831, le récit portait le sous-titre de « conte fantastique » et le chapitre I était intitulé « Maître Frenhofer ».

3. *1612* est la date probable de l'arrivée de Poussin à Paris, encouragé par Varin pour y entreprendre des études de peinture.

4. *François Porbus*, dit le Jeune, peintre flamand, né à Anvers en 1570 et mort à Paris en 1622. Après un séjour à Rome, il fut attaché à la cour de France. Il exécuta entre autres des portraits de Henri IV et de Louis XIII enfant. P. Laubriet a montré que Balzac a puisé sa documentation sur Porbus et Mabuse dans les ouvrages de J.-B. Descamps, *La Vie des peintres flamands, allemands et hollandais*, 4 vol., Paris, 1753-1763, et de Gault de Saint-Germain, *Guide des amateurs de tableaux pour les écoles allemande, flamande et hollandaise*, 2 vol., Paris, 1818.

5. *grotesque*, « le mot se dit, au sens propre, des représentations fantaisistes ou bizarres d'objets ou de personnages découvertes à la

Renaissance dans les fouilles («grottes») des monuments antiques»
[...] (note de Samuel de Sacy dans le Livre de poche, p. 414).

6. *le peintre de Henri IV*, ce portrait du roi par Porbus le Jeune se
trouve au musée du Louvre. R. Guise signale qu'il existe un second
portrait de Henri IV, dû au même peintre (Pl. p. 1410-1411). *Rubens*
(1577-1640), R. Guise précise que «c'est seulement en 1620 que Marie
de Médicis s'adressa à Rubens» (Pl. p. 1410) pour lui confier la
décoration de la galerie des fêtes dans le palais du Luxembourg.

7. *diabolique*, Frenhofer est défini dans le récit comme un être
démoniaque et surnaturel, correspondant à l'un des aspects fantastiques
du *Chef-d'œuvre inconnu*.

8. *sans cadre*, il s'agit du traditionnel thème fantastique du tableau
ou de la statue qui s'anime.

9. *Porbus s'inclina*, la description de l'atelier de Porbus est à la fois
précisée et condensée dans la version de 1837, affranchie des interven-
tions du narrateur et des détails historiques.

10. *études aux trois crayons*, technique inventée au XVIᵉ siècle et
consistant à dessiner sur papier teinté avec des crayons noir, rouge et
blanc.

11. *Marie égyptienne*, selon les recherches de P. Laubriet, aucun
tableau de Porbus ne représente Marie l'Égyptienne ou quelque épisode
de sa vie. En revanche, Philippe de Champaigne a évoqué la sainte dans
un tableau qui se trouve au musée de Tours (*op. cit.*, p. 42).

12. *Ta bonne femme*, les deux discours de Frenhofer et la question de
Porbus correspondent à une addition de 1837.

13. *le secret de Dieu*, telle serait l'ambition métaphysique et prométhéenne de l'art. Dans *Les Proscrits*, Sigier encourage «des recherches hardies dans les secrets de Dieu» par la voie de la théologie
mystique.

14. *l'espace et la profondeur manquent*, la peinture de Porbus est
plate, figée dans les contours du dessin (*silhouette, apparence découpée*) et privée de la troisième dimension, parce qu'elle ne traduit pas la
circulation de l'air.

15. *la dégradation aérienne*, si l'air n'anime pas l'espace de la toile,
il est néanmoins rendu dans l'optique de l'éloignement et de la distance.

16. *fibrilles*, petites fibres, filaments du tissu conjonctif. Il semble
que Balzac en fasse un synonyme de veines.

17. *le flambeau de Prométhée*, les ambitions picturales de Frenhofer
se réfèrent plus d'une fois aux héros de la mythologie : de même que
Prométhée, le peintre prétend dérober «la flamme céleste», la Forme
qu'il veut saisir est soumise aux mêmes métamorphoses que Protée, tel
Pygmalion, il souhaite voir son œuvre s'animer, comme Orphée, il
accomplirait une descente aux enfers pour y découvrir les secrets de la
vie. En outre, le mythe faustien, auquel il n'est pas fait allusion, est,
comme dans *La Peau de chagrin*, sans cesse implicite à travers la
démesure de Frenhofer.

18. *Véronèse*, Frenhofer oppose deux écoles de la peinture, l'une allemande, établie sur la prédominance du dessin, l'autre vénitienne, fondée sur la prédominance de la couleur. Au temps de Balzac, ce conflit se perpétue dans l'opposition entre le système d'Ingres et celui de Delacroix. Dans le *Salon de 1846* (II), Baudelaire juge au contraire que « le Nord est coloriste » — en annexant curieusement Venise — et que « le Midi est naturaliste ».

19. *clair-obscur*, sans condamner comme Frenhofer le clair-obscur, Delacroix juge qu'il s'obtient par le jeu de la couleur et des reflets. « Il n'y a radicalement ni clairs ni ombres. Il y a une masse colorée pour chaque objet, reflétée différemment de tous côtés » (*Journal*, 5 mai 1852, t. I, p. 468).

20. *cette gorge*, la fin de l'intervention de Porbus et tout le discours de Frenhofer dans le paragraphe suivant ont été ajoutés dans la version de 1837.

21. *mais de l'exprimer*, cet axiome fondamental apporte un démenti à ceux qui veulent réduire la poétique romanesque de Balzac au réalisme. L'art est de l'ordre de l'invention et de la représentation, non de l'imitation ou de la reproduction du réel ; il implique un travail de transposition de la nature, opéré par l'imagination. Dans la préface de *La Peau de chagrin*, Balzac distingue les deux pôles de la création littéraire : l'*observation* et l'*expression*, et, dans celle du *Cabinet des antiques*, il affirme : « Le vrai littéraire ne saurait être le vrai de la nature. » Daniel d'Arthez, dans *Les Illusions perdues*, définit l'Art comme « la Nature concentrée » et le narrateur, dans *La Cousine Bette*, comme « la création idéalisée ». On pourrait multiplier les citations de Delacroix, allant dans le sens de la recréation plastique du spectacle de la nature. En voici trois : « La nouveauté est dans l'esprit qui crée, et non pas dans la nature qui est peinte » (*Journal*, 14 mai 1824, t. I, p. 103). « Devant la nature elle-même, c'est notre imagination qui fait le tableau » (*Ibid.*, 1er septembre 1859, t. III, p. 232). « Le réalisme devrait être défini l'antipode de l'art » (*Ibid.*, 22 février 1860, t. III, p. 266). Rappelons que dans *Genèse et perspective artistiques du surréalisme* André Breton cite la parole de Frenhofer qui énonce « le principe capital » de l'art, soucieux de s'affranchir de l'imitation pour exprimer la représentation imaginaire et mentale (*Le Surréalisme et la peinture*, Gallimard, 1965, p. 52).

22. *mais un poète*, dans *Le Chef-d'œuvre inconnu*, et *Gambara*, le terme est pris tantôt dans son sens étymologique de créateur, tantôt dans le sens dépréciatif de rêveur, incapable d'achever son œuvre.

23. *saisir l'esprit, l'âme*, cette phrase confirme le projet d'une esthétique spiritualiste, dépassant les apparences de la matière.

24. *et non la vie*, dans une perspective balzacienne, Frenhofer distingue l'accidentel, le contingent du principe et de l'essence, qui se rattachent à la cause. Dans *Une fausse maîtresse*, le narrateur identifiera l'*Effet* avec la *Nature* et la *Cause* avec *Dieu*.

25. *l'effet de la cause*, la réciprocité de la cause et de l'effet est une

loi majeure de la pensée et de la poétique balzaciennes, dans la mesure où elle fonde le principe de l'unité, nécessaire à l'acte de la création. Louis Lambert proclame : « Toute science humaine repose sur la déduction, qui est une vision lente par laquelle on descend de la cause à l'effet, par laquelle on remonte de l'effet à la cause ; ou [...] toute poésie comme toute œuvre d'art procède d'une rapide vision des choses » (Pl., t. XI, p. 615). Dans *La Recherche de l'absolu*, le narrateur affirme : « De part et d'autre, tout se déduit, tout s'enchaîne ! La cause fait deviner un effet, comme chaque effet permet de remonter à une cause » (Pl., t. X, p. 658). La rupture de l'équilibre entre la cause et l'effet produit la *désorganisation* dans la vie de la pensée et dans l'acte de la création. « Quand l'effet produit n'est plus en rapport avec sa cause, il y a désorganisation » (*Louis Lambert*, Pl., t. XI, p. 650). Cette relation revêt une valeur tant cosmologique qu'esthétique.

26. *l'arcane de la nature*, on peut hésiter entre le sens ésotérique d'opération hermétique, réservée aux initiés, et le sens swedenborgien d'analogies ou de correspondances entre l'univers visible, matériel et l'univers invisible, spirituel, entre l'effet terrestre et la cause céleste (le terme est employé le plus souvent au pluriel dans ce cas). Il semble que ce soit le premier sens qui convienne au texte, comparant la création picturale à l'opération alchimique.

27. *la forcer à se rendre*, comme l'ont noté J. Crépet et G. Blin, cette phrase préfigure la thématique de *La Mort des artistes* de Baudelaire (*Les Fleurs du mal*, édition critique, José Corti, 1942, p. 519).

28. *la Forme est un Protée*, employé avec ou sans majuscule, le mot Forme relève une ambiguïté dans *Le Chef-d'œuvre inconnu*, comme l'observe P. Laubriet : il revêt « un sens métaphysique », recouvrant la cause, le principe, qui commande à l'organisation de la matière, ou un sens physique, correspondant à la structure des objets et à l'univers des effets (*op. cit.*, p. 90).

29. *Raphaël* est le peintre le plus souvent évoqué dans *La Comédie humaine* comme l'incarnation accomplie du génie pictural. Vendramin dit dans *Massimilla Doni* : « Raphaël seul a réuni la Forme et l'Idée. »

30. *vouloir briser la Forme*, la Forme représente ici l'univers matériel des apparences et des effets ; elle est, comme le dit la suite du texte, un médiateur, un moule et « une vaste poésie » dans lesquels l'artiste incarne les signes de sa pensée et de ses impressions. Elle est le support concret de l'idéologie et de la vision.

31. *currus venustus* ou *pulcher homo*, char élégant ou bel homme.

32. *Mabuse*, Jean Gossaert ou Gossart, dit de Mabuse, peintre flamand, né à Maubeuge vers 1470 et mort à Anvers en 1532. Il fit des séjours en Angleterre et en Italie ; ce second voyage influença sa peinture dans le sens d'une utilisation plus ample de la couleur.

33. *viandes flamandes*, dans le premier quatrain des *Phares*, Baudelaire recourt à la métaphore de l' « oreiller de chair fraîche » pour qualifier la peinture de Rubens.

34. *couleur, sentiment et dessin*, la complémentarité nécessaire de la

couleur et du dessin s'enrichit d'une dimension affective en relation avec la vie.

35. *Poussin*, comme l'a prouvé P. Laubriet, Balzac s'est documenté sur Poussin dans l'œuvre d'A. FÉLIBIEN, *Entretiens sur les vies et sur les ouvrages des plus excellents peintres anciens et modernes*, 5 vol., Paris, 1666-1668. L'identité de Poussin, de même que celle de Frenhofer, n'est révélée au lecteur que lorsque le récit est déjà avancé.

36. *voilà qui*, les six alinéas suivants jusqu'à — « Maintenant, allons déjeuner » […] appartiennent au texte définitif de 1837.

37. *O Filii de Pâques*, le titre de cet hymne est cité complètement dans *Gambara, O Filii et filiae*, hymne datant du Moyen Age et destiné dans l'Église catholique à célébrer la résurrection du Christ.

38. *glacis*, « préparation de couleurs légères et fuyantes qu'on applique avec un pinceau fort délié sur d'autres couleurs pour leur donner plus d'éclat » (Littré).

39. *la grise froideur*, Delacroix considérait que « l'ennemi de toute peinture est le gris » (*Journal*, 13 janvier 1857, t. III, p. 16).

40. *se perla*, la forme pronominale du verbe est rare et n'est pas attestée par le *Dictionnaire* de Littré.

41. *ma Belle Noiseuse*, c'est le titre du chef-d'œuvre inconnu de Frenhofer, dont il sera question plus loin. Noiseuse, dérivée de noise, signifie Querelleuse.

42. *Normand*, Poussin est né aux Andelys dans le département normand de l'Eure.

43. *Adam*, il s'agit sans doute d'*Adam et Ève près de l'arbre fatal*, qui appartient au musée de Berlin.

44. *ivre*, chez Mabuse, l'ivresse altère la lucidité, tandis qu'elle l'aiguise chez Gambara.

45. *Giorgion*, francisation de Giorgione.

46. *Frenhofer*, contrairement aux autres peintres du récit, est un personnage imaginaire. Il n'apparaît dans aucune autre œuvre de *La Comédie humaine*. Il porte un nom de consonance germanique, non parce qu'il est un tenant de l'école allemande de peinture, mais parce qu'il est doué d'un tempérament abstrait et spéculatif, enclin à s'interroger sur les problèmes métaphysiques de l'art.

47. *pipe*, « par extension du sens de tuyau, grande futaille », pouvant contenir de 420 à 710 litres (Littré).

48. *Ah! pour arriver*, toute la fin du discours de Frenhofer a été introduite en 1837.

49. *un accident*, l'ombre est un *accident* en ce sens qu'elle s'exprime par les reflets de la lumière. Delacroix écrit dans son *Journal* : « Il n'y a pas d'ombres proprement dites. Il n'y a que des reflets » (11 janvier 1857, t. III, p. 10).

50. *ébarbé*, dont on a fait disparaître les bavures.

51. *une suite de rondeurs*, la nature ne se présente pas, au regard du peintre, sous la forme de la linéarité, mais sous celle de la circularité ou de la sphéricité, déterminée par l'entrecroisement des contours. Delacroix l'exprime en ces termes : « La première et la plus importante chose en peinture, ce sont les contours » (*Journal*, 7 avril 1824, t. I, p. 69).

52. *le dessin n'existe pas*, parce qu'il est « tout abstraction », comme le dit Cézanne (J. GASQUET, *op. cit.*, p. 151), et qu'il se traduit par la distribution de la couleur.

53. *pas de lignes dans la nature*, la ligne n'existe pas dans la nature, elle correspond à une création abstraite de l'esprit humain. Sur ce point, Delacroix et Cézanne sont parfaitement en accord : « Ce fameux beau que les uns voient dans la ligne serpentine, les autres dans la ligne droite, ils se sont tous obstinés à ne le jamais voir que dans les lignes. Je suis à ma fenêtre et je vois le plus beau paysage : l'idée d'une ligne ne me vient pas à l'esprit » (*Journal*, 15 juillet 1849, t. I, p. 299). « La ligne droite elle-même est de son invention [de l'homme], car elle n'est nulle part dans la nature » (*Ibid.*, 20 septembre 1852, t. I, p. 488). Et Cézanne : « Est-ce qu'il y a une seule ligne droite dans la nature ? » « La nature a horreur de la ligne droite » (J. GASQUET, *op. cit*, p. 18 et 151).

54. *on dessine*, contrairement à la technique de la peinture allemande de la Renaissance ou de la peinture ingriste, le dessin n'occupe pas la première place, il est délimité par l'organisation des masses colorées dans l'espace de la toile. Delacroix déclare dans son *Journal :* « Les peintres qui ne sont pas coloristes font de l'enluminure et non de la peinture. La peinture proprement dite [...] comporte l'idée de la couleur comme une des bases nécessaires » (21 février 1852, t. I, p. 459). Et Cézanne affirme à Émile Bernard : « Le dessin et la couleur ne sont point distincts ; au fur et à mesure que l'on peint, on dessine ; plus la couleur s'harmonise, plus le dessin se précise. Quand la couleur est à sa richesse, la forme est à sa plénitude » (*op. cit.*, p. 39. Les mêmes propos sont rapportés par J. GASQUET, *op. cit*, p. 204).

55. *l'apparence au corps*, selon Delacroix, ce sont la perspective, le clair-obscur et la couleur qui animent les corps. « La perspective détermine le contour ; le clair-obscur donne la saillie par la disposition des ombres et des clairs, mis en relation avec le fond ; la couleur donne l'apparence de la vie » (*Journal*, 23 février 1852, t. I, p. 459).

56. *l'air circuler*, la circulation de l'air est dans la toile et dans la nature un agent de liaison par les reflets qu'elle produit (cf. DELACROIX, *Journal*, t. III, p. 14 et 41). Cézanne déclare : « De l'air entre les objets pour bien peindre » (J. GASQUET, *op. cit.*, p. 152) et il précise que le reflet remplit la fonction d'*enveloppe*.

57. *dans tes fuites*, la nature est, de même que la forme, comparable à Protée, soumise au changement et au devenir, alors que l'art est en quête de la permanence.

58. *lutter avec la nature*, cette idée que la création artistique est un combat avec la nature sera développée par Baudelaire et A. Malraux ; elle confirme que l'art ne saurait se contenter de reproduire la nature, mais qu'il s'applique à la transfigurer.

59. *Pygmalion,* à la suite de Rousseau, la génération romantique a été hantée par le mythe de Pygmalion. Selon les données de la fable, ce n'est pas Pygmalion qui anime la statue de sa Galatée, mais Vénus attentive à répondre au désir du sculpteur.

60. *l'Art lui-même,* plus qu'un artiste et un homme de métier, Frenhofer apparaît comme une incarnation de l'Art, de la *nature artiste* et ne saurait s'identifier avec le créateur.

61. *Orphée,* cette descente dans les limbes et dans les enfers en quête de la Beauté et de la Vie n'est pas sans analogies avec le dessein esthétique des *Fleurs du mal.*

62. *qui voit plus haut,* ici encore la fin du discours de Porbus est une addition de 1837.

63. *figures géométriques,* ce sera la préoccupation de Cézanne de représenter les formes de la nature à l'aide des figures géométriques, de « traiter la nature par le cylindre, la sphère, le cône, le tout mis en perspective » (E. BERNARD et J. GASQUET, *op. cit.,* p. 72 et 147).

64. *le squelette sans la vie,* le dessin est la composante statique, l'ossature, tandis que la couleur introduit le mouvement, chargé d'animer les formes à l'intérieur de la toile.

65. *l'observation,* qu'elle porte sur les données du réel ou qu'elle soit *intuitive,* l'observation est aussi indispensable au peintre qu'au romancier, en ce sens qu'elle les soustrait au péril de la rêverie abstraite.

66. *naître riche,* la richesse de Frenhofer s'oppose à la pauvreté de Poussin comme un obstacle au travail de la création et une incitation à la réflexion improductive.

67. *les brosses à la main,* c'est là un axiome fondamental de l'esthétique balzacienne, établissant la complémentarité de la pensée et du faire, de la réflexion et du métier. Dans *La Cousine Bette,* le romancier confirme que c'est par le travail que l'artiste parvient à synthétiser les deux pôles de la création : La *conception* et l'*exécution.* Émile Bernard, en écrivant à propos de Cézanne : [...] « Son mode d'étude était une méditation le pinceau à la main » (*op. cit.,* p. 27), ne fait que paraphraser *Le Chef-d'œuvre inconnu.* P. Laubriet note que Balzac « emploie indifféremment pinceau et brosse pour désigner les instruments du peintre » (*op. cit.,* p. 98).

68. *pauvre gentilhomme,* Poussin n'appartenait pas à la noblesse, mais était de souche paysanne en relation avec la bourgeoisie.

69. *génie dévorant,* par la présence de cette thématique qui s'applique plus encore à Frenhofer qu'à Poussin, *Le Chef-d'œuvre inconnu* s'inscrit dans le dessein général des *Études philosophiques.*

70. *Catherine Lescaut,* personnage imaginaire et modèle de la *Belle Noiseuse,* nom d'origine flamande, comme l'observe P. LAUBRIET (*op. cit.,* p. 50).

71. *trois mois après,* dans la version de 1831, le narrateur n'avait introduit qu'un délai de deux jours entre les chapitres I et II.

72. *hypocondres,* chacune des parties latérales de l'abdomen, situées sous les fausses côtes.

73. *l'Angélique de l'Arioste,* personnage du poème chevaleresque, *Roland furieux* (1516 et 1532).

74. *que je ne suis peintre,* pour Frenhofer, la peinture est l'objet d'une *passion* plus que d'un métier, son génie, comme celui de Gambara, se meut dans le champ d'une poésie abstraite qu'il ne parvient pas à réaliser dans l'espace de la toile.

75. *la beauté de sa vierge,* la beauté de l'imaginaire l'emporte au regard de Frenhofer sur toute beauté visible et réelle.

76. *terminer le corps,* le lecteur s'étonnera avec P. Laubriet de la valeur attribuée à la ligne, qui a été condamnée antérieurement à plus d'une reprise. La «contradiction» s'explique du fait que cette phrase appartient à la version de 1831, parue dans les *Romans et contes philosophiques* (*op. cit.*, p. 112, note 190).

77. *lansquenet,* le terme est destiné à rappeler les origines germaniques de Frenhofer.

78. *une muraille de peinture,* est l'image de l'échec de Frenhofer, de la dissolution de l'œuvre, de ses dimensions spatiales et colorées dans le *chaos* de l'informe. Elle représente, selon J.-P. RICHARD, « le contraire de l'ouvert, l'obstacle même, [...] la clôture la plus irrémédiable » (*Études sur le romantisme,* p. 78).

79. *peinture,* exceptionnellement, nous adoptons la version de l'édition Furne corrigée, qui s'impose par son amélioration stylistique.

80. *rehauts,* retouches «servant à faire ressortir des figures, des ornements, des moulures» (Littré).

81. *dans les cieux,* Frenhofer a coupé l'art de la dimension du réel, en méconnaissant que la peinture est un phénomène d'incarnation.

82. *cette femme imaginaire,* tout modèle vivant, même Catherine Lescault ou Gillette, ne correspond qu'imparfaitement au rêve poétique conçu par Frenhofer.

83. *maheustre* = maheutre, soldat de la gendarmerie royale à la fin du XVIe siècle. Par analogie, bandit, assassin. *Bardache,* synonyme dépréciatif de mignon, d'homosexuel.

84. *Pendant que Poussin,* les deux paragraphes sur lesquels s'achève le récit sont de 1837. Ils apportent un dénouement précis, absent de la version de 1831, qui ramène l'intrigue au destin de Frenhofer, acteur central, et consacre son échec par la mort et la destruction de ses toiles.

85. *février 1832,* cette date paraît fictive ou tout au moins étrangère à l'histoire du texte.

Les références renvoient aux éditions suivantes :

DELACROIX (Eugène), *Journal,* 3 vol., Plon, 1960.

BERNARD (Émile), *Souvenirs sur Paul Cézanne et lettres,* H. Laurens, s.d.

GASQUET (Joachim), *Cézanne,* Éditions Bernheim-Jeune, 1926.

GAMBARA

Le problème des sources de *Gambara* a été élucidé par les recherches de P.-G. Castex (*Nouvelles et contes de Balzac*. II. *Études philosophiques*, p. 66-73) et de M. Regard (*Gambara*, p. 25-46), puis repris par R. Guise dans l'édition de la Pléiade. Nous ne reviendrons pas sur la question sinon pour rappeler que Balzac juge son héros « digne d'Hoffmann » et qu'il s'est vraisemblablement inspiré de plusieurs récits du conteur berlinois : *L'Archet du baron de B.*, *La Leçon de violon*, *Salvator Rosa*, *Le Chevalier Glück*, *Une représentation de Don Juan* et surtout les *Kreisleriana*, qui ont pu attirer l'attention du romancier sur Beethoven. Balzac écrivait à Mme Hanska : « J'ai lu Hoffmann en entier, il est au-dessous de sa réputation, il y a quelque chose, mais pas grand-chose ; il parle bien musique ; il n'entend rien à l'amour et à la femme » (*Lettres à Madame Hanska*, 2 novembre 1833). Il importe encore de signaler la collaboration de son secrétaire, le marquis de Belloy, le recours à Jacques Strunz, compositeur et directeur de chant à l'Opéra-Comique, pour les questions de technique musicale et la lecture possible d'articles de Fétis, parus dans la *Revue musicale* et dans la *Revue et gazette musicale* de Maurice Schlesinger, à laquelle la publication de *Gambara* fut précisément confiée (été 1837).

Les notes consacrées aux termes de technique musicale et à J.-S. Bach ont été rédigées par Jean-Jacques Eigeldinger, musicologue.

1. *Auguste-Guillaume-Benjamin de Belloy* (1812-1871), d'abord comte, puis marquis, fut le secrétaire de Balzac dès 1835. La dédicace de *Gambara* se légitime par le fait que de Belloy contribua à la rédaction du récit pendant le séjour de Balzac en Italie.

2. *une splendide retraite*, cette retraite était située au 13, rue des Batailles, où Balzac s'installa en mars 1835. Cette rue de Chaillot, disparue, correspond aujourd'hui à une partie de l'avenue d'Iéna. Dans ses *Souvenirs romantiques*, Gautier évoque en ces termes la demeure du romancier : « Balzac habitait alors à Chaillot, rue des Batailles, une maison d'où l'on découvrait une vue admirable, le cours de la Seine, le Champ de Mars, l'École militaire, le dôme des Invalides, une grande portion de Paris et plus loin les coteaux de Meudon » (Garnier, 1929, p. 139).

3. *la rue Froidmanteau*, cette rue qui disparut sous le second Empire reliait la place du Palais-Royal à la Seine.

4. *Almaviva et Rosine*, personnages de la comédie de Beaumarchais, *Le Barbier de Séville* (1775) et de l'opéra bouffe de Rossini (1816).

5. *crudeli affani* = chagrins cruels.

6. *Bouffons*, c'est-à-dire le Théâtre des Italiens dont Balzac était un familier, de même que de l'Opéra.

7. *Madame de Manerville*, comtesse Paul de Manerville, née Nathalie Evangélista, personnage de *La Comédie humaine* et héroïne du *Contrat de mariage*. Elle fut la maîtresse de Félix de Vandenesse qui lui adresse le récit de sa vie dans *Le Lys dans la vallée*.

8. *la marquise d'Espard*, née de Blamont-Chauvey, comme Mme de Manerville, représente la coquetterie dans *La Comédie humaine*. Son salon est, sinon un des plus aristocratiques, du moins un des plus importants de Paris.

9. *grandes passions*, cette vision de la naissance de l'amour est conforme à l'idéologie stendhalienne, qui, dans *De l'amour*, insiste sur la relation de la grande passion avec le coup de foudre et avec les pays du Midi, propices à ses violences et à son énergie.

10. *Léonarde*, personnage de la domestique vieille et acariâtre dans *Gil Blas* de Lesage.

11. *Giardini*, le cuisinier remplit dans le récit la fonction de « double grotesque de Gambara », comme le relève avec pertinence M. Regard, parce qu'il échoue dans ses recherches culinaires, inspirées par la passion de l'absolu (*Gambara*, p. 47).

12. *Gambara*, le nom de Gambara n'a pas été inventé par Balzac, comme l'ont montré M. Regard (*Gambara*, p. 27) et R. Guise (Pl., p. 1455). L'existence d'un musicien, Charles-Antoine Gambara, né à Venise en 1774, est attestée et le *Journal* de Stendhal témoigne que le nom n'est pas rare dans le nord de l'Italie.

13. *Gérolamo*, tel est le personnage qui a donné un nom à un théâtre de marionnettes, créé à Milan en 1807. Dans *Gambara* et *Massimilla Doni*, Balzac en fait un Napolitain ou un type napolitain, alors qu'il est Piémontais.

14. *Gigelmi*, ce personnage évoque Beethoven par sa surdité, mais il ne paraît correspondre à aucun être historique.

15. *Ottoboni*, il s'agit vraisemblablement d'un personnage fictif, incarnant le nationalisme intransigeant.

16. *absolutiste*, cette farouche exigence de l'absolu que revendique le cuisinier caractérise le plupart des héros des *Études philosophiques* : Louis Lambert, Balthazar Claës, Frenhofer, Gambara, etc.

17. *l'observateur*, l'observation se manifeste dans la poétique romanesque de Balzac de manière immédiate et fulgurante par une aptitude à remonter instantanément de l'effet à la cause. Balzac écrit dans sa *Théorie de la démarche* : « L'observateur est incontestablement homme

de génie au premier chef. Toutes les inventions humaines découlent
d'une observation analytique dans laquelle l'esprit procède avec une
incroyable rapidité d'aperçus. » Sur la fonction de « l'observation intuitive », voir les premières pages de *Facino Cane*.

18. *bocconi* = bouchées.

19. *la mort de Beethoven,* Beethoven est mort à Vienne le 26 mars
1827, soit moins de trois ans avant le début de l'action de *Gambara*.

20. *È matto!* = il est fou!

21. *l'exécution,* parole capitale par laquelle la musique est considérée comme un art pur qui existe en soi, dans le déchiffrement du texte,
sans que s'impose l'intervention des interprètes pour qu'elle exerce sa
puissance suggestive.

22. *la Symphonie en ut mineur,* Balzac assista à l'exécution de la
V[e] symphonie en ut mineur, op. 67, de Beethoven au Conservatoire le
20 avril 1834 et il la réentendit le 6 novembre 1837. Il évoque poéti-
quement le finale de la symphonie en usant du langage des synesthésies
dans une lettre à Mme Hanska du 7 novembre 1837 et dans *César
Birotteau* (1837). La même lettre précise que Balzac ne connaissait
alors de Beethoven que la Ve symphonie et un fragment de la VIe.

23. *l'admirateur forcené de Beethoven,* c'est aussi le sentiment de
l'auteur qui exprime à deux reprises à Mme Hanska son admiration pour
Beethoven : « Je ne suis jaloux que des morts illustres : Beethoven,
Michel-Ange, Raphaël, Le Poussin, Milton, enfin tout ce qui a été
grand, noble et solitaire m'émeut » (10 mai 1834). Et après la publication de *Gambara :* « J'aurais voulu être plutôt Beethoven que Rossini et
que Mozart. Il y a dans cet homme une puissance divine » (14 novembre 1837). Si *Massimilla Doni* célèbre la gloire de Rossini, *Gambara*
célèbre celle de Beethoven dont le nom est cité à plusieurs reprises dans
le texte. Toutefois P. Citron observe que la version primitive — due au
marquis de Belloy, secrétaire de Balzac, comme le rappelle R. Guise
(Pl., p. 1461) — ne contient pas le nom de Beethoven, qui n'a été
introduit que dans la version définitive (« Gambara, Strunz et Beethoven » dans *Année balzacienne,* 1967, p. 165-170).

24. *Giacomo Carissimi,* né à Marino en 1605 et mort à Rome en
1674, maître de chapelle à l'église Saint-Apollinaire et compositeur
fécond dont plusieurs œuvres ont été détruites. Il est entre autres auteur
d'oratorios et de cantates. *Francesco Cavalli,* de son vrai nom Caletti-
Bruni, né à Crema en 1602 et mort à Venise en 1676. Élève de
Monteverdi, il contribua au développement de l'opéra à Venise. *Ales-
sandro Scarlatti,* né à Trapani en 1658 et mort à Naples en 1725, maître
de chapelle à Rome et à Naples, compositeur d'œuvres dramatiques, de
messes, d'oratorios et de cantates. *Luigi Rossi* (probablement), né à
Torremaggiore en 1598 et mort à Rome en 1653. Il exerça son activité à
Rome, à Florence et auprès de la cour de France, composa des opéras et
des oratorios. Il se peut aussi qu'il s'agisse de *Michel Angelo Rossi* (vers
1600 - vers 1674), élève de Frescobaldi, maître de chapelle et auteur
d'opéras ou de *Dom Francesco Rossi* (1627 - vers le début du XVIIIe siècle) qui se consacra avant tout à la composition d'opéras.

25. *basse-taille*, basse chantante. « La basse chantante, autrefois appelée basse-taille, est souvent confondue à tort avec le baryton. C'était la voix de prédilection de l'école italienne du chant. La plupart des grand rôles tragiques du répertoire lyrique lui sont dévolus. [...] La basse profonde et la basse chantante appartiennent l'une et l'autre au type de la basse sérieuse. » (Marc HONEGGER, *Science de la musique*, Bordas, 1976, 2 vol., t. I, p. 82.)

26. *Sébastien Bach*, mentionné une fois ici et une fois dans *Massimilla Doni*. Cette mention est à l'époque assez exceptionnelle pour qu'on s'y arrête (le nom de Bach figure en note dans la *Vie de Rossini* de Stendhal en 1823 parmi la liste de « quelques grands maîtres »). La connaissance de l'œuvre de Bach ne se diffuse véritablement en France que dans la seconde moitié du XIXe siècle, après la création de la *Bach-Gesellschaft* à Leipzig en 1850. Dans la première moitié du siècle Bach est connu en France par les éditions du *Clavier bien tempéré* et de *L'Art de la fugue* (avant 1835), ainsi que par l'exécution d'œuvres d'orgue dès 1830 par Boëly à Saint-Germain-l'Auxerrois. (Cf. Vladimir FÉDOROV, « Bach en France », *Revue internationale de musique*, n° 8, automne 1950, p. 165-171.) Il importe aussi de rappeler que le culte de Bach était familier à Chopin et que Fétis a consacré au musicien allemand deux articles dans la *Revue musicale* (1833) et la *Gazette musicale de France* (1834), où il déclare que Bach est « un des plus grands musiciens d'Allemagne, et peut-être le plus grand de tous ». La *Revue des Deux Mondes* avait en outre publié en 1836 un panégyrique semi-romancé de Bach par Henri Blaze de Bury. Sont-ce là les sources d'information de Balzac ou est-ce Jacques Strunz, dont les études musicales se firent en Bavière, qui parla de Bach au romancier ?

27. *le sensualisme italien* et *l'idéalisme allemand*, de même que la peinture italienne valorise la couleur et que la peinture allemande repose sur la priorité du dessin, la musique italienne exalte les bonheurs de la chair et la musique allemande célèbre les plaisirs de l'esprit et de l'imagination. Mais à la différence de Frenhofer, Gambara réprouve les deux tendances comme *deux excès* à éviter.

28. *un facteur d'instruments*, constructeur, fabricant. Crémone fait allusion à la patrie des célèbres luthiers Amati, Stradivarius, etc., aux XVIIe et XVIIIe siècles. On parle d'École de Crémone en lutherie.

29. *guerre*, c'est-à-dire l'invasion de la Lombardie par l'armée de Bonaparte en 1796.

30. *ses immenses ressources*, la duchesse dans *Massimilla Doni* n'insiste pas seulement sur l'antériorité de la mélodie, mais sur la primauté qu'elle conserve sur l'harmonie : « C'est la mélodie et non l'harmonie qui a le pouvoir de traverser les âges. » Rappelons que telle était la thèse de Rousseau qui, dans ses écrits sur la musique et l'*Essai sur l'origine des langues*, n'a cessé de valoriser la mélodie au détriment de l'harmonie comme la composante fondamentale de la musique, chargée de signifier le chant de la passion et la dimension de l'affectivité. De même Hoffmann note dans les *Kreisleriana* : « La partie essentielle de la musique, ce qui lui donne sa puissance magique

sur l'âme humaine, c'est la mélodie» (trad. A. BÉGUIN, *Romantiques allemands*, Gallimard, Pléiade, 1949, t. I, p. 190).

31. *le son est de l'air modifié*, dans son compte rendu du *Traité de la lumière* de Herschel, Balzac précise que la lumière se propage par *ondulations* «comme les vibrations de l'air produisent le son pour notre oreille» et dans *Louis Lambert* que «le son est une modification de l'air».

32. *la lumière*, Balzac a toujours été préoccupé par la nature de la lumière, tant par la théorie corpusculaire de Newton que par la théorie ondulatoire de Herschel. Est-elle «un fluide émané du soleil» ou procède-t-elle «des propriétés d'une substance éthérée»? Il s'est aussi fréquemment interrogé sur les analogies entre la lumière et le son. Dans *Louis Lambert*, il affirme que la forme, la couleur, le son et le parfum remontent à un principe commun. «Le son est une modification de l'air; toutes les couleurs sont des modifications de la lumière; tout parfum est une combinaison d'air et de lumière; ainsi les quatre expressions de la matière par rapport à l'homme, le son, la couleur, le parfum et la forme ont une même origine; car le jour n'est pas loin où l'on reconnaîtra la filiation des principes de la lumière dans ceux de l'air.» Dans *Séraphîta*, il insiste sur la réciprocité des phénomènes lumineux et sonores à la faveur du mouvement: «La lumière enfantait la mélodie, la mélodie enfantait la lumière, les couleurs étaient lumière et mélodie, le mouvement était un nombre doué de la parole.» Et Vendramin, dans *Massimilla Doni*, rappelle que Gambara, «un musicien de Crémone», est persuadé que «les sons rencontrent en nous-mêmes une substance analogue à celle qui engendre les phénomènes de la lumière et qui chez nous produit les idées».

Balzac déclare dans son compte rendu du *Traité de la lumière* de Herschel que les «découvertes de Newton» constituent «le point de départ de tout ce qu'on peut écrire aujourd'hui sur la lumière». Ce sont en effet l'*Optique* de Newton et les *Éléments de la philosophie de Newton* de Voltaire (chapitre XIV) qui ont contribué à propager l'idée de la similitude entre les phénomènes lumineux et acoustiques, que le Père Castel a appliquée dans l'invention du clavecin oculaire. Puis Euler, dans ses *Lettres à une princesse d'Allemagne*, a développé plus systématiquement une doctrine de l'analogie des couleurs et des sons. Novalis et Hoffmann ont également insisté sur ces relations d'identité qui fondent la réflexion esthétique. Nous donnons la traduction du passage capital des *Kreisleriana* telle que la transcrit Baudelaire dans le *Salon de 1846* (III): «Ce n'est pas seulement en rêve, et dans le léger délire qui précède le sommeil, c'est encore éveillé, lorsque j'entends de la musique, que je trouve une analogie et une réunion intime entre les couleurs, les sons et les parfums. Il me semble que toutes ces choses ont été engendrées par un même rayon de lumière, et qu'elles doivent se réunir dans un merveilleux concert.»

L'analogie entre la lumière et le son est la source de la langue des synesthésies, mais aussi l'un des fondements du langage métaphorique. Consulter sur la question notre *Philosophie de l'art chez Balzac*, p. 168-182.

33. *la substance-mère* ou originelle coïncide avec la *substance éthérée* dont il est question plus loin (voir note 36).

34. *qu'emploie le peintre*, « selon Capraja, dit Massimilla Doni, chaque instrument a sa mission, et s'adresse à certaines idées comme chaque couleur répond en nous à certains sentiments ». L'analogie entre le son et la lumière implique une correspondance entre la musique et la peinture, comme l'explicite Baudelaire dans *Richard Wagner et Tannhäuser à Paris* : « Car ce qui serait vraiment surprenant, c'est que le son *ne pût pas* suggérer la couleur, que les couleurs *ne pussent pas* donner l'idée d'une mélodie, et que le son et la couleur fussent impropres à traduire des idées » (I). Rousseau, au contraire, dans l'*Essai sur l'origine des langues*, s'inscrit en faux contre cette identité entre les phénomènes acoustiques et lumineux : le son est dynamique, il se déploie dans le temps et dans l'ordre de la *succession*, tandis que la couleur est statique, se définit par la *permanence* et par les dimensions de la spatialité.

35. *les entrailles de la Nature*, R. Guise précise que « cette expérience est due à Ernest Chladni » (Pl., p. 1472), physicien allemand (1756-1827).

36. *une certaine substance éthérée*, c'est dans *Louis Lambert* que Balzac la définit comme l'agent originel des aspects variés de la matière : « Ici-bas, tout est le produit d'une SUBSTANCE ÉTHÉRÉE, base commune de plusieurs phénomènes connus sous les noms impropres d'*Électricité, Chaleur, Lumière, Fluide galvanique, magnétique*, etc. L'universalité des transmutations de cette *Substance* constitue ce qu'on appelle vulgairement la Matière. »

37. *les souvenirs engourdis*, le propre de l'art musical est de posséder une puissance affective qui ranime le passé et ressuscite le monde des souvenirs.

38. *la Pasta*, Giuditta Negri (1798-1865), célèbre cantatrice qui s'illustra dans l'opéra italien par son talent dramatique non seulement à Venise et à Milan, mais à Paris et à Londres. Stendhal lui consacre le chapitre XXXV de sa *Vie de Rossini*.

39. *mes idées plurent*, il s'agit de Capraja, personnage de *Massimilla Doni*. C'est là, parmi d'autres, un lien tissé entre les deux récits.

40. *Bianca Capello* (1542-1587), née dans une famille patricienne de Venise, s'enfuit avec un commis de banque. Après une vie aventureuse, elle épousa François de Médicis, grand-duc de Toscane. Ils moururent tous deux empoisonnés.

41. *ange*, ce rêve angélique de l'androgynat s'est exprimé totalement dans *Séraphîta* (1835).

42. *la Pensée*, le thème de la force destructrice de la pensée inscrit *Gambara* dans le contexte des *Études philosophiques* et instaure une relation étroite avec le contenu du *Chef-d'œuvre inconnu*.

43. *grotesque*, voir la note 5 du *Chef-d'œuvre inconnu*.

44. *le sabéisme* de Harran, qui a survécu à la naissance de l'Islam, est une religion fondée sur la croyance en un Dieu unique et créateur,

accessible par des esprits intermédiaires. Le culte était associé à des rituels astraux.

45. *Cadhige* ou *Khadidja*, riche veuve qui fut la première femme de Mahomet. Dans l'analyse que Gambara fait de son opéra, nous respectons la graphie balzacienne (la Mekke, Kasba, etc.).

46. *cantabile* se dit, indépendamment de toute forme musicale, d'un morceau vocal ou instrumental qui présente un caractère particulièrement chantant, où l'élément mélodique est prépondérant.

47. *strette*, de l'italien *stretto*, terme emprunté au langage de la polyphonie, indiquant les entrées en imitation très *resserrées* du sujet dans une fugue. Ce type d'écriture se présente volontiers vers la fin des ensembles, réunissant soli, chœur et orchestre dans la musique de théâtre.

48. *cantilène*, substantif féminin, abusivement utilisé au masculin par Balzac. Mélodie de caractère large et chantant. «Dans le langage des XIXe et XXe siècles — en français, en anglais et en allemand, mais pas en italien — cantilène désigne une mélodie dominante, liée et chantante, apparaissant dans une œuvre vocale ou instrumentale à plusieurs voix; le terme a pratiquement le même sens que l'indication d'interprétation *cantabile*» (Marc HONEGGER, *op. cit.*, t. I, p. 146-147).

49. *quinte partie*, du latin *quinta pars*, terme réservé en principe à la polyphonie des XVIe et XVIIe siècles, qui désigne dans un morceau à quatre voix l'adjonction d'une cinquième voix, venant doubler l'une des quatre autres. La basse dans le cas présent.

50. *basse fondamentale*, notion et terme inventés par Jean-Philippe Rameau. A proprement parler, la basse fondamentale s'oppose à la basse réelle, notée dans la partition. C'est la basse sous-entendue qui s'obtient théoriquement en ramenant chaque accord à sa position fondamentale et en faisant se succéder les notes de basse qui en résultent. Le terme est utilisé improprement par Balzac, qui entend désigner la *basse* (partie grave de l'édifice harmonique), ou éventuellement la *basse continue*, notion souvent confondue avec celle de basse fondamentale. (Voir l'article *basse fondamentale* dans le *Dictionnaire de musique* de Rousseau.)

51. *la légère écume*, M. Regard précise que cette observation fait entendre que Gambara est «épileptique», de même que son Mahomet (*Gambara*, p. 36).

52. *récitatif*, dans l'oratorio et l'opéra, «chant librement déclamé dont la ligne mélodique et le dessin rythmique suivent les inflexions naturelles de la phrase parlée. En donnant la priorité au texte littéraire, le récitatif s'oppose aux formes ayant une structure musicale déterminée» (Marc HONEGGER, *op. cit.*, t. II, p. 864. Voir l'article *récitatif* dans le *Dictionnaire de musique* de Rousseau).

53. *Omar*, second calife des musulmans et lieutenant de Mahomet. *Aboubecker* ou plutôt *Abou Bekr*, premier des califes arabes, beau-père

et successeur de Mahomet, dont il recueillit l'enseignement dans le *Coran*.

54. *modulation*, terme d'harmonie tonale, passage plus ou moins durable d'une tonalité précédemment établie dans un ton nouveau.

55. *ces ignobles ballets*, Mme L. Maurice-Amour discerne ici « une conception pré-wagnérienne » de l'opéra, selon laquelle le ballet est condamné parce qu'il interrompt les « mouvements dramatiques » (*Balzac, Le livre du centenaire*, p. 204).

56. *Le temps de l'Arabie est à la fin venu*, R. Guise précise que ce vers est extrait de la tragédie de Voltaire, *Le Fanatisme ou Mahomet le prophète*, représentée en 1741 (acte II, sc. 5) (Pl., p. 1484).

57. *émotions humaines et divines*, cette analyse de l'opéra imaginaire de *Mahomet* correspond à une mise en abyme, comme le sont l'étude de *Comme il vous plaira* dans *Mademoiselle de Maupin* et la représentation de *Chaos vaincu* dans *L'Homme qui rit*, en ce sens qu'elle exprime la relation unissant Gambara à sa femme Marianna.

58. *cette informe création*, dans ses discordances et son inachèvement l'opéra de Gambara ressemble à la *Belle-Noiseuse* de Frenhofer, tableau dans lequel Porbus et Poussin ne discernent qu'un « chaos de couleurs ».

59. *une médianoche*, repas gras après un jour maigre et servi au-delà de minuit.

60. *le prisme*, dans *Massimilla Doni*, la duchesse exprime la même doctrine de l'unité de la lumière : « La lumière est une seule et même substance, partout semblable à elle-même et dont les effets ne sont variés que par les objets qu'elle rencontre. »

61. *Panharmonicon*, cet instrument polyvalent a été inventé par le mécanicien allemand Léonard Maelzel, né à Ratisbonne en 1783 et mort à Vienne en 1855. Il s'agit d'un orchestre mécanique, composé de quarante-deux automates, aptes à exprimer les sons des instruments à vent et à percussion. Il fut présenté à Paris en 1807, puis vendu la même année aux États-Unis. Il importe surtout dans le contexte de *Gambara* de rappeler que Beethoven s'est intéressé à l'invention de Maelzel, pour laquelle il composa la symphonie dite de *La Bataille de Vittoria* ou de *La Victoire de Wellington*, en hommage à l'Angleterre, exécutée à Londres en 1813 et 1814, puis à Vienne en 1817. Voir à ce sujet André BOUCOURECHLIEV, *Beethoven*, Le Seuil, 1963 et Luigi MAGNANI, *Les Carnets de conversation de Beethoven*, La Baconnière, 1971.

62. *l'esquisse contre le tableau fini*, c'est là une idée qui appartient à l'esthétique romantique, selon laquelle l'œuvre inachevée contient une beauté particulière et suggestive, sollicitant le concours de l'imagination.

63. *François Andrieux* (1759-1833), poète dramatique, professeur au Collège de France et membre de l'Académie française dont il fut le secrétaire perpétuel à partir de 1829. Il fut appelé « en 1820 à juger le *Cromwell* que venait d'écrire le futur romancier : non seulement il

condamna la pièce, mais déclara que l'auteur n'avait aucun avenir en littérature» (note de S. de SACY, Le Livre de poche, p. 433).

64. *cavatine*, bref morceau vocal solistique (dans un opéra ou un oratorio des XVIIIe et XIXe siècles), ne comportant qu'une section sans reprise.

65. *tout me semble en feu*, l'image traduit l'inspiration quasi mystique de Gambara, assimilable à l'épiphanie de l'Esprit Saint.

66. *la poésie*, Gambara, ainsi que Frenhofer, est en quête d'une vaste poésie, éparse dans la totalité de l'espace et dépassant les limites expressives de l'art. Il dira plus loin qu'il détient «la clef du *Verbe céleste* », au-delà des contingences de la création.

67. *Robert-le-Diable*, opéra en cinq actes de Meyerbeer d'après un livret d'Eugène Scribe et Germain Delavigne, a été représenté pour la première fois à l'Opéra le 21 novembre 1831, soit environ onze mois après le début de l'action de *Gambara* — ce qui implique quelque invraisemblance dans la chronologie du récit. Le livret de Scribe figure dans ses *Œuvres complètes*, Furne et Cie, 1840, t. I, p. 594-612. Cf. l'analyse de Max Milner dans *Le Diable dans la littérature française*, José Corti, 1960, t. I, p. 607-615.

68. *le Giro*, vin de Sardaigne, réputé pour sa finesse et sa vigueur.

69. *Zara*, ville de Dalmatie, connue précisément pour la fabrication du marasquin.

70. *un homme ivre*, ce passage présente des analogies avec une expérience personnelle que Balzac rapporte dans son *Traité des excitants modernes* (II, « De l'eau-de-vie »), où en écoutant *La Gazza ladra* de Rossini, il perçoit des «sons fantastiques» dans un état de demi-sommeil.

71. *Charles de Holtei*, écrivain allemand (1798-1880), auteur de recueils de poèmes, de nombreux romans et de pièces de théâtre, dont un *Robert-le-Diable*, représenté à Berlin en mars 1831.

72. *Schikaneder*, à propos de *Vesari* M. Regard fait observer qu'« il s'agit certainement d'une erreur pour Verazi (Verazzi), librettiste italien du XVIIIe siècle » (*Gambara*, p. 94).

Emmanuel Schikaneder, acteur et directeur de théâtre, auteur dramatique allemand (1751-1812), écrivit des livrets d'opéra, dont celui de *La Flûte enchantée*.

73. *centons*, fragments musicaux empruntés à des œuvres pré-existantes et mis bout à bout de manière à former une sorte de pot-pourri. Ce mode de composition a surtout été utilisé dans l'opéra au XVIIIe siècle.

74. *transitions enharmoniques*, modulations enharmoniques. L'enharmonie à la faveur du tempérament égal — système acoustique égalisant les douze demi-tons — permet de rendre synonymes deux sons (par exemple si et do bémol) et de moduler ainsi dans des tonalités souvent très éloignées. Ce processus d'écriture date du XVIIIe siècle, mais ne s'est généralisé qu'au XIXe, surtout dans la musique de piano. Voir l'article *enharmonique* dans le *Dictionnaire de musique* de Rousseau.

75. *cadence plagale*, formule harmonique marchant de la sous-dominante vers la tonique. Cette marche souligne volontiers une mélodie de caractère modal (par opposition à tonal) et revêt une allure archaïque dans la musique du XIXe siècle — soit l'inverse de ce que Balzac entend dire.

76. *idées et sensations*, cette comparaison qui surprend aujourd'hui se légitime à l'époque par le succès de *Robert-le-Diable* tant à Paris qu'à l'étranger. Dans l'esprit de Gambara, l'opéra de Meyerbeer se rapproche de «l'idéalisme allemand» et celui de Mozart du «sensualisme italien».

77. *introduction*, Balzac fait allusion à l'*Ouverture* instrumentale de *Robert-le-Diable*, qui débute par un roulement de timbales l'espace de quatre mesures. Le terme d'*introduction* est réservé par Meyerbeer à l'exposition de son drame musical.

78. *se remuent*, R. Guise rapproche avec raison cette phrase du v. 13 du poème liminaire des *Fleurs du Mal*, «Au lecteur»: «C'est le Diable qui tient les fils qui nous remuent» (Pl., p. 1496).

79. *Raimbaut*, paysan normand, jouant dans l'opéra le rôle de trouvère.

80. *Je suis Robert*, Robert, duc de Normandie (acte I, sc. 2), épris d'Isabelle, princesse de Sicile. Victime d'«un pouvoir ténébreux», il éprouve un double penchant, écartelé qu'il est entre le bien et le mal.

81. *Non, non*, le chœur des chevaliers (acte I, sc. 3).

82. *Sa mère va prier pour lui*, dans la romance d'Alice, paysanne normande (acte I, sc. 4), qui détient le testament de Berthe de Normandie, la mère de Robert, séduite par Bertram.

83. *de son village*, Alice pressent que Bertram est identifiable avec une représentation de Satan (acte I, sc. 5).

84. *antagonisme nécessaire*, la loi des contrastes est, selon l'esthétique balzacienne, essentielle à toute création et en particulier à l'opéra dramatique. Elle apparaît dans *Robert-le-Diable* de même que dans le *Mosè* de Rossini. «L'antagonisme nécessaire à toutes les belles œuvres, et si favorable au développement de la musique, s'y trouve» (*Massimilla Doni*).

85. *à quel excès je t'aime*, Bertram (acte I, sc. 6) est à la fois le père de Robert et l'incarnation de la puissance satanique, qui instaure entre le père et le fils une relation analogue à celle de Méphistophélès et Faust.

86. *je ris de tes coups*, Bertram s'adresse à la Fortune (acte I, sc. 7).

87. *fleureté*, adjectif dérivé de *fleurtis* ou *fleuretis*, orné, porteur de fioritures.

88. *Si je le permets!*, Bertram à part. *A toi, Robert de Normandie* et *dans la forêt prochaine*, le Héraut à Robert (acte II, sc. 4).

89. *bouffe*, d'un comique accusé. De l'italien *opera buffa* = de caractère comique et léger en opposition à *opera seria* = de caractère sérieux et solennel.

90. *ponts-neufs*, chansons populaires de tous genres, diffusées sur le Pont-Neuf par les chanteurs et bateleurs jusqu'aux environs de la Révolution de 1789. Le sujet en est volontiers satirique et politique.

91. *la Normandie* (acte III, sc. 3).

92. *Oui, tu me connais*, Bertram à Alice et *Le ciel est avec moi*, Alice à Bertram (acte III, sc. 4).

93. *l'écrin du mal*, allusion aux tentations du Christ dans le désert, confondant en quelque sorte celle sur la montagne et celle sur le haut du temple (Matthieu IV, 5-10, et Luc IV, 5-12).

94. *fut le soutien*, Robert à Bertram (acte III, sc. 6).

95. *M'entendez-vous*, récitatif de Bertram dans le cimetière (acte III, sc. 7).

96. *la bacchanale*, Mme L. Maurice-Amour donne le commentaire suivant : « La bacchanale de *Robert-le-Diable* lui [Gambara] offre une remarquable concrétisation visuelle plus que sonore, de son attirance pour le fantastique » (*Balzac, Le livre du centenaire*, p. 199). Bien qu'il se soit alors distancé du fantastique, Balzac n'en insiste pas moins sur les composantes fantastiques qu'il découvre dans l'opéra de Meyerbeer.

97. *le talisman*, il s'agit du « rameau toujours vert, talisman redouté », qui se trouve sur le tombeau de sainte Rosalie et qui confère à la fois « la puissance et l'immortalité ». C'est Robert, incité par Bertram, qui commet l'acte sacrilège d'arracher le talisman au tombeau, acte par lequel il s'asservit au pouvoir de Satan. Il est fait allusion à plusieurs reprises à sainte Rosalie, d'origine sicilienne, dans *Les Elixirs du Diable* d'Hoffmann, puis plus tard chez Nerval, dans *Octavie* où elle est « couronnée de roses violettes », dans la version primitive d'*Aurélia* et surtout au v. 14 d'*Artémis*, où, selon la note du poète, elle correspond à « la sainte de l'abîme » (Cf. Jacques GENINASCA, *Analyse structurale des « Chimères » de Nerval*, La Baconnière, 1971, p. 131-135). « Quant à la nature du talisman (une branche de myrte) c'est du *Moine* de Lewis qu'elle provient », précise Max Milner, *Le Diable dans la littérature française*, t. I, note de la p. 613.

98. *Grâce pour toi!*, Isabelle, princesse de Sicile, fille du duc de Messine, à Robert, qui a tenté de la violer avec le secours du talisman magique (acte IV, sc. 2).

99. *le finale de Don Juan* de Mozart a fasciné Balzac autant que la Ve symphonie de Beethoven. Il en reparle à deux reprises dans *Massimilla Doni* et l'évoque comme un « poème infernal » dans *Le Cabinet des antiques* : « Mozart est, dans ce morceau, le rival heureux de Molière. Ce terrible finale ardent, vigoureux, désespéré, joyeux, plein de fantômes horribles et de femmes lutines, marqué par une dernière tentative qu'allument les vins du souper et par une défense enragée. »

100. *Hâtez-vous d'accourir!*, chœur des moines (acte V, sc. 1).

101. *Gloire à la Providence*, chœur, et *Si je pouvais prier* (acte V, sc. 2).

102. *O filii et filiae*, hymne pascal, célébrant la résurrection du Christ (voir la note 37 du *Chef-d'œuvre inconnu*).

103. *Tériakis* ou *thériakis*, terme d'origine orientale, désignant les fumeurs et les mangeurs d'opium. Dans sa lettre à Maurice Schlesinger du 29 mai 1837, Balzac qualifie Hoffmann de *tériaki*, au sens de visionnaire et Gautier, dans son étude sur *Balzac*, use de l'expression «comme un thériaki halluciné» en se l'appliquant à lui-même.

104. *le principe musical*, Gambara est victime du même penchant que Frenhofer, il ne se contente pas de créer, de composer, mais en poète il cède à la préoccupation métaphysique et s'interroge sur l'essence de son art, interrogation consubstantielle à la démarche de sa pensée.

105. *la clef du Verbe céleste*, pour Balzac, le verbe engendre la substance et le mouvement, il incarne et traduit le contenu de la pensée. Alors qu'il exprime de coutume un phénomène d'incarnation, il correspond ici à ce qu'Yves Bonnefoy appelle un acte d'*excarnation*. Gambara a désincarné le verbe et l'a projeté dans l'univers céleste par un geste d'abstraction qui est l'une des causes de son échec.

106. [*sunt*] *verba et voces*, «il y a des mots et des formules», citation empruntée aux *Épîtres* d'Horace (I, I, 34).

107. *La Dame blanche*, opéra-comique en trois actes de François Boieldieu d'après un livret de Scribe qui a emprunté le sujet à deux romans de Walter Scott, *Le Monastère* et *Guy Mannering*. Considéré comme le chef-d'œuvre du compositeur, il a été créé à l'Opéra-Comique le 10 décembre 1825.

108. *janvier 1837*, autrement dit le narrateur situe le dénouement de son récit dans l'année même de la publication de *Gambara*.

109. *regrattier*, celui qui achète pour revendre en détail des denrées de qualité le plus souvent médiocre.

110. *la Samaritaine*, allusion à la rencontre du Christ et de la Samaritaine dans l'Évangile de Jean (IV, 5-42). Faut-il comprendre cette identification de Marianna avec la Samaritaine comme le retour et le repentir de la pécheresse ou comme la nécessité de la présence féminine auprès de Gambara?

111. *Maometto II* fut représenté en 1820, puis arrangé pour la scène de l'Opéra en 1826 sous le titre du *Siège de Corinthe*. Mahomet II (1430-1481), sultan ottoman, conquit Constantinople.

112. *Massimilla di Varese*, l'apparition de Massimilla Doni et d'Emilio à la fin du récit contribue à resserrer les liens entre *Gambara* et *Massimilla Doni*, même si l'un porte sur la *composition* musicale et l'autre sur l'*exécution*.

113. *fidèle à l'* IDÉAL, en dépit de son échec et de sa folie, Gambara, de même que Frenhofer, se définit par son attachement à l'absolu de son rêve, affranchi des contingences et des compromissions de la vie. Massimilla et Emilio ont au contraire trahi l'idéal en renonçant à l'amour platonique.

114. *l'eau est un corps brûlé*, M. Regard explique cette métaphore en la rapprochant de la phrase de Balthazar Claës : « Toute vie implique une combustion » et de l'affirmation de l'antiquaire dans *La Peau de chagrin* : « *Vouloir* nous brûle et *Pouvoir* nous détruit. » Il ajoute : « Les larmes matérialisent la passion qui détruit et nous consume » (*Gambara*, p. 49). On peut se demander si cette admirable métaphore qui clôt le texte ne répond pas à une image alchimique, associant l'eau et le feu, selon cette proposition de Novalis dans les *Fragments* : « Toute flamme est un engendrement de l'eau. »

115. *juin 1837*, cette date de l'achèvement du récit n'est pas rigoureusement exacte, puisque Balzac écrit à Mme Hanska le 8 juillet 1837 qu'il a *fait Gambara* « pendant ce mois » et le 19 juillet 1837 : « Voici *Gambara* fini. »

MASSIMILLA DONI

1. Né en 1783 en Bavière, ce musicien, auteur de deux opéras-comiques et de romances, aida Balzac à rédiger l'analyse de *Mosè* en lui jouant et rejouant au piano la partition et en lui fournissant des indications techniques.

2. Cf. *Facino Cane*, nouvelle publiée par Balzac dans la *Chronique de Paris* en 1836. Le personnage principal, un vieux clarinettiste aveugle, raconte qu'il portait, dans sa jeunesse, le titre de prince de Varèse, et qu'il s'est évadé de la prison de Venise, où il avait été jeté pour avoir tué deux rivaux.

3. Balzac cite à plusieurs reprises dans ses romans cette couturière, dont le modèle était sans doute Victorine Pierrard.

4. Allusion à la confession de Françoise de Rimini, au chant V de *L'Enfer* de Dante. C'est en lisant ensemble *Lancelot* qu'elle et Paolo Malatesta se sont embrassés pour la première fois.

5. *Moyenner* : procurer par entremise.

6. Ainsi désignait-on, en Italie, les cavaliers servants, selon leur degré d'intimité avec la dame.

7. C'est en effet à l'hôpital, pendant l'hiver, que meurt le héros de *Facino Cane*, dont l'action peut se situer en 1820, comme celle de *Massimilla Doni*.

8. Balzac fait plusieurs fois allusion, notamment dans *La Rabouilleuse*, à Mlle de Romans, que Louis XV passait pour avoir fait éduquer dès son enfance pour servir à ses plaisirs.

9. Autre nom du narguilé.

10. Balzac avait écrit dans son manuscrit : « que le roi de France impuissant ». On sait que Louis XVIII, régnant à l'époque où se situe l'action du roman, avait cette réputation.

11. Ancienne unité de mesure valant 25 à 30 cm. La distance entre les deux gondoles est donc de 25 à 30 mètres.

12. Il s'agit de la célèbre Joconde, conservée au musée du Louvre.

13. Allusion au chant IV du *Pèlerinage de Childe Harold* de Byron.

14. Tels sont les titres de quelques-uns des plus fameux *keepsakes,* albums élégants et richement illustrés, dont la mode venait d'Angleterre.

15. Les spectacles de marionnettes, ou *fantoccini,* montés par Gerolamo, étaient célèbres à Milan.

16. L'idée que la calvitie résulte de dépenses sexuelles excessives revient plusieurs fois dans l'œuvre de Balzac, qui l'emprunte à Lavater.

17. Dans le manuscrit et les premières épreuves, c'est la *Semiramide* et non le *Mosè* de Rossini qui doit faire l'objet de la seconde représentation.

18. Jeu de mots sur les indications de « tempo » *tranquillo* et *agitato.*

19. Laure-Cynthie Damoreau, de son nom de théâtre Mlle Cinti, avait fait ses débuts en 1819 et figuré avec éclat dans la distribution de *Mosè* lors de la première représentation de cet opéra à Paris, en 1822. C'est, semble-t-il, le seul point commun entre la cantatrice française et le personnage de Balzac, en dehors de la ressemblance entre le nom de celui-ci et le pseudonyme de celle-là.

20. Balzac avait admiré, en visitant Florence, le portrait de Margherita Doni par Raphaël, auquel il trouvait quelque ressemblance avec Mme Hanska. C'est sans doute ce qui lui a fait trouver, pour son héroïne, ce nom et cette parenté, auxquels il n'avait pas songé tout d'abord.

21. Balzac était passé par la route du Saint-Gothard à son retour d'Italie, en mai 1837. Il avait pu y admirer le paysage du célèbre Pont du Diable, avec lequel la description qui suit présente des analogies.

22. Franz von Baader (1765-1841) : philosophe allemand, qui a commenté avec profondeur les relations entre l'amour mystique et l'amour sexuel.

23. « Non pas des amis, mais des frères. »

24. C'est-à-dire un rectangle. Dans tout le passage qui suit, Balzac s'inspire, autant que de ses souvenirs de voyage, de *Rome, Naples et Florence* de Stendhal.

25. Même sens que « alléger », dans le vocabulaire technique de la peinture.

26. Cf. *Rome, Naples et Florence :* « On fait la conversation dans deux cents petits salons, avec une fenêtre garnie de rideaux donnant sur la salle, qu'on appelle loges. » (*Voyages en Italie,* Bibl. de la Pléiade, p. 297.)

27. S'y entremêlent fil à fil.

28. Représenté pour la première fois au théâtre San Carlo de Naples en 1818, *Mosè in Egitto* fut créé à Paris le 20 octobre 1822, avec une excellente distribution. L'Opéra en donna, en 1827, une adaptation française en quatre actes, dont le succès décrut assez rapidement. Mais l'œuvre retrouva un nouveau lustre lorsque le Théâtre-Italien reprit la version originale, en décembre 1832. Balzac, qui avait une prédilection pour cette œuvre, alla la voir souvent, notamment en 1834.

29. Le dernier des grands castrats italiens, né en 1780 et mort en 1861.

30. Pour décrire les visions de Vendramin, Balzac réutilise, en faisant les transpositions nécessaires pour l'adapter au cadre vénitien, un article qu'il a publié le 11 novembre 1830 dans *La Caricature* sous le titre «L'Opium». Nous le donnons en appendice. Dans cet article, il s'inspire lui-même de *L'Anglais mangeur d'opium* de Musset (1828), qui est une adaptation des *Confessions d'un mangeur d'opium* de Thomas De Quincey.

31. Monnaie autrichienne de vingt kreutzers.

32. Balzac avait vu ce tableau à Bologne, en avril 1837. Il y fera de nouveau allusion un peu plus loin (p. 198), par la bouche de Capraja.

33. Balzac connaît mal la topographie de Venise : Merceria n'est pas le nom d'un quartier, mais le nom générique des rues qui vont du Rialto à la place Saint-Marc, et celles-ci ne se trouvent pas sur l'itinéraire de la Fenice au café Florian.

34. La roulade était un ornement vocal, comportant une suite de notes de passage destinées à lier deux notes mélodiquement importantes. Elle s'exécutait avec le gosier seul, sans aucun mouvement de la bouche ou des lèvres.

35. Réminiscence d'*Ombra adorata*, d'Hoffmann : «[...] il évoque les plus magnifiques apparitions ; elles viennent, elles arrivent, elles accourent en foule, elles voltigent sur sa tête, elles forment de longues danses autour de lui, et lui il s'agenouille, il les contemple, il les admire sans savoir qu'il les a appelées, et il les suit timidement, attiré par des désirs infinis et sans nombre.» (*Contes et fantaisies*, trad. Loève-Veimars, Paris, Renduel, 1832, t. XVIII, p. 42.)

36. Il s'agit évidemment de Gambara, héros du roman précédent.

37. Cf. *Gambara*, p. 96.

38. Cf. *Gambara*, p. 97.

39. Il s'agit d'un groupe de statues antiques, *Niobé et les Niobides*, que Balzac avait pu voir au Musée des Offices, à Florence.

40. Le mot a ici le sens italien d'«ouverture».

41. Il faut évidemment lire «fortissimo». Si c'est une erreur d'impression, elle a échappé à toutes les révisions de Balzac.

42. La seule expression qui ait un sens est «accord de quarte et sixte». Selon l'hypothèse ingénieuse de Rose Fortassier («Balzac et l'opéra», *Bulletin de l'Association internationale des études françaises*, 1965), c'est en écrivant sous la dictée de Strunz que Balzac, trompé par l'accent germanique de son informateur, aurait commis cette erreur.

43. La pyrrhique était une danse antique, qui s'exécutait les armes à la main. L'allusion au roi David renvoie probablement au psaume 113 : «Montagnes, pourquoi bondir comme des béliers, collines, comme des agneaux ?»

44. Sur Veluti, voir la note 29. Crescentini (1762-1846) était un autre castrat célèbre.

45. C'est le seul des chanteurs de *Massimilla Doni* qui ait réellement existé. Basse chantante remarquable, il débuta à Venise en 1825 et mourut à Vicence en 1841.

46. Traduction littérale de « primo uomo », c'est-à-dire le chanteur qui tient le premier rôle masculin.

47. Terme de jeu : un coup qui n'a pas été préparé et qui réussit par hasard.

48. *Pria chè spunti l'aurora* est l'un des airs les plus célèbres du *Matrimonio segreto* de Cimarosa (1749-1801), également apprécié par Balzac et par Stendhal.

49. Il s'agit, bien entendu de la *Cinquième symphonie*. Le quatuor en question est effectivement bien écrit et repose sur une idée mélodique assez riche. Mais de là à le comparer à de pareils chefs-d'œuvre...

50. Nous ignorons duquel des nombreux opéras de Giovanni Pacini (1796-1867) est tiré cet air. Il n'était pas rare, en effet, d'intercaler dans un opéra un air emprunté à une autre œuvre, pour mettre en valeur la voix de l'exécutant.

51. Le caractère hyperbolique des louanges décernées au *Mosè* de Rossini n'apparaît nulle part mieux qu'en cet endroit, en dépit (ou à cause) du caractère de cette marche, qui a effectivement quelque chose de vaguement beethovenien (on peut songer, à son propos, à celle des *Ruines d'Athènes*).

52. René Guise, dans les notes de l'édition de la Pléiade, rapproche ce passage de la phrase suivante de Stendhal, évoquant les réactions des Napolitains à la première audition de la prière de Moïse : « Ce n'était plus un applaudissement à la française et de vanité satisfaite, comme au premier acte : c'étaient des cœurs inondés de plaisir, qui remercient le dieu qui vient de leur verser le bonheur à pleines mains. » (*Vie de Rossini*, chap. XXVI.)

53. Il s'agit de la cérémonie des épousailles du doge avec la mer, au cours de laquelle celui-ci prenait place à bord du navire appelé le « Bucentaure ».

54. Balzac se trompe sur le genre du mot, qui est toujours féminin. En revanche, le mot « hymne », dans la phrase précédente, est féminin lorsqu'il s'agit d'un chant religieux, ce qui peut être le cas ici.

55. La duchesse développe, en la banalisant quelque peu, la théorie des synesthésies, professée à plusieurs reprises par Hoffmann. Cf., entre autres, ce passage des *Pensées très détachées* : « Ce n'est pas seulement en rêve et dans le léger délire qui précède le sommeil, c'est encore éveillé, lorsque j'entends de la musique, que je trouve une analogie et une réunion intime entre les couleurs, les sons et les parfums. » (*Contes et fantaisies*, éd. citée, t. XVIII, p. 45.) On sait le parti que Baudelaire a tiré de cette théorie dans son sonnet des *Correspondances*.

56. Cf. Hoffmann : « Ce n'est pas le plus romantique de tous les arts, c'est le seul, car on ne peut lui reprocher que l'infini. » (*Kreisleriana*, dans *Contes et fantaisies*, t. XVIII, p. 23-24.) Le texte allemand, sur lequel Loève-Veimars commet un contresens, mais que Balzac ne pouvait pas connaître, est encore plus proche de la pensée de celui-ci : « car l'infini seul est son objet (denn nur das Unendliche ist ihr Vorwurf) ».

57. Selon la mythologie, Ixion, roi des Lapithes, ayant voulu séduire Junon, Jupiter donna à un nuage la forme de son épouse. Ixion s'unit avec le nuage et fut persuadé d'avoir possédé Junon.

58. C'est-à-dire le morceau dans lequel Crescentini excellait. Il s'agit d'un air tiré du *Romeo e Giulietta*, de Zingarelli. Balzac s'inspire encore, dans l'analyse qui suit, de Hoffmann, qui évoque cet air dans le premier chapitre des *Kreisleriana*, en parlant de « sons consolateurs » et d'anges enveloppés de « nuages d'or ».

59. C'est-à-dire le commanditaire de l'impresario.

60. Dans le *Roland furieux*, l'hippogriffe transporte Roland jusque dans la lune.

61. Nom donné, au Moyen-Orient, aux consommateurs d'opium.

62. Date fictive, rappelant celle où le manuscrit fut achevé (25 mai 1837) et reportée sur l'année où le roman fut publié.

DOCUMENTS

Il nous paraît indispensable de joindre aux trois récits philosophiques de Balzac certains documents qui en éclairent la genèse et le sens ou qui sont en relation avec leur contenu.

1. L'article *Des Artistes* a paru dans *La Silhouette* les 25 février, 11 mars et 22 avril 1830. Bien qu'il ne soit jamais reproduit, sinon dans les *Œuvres complètes,* il est indissociable du *Chef-d'œuvre inconnu* et des *Études philosophiques,* dont il annonce la thématique. Il peint d'abord la condition sociale de l'artiste en France, la distance et la réprobation dont il est l'objet dans la mesure où il se consacre à l'accomplissement de sa vocation. L'artiste «ne s'appartient pas» et l'acte de la création demeure mystérieux, soumis qu'il est à l'intervention d'une «volonté despotique» qui le gouverne et lui dicte son message. Il dispose des pouvoirs de la «seconde vue» et de la puissance énergétique de la pensée, il est partagé entre les plaisirs de la conception et les tourments de l'exécution. Balzac énonce dans *Des Artistes* l'axiome fondamental, qui sera illustré dans plusieurs des *Études philosophiques :* «Les arts sont l'abus de la pensée», qui se manifeste comme une force destructrice et antinaturelle. Quant à l'activité créatrice de la pensée, elle est associée à l'image du miroir, «où l'univers tout entier vient se réfléchir»; c'est déjà le *miroir concentrique,* dont parlera la préface de *La Peau de chagrin* et qui permet à l'artiste de «reproduire la nature par la pensée». Dans cet article de 1830, Balzac a clairement formulé le

principe de l'ambiguïté de la pensée, qui gouverne son système et son œuvre.

2. *L'Opium* a été publié dans *La Caricature* le 11 novembre 1830 sous la signature de « le comte Alex. de B... » L'article paraît deux ans après *L'Anglais mangeur d'opium*, l'adaptation que Musset a donnée de l'ouvrage de Thomas De Quincey. Avant Gautier et Baudelaire, Balzac montre que la drogue produit la possession illusoire du monde, la résurrection du passé et la création d'un imaginaire. « Quel opéra qu'une cervelle humaine », la phrase est reprise dans *Massimilla Doni* et surtout elle préfigure l'*opéra fabuleux* de Rimbaud. Mais le voyage mental, accompli à l'aide de la drogue, transforme les visions paradisiaques en visions infernales et débouche sur la hantise de la mort.

3. La *Lettre à M. Maurice Schlesinger* du 29 mai 1837 a paru dans la *Revue et gazette musicale* du 11 juin 1837. Elle éclaire les conditions de la composition de *Gambara*, en insistant sur la nécessité de l'information en matière de technique musicale, sur le voyage en Italie, associé à l'élaboration du récit, et sur le rôle déterminant de la lecture d'Hoffmann. Balzac se persuade du phénomène de la correspondance des arts et prétend à partir de la musique concevoir une espèce de « système philosophique » qui place son héros aux côtés de Louis Lambert, de Frenhofer et de Balthazar Claës.

4. Si la préface du *Cabinet des antiques* et de *Gambara* est muette sur le second récit, en revanche celle d'*Une fille d'Ève* et de *Massimilla Doni* consacre les derniers paragraphes à la nouvelle musicale. Alors que *Gambara* se rapproche de *Louis Lambert*, *Massimilla Doni* s'apparente à *La Peau de chagrin*, en montrant la désorganisation de l'existence par l'action de la pensée. Les trois récits, *Le Chef-d'œuvre inconnu*, *Gambara* et *Massimilla Doni* sont en outre liés à *La Peau de chagrin*, parce qu'ils privilégient, non la vision de la réalité, mais l'invention d'un univers imaginaire.

DES ARTISTES

I

En France, l'esprit étouffe le sentiment. De ce vice national procèdent tous les malheurs que les arts y éprouvent. Nous comprenons à merveille l'art en lui-même, nous ne manquons pas d'une certaine habileté pour en apprécier les œuvres, mais nous ne *les sentons* pas. Nous allons aux Bouffons et au Salon, parce que le veut la mode ; nous applaudissons, nous dissertons avec goût ; et nous sortons *Gros-Jean comme devant*. Sur cent personnes, il serait difficile d'en compter quatre qui se soient laissées aller au charme d'un trio, d'une cavatine, ou qui aient trouvé, dans la musique, des fragments épars de leur histoire, des pensées d'amour, de frais souvenirs de jeunesse, de suaves poésies. Enfin, presque tous ceux qui entrent au Musée y vont passer une revue, et c'est chose rare que de rencontrer un homme abîmé dans la contemplation d'une œuvre d'art. Cette instabilité d'esprit qui nous donne le mouvement pour but, cet amour du changement et cette avidité des plaisirs oculaires, les devons-nous à la fatale rapidité avec laquelle notre climat nous fait vivre en quelques jours sous le ciel gris de l'Angleterre, sous les brumes du Nord et sous le soleil éclatant de l'Italie ? je ne sais. Peut-être notre éducation nationale n'est-elle pas encore achevée, et le sentiment des arts ne s'est-il pas assez fortement développé dans nos mœurs ? Peut-être avons-nous pris une habitude funeste en nous

reposant sur les journaux du soin de juger les arts ; peut-
être aussi les événements qui ont séparé notre époque de
la *Renaissance* ont-ils tellement tourmenté notre patrie,
que rien n'y a pu éclore. Nous n'avons jamais eu le temps
de nous abandonner à la paresseuse existence de l'artiste,
au milieu de tant de guerres ; si nous n'avons jamais
compris les êtres doués de puissance créatrice, peut-être
étaient-ils en désharmonie avec nos civilisations succes-
sives. Ces observations préliminaires nous ont été sug-
gérées par le peu de respect qu'on a généralement
en France pour les hommes auxquels la nation doit sa
gloire.

Un homme qui dispose de la pensée est un souverain.
Les rois commandent aux nations pendant un temps
donné ; l'artiste commande à des siècles entiers ; il change
la face des choses, il jette une révolution en moule ; il
pèse sur le globe, il le façonne.

Ainsi de Gutenberg, de Colomb, de Schwartz, de Descartes, de Raphaël, de Voltaire, de David. Tous étaient
artistes, car ils créaient, ils appliquaient la pensée à une
production nouvelle des forces humaines, à une combinaison neuve des éléments de la nature, ou physique ou
morale. Un artiste tient par un fil plus ou moins délié, par
une accession plus ou moins intime, au mouvement qui se
prépare. Il est une partie nécessaire d'une immense machine, soit qu'il conserve une doctrine, soit qu'il fasse
faire un progrès de plus à l'ensemble de l'art. Aussi le
respect que nous accordons aux grands hommes morts ou
aux chefs doit-il revenir à ces courageux soldats auxquels
il n'a manqué peut-être qu'une circonstance pour commander. D'où vient donc, en un siècle aussi éclairé que le
nôtre paraît l'être, le dédain avec lequel on traite les
artistes, poètes, peintres, musiciens, sculpteurs, archi-
tectes ? Les rois leur jettent des croix, des rubans, hochets
dont la valeur baisse tous les jours, distinctions qui
n'ajoutent rien à l'artiste ; il leur donne du prix, plutôt
qu'il n'en reçoit. Quant à l'argent, jamais les arts n'en ont
moins obtenu du gouvernement. Ce mépris n'est pas
nouveau. Louis XV, dans un souper, reçut un reproche
du maréchal de Richelieu sur l'indifférence avec laquelle

il traitait les hommes supérieurs de son règne ; il avait cité Catherine et le roi de Prusse.

— J'aurais reçu, dit le roi, Voltaire, Montesquieu, Rousseau, d'Alembert, Vernet (Louis XV en compta une douzaine sur ses doigts) ; il aurait fallu vivre avec ces *gens-là pair et compagnon !*

Puis, faisant un geste de dégoût :

— Je passe parole au roi de Prusse, ajouta-t-il.

Depuis longtemps, l'on avait oublié que Jules II logeait Raphaël dans son palais, que Léon X voulait le faire cardinal, et que jadis les rois traitaient de puissance à puissance avec les princes de la pensée. Napoléon, qui, par goût ou par nécessité, n'aimait pas les gens capables d'imprimer un mouvement aux masses, connaissait cependant assez ses obligations d'empereur pour offrir des millions et une sénatorerie à Canova, pour s'écrier, au nom de Corneille : « Je l'eusse fait prince » ; pour nommer, en désespoir de cause, Lacépède, Neufchâteau, sénateurs ; pour aller voir David, pour créer des prix décennaux, pour ordonner des monuments. D'où peut donc provenir l'insouciance qu'on professe pour les artistes ? Faut-il en chercher les causes dans cette dispersion de lumières qui a fécondé l'esprit humain, le sol, les industries, et qui, en multipliant les êtres chargés de la somme de science que possède un siècle, a rendu les phénomènes plus rares ? Faut-il en demander raison au gouvernement constitutionnel ? à ces quatre cents propriétaires, négociants ou avocats rassemblés, qui ne concevront jamais qu'on doive envoyer cent mille francs à un artiste, comme François Ier à Raphaël, lequel, par reconnaissance, faisait pour le roi de France le seul tableau sorti tout entier de son pinceau ? Faut-il en vouloir aux économistes qui demandent du pain pour tous et donnent le pas à la vapeur sur la couleur, comme dirait Charlet ? ou bien faut-il plutôt chercher les raisons de ce peu d'estime dans les mœurs, le caractère, les habitudes des artistes ? Ont-ils tort de ne pas se conduire exactement comme un bonnetier de la rue Saint-Denis ? ou l'industriel doit-il être blâmé de ne pas comprendre que les arts sont le costume d'une nation, et qu'alors un artiste vaut déjà un bonnetier ?

Oublie-t-on que, depuis la fresque et la sculpture, histoire vivante, expression d'un temps, langage des peuples, jusqu'à la caricature, pour ne parler que d'un art, cet art est une puissance? Qui ne se rappelle cette estampe satirique apparue en 1815, où le régiment dont nous ne citerons même pas le nom, s'écriait, du sein des chaises où il était représenté: «Nous n'attendons plus que des hommes pour nous porter en avant!» Cette caricature a exercé une influence prodigieuse. Un pouvoir despotique tombe à moins, quand il est malade. Peut-être, en examinant toutes ces causes et en discutant chaque détail, trouverait-on à présenter des considérations neuves sur la situation des artistes en France?... Nous essayerons.

II

Nous commencerons par examiner les considérations qui sont en quelque sorte personnelles à l'artiste dans la question assez importante que nous avons soulevée relativement à la dignité des arts. Beaucoup de difficultés sociales viennent de l'artiste, car tout ce qui est conformé autrement que le vulgaire, froisse, gêne et contrarie le vulgaire.

Soit que l'artiste ait conquis son pouvoir par l'exercice d'une faculté commune à tous les hommes; soit que la puissance dont il use vienne d'une difformité du cerveau, et que le génie soit une maladie humaine comme la perle est une infirmité de l'huître; soit que sa vie serve de développement à un texte, à une pensée unique gravée en lui par Dieu, il est reconnu qu'il n'est pas lui-même dans le secret de son intelligence. Il opère sous l'empire de certaines circonstances, dont la réunion est un mystère. Il ne s'appartient pas. Il est le jouet d'une force éminemment capricieuse.

Tel jour, et sans qu'il le sache, un air souffle et tout se détend. Pour un empire, pour des millions, il ne toucherait pas son pinceau, il ne pétrirait pas un fragment de cire à mouler, il n'écrirait pas une ligne; et, s'il essaye, ce n'est pas lui qui tient le pinceau, la cire ou la plume, c'est un autre, c'est son double, son Sosie: celui qui monte à cheval, fait des calembours, a envie de boire, de dormir, et n'a d'esprit que pour inventer des extravagances.

Un soir, au milieu de la rue, un matin en se levant, ou au sein d'une joyeuse orgie, il arrive qu'un charbon ardent touche ce crâne, ces mains, cette langue; tout à coup, un mot réveille les idées; elles naissent, grandissent, fermentent. Une tragédie, un tableau, une statue, une comédie, montrent leurs poignards, leurs couleurs, leurs contours, leurs lazzis. C'est une vision, aussi passagère, aussi brève que la vie et la mort; c'est profond comme un précipice, sublime comme un bruissement de la mer; c'est une richesse de couleur qui éblouit; c'est un groupe digne de Pygmalion, une femme dont la possession tuerait même le cœur de Satan; c'est une situation à faire rire un pulmonique expirant; le travail est là, tenant tous ses fourneaux allumés; le silence, la solitude ouvrent leurs trésors; rien n'est impossible. Enfin, c'est l'extase de la conception voilant les déchirantes douleurs de l'enfantement.

Tel est l'artiste: humble instrument d'une volonté despotique, il obéit à un maître. Quand on le croit libre, il est esclave; quand on le voit s'agiter, s'abandonner à la fougue de ses folies et de ses plaisirs, il est sans puissance et sans volonté, il est mort. Antithèse perpétuelle qui se trouve dans la majesté de son pouvoir comme dans le néant de sa vie: il est toujours un dieu ou toujours un cadavre.

Il existe une masse d'hommes qui spéculent sur les produits de la pensée. La plupart sont avides. On n'arrive jamais assez vite à la réalisation d'une espérance chiffrée sur le papier. De là des promesses faites par les artistes et rarement réalisées; de là des accusations, parce que ces hommes d'argent ne conçoivent pas ces hommes de pensées. Les gens du monde se figurent qu'un artiste peut régulièrement créer, comme un garçon de bureau époussette tous les matins les papiers de ses employés. De là aussi des misères.

En effet, une idée est souvent un trésor; mais ces idées-là sont aussi rares que les mines de diamants le sont sur l'étendue de notre globe. Il faut les chercher longtemps, ou plutôt les attendre; il faut voyager sur l'immense océan de la méditation et jeter la sonde. Une œuvre d'art est une idée tout aussi puissante que celle à laquelle on doit les loteries, que l'observation physique qui a doté le monde de la vapeur, que l'analyse physiologique au moyen de laquelle on a renoncé aux systèmes pour coordonner et comparer les faits. Ainsi, tout va de pair dans tout ce qui procède de l'intelligence, et Napoléon est un aussi grand poète qu'Homère ; il a fait de la poésie comme le second a livré des batailles. Chateaubriand est aussi grand peintre que Raphaël, et Poussin est aussi grand poète qu'André Chénier.

Or, pour l'homme plongé dans la sphère inconnue des choses qui n'existent pas pour le berger, qui, en taillant une admirable figure de femme dans un morceau de bois, dit : «Je la découvre ! » pour les artistes enfin, le monde extérieur n'est rien ! Ils racontent toujours avec infidélité ce qu'ils ont vu dans le monde merveilleux de la pensée. Le Corrège s'est enivré du bonheur d'admirer sa Madone étincelante de beautés lumineuses, bien longtemps avant de la vendre. Il vous l'a livrée, sultan dédaigneux, après en avoir joui délicieusement. Quand un poète, un peintre, un sculpteur donnent une vigoureuse réalité à l'une de leurs œuvres, c'est que l'invitation avait lieu au moment même de la création. Les meilleurs ouvrages des artistes sont ceux-là, tandis que l'œuvre dont ils font le plus grand cas, est, au contraire, la plus mauvaise, parce qu'ils ont trop vécu par avance avec leurs figures idéales. Ils ont trop bien senti pour traduire.

Il est difficile de rendre le bonheur que les artistes éprouvent à cette chasse des idées. L'on rapporte que Newton, s'étant mis à méditer un matin, fut trouvé, le lendemain à la même heure, dans la même attitude, et il croyait être à la veille. L'on raconte un fait semblable de La Fontaine et de Cardan.

Ces plaisirs d'une extase particulière aux artistes sont donc, après l'instabilité capricieuse de leur puissance créatrice, la seconde cause qui leur attire la réprobation sociale des gens exacts. Dans ces heures de délire, pendant ces longues chasses, aucun soin humain ne les touche, aucune considération d'argent ne les émeut : ils oublient tout. Le mot de M. de Corbière était vrai en ce

sens. Oui, il ne faut très souvent à l'artiste « qu'un grenier
et du pain ». Mais, après ces longues marches de la
pensée, après l'habitation de ces solitudes peuplées, de
ces palais magiques, il est de tous les êtres celui qui a le
plus besoin des ressources créées par la civilisation pour
l'amusement des riches et des oisifs. Il lui faut une
princesse Léonore qui, semblable à celle que Goethe a
mise auprès du Tasse, s'occupe de ses manteaux dorés,
de sa collerette de dentelle. C'est à l'exercice immodéré
de ce pouvoir d'extase, à la longue contemplation de leur
but, que les grands artistes ont dû leur indigence.

S'il est une œuvre digne de la reconnaissance humaine,
c'est le dévouement de quelques femmes qui se consa-
crèrent à veiller sur ces êtres glorieux, sur ces aveugles
qui disposent du monde et n'ont pas de pain. Si Homère
avait rencontré une Antigone, elle aurait partagé son
immortalité. La Fornarina et madame de La Sablière
attendrissent tous les amis de Raphaël et de La Fontaine.

Ainsi, en premier lieu, l'artiste n'est pas, selon l'expression de Richelieu, *un homme de suite*, et n'a pas cette
respectable avidité de richesse qui anime toutes les pensées du marchand. S'il court après l'argent, c'est pour un
besoin du moment ; car l'avarice est la mort du génie : il
faut dans l'âme d'un créateur trop de générosité pour
qu'un sentiment aussi mesquin y trouve place. Son génie
est un don perpétuel.

En second lieu, il est paresseux aux yeux du vulgaire ;
ces deux bizarreries, conséquences nécessaires de l'exercice immodéré de la pensée, sont deux vices. Puis un
homme de talent est presque toujours un homme du
peuple. Le fils d'un millionnaire ou d'un patricien, bien
pansé, bien nourri, accoutumé à vivre dans le luxe, est
peu disposé à embrasser une carrière dont les difficultés
rebutent. S'il a le sentiment des arts, ce sentiment
s'émoussera dans les jouissances anticipées de la vie
sociale. Alors, les deux vices primitifs de l'homme de
talent deviennent d'autant plus hideux, qu'ils semblent, à
raison de sa situation dans le monde, être le résultat de la
paresse et d'une misère volontaire ; car on nomme paresse
ses heures de travail, et son désintéressement lâcheté.

Mais ce n'est rien encore. Un homme habitué à faire de son âme un miroir où l'univers tout entier vient se réfléchir, où apparaissent à sa volonté les contrées et leurs mœurs, les hommes et leurs passions, manque nécessairement de cette espèce de logique, de cet entêtement que nous avons nommé du *caractère*. Il est un peu *catin* (qu'on me passe cette expression). Il se passionne comme un enfant pour tout ce qui le frappe. Il conçoit tout, il éprouve tout. Le vulgaire nomme fausseté de jugement cette faculté puissante de voir les deux côtés de la médaille humaine. Ainsi, l'artiste sera lâche dans un combat, courageux sur l'échafaud; il aimera avec idolâtrie et quittera sa maîtresse sans raison apparente; il dit naïvement sa pensée sur les choses les plus niaises que l'engouement, enthousiasme des sots, divinise; il sera volontiers l'homme de tous les gouvernements ou un républicain sans joug. Il offrira dans ce que les hommes appellent le *caractère,* cette instabilité qui régit sa pensée créatrice; laissant volontiers son corps devenir le jouet des événements humains, parce que son âme plane sans cesse. Il marche la tête dans le ciel et les pieds sur cette terre. C'est un enfant, c'est un géant. Quel triomphe pour les *gens de suite,* qui se lèvent avec l'idée fixe d'aller voir un homme mettre sa chemise, ou d'aller faire des bassesses chez un ministre, que ces contrastes perpétuels chez un homme de solitude pauvre et mal né. Ils attendront qu'il soit mort et roi pour suivre son cercueil.

Ce n'est pas tout. La pensée est une chose en quelque sorte contre nature. Dans les premiers âges du monde, l'homme a été *tout extérieur*. Or, les arts sont l'abus de la pensée. Nous ne nous en apercevons pas, parce que, semblables à des enfants de famille qui héritent d'une immense fortune sans se douter de la peine que leurs parents ont eue à l'amasser, nous avons recueilli les testaments de vingt siècles; mais nous ne devons pas perdre de vue, si nous voulons nous expliquer parfaitement l'artiste, ses malheurs et les bizarreries de sa cohabitation terrestre, que les arts ont quelque chose de surnaturel. Jamais l'œuvre la plus belle ne peut être comprise. Sa simplicité même repousse parce qu'il faut que l'admirateur ait le mot de l'énigme. Les jouissances prodiguées aux connaisseurs sont renfermées dans un temple, et le premier venu ne peut pas toujours dire : « Sésame, ouvre-toi ! »

Ainsi, pour exprimer d'une manière plus logique cette
observation à laquelle ni les artistes ni les ignorants ne
font assez d'attention, nous allons tâcher de montrer le
but d'une œuvre d'art.

Quand Talma réunissait, en prononçant un mot, les
âmes de deux mille spectateurs dans l'effusion d'un
même sentiment, ce mot était comme un immense symbole, c'était la réunion de tous les arts. Dans une seule
expression, il résumait la poésie d'une situation épique. Il
y avait là pour chaque imagination un tableau ou une
histoire, des images réveillées, une sensation profonde.
Ainsi est une œuvre d'art. Elle est, dans un petit espace,
l'effrayante accumulation d'un monde entier de pensées,
c'est une sorte de résumé. Or, les sots, et ils sont en
majorité, ont la prétention de voir tout d'un coup une
œuvre. Ils ne savent même pas le Sésame, ouvre-toi ;
mais ils admirent la porte. Aussi, que de braves gens ne
vont qu'une fois aux Italiens ou au Musée, jurant qu'on
ne les y rattrapera plus.

L'artiste, dont la mission est de saisir les rapports les
plus éloignés, de produire des effets prodigieux par le
rapprochement de deux choses vulgaires, doit paraître
déraisonner fort souvent. Là où tout un public voit du
rouge, lui voit du bleu. Il est tellement intime avec les
causes secrètes, qu'il s'applaudit d'un malheur, qu'il
maudit une beauté ; il loue un défaut et défend un crime ;
il a tous les symptômes de la folie, parce que les moyens
qu'il emploie paraissent toujours aussi loin d'un but
qu'ils en sont près. La France entière s'est moquée des
coquilles de noix de Napoléon au camp de Boulogne, et,
quinze ans après, nous comprîmes que l'Angleterre
n'avait jamais été si près de sa perte. L'Europe entière n'a
été dans le secret du plus hardi dessein de ce géant que
quand il était tombé. Ainsi, l'homme de talent peut ressembler dix fois par jour à un niais. Des hommes qui
brillent dans les salons prononcent qu'on ne peut en faire

qu'un courtaud de boutique. Son esprit est presbyte; il ne voit pas les petites choses auxquelles le monde donne tant d'importance et qui sont près de lui, tandis qu'il converse avec l'avenir. Alors, sa femme le prend pour un sot.

III

Le laps de temps qui s'est écoulé entre la publication de nos premiers articles et celui-ci, nous oblige à en résumer, pour ainsi dire, la substance, en peu de mots.

Nous avons d'abord essayé de faire apercevoir combien était large et durable la puissance de l'artiste, accusant en même temps avec franchise l'état de dénuement dans lequel il passe sa vie de travail et de douleur; méconnu la plupart du temps; pauvre et riche; critiquant et critiqué; plein de force et lassé; porté en triomphe et rebuté.

Puis nous avons recherché : 1° les causes du dédain que lui témoignent les grands qui le redoutent, parce que l'aristocratie et le pouvoir du talent sont bien plus réels que l'aristocratie des noms et la puissance matérielle; 2° les raisons de l'insouciance dont l'accablent les intelligences rétrécies qui ne comprennent pas sa haute mission, et les hommes vulgaires qui le craignent, et les gens religieux qui le proscrivent.

Nous avons tâché de démontrer, en considérant l'artiste tour à tour comme créateur et comme créature, qu'il était déjà lui-même un grand obstacle à son agrégation sociale. Tout repousse un homme dont le rapide passage au milieu du monde y froisse les êtres, les choses et les idées. La morale de ces observations peut se résoudre par un mot : *Un grand homme doit être malheureux.*

Aussi, chez lui, la résignation est-elle une vertu sublime. Sous ce rapport, le Christ en est le plus admirable modèle. Cet homme gagnant la Mort pour prix de la divine lumière qu'il répand sur la terre et montant sur une croix où l'homme va se changer en Dieu, offre un spectacle immense : il y a là plus qu'une religion ; c'est un type éternel de la gloire humaine. Le Dante en exil, Cervantès à l'hôpital, Milton dans une chaumière, le Corrège expirant de fatigue sous le poids d'une somme en cuivre, le Poussin ignoré, Napoléon à Sainte-Hélène, sont des images du grand et divin tableau que présente le Christ sur la croix, mourant pour renaître, laissant sa dépouille mortelle pour régner dans les cieux. Homme et Dieu : homme d'abord, Dieu après ; homme, pour le plus grand nombre ; Dieu, pour quelques fidèles ; peu compris, puis tout à coup adoré ; enfin, ne devenant Dieu que quand il s'est baptisé dans son sang.

Et poursuivant l'analyse des causes qui font réprouver l'artiste, nous en trouverons une qui suffirait pour le faire exclure du monde extérieur où il vit. En effet, avant tout, un artiste est l'apôtre de quelque vérité, l'organe du Très-Haut qui se sert de lui, pour donner un développement nouveau à l'œuvre que nous accomplissons tous aveuglément. Or, l'histoire de l'esprit humain est unanime sur la répulsion vive, sur la révolte qu'excitent les nouvelles découvertes, les vérités et les principes les plus influents sur la destinée de l'humanité. La masse de sots qui occupe le haut du pavé décrète qu'il y a des vérités nuisibles, comme si la révélation d'une idée neuve n'était pas le fait de la volonté divine, et comme si le mal lui-même n'entrait pas dans son plan comme un bien invisible à nos faibles yeux. Alors, toute la colère des passions tombe sur l'artiste, sur le créateur, sur l'instrument. L'homme qui s'est refusé aux vérités chrétiennes et qui les a roulées dans des flots de sang, combat les saines idées d'un philosophe qui développe l'Évangile, d'un poète qui coordonne la littérature de son pays aux principes d'une croyance nationale, d'un peintre qui restaure une école, d'un physicien qui redresse une erreur, d'un génie qui détrône la stupidité d'un enseignement immémorial dans sa routine. Aussi, de cet apostolat, de cette conviction intime, il résulte une accusation grave que presque tous les gens irréfléchis portent contre les gens de talent.

A entendre les niais, tous les artistes sont jaloux les uns des autres. Si un artiste était roi, il enverrait à l'échafaud ses ennemis, comme Calvin brûlait Servet, tout en criant contre les persécutions de l'Église. Mais un artiste est une religion. Comme le prêtre, il serait l'opprobre de l'humanité s'il n'avait pas la foi. S'il ne croit pas en lui-même, il n'est pas l'homme de génie.

— Elle tourne !... disait Galilée en s'agenouillant devant ses juges.

Ainsi, l'amour-propre excessif des artistes est leur fortune ; leurs haines sont des vertus ; leurs inimitiés scientifiques, leurs disputes littéraires sont des croyances d'où procède leur talent. S'ils médisent les uns des autres, une sensation vraie les réunit bien promptement. Si leur premier sentiment est l'envie, cette envie est la preuve de leur passion pour l'art ; mais bientôt ils écoutent une voix intérieure, forte et juste qui leur dicte d'équitables sentences et de consciencieuses admirations. Par malheur, les gens superficiels et *malins,* les fashionables qui n'aiment qu'à rire, les impuissants qui sont heureux quand ils accusent, se sont emparés de leurs fautes ; et, des discussions les moins vives que les artistes aient entre eux, il résulte un argument que les gens du monde traduisent ainsi : «Comment voulez-vous qu'on écoute des gens qui ne s'entendent pas !...»

Aussi, de cet axiome qui sert de contenance à la médiocrité, dérive un autre malheur contre lequel le véritable artiste lutte sans cesse. En effet, le public, gent moutonnière, prend l'habitude de suivre les arrêts de cette conscience stupide décorée du nom de *vox populi.* De même qu'en politique, en littérature ou en morale, un homme adroit formule un système, une idée, un fait, par un mot qui sert de science et de raison suprême aux masses ; de même dans les arts, il faut, aux prétendus connaisseurs, des chefs-d'œuvre convenus, des admirations sur parole. Ainsi, le vulgaire sait qu'il ne se trompe pas en louant Gérard, il l'exalte comme il exaltait Bou-

, mais qu'un homme de talent surgisse dans un coin
ienne armé d'une œuvre large et puissante qui change
en apparence le galbe adopté : pour celui-là, pas la moindre attention. S'il n'arrive pas avec sa grosse caisse, son
paillasse, ses lazzis et une enseigne, il risque de mourir
de faim et de misère, seul avec sa muse. Le bourgeois
passera devant une statue, un tableau, un drame, aussi
froidement que devant un corps-de-garde ; et, si un
vrai connaisseur l'arrête et cherche à l'enthousiasmer,
il est homme à convaincre les arts d'être indéfinissa-
bles. Il veut absolument qu'il y ait *quelque chose* au fond
de tout cela. «Qu'est-ce que cela prouve?» dira-t-il à
l'instar d'un mathématicien célèbre. Alors, outre les
obstacles que tous ses défauts et ses qualités créent à l'artiste dans le monde, il a encore contre lui l'art même : si ce
n'est pas sa personne, ce sera sa religion qui le fera
excommunier.

Comment la poésie peut-elle se faire jour, comment le
poète peut-il être salué comme un homme extraordinaire,
quand son art est soumis à l'intelligence de tous, quand il
subit les rebuffades de toutes les âmes, qu'il est astreint à
se servir d'un langage vulgaire pour expliquer les mystères dont le sens est tout intellectuel. Comment faire comprendre à une masse ignorante qu'il y a une poésie indé-
pendante d'une idée, et qui ne gît que dans les mots, dans
une musique verbale, dans une succession de consonnes
et de voyelles ; puis, qu'il y a aussi une poésie d'idées,
qui peut se passer de ce qui constitue la poésie des mots.
Ainsi :

Le jour n'est pas plus pur que le fond de mon cœur,

ou bien :

*Par tout ce qu'il y a de plus sacré, messieurs les jurés, je
suis innocent,*

sont deux phrases exactement semblables quant à l'idée.
L'une est de la poésie ; elle est mélodieuse, elle a du
nombre, elle séduit, elle charme. Il y a dans ces mots une
sublimité que le travail y a imprimée. L'autre semble
vulgaire.

Maintenant, faites prononcer par un Anglais : « Lei jour n'aie pas plous pour kè lei faound de mon quer ! » il n'existe plus rien.

Vienne Talma donnant à cette phrase : « Par ce qu'il y a de plus sacré au monde, messieurs les jurés, je suis innocent !... » un rythme particulier ; qu'il garde toutes les richesses de la voix humaine pour les derniers mots ; que ces mots soient accompagnés d'un geste ; qu'en jetant l'invocation qui commence la phrase, il regarde le ciel, vers lequel il aura levé la main ; et que ces mots : « Messieurs les jurés ! » aillent réveiller dans le cœur, par un ton pénétrant, les liens qui unissent les hommes à la vie, il y aura une immense poésie dans cette phrase. Enfin, il peut y avoir tel drame dont cette phrase soit le nœud. Elle peut devenir poétique par *juxtà-* position.

Il en est de la peinture comme de la poésie, comme de tous les arts ; elle se constitue de plusieurs qualités : la couleur, la composition, l'expression. Un artiste est déjà grand quand il porte à la perfection l'un de ces principes du beau, et il n'a été donné à aucun de les réunir tous au même degré.

Un peintre d'Italie concevra de vous peindre la Vierge sur terre, comme si elle était au ciel. Le fond du tableau sera tout azur. Sa figure, puissamment illuminée, aura une idéalité due à ces accessoires. Ce sera le repos parfait du bonheur, l'âme paisible, une douceur ravissante. Vous vous égarerez dans le dédale de vos pensées, sans but. C'est un voyage sans fin, délicieux et vague.

Rubens vous la fera voir magnifiquement vêtue ; tout est coloré, vivant ; vous avez touché cette chair, vous admirez la puissance et la richesse, c'est la reine du monde. Vous pensez au pouvoir, vous voudriez cette femme.

Rembrandt plongera la mère du Sauveur dans l'obscurité d'une cabane. L'ombre et la lumière y seront si puissamment vraies, il y aura une telle réalité dans ces traits, dans ces actes de la vie commune, que, séduit, vous resterez devant ce tableau, songeant à votre mère et au soir où vous la surprîtes dans l'ombre et le silence.

Mignard fait une Vierge. Elle est si jolie, si spirituelle,

que vous souriez en vous souvenant d'une maîtresse que vous eûtes dans votre jeunesse.

Comment un artiste peut-il espérer que ces nuances fines et délicates seront saisies ? Est-ce aux gens occupés de fortune, de plaisirs, de commerce, de gouvernement, qu'on pourra persuader que tant d'œuvres dissemblables ont atteint séparément le but de l'art. Parlez donc ainsi à des esprits qui sont incessamment en proie à la manie de l'uniformité, qui veulent une même loi pour tous, comme un même habit, une même couleur, une même doctrine, qui conçoivent la société comme un grand régiment ! Les uns exigent que tous les poètes soient des Racine, parce que Jean Racine a existé, tandis qu'il faut conclure de son existence contre l'imitation de sa manière, etc.

Malgré le peu de développement que nous avons donné à nos idées, contraint que nous étions par le cadre du journal, nous espérons avoir en quelque sorte démontré certaines vérités importantes au bonheur des artistes, et qui pourraient être réduites en axiome. Ainsi, tout homme doué par le travail, ou par la nature, du pouvoir de créer, devrait ne jamais oublier de *cultiver l'art pour l'art lui-même ;* ne pas lui demander d'autres plaisirs que ceux qu'il donne, d'autres trésors que ceux qu'il verse dans le silence et la solitude. Enfin, un grand artiste devrait toujours laisser sa supériorité à la porte quand il entre dans le monde, et ne pas prendre sa défense lui-même, car, outre le TEMPS, il y a au-dessus de nous un auxiliaire plus puissant que nous. *Produire et combattre* sont deux vies humaines, et nous ne sommes jamais assez forts pour accomplir deux destinées.

Les sauvages et les peuples qui se rapprochent le plus de l'état de nature sont bien plus grands dans leurs rapports avec les hommes supérieurs, que les nations les plus civilisées. Chez eux, les êtres *à seconde vue,* les bardes, les improvisateurs sont regardés comme des créatures privilégiées. Leurs artistes ont une place au festin, sont protégés par tous, leurs plaisirs sont respectés, leur sommeil et leur vieillesse également. Ce phénomène est rare chez une nation civilisée, et le plus souvent, quand une lumière brille, on accourt l'éteindre, car on la prend pour un incendie.

L'OPIUM

Où était le dénouement de sa vie?... *Il* ne croyait pas, comme l'abbé de Rancé, à un avenir. Quand *il* se serait livré à la justice humaine, elle n'aurait pas voulu de sa tête : les preuves de son crime n'existaient plus : c'était un secret entre LUI et DIEU! — Ainsi le ciel et la terre lui manquaient à la fois!... — Il essaya de la doctrine saint-simonienne, parce qu'il y voyait l'avantage de se faire prêtre tout de suite, sans passer par un séminaire... Mais il méprisait l'homme, et Saint-Simon tend à le perfectionner. — Il avait étreint jadis la débauche comme un monstre moins fort que lui. — La femme?... elle n'existait plus. Pour lui, l'amour n'était plus qu'une fatigue, et la femme?... un jouet qu'il avait déchiré, à la manière des enfants, pour en connaître les ressorts... Tout était dit!...

Alors, il se mit à manger de l'opium en compagnie d'un Anglais qui, pour d'autres raisons, cherchait la mort, une mort voluptueuse; non celle qui arrive à pas lents sous la forme de squelette, mais la mort des modernes, parée des chiffons que nous nommons drapeau!... C'est une jeune fille couronnée de fleurs, de lauriers! Elle arrive au sein d'un nuage de poudre, ou portée sur le vent d'un boulet. C'est une espèce de folle souriant à un pistolet, ou couchée sur un lit entre deux courtisanes, ou s'élevant avec la fumée d'un bol de punch... C'est enfin une mort tout à fait fashionable!

Ils demandaient à l'opium de leur faire voir les coupoles dorées de Constantinople, et de les rouler sur les divans du sérail, au milieu des femmes de Mahmoud : et, là, ils craignaient, enivrés de plaisir, soit le froid du poignard, soit le sifflement du lacet de soie; et, tout en proie aux délices de l'amour, ils pressentaient le pal… L'opium leur livrait l'univers entier!…

Et, pour trois francs vingt-cinq centimes, ils se transportaient à Cadix ou à Séville, grimpaient sur des murs, y restaient couchés sous une jalousie, occupés à voir deux yeux de flammes, — une Andalouse abritée par un store de soie rouge, dont les reflets communiquaient à cette femme la chaleur, le fini, la poésie des figures, objets fantastiques de nos jeunes rêves… Puis, tout à coup, en se retournant, ils se trouvaient face à face avec le terrible visage d'un Espagnol armé d'un tromblon bien chargé!…

Parfois, ils essayaient la planche roulante de la guillotine et se réveillaient du fond des fosses, à *Clamart,* pour se plonger dans toutes les douceurs de la vie domestique : un foyer, une soirée d'hiver, une jeune femme, des enfants pleins de grâce, qui, agenouillés, priaient Dieu, sous la dictée d'une vieille bonne… Tout cela pour trois francs d'opium. Oui, pour trois francs d'opium, ils rebâtissaient même les conceptions gigantesques de l'antiquité grecque, asiatique et romaine!… Ils se procuraient les *anaplotherions* regrettés et retrouvés çà et là par M. Cuvier. Ils reconstruisaient les écuries de Salomon, le temple de Jérusalem, les merveilles de Babylone et tout le Moyen Age avec ses tournois, ses châteaux, ses chevaliers et ses monastères!…

Ces immenses savanes, où les monuments se pressaient comme les hommes dans une foule, tenaient dans leurs étroits cerveaux où les empires, les villes, les révolutions se déroulaient et s'écoulaient en peu d'heures! Quel opéra qu'une cervelle d'homme!… Quel abîme, et qu'il est peu compris, — même par ceux qui en ont fait le tour, — comme Gall.

Et l'opium fut fidèle à sa mission de mort! Après avoir entendu les ravissantes voix de l'Italie, avoir compris la musique par tous leurs pores, avoir éprouvé de poignantes délices, ils arrivèrent à l'enfer de l'opium… C'étaient des milliards de voix furieuses, des têtes qui criaient : tantôt des figures d'enfants contractées comme celles des mourants; des femmes couvertes d'horribles plaies, déchirées, plaintives; puis des hommes disloqués tirés par des chevaux terribles, et tout cela par myriades! par vagues! par générations! par mondes!...

Enfin, ils entrèrent dans la région des douleurs. Ils furent tenaillés à chaque muscle, à chaque plante de cheveux, dans les oreilles, au fond des dents, à tout ce qui était sensibilité en eux. Ils ressemblaient aux hommes blasés pour lesquels une douleur atroce devient un plaisir!... car c'est là ton dénouement, ô prestigieux opium!... Et ces deux hommes moururent sans pouvoir se guérir, comme toi, poète inconnu! jeune Mée, qui nous a si bien décrit tes joies et tes malheurs factices!

Le comte Alex. de B...

LETTRE DE BALZAC, PUBLIÉE
DANS LA *REVUE ET GAZETTE MUSICALE*
DU 11 JUIN 1837

Paris, 29 mai 1837.

A M. Maurice Schlesinger,
rédacteur de la *Gazette musicale*.

Vous me parlez de l'impatience avec laquelle les abonnés attendent la publication de mon *Étude philosophique*, plus ou moins musicale, en termes trop pressants pour que je n'y voie pas une flatterie involontaire aussi honorable pour les abonnés que pour moi. Je n'excuserai point mon retard par les vulgaires raisons des ouvriers qui travaillent pour les amateurs d'antiquités, et qui vous montrent des meubles de toute espèce à raccommoder en s'écriant avec une insolence magistrale : *Il faut le temps !* Je ne vous dirai pas que *La Femme supérieure*, violemment réclamée par *La Presse*, se débat dans son bocal, que *César Birotteau*, voulu par *Le Figaro*, crie sous sa cloche et que *Gambara* n'en est pas encore arrivé à chanter une ariette, attendu que son larynx est à faire ; non, il s'agit de vous prouver que vous avez tort de vous plaindre : ce que je ferai.

D'abord, je ne conçois point à quels titres je puis avoir excité la curiosité de vos abonnés, car je ne suis rien, musicalement parlant. J'appartiens à la classe abhorrée par les peintres et par les musiciens, abusivement nommée d'une façon méprisante, *gens de lettres*. (Croyez-vous que M. de Montesquieu dans son temps, ou que M. de Belleyme aujourd'hui, aimassent à recevoir une

lettre où ils seraient qualifiés d'*hommes de loi?*) Oui,
monsieur, à l'instar des militaires de Napoléon, qui divi-
saient le monde en *soldats,* en *pékins,* en *ennemis,* et qui
traitaient les pékins en ennemis et les ennemis en pékins,
ces artistes au lieu de comprendre sous la bannière de l'art
les écrivains assez portés en ces derniers jours à *s'artisti-
quer,* continuent malgré la Charte d'août 1830, à diviser
le monde en artistes, en connaisseurs, en épiciers, et
traitent les connaisseurs d'épiciers, sans traiter les épiciers en connaisseurs, ce qui les rend plus injustes que ne
l'étaient les militaires de Napoléon; nous autres écrivains, nous sommes les plus épiciers de tous, peut-être à
cause de la liaison intime qui existe entre les produits des
deux industries. Je resterai toujours attaché au parti sédi-
tieux et incorrigible qui proclame la liberté des yeux et
des oreilles dans la république des arts, se prétend apte à
jouir des œuvres créées par le pinceau, par la partition,
par la presse, qui croit irréligieusement que les tableaux,
les opéras et les livres sont faits pour tout le monde, et
pense que les artistes seraient bien embarrassés, s'ils ne
travaillaient que pour eux, bien malheureux s'ils n'étaient
jugés que par eux-mêmes. Aussi suis-je très enchanté
qu'une masse aussi imposante que celle des abonnés à la
Gazette musicale partage mes opinions et me croie sus-
ceptible d'écrire sur la musique. Mais vous savez que je
ne le croyais pas moi-même, et que j'étais, il y a six
mois, d'une ignorance hybride en fait de technologie
musicale. Un livre de musique s'est toujours offert à mes
regards comme un grimoire de sorcier; un orchestre n'a
jamais été pour moi qu'un rassemblement malentendu,
bizarre, de bois contournés, plus ou moins garnis de
boyaux tordus, de têtes plus ou moins jeunes, poudrées
ou à la Titus, surmontées de manches de basse, ou barri-
cadées de lunettes, ou adaptées à des cercles de cuivre, ou
attachées à des tonneaux improprement appelés grosses
caisses, le tout entremêlé de lumières à réflecteurs, lardé
par des cahiers, et où il se fait des mouvements inexplicables, où l'on se mouchait, où l'on toussait en temps plus
ou moins égaux. L'orchestre, ce monstre visible, né dans
ces deux derniers siècles, dû à l'accouplement de

l'homme et du bois, enfanté par l'instrumentation qui a
fini par étouffer la voix, enfin cette hydre aux cent archets
a compliqué mes jouissances par la vue d'un horrible
travail. Et cependant il est clair que cette chiourme est
indispensable à la marche majestueuse et supérieure de ce
beau navire appelé un opéra. De temps en temps, pendant
que je naviguais sur l'océan de l'harmonie en écoutant les
sirènes de la rampe, j'entendais les mots inquiétants de
finale, de *rondo*, de *strette*, de *mélisme*, de *triolet*, de
cavatine, de *crescendo*, de *solo*, de *récitatif*, d'*andante*,
de *contralto*, *baryton*, et autres de forme dangereuse,
creuse, éblouissante, que je croyais sérieusement inutiles,
vu que mes plaisirs infinis s'expliquaient par eux-mêmes.
Un jour, étant chez George Sand, nous parlâmes musique, nous étions plusieurs; quoique je fusse musicien
comme on était autrefois actionnaire de la loterie royale
de France, quand on y prenait un billet, c'est-à-dire pour
le prix d'un coupon de loge, j'exprimai timidement mes
idées sur *Mosè*. Ah! il retentira longtemps dans mes
oreilles, ce mot d'initiation : « Vous devriez écrire ce que
vous venez de dire ! » Mais ma modestie me fit remontrer
à l'illustre écrivain que je ne croyais pas possible de faire
passer à l'état littéraire les fantaisies d'une conversation
pareille, qu'elle était infiniment trop au-dessus de la littérature; excepté les siens et les miens, je connaissais trop
peu de livres qui procurassent autant de plaisir, c'était
trop musical, c'est-à-dire trop sensationnel pour être
compris; chacun approuva ma réserve. Quelques années
après, Monsieur, vous m'avez prouvé, par des raisons
palpables et péremptoires que j'étais capable d'écrire sur
la musique dans votre *Gazette*. Je regardai dès lors mon
initiation comme complète, puisque la spéculation es-
tampillait la déclaration de George Sand. Vous m'aviez
surpris battant la mesure à faux sur le devant d'une loge
aux Italiens, ce que vous attribuiez aux préoccupations
causées par des voisins; j'avais souvent écouté la musique au lieu d'écouter le ballet, enfin vous avez chatouillé
ma vanité par le nom d'Hoffmann le Berlinois, et votre
désir s'augmentait en raison de ma résistance : tout cela
me fit croire à ma capacité. Mais quand il s'est agi

d'écrire, j'ai reconnu que, suivant le mot favori d'Hoffmann, le diable avait mis sa queue dans cette séduction,
et que mes idées ne pouvaient être mises en lumière que
dans un cercle d'amis extrêmement restreint. Que de-
vins-je, en me voyant affiché dans la *Gazette musicale*
comme une future autorité ! Voici ce dont le désespoir est
capable chez un honnête vendeur de phrases : je mis en
pension chez des musiciens ma chère et bien aimée folle,
la fée qui m'enrichit en secouant sa plume, et j'eus tort.
Le joyeuse commère heurta plus souvent son verre contre
celui des voisins à table, qu'elle ne parla musique : — Il
est certes plus beau de faire de la musique que d'en
raisonner, me répondit-elle en me riant au nez ; Rabelais
prétend que le choc des verres est la musique des musiques, le résumé de toute musique (voir la conclusion de
Pantagruel). Comme mon éducation musicale entendue
ainsi retardait indéfiniment mon œuvre, je résolus de
mener la folle de la maison en Italie, aux grandes sources
de la musique. Nous allâmes voir la *Sainte-Cécile* de
Raphaël à Bologne, et aussi la *Sainte Cécile* de Rossini,
et aussi notre grand Rossini ! Nous pénétrâmes dans les
profondeurs de la Scala où retentissait encore le chant de
la Malibran ; nous remuâmes les cendres de la Fenice à
Venise ; il nous fallut avaler la Pergola, mesurer les blocs
de marbre du magnifique théâtre de Gênes, voir passer
Paganini ; nous nous rendîmes à Bergame afin d'épier les
rossignols dans leurs nids. Hélas ! nous ne trouvâmes de
musique nulle part, excepté celle qui dormait dans la tête
de Giacomo Rossini, et celle que les anges écoutaient
dans le tableau de Raphaël. La France et l'Angleterre
achètent si cher les musiques que l'Italie démontre la
vérité du proverbe : il n'y a personne de plus mal chaussé
qu'un cordonnier. Ces recherches entreprises pour
l'*Étude philosophique* de *Gambara* ont coûté fort cher,
elles ont absorbé six fois le prix auquel vous l'avez
acquise. Il fallut revenir par la Suisse, et là que de temps
perdu dans les neiges ! Au retour, toutes les idées musicales que j'avais prises à Bologne en écoutant le grand
Rossini, en regardant la *Sainte Cécile*, ont été renversées
en voyant la *Sainte Cécile* de M. Delaroche et en écou-

tant *Le Postillon de Longjumeau*. Vous prendrez ceci
pour une excuse d'auteur, point. Lisez ce que votre cher
Hoffmann le Berlinois a écrit sur Gluck, Mozart, Haydn
et Beethoven, et vous verrez par quelles lois secrètes la
littérature, la musique et la peinture se tiennent ! Il y a des
pages empreintes de génie et surtout dans les lettres de
maîtrise de Kreisler. Mais Hoffmann s'est contenté de
parler sur cette alliance en tériaki, ses œuvres sont admi-
ratives, il sentait trop vivement, il était trop musicien
pour discuter : j'ai sur lui l'avantage d'être Français et
très peu musicien, je puis donner la clef du palais où il
s'enivrait !

Voilà, monsieur, des raisons !... Aussi ne serez-vous
pas surpris de me voir vous demander jusqu'au 20 juillet
pour achever d'exprimer mes idées en musique, si toutefois je puis réduire mes sensations à l'état d'idées, et en
tirer quelque chose qui ait l'air d'un système philosophique. A compter de ce jour, Gambara, ce Louis Lambert
de la musique sera régulièrement coulé en plomb, serré
dans les châssis de fer qui maintiennent les colonnes de la
Gazette musicale, car vous comprendrez qu'après les
énormes dépenses que j'ai faites en voyageant en Italie, à
la recherche de la musique, ou en dînant avec les musiciens sous-entendus, la publication de *Gambara* devient
une affaire d'amour-propre avant d'être une affaire com-
merciale. Mais, monsieur, après ce que je viens de vous
dire, ne craignez-vous pas que, dans six semaines, ces
mêmes abonnés qui réclament *Gambara*, ne trouvent
Gambara, long, diffus et incommode, et ne vous écrivent
de mettre un terme à ses folies avec plus d'instances
qu'ils ne vous le demandent aujourd'hui. En fait de musique, les théories ne causent pas le plaisir que donnent les
résultats. Pour mon compte, j'ai toujours été violemment
tenté de donner un coup de pied dans le gras des jambes
du connaisseur qui, me voyant pâmé de bonheur en bu-
vant à longs traits un air chargé de mélodie, me dit : C'est
en *fa majeur !*

Agréez mes compliments.

de Balzac.

PRÉFACE D'*UNE FILLE D'ÈVE*[*]
ET DE *MASSIMILLA DONI*
(FRAGMENT)

[...] Maintenant, il est nécessaire de dire quelques
mots sur l'œuvre accouplée à *Une fille d'Ève* et qui
produit des disparates bizarres. *Massimilla Doni* est,
comme *Gambara* dans la précédente publication *(Le Cabinet des Antiques)*, une *Étude philosophique* ajoutée à
une *Étude de mœurs* pour arriver au nombre de feuilles
exigé par la jurisprudence bibliographique. Ces œuvres
n'ont aucune similitude, leur mariage forcé démontre
l'énorme différence qui existe entre le système littéraire
des *Études philosophiques* et celui des *Études de mœurs*;
peut-être cette réunion momentanée d'œuvres dissemblables servira-t-elle à faire comprendre l'œuvre entière dont
la seconde partie se composera des *Études philosophiques*
où l'auteur essaie de donner le secret des événements
sociaux qui sont le sujet des *Études de mœurs*.

Mais l'auteur s'attend, avant tout, aux accusations terribles d'immoralité. Peut-être ira-t-on même jusqu'à
l'obscénité, jusqu'à des comparaisons charitables avec
les livres licencieux du dernier siècle. *Massimilla Doni*
sera certes salie par de fausses interprétations. Au lieu de
voir l'allégorie, on cherchera la réalité; tandis que chez
l'auteur la réalité n'a servi qu'à peindre un des plus beaux
problèmes de l'intelligence humaine aux prises avec l'art.
C'est de ces questions qu'il faut laisser juger par le
temps, il en sera de cette œuvre comme de la *Physiologie
du mariage* et comme de *La Peau de chagrin*.

Massimilla Doni, Gambara, Le Chef-d'œuvre inconnu, puis *La Frélore*, autre *Étude philosophique* publiée dans un journal, et *Les Deux Sculpteurs* qui se

publiera sans doute avant peu, sont des œuvres qui continuent pour ainsi dire *La Peau de chagrin,* en montrant le
désordre que la pensée arrivée à tout son développement
produit dans l'âme de l'artiste, en expliquant par quelles
lois arrive le suicide de l'Art. Dans aucune de ces Études,
le thème n'est plus visible que dans *Massimilla Doni,* où
l'auteur a joint, pour mieux expliquer ce phénomène
moral, l'exemple d'un phénomène physique de peu de
durée, il est vrai, mais qui démontre admirablement la
puissance d'action que possède la Pensée sur la Matière.
Le ton, le style, la composition, il voudrait pouvoir dire
la couleur de ces Études sur l'art, sont en parfaite harmonie avec *La Peau de chagrin* autour de laquelle elles
doivent être groupées le jour où cette œuvre sera publiée à
peu près complète, dans le format in-8°. La fantaisie y
dominera d'une manière sensible et s'opposera vigoureusement à la constante réalité qui sera le cachet des *Études
de mœurs.*

Peut-être trouvera-t-on encore mauvais que l'auteur se
fasse ainsi le cicerone de son œuvre. Aux yeux de beaucoup de gens auxquels les travaux déjà faits sont inconnus
ou étrangers et qui liront cette préface, il peut avoir l'air
d'un propriétaire expliquant sur un terrain nu les bâti-
ments qu'il projette. Il ressemblera presque à un des
héros à moitié fou d'Hoffmann. Mais nous vivons à une
époque où personne ne se souvient en 1839 de 1829, où
tout est comme mort-né, où les intérêts littéraires qui
eussent préoccupé les esprits dans d'autres temps, disparaissent devant les changeants intérêts d'une politique
fondée sur des sables mouvants. Est-ce dans un temps où
chacun tremble de voir sa propre maison s'écrouler demain, que l'on peut penser à des œuvres littéraires?
D'ailleurs, l'individualisme a gagné la littérature. Là,
comme dans le monde social, règne le : *Chacun pour soi!*
Mais l'auteur, plus que tout autre, croit que, malgré
l'indifférence qui tue à Paris la littérature, en aucun siècle
le mouvement littéraire n'a été plus vif, ni plus grand
dans ses causes et dans ses effets. La portée de cette
époque est inconnue à la majeure partie de ceux qui en
sont les auteurs, et qui se trouvant les pivots ou les

rouages de cette grande machine, ne sauraient en avoir le prodigieux spectacle. Le temps de la justice arrivera pour cette génération de grands poètes si singulièrement entassés et qui se nuisent par leur voisinage, il arrivera pour les philosophes et les historiens consciencieux, pour de hardies doctrines morales, pour le journalisme lui-même, dont il faudra bien admirer l'étonnante profusion de cervelles et le génie au jour le jour.

Ceci donc aura du moins servi à prouver aux étrangers que nous sommes avant eux dans le secret des critiques qu'ils peuvent se permettre sur nous, qu'il est en France des esprits qui savent se mettre à distance et distinguer le bien mêlé à tant de mal, et qui ne sont pas enfin les dupes des sottises patriotiques de la nation, dite la plus spirituelle du monde.

Aux Jardies, février 1839.

TABLE DES MATIÈRES

PUBLICATIONS NOUVELLES

AGEE
La Veillée du matin (508).

ANDERSEN
Les Habits neufs de l'Empereur (537).

BALZAC
Les Chouans (459). La Duchesse de Langeais (457). Ferragus. La Fille aux yeux d'or (458). Sarrasine (540).

BARRÈS
Le Jardin de Bérénice (494).

CHEDID
Nefertiti et le rêve d'Akhnaton (516). *** Le Code civil (523).

CONDORCET
Esquisse d'un tableau historique des progrès de l'esprit humain (484).

CONRAD
Au cœur des ténèbres (530).

CONSTANT
Adolphe (503).
*** Les Déclarations des Droits de l'Homme (532).

DEFOE
Robinson Crusoe (551).

DESCARTES
Correspondance avec Elisabeth et autres lettres (513).

FRANCE
Les Dieux ont soif (544). Crainquebille (533).

GENEVOIX
La Dernière Harde (519).

GOGOL
Le Revizor (497).

KAFKA
La Métamorphose (510). Amerika (501).

LA HALLE
Le Jeu de la Feuillée (520). Le Jeu de Robin et de Marion (538).

LOTI
Le Roman d'un enfant (509) Aziyadé (550).

MALLARMÉ
Poésies (504).

MARIVAUX
Le Prince travesti. L'Ile des esclaves. Le Triomphe de l'amour (524).

MAUPASSANT
La Petite Roque (545).

MELVILLE
Bartleby. Les Iles enchantées, Le Campanile (502). Moby Dick (546).

MORAND
New York (498).

MORAVIA
Le Mépris (526).

MUSSET
Lorenzaccio (486).

NODIER
Trilby. La Fée aux miettes (548).

PLATON
Euthydème (492). Phèdre (488). Ion (529).

POUCHKINE
La Fille du Capitaine (539).

RIMBAUD
Poésies (505). Une saison en enfer (506). Illuminations (517).

STEVENSON
Le Maître de Ballantrae (561).

TCHEKHOV
La cerisaie (432)

TOCQUEVILLE
L'Ancien Régime et la Révolution (500).

TOLSTOÏ
Anna Karenine I et II (495 et 496).

VOLTAIRE
Traité sur la tolérance (552).

WELTY
L'Homme pétrifié (507).

WHARTON
Le Temps de l'innocence (474). La Récompense d'une mère (454).

GF GRAND-FORMAT

CHATEAUBRIAND
Mémoires d'Outre-Tombe. Préface de Julien Gracq (4 vol.)

FORT
Ballades françaises

GRIMM
Les Contes (2 vol.)

GUTH
Histoire de la littérature française (2 vol.)

HUGO
Poèmes choisis et présentés par Jean Gau don

LAS CASES
Le Mémorial de Sainte-Hélène (2 vol.)

MAURIAC
Mémoires intérieurs et Nouveaux Mémoires intérieurs

Vous trouverez chez votre libraire le catalogue complet de notre collection.

GF — TEXTE INTÉGRAL — GF

3577-XI-1990. — Imp. Bussière, St-Amand (Cher).
N° d'édition 12937. — 2ᵉ trimestre 1981. — Printed in France.